William King
Der Schlangenturm

SERIE PIPER

Zu diesem Buch

Seit Jahrtausenden herrschen die Terrarch, dunkle Elfen aus einem fernen Reich, über die Menschen. Doch die Invasoren sind in zwei verfeindete Lager gespalten. Der Söldner Rik gerät mit einer Handvoll Kämpfern zwischen die Fronten. Denn Prinzessin Asea schickt Rik auf eine lebensgefährliche Mission: Er soll die Königin von Kharadrea befreien, die in den Schlangenturm verschleppt wurde. Und dieser Turm ist mehr als nur ein Bauwerk. Ausgestattet mit tödlichen Fallen und einem dämonischen Verstand, bedeutet er den sicheren Tod für jeden Eindringling … Nach »Der Dämonengott« ist William Kings zweiter »Terrarch«-Roman ein Muss für alle Liebhaber kompromissloser Action-Fantasy.

William King, geboren 1959 in Schottland, war als Verwaltungsbeamter und Arbeiter in einer Schokoladenfabrik tätig, bevor er zu schreiben begann. Seine Abenteuer um Gotrek und Felix sind die erfolgreichsten Romane der »Warhammer«-Welt. »Die Legende der Terrarch« ist Kings neuer großer Weltenentwurf.
Weiteres zum Autor: www.trollslayer.net

William King

DER SCHLANGENTURM

DIE LEGENDE DER TERRARCH 2

Aus dem Englischen von
Barbara Röhl

Piper München Zürich

Mehr über unsere Autoren und Bücher:
www.piper.de

Von William King liegen bei Piper vor:
Schicksalsgefährten. Gotrek und Felix 1
Der Graue Prophet. Gotrek und Felix 2
Die Chaos-Wüste. Gotrek und Felix 3
Der Hort des Drachen. Gotrek und Felix 4
Dämonenkrieger. Gotrek und Felix 5
Vampirkrieger. Gotrek und Felix 6
Gigantenkrieger. Gotrek und Felix 7
Der Dämonengott. Die Legende der Terrarch 1
Der Schlangenturm. Die Legende der Terrarch 2
Der Blutkrieger. Die Legende der Terrarch 3

Ungekürzte Taschenbuchausgabe
Februar 2009

Umschlagkonzeption: Zero, München
Umschlaggestaltung: HildenDesign, München –
www.hildendesign.de
Umschlagabbildung: Iacopo Bruno, New York
Autorenfoto: Radka Zimova
Satz: Filmsatz Schröter, München
Druck und Bindung: CPI – Clausen & Bosse, Leck
Printed in Germany ISBN 978-3-492-29182-8

1. KAPITEL

Kein Plan überlebt die Konfrontation mit dem Gegner.
Manchmal gilt das sogar für ganze Armeen.

Armande Koth, Kriegsführung im Zeitalter der Muskete und des Drachens

»Und wo bleiben jetzt die verdammten Tanzmädchen, Halbblut?«, flüsterte Froschgesicht und spähte aus dem dichten Unterholz in den Wald um sich herum. Rik legte einen Finger auf die Lippen. Wenn der hässliche Kerl mit den hervorquellenden Augen nicht gleich den Schnabel hielt, würden sie noch beide mit aufgeschlitzter Kehle enden. Der Feind lag womöglich nur zwanzig Schritte entfernt. Diese Wälder waren so dicht, dass sich ein ganzes Regiment darin hätte verstecken können.

Rik verstand schon, warum Froschgesicht vergrätzt war. Diese Aufklärungsmission wäre eigentlich nicht nötig gewesen. Niemand hätte gedacht, dass es jetzt schon zu Kämpfen käme. Als die taloreanische Armee die Grenze nach Kharadrea überschritt, hatte sie damit gerechnet, auf befreundete Truppen zu treffen. Angeblich stand diese Provinz loyal zu Königin Kathea, ihrer Verbündeten, und wurde von ihrem getreuen Stellvertreter und Onkel, Fürst Ilmarec, beherrscht.

Auf dem Marsch über den Bruchzahnpass hatten die Soldaten heftig darüber spekuliert, was ihnen für ein Empfang zuteilwerden würde. In der gesamten taloreanischen Armee hatte man von Tanzmädchen und Wein gesprochen. Stattdessen aber hatten sie, seit sie auf dieser Seite der Grenze in das Tiefland eingerückt waren, nichts als Hinterhalte und Attacken durch feindliche Kavallerie erlebt. Die Dörfer lagen verlassen da, und das Vieh hatte man fortgetrieben.

Offenbar gestaltete sich die Situation doch etwas anders, als man sie hatte glauben machen wollen; und deswegen lag Rik jetzt unter diesem Busch und wartete darauf, dass Wiesel und der Barbar zurückkehrten und berichteten, was sie weiter vorn gesehen hatten. Er rechnete nicht mit guten Nachrichten. Das tat er nie, denn dazu war er schon zu lange bei der Armee. Wenigstens hatte es aufgehört zu regnen. Für seinen Geschmack hatten sie in letzter Zeit zu viel davon abbekommen. Schöner Sommer das, dachte er.

»Es hieß, das sei ein einfacher Auftrag«, murrte Froschgesicht. Mit seiner außergewöhnlich langen Zunge leckte er sich über die Lippen. Im Zwielicht des Waldes wirkte sein pockennarbiges Gesicht mit den hervorquellenden Augen regelrecht unheimlich, wie die Kreuzung aus einer uralten dekadenten Spezies und einer heruntergekommenen Menschenart. Legenden wollten wissen, dass noch jede Menge Vertreter der Alten Rassen in diesen Wäldern lebten. Seit den Zeiten vor der Ankunft der Terrarch waren sie die Heimat der sagenumwobenen Schlangenmenschen gewesen, und angeblich gingen ihre Geister noch immer in diesem Wald um.

Rik zog einen Finger über die Kehle und hoffte, dass sein Kamerad die Botschaft dieses Mal verstünde. Froschgesicht warf ihm einen empörten Blick zu, hielt aber jetzt den Mund.

Ringsum hatten sich die Fourageure in einer langen Linie durch den Wald verteilt. Ihre grünen Uniformröcke passten sich der Umgebung an, und abgesehen von einer gelegentlich hervorgestoßenen mürrischen Bemerkung war es still. Wenn Rik es nicht anders gewusst hätte, hätte er nie erraten, dass sich in seiner Nähe fast vierzig Männer und ein Terrarch verbargen.

Selbst ihr nichtmenschlicher kommandierender Offizier, Leutnant Sardec, schien etwas gelernt zu haben. Er hatte seinen scharlachroten Offiziersrock gegen ein grünes Wams ausgetauscht, das sich gut in das frühsommerliche Laubwerk einfügte. Doch Adaana wusste, dass niemand Probleme haben würde, ihn oder seine Stimme zu erkennen. Sardec war ein Terrarch, einer der Herrscher dieser Welt. Er war hochgewachsen, elfenhaft und besaß spitze Ohren und mandelförmige Augen. Sein Haar war fein wie gesponnenes Silber. Anstelle der Hand, die er im Kampf mit dem Dämonengott Uran Uhltar verloren hatte, trug er jetzt einen gefährlich aussehenden Haken. Zusammen mit seinen frischen Narben wirkte er damit recht unheimlich.

Rik betrachtete ihn mit gemischten Gefühlen. Früher einmal hatte Sardec ihn drangsaliert, weil er ein Mischling war, etwas, das Sardec als einen Affront gegen sich selbst und all seine drachenreitenden Vorfahren zu betrachten schien. Und Rik hatte ihn dafür gehasst! Er verabscheute Sardec immer noch, aber der Offizier schien sich verändert zu haben, obwohl sich Rik nicht sicher war, woran das lag. Doch aus irgendeinem Grund hatte er die ewigen Schikanen gegen ihn eingestellt.

Vielleicht lag es daran, dass er seine Hand verloren hatte, oder an einem Zusammentreffen mit dem Dämon unter dem Gebirge vor zwei Monaten. Oder es war etwas ganz anderes. In letzter Zeit hatte sich Sardec so weit zurückgehalten, wie ein Terrarch das Menschen gegenüber nur fertigbrachte. In den Höllentunneln unterhalb der untergegangenen Stadt Achenar hatte er sich die Achtung der Männer erworben, und vielleicht hatte ihn dieser neue Respekt auch verändert. Die Kompanie erwartete von ihm, dass er sich wie ein Anführer verhielt, und danach handelte er jetzt auch.

Flüchtig spürte Rik den Drang, Leon gegenüber eine Bemerkung darüber zu machen, doch dann fiel ihm wieder ein, dass sein Freund seit zwei Monaten tot war, niedergemacht von einem Dämon aus der Alten Welt, in derselben Schlacht, in der Sardec seine Hand verloren hatte. Selbst nach so langer Zeit hatte sich Rik mit diesem Verlust nicht abgefunden.

Er hatte Leon gekannt, solange er denken konnte.

Zusammen waren sie aus den weitläufigen, zugigen Hallen des Tempelwaisenhauses von Drangsal geflüchtet und Diebe geworden. Sie waren gemeinsam in die Armee der Königin eingetreten und hatten während der gesamten Rebellion des Uhrmachers Seite an Seite gekämpft. Es schien einfach nicht möglich zu sein, dass Leon mit gerade mal achtzehn Jahren gefallen war, Opfer eines Ungeheuers aus uralter Dunkelheit. Und Rik selbst hatte auch noch dazu beigetragen, dieses Monstrum auf die Welt loszulassen.

Schmerzhafte Schuldgefühle stiegen in ihm auf. Nie wieder würde er Leons Züge eines mageren Gassenjungen sehen, nie mehr zuschauen, wie er auf seiner angeschlagenen Tonpfeife kaute oder sich seine Glück bringende Feder an die Kappe steckte. Jetzt war niemand mehr da, der über seinen Rücken wachte, und dabei hatte Rik dieser Tage das Gefühl, einen solchen Schutz mehr denn je zu brauchen. Seit Fürst Azarothe das Kommando übernommen und die Armee die taloreanische Grenze überschritten hatte, war das Leben gefährlicher geworden.

Auf einmal tauchten Wiesel und der Barbar aus dem Unterholz auf. Sie schienen sich wie durch Zauberei aus dem Nichts zu erheben. Wiesels Fähigkeit, sich lautlos zu bewegen, überraschte Rik nicht. Der ehemalige Wilddieb war der beste Jäger der Kompanie, und dabei bestand diese Kompanie sämtlich aus Männern, die sich ausgezeichnet auf das Überleben in freier Natur verstanden. Wiesel war groß und hager, mit schütterem Haar, langem Hals und hervorstehendem Adamsapfel.

Aus seinen mageren, listigen Zügen ragte die gewaltige Nase wie eine Klinge hervor. Die zerfetzte Uniform schlotterte um seinen Körper herum. In einer seiner knochigen Hände hielt er ein Gewehr, und in der anderen trug er – merkwürdig unpassend in dieser Situation – ein gebratenes Huhn.

Bei dem Barbaren verhielt sich das schon anders. Es war geradezu seltsam, dass jemand, der so vierschrötig war, sich doch so leise zu bewegen vermochte. Er war eineinhalb Mal so groß wie Rik und weit schwerer. Rund um seinen oben kahlen Schädel wallte dichtes blondes Haar herab. Ein dicker Walross-Schnurrbart bedeckte den unteren Teil seines Gesichts. Er wirkte ein klein wenig schmaler als früher, doch dies blieb die einzige sichtbare Nachwirkung der schweren Verwundung, die er in der unterirdischen Stadt Achenar erlitten hatte. Die Heilzauber des Magisters hatten ausgezeichnet angeschlagen, doch das überraschte Rik nicht.

Solche Zauberformeln bezogen ihre Wirkung zum Teil aus der eigenen Vitalität des Patienten, und davon besaß der Barbar mehr als genug. Er strahlte rohe Kraft aus – wie ein Preisbulle. Vielleicht war wirklich etwas dran an seinen Prahlereien über die Widerstandskraft seines Volkes. Der Barbar war ein Verbannter aus den schneebedeckten Landen weit im Norden, einer Gegend, die die Terrarch nie erobert hatten. Darauf war er außerordentlich stolz, wenngleich Wiesel anzumerken pflegte, dass es dort oben nichts gab, was die Terrarch würden haben wollen.

Die beiden standen vor Sardec, dessen Versteck sie offenbar mühelos gefunden hatten.

»Und?«, wollte Sardec wissen. Er sprach leise, doch seine Stimme war weithin zu hören. Und man hätte sie auch nicht mit einer menschlichen Stimme verwechseln können. Sie besaß einen leichten metallischen Unterton und erklang im Tonfall der herrschenden Klasse der Terrarch.

»Dort vorn sind Männer, Herr«, sagte Wiesel. Irgendwie wirkte er immer dreist, selbst wenn er versuchte, normal zu sprechen. Wahrscheinlich war es etwas an seinen Gesichtszügen, vermutete Rik. »Besonders freundlich wirkten sie nicht. Sie hatten erst ein paar von unseren Kavalleristen an einen Baum gefesselt und dann ziemlich unfreundliche Dinge mit heißen Messern getan.«

»Bist du sicher, dass es unsere Männer waren?«

»Der eine war Sergeant Kalmek vom 17. Husarenregiment. Vorgestern Abend habe ich beim Kartenspiel gegen ihn gewonnen. Er schuldet mir noch Geld.«

»Deine Spielschulden gehen uns hier nichts an«, gab Sardec zurück. Wie immer, wenn jemand auf Spielschulden anspielte, zuckte er leicht zusammen. Zweifellos erinnerte ihn das an Mama Hornes Salon in Rotturm, wo er und seine Offiziersfreunde sich in den Niederungen der menschlichen Gesellschaft zu amüsieren pflegten. Rik versuchte erfolglos, sich seiner Verbitterung zu erwehren. Bei Mama Horne hatte Sardec das Mädchen Rena aufgelesen. Auch Rik hatte sie dort kennengelernt. Er versuchte sich einzureden, nicht eifersüchtig zu sein, doch es misslang ihm.

Wiesel wandte den Blick von seinem Offizier ab. Rik konnte seine Miene genau erkennen; sie schien zu besagen, dass *ihm* die Schulden wichtig waren.

»Sonst noch was?«, fragte Sardec.

»In der Nähe der Furt liegt ein großes, befestigtes Herrenhaus«, sagte Wiesel. »Die Tore standen offen, und drinnen befanden sich nur wenige Männer. Alle anderen waren offensichtlich zum Fluss runtergelaufen, um sich den Spaß nicht entgehen zu lassen.«

»Woher hast du das Huhn, Soldat?«, wollte Sardec wissen.

»Steckte an einem Spieß, Herr. Hab's mir unter den Nagel gerissen, als ich durch das feindliche Lager gegangen bin.«

»Du bist einfach in das feindliche Lager hineinspaziert?« Der Leutnant klang unverhohlen ungläubig.

»Ich habe einem Wachposten sein Abzeichen abgenommen und beschlossen, mich einmal umzusehen, Herr. Niemand hat mir die geringste Beachtung geschenkt. Waren alle viel zu sehr damit beschäftigt, Kalmek beim Schreien zuzuhören.« Rik zweifelte nicht daran, dass sich Wiesels Geschichte genauso abgespielt hatte. Er war so furchtlos, dass es schon an Wahnsinn grenzte, und bestimmt hatte ihm sein unverwüstlicher Gleichmut geholfen, den Bluff durchzuhalten. »Möchtet Ihr etwas Huhn, Herr? Es ist sehr gut.«

Sardec sah auf den angebotenen Braten hinunter, als hielte Wiesel einen Haufen Stallmist in den Händen.

Kein Terrarch würde Nahrung anrühren, von der bereits ein Mensch gekostet hatte. Langsam schüttelte er den Kopf und wandte seine Aufmerksamkeit dem Barbaren zu. Der Hüne kaute auf dem Ende seines Schnurrbarts. »Es ist genau, wie Wiesel sagt, Herr«, erklärte er dann. »Sie waren zu ungefähr fünfzig. Und in Uniform.«

Sardec zog eine Augenbraue hoch. »Was für Farben?«

»Sie haben blaue Armbinden getragen.«

»Das kommt mir etwas unwahrscheinlich vor«, erklärte Sardec.

»Sie trugen sie aber alle, Herr«, beharrte Wiesel. Er steckte die Hand in die Tasche und zog einen langen, schmierigen Streifen blauen Stoffs hervor. Es hätte sich tatsächlich um ein eilig zurechtgemachtes Zeichen handeln können, das dafür stand, dass diese Soldaten zu den Unterstützern der Königin und Kaiserin Arachne von Sardea gehörten.

»Das ist etwas Neues«, sagte Sardec. Das war es allerdings. Niemand hätte eine Armee der Blauen im Umkreis von hundert Meilen vermutetet. Doch offenbar waren ihre Nachrichten überholt. Rik war nicht wirklich überrascht. Trotz ihrer hellseherischen Kristalle und auf Drachen fliegenden Kundschafter konnte eine Armee immer Fehler machen. Offenbar waren nicht einmal berühmte Generäle wie Azarothe dagegen gefeit.

»Bist du dir sicher, dass es nur fünfzig waren?«

»Nun, Herr«, schaltete sich Wiesel ein, »der Barbar

hier hat schon einige Probleme damit, mehr als seine Finger abzuzählen, aber ich schätze auch, dass es mindestens fünfzig waren, möglicherweise sogar mehr.« Der Barbar zog ein finsteres Gesicht, doch überall im Unterholz kam leises Gelächter auf, was wahrscheinlich erklärte, warum Sardec Wiesel nicht über den Mund fuhr. So kurz vor einem Kampf war jeder Scherz, der die Moral stärkte, willkommen. Sardec sah sich nach dem affengesichtigen Sergeant Hef um. Die beiden, der Terrarch und der menschliche Offizier, schienen ihre Gedanken gegenseitig zu lesen.

»Dann lasst uns vorrücken und unsere Gefangenen befreien«, befahl Sardec. »Und selbst ein paar machen. Fürst Azarothe wird sicherlich mit ihnen reden wollen.«

Die Nachricht verbreitete sich entlang der Frontlinie. Die Fourageure schickten sich zum Vorrücken an. Rik war froh, als Wiesel und der Barbar neben ihm Stellung bezogen. Die beiden waren gefährliche Gegner, und gemeinsam hatten sie schon viele ausweglos erscheinende Situationen durchgestanden.

»Etwas Hühnchen?«, fragte Wiesel. Er riss eine Keule ab und reichte sie Rik.

»Warum nicht?«, sagte Rik. Das Fleisch war herrlich saftig. Ein Gedanke an zum Tode verurteilte Männer und Henkersmahlzeiten huschte ihm durch den Kopf, doch er versuchte ihn nicht zu beachten.

2. KAPITEL

Es gibt einen Ort und eine Zeit zum Töten.

Propheten

Lautlos schlichen die Fourageure durch den düsteren Wald. Von vorn hörte Rik Schreie, das Jubelgebrüll von Männern und Wasserrauschen. Er erschlug eine Mücke, die auf seiner Hand saß und als blutige Blase zerplatzte. Hoffentlich kein schlechtes Omen.

Schweiß durchtränkte seine Kleidung. Das Herz raste, der Mund fühlte sich trocken an, und er war sich jedes winzigen Staubkörnchens bewusst, das in den Sonnenstrahlen tanzte, die zwischen den Bäumen einfielen. Er konnte die mit merkwürdig schweren Gerüchen gesättigte Waldluft beinahe schmecken und spürte, wie die feuchten Farnwedel seine Beine streiften. So wie immer, wenn er spürte, dass er möglicherweise bald sterben würde, fühlte er sich wirklich und vollständig lebendig. Sein ganzes Leben war zu einem engen Tunnel zusammengeschrumpft. Vor ihm lagen Gewalt, Blutvergießen und ein schrecklicher Ort, den er durchschreiten musste, falls er überhaupt eine Zukunft haben wollte.

Ein kleiner, animalischer Teil seines Ich plapperte ihm voller Panik zu, er solle die Flucht ergreifen, in die Wälder rennen und darauf warten, dass das Auge des bevorstehenden Sturms über ihn hinwegzog. Ein anderer, ebenso primitiver Teil von ihm gierte danach, voranzustürmen und sein Bajonett in warmes, zuckendes Fleisch zu bohren. Sein wahres Ich schwebte im Spannungsfeld zwischen diesen beiden Polen.

Nein, er würde nicht davonlaufen. Nicht solange seine ganze Einheit vorrückte. Nicht die Angst vor dem Stiefel des Sergeanten oder der Peitsche, die auf Feiglinge wartete, hielt ihn davon ab, sondern die Vorstellung, seine Kameraden im Stich zu lassen, der Gedanke an die Scham, die er fühlen würde, wenn er jetzt vor aller Augen davonlief, bevor der Kampf auch nur begonnen hatte. Jeder einzelne Mann um ihn herum empfand genauso. Rik hatte schon Einheiten abgebrühter Veteranen flüchten sehen, nachdem der Erste Fersengeld gegeben hatte. Niemand aber wollte dieser erste Mann sein.

Und er hatte noch andere Beweggründe. Dieses Ding, das wie ein wahnsinnig gewordenes Tier kreischte, war ein Mann, den er an den Feuern ihres Lagers gesehen hatte, und andere Männer quälten ihn. Zorn stieg in Rik auf. Wäre alles nur ein wenig anders gekommen, hätte er selbst der Mann unter dem Messer sein können. Das aufflackernde Mitgefühl stachelte seine Wut noch weiter an. Wenn er nur konnte, würde er die Folterknechte für ihre Tat bezahlen lassen.

Er huschte den letzten Hügelkamm hinauf, warf sich flach auf den Boden und sah auf den Feind hinunter. Die meisten Männer umstanden einen großen Baum auf einer Lichtung, die an einem gemächlich dahinstrudelnden Fluss lag. Sie waren nicht besonders organisiert und wirkten eher wie Banditen denn wie Soldaten. Nur wenige Wachposten waren aufgestellt. An den Stamm der Eiche war eine blutige, schreiende Gestalt gefesselt. Der Kopf des Mannes war zur Seite gesunken, und man hatte ihm das Hemd von der Brust gerissen. In der Nähe befand sich noch ein weiterer gefesselter Soldat, der ganz aufgehört hatte, sich zu bewegen. Rik hielt ihn für tot.

Die Männer unter ihnen lachten viel zu laut und brüllten zu begeistert, und Rik bemerkte, dass in der Mitte der Lichtung mehrere offene Fässer mit einer roten Flüssigkeit standen. Gerade eben schöpften einige der feindlichen Soldaten Wein in hölzerne Becher und kippten ihn herunter.

»Die Bastarde sind betrunken«, murrte der Barbar. »Das können wir nicht zulassen. Ich werde nicht tatenlos zusehen, wie sich die Feinde der Königin betrinken und ich nichts abbekomme.«

Rik sah zur Furt hinunter. Der Mor war hier breit, und Steine bedeckten das Flussbett. Doch da zog etwas, das sich auf dem anderen Ufer befand, seinen Blick auf sich: ein weitläufiges, befestigtes Gebäude, das auf einer kleinen Anhöhe lag und die gesamte Umgebung beherrschte. Von diesen Mauern aus konnte eine kleine Gruppe von Männern eine ganze Armee abwehren, zumindest solange die Vorräte reichten.

Rik warf einen Blick zum Leutnant hinüber und sah, dass er die Festung nicht als Einziger bemerkt hatte. Sardec gab bereits Befehle an Sergeant Hef und Korporal Toby aus. Kurz darauf robbte der große, blonde, rotgesichtige Korporal zu Rik, Wiesel und dem Barbaren heran.

»Wir decken sie mit Musketenfeuer ein, überqueren die Furt und greifen das Herrenhaus an«, erklärte Toby. »Dort drüben, wo uns die Bäume, die über das Wasser hängen, Schatten und ein wenig Deckung geben. Die Bastarde haben das Tor offen gelassen, also werden wir die Gelegenheit beim Schopfe packen, wenn wir können.«

Rik schätzte die Entfernung ab. Er fand, es wäre heller Wahnsinn, eine große Gruppe Bewaffneter zu überwältigen und das Gebäude einzunehmen, vor allem da auf den Mauern Wachposten aufgestellt waren. Doch auch daran hatte Sardec gedacht.

»Was meinst du, Wiesel, kannst du diese Wachposten herunterschießen?«, fragte Toby. Wiesel sog Luft durch die Zähne und überlegte.

»Klar. Falls mir der Barbar und Rik ihre Musketen überlassen, schätze ich, dass ich einen nach dem anderen erledigen kann, bevor die Idioten überhaupt merken, was vor sich geht. Wenn die beiden für mich nachladen, kann ich jeden herunterschießen, der seinen Kopf über die Zinnen streckt.«

»Ich will aber nicht hier zurückbleiben und deinen verdammten Ladeburschen spielen«, nörgelte der Barbar. »Ich will kämpfen.«

»Warte nur ein paar Minuten, und wir bekommen alle Hände voll zu tun«, sagte Wiesel, doch der Barbar schüttelte den Kopf und legte seine Pranke auf das Heft seiner Klinge, eines langen Messers, wie es die Bergvölker gebrauchten. »Da ist eine Schlacht – und ich will dabei sein.«

Korporal Toby sah die beiden aus kalten blauen Augen an. Er hatte keine Zeit zum Verhandeln. »Dann gebrauche dein Kurzschwert, Nordmann. Lass deine Muskete hier und stoß zu der Gruppe, die den Angriff führt. Rik wird das Nachladen allein übernehmen. Du hast doch nichts dagegen, oder?«

Sein Tonfall verriet Rik, dass er besser keine Einwände erhob. Er nickte. Jemand musste diese Aufgabe erledigen, und Wiesel war der richtige Mann dazu. Er war beim Schießwettkampf des Regiments Zweiter geworden und hätte auch gewonnen, wenn er nicht insgeheim einen Haufen Wetten gegen sich selbst abgeschlossen hätte. Wiesel war schon bei seiner Geburt ein besserer Scharfschütze gewesen, als Rik es am besten Tag seines Lebens sein würde.

»Gut.« Toby huschte knapp unterhalb des Hügelkamms davon, um die Sturmtruppe zu sammeln. Der Barbar folgte ihm, das lange Messer blank in der Faust. Rik holte seine Patronen hervor, löste den unter dem Lauf seiner Muskete befestigten Ladestock und machte sich bereit.

Wiesel zwinkerte ihm zu. »Als ob man Karpfen in einer Tonne aufspießt …«, meinte er. Er hob das lange Gewehr an die Schulter und wartete.

Mit einem Donnerschlag – wie bei einem Sommergewitter – eröffneten die Fourageure kurz darauf das Feuer. Die Männer, die sich um den Baum mit dem Gefolterten drängten, kreischten auf, als die Musketenkugeln Schneisen in ihre Reihen rissen. Einige fielen, andere wandten sich zur Flucht, und wieder andere warfen sich zu Boden und wurden niedergetrampelt. Sie waren im Rausch überrumpelt worden und hatten nicht die geringste Ahnung, wie ihnen geschah. Ganz wenige, die einen Rest an Geistesgegenwart bewahrt hatten, griffen nach ihren Musketen. Doch die anderen liefen wild durcheinander und blökten wie die Schafe im Pferch eines Schlachthofs.

In der Nähe erscholl ein lauter Knall, und eine Qualmwolke stieg auf. Der durchdringende Schwefelgestank des Schießpulvers drang Rik unangenehm in die Nase. Auf den Zinnen fiel ein Mann. Er reichte Wiesel seine geladene Muskete und hielt das Gewehr des Barbaren bereit. Wieder ein Krachen – und ein weiterer Mann stürzte. Er gab Wiesel die dritte Muskete und wollte die erste nachladen. Noch ein Schuss, und der letzte Wachposten auf den Zinnen war ausgeschaltet.

Gleichzeitig umgingen Korporal Toby und seine Gruppe im Laufschritt die feindliche Flanke und hielten auf den Fluss zu. Die im Wald zurückgebliebenen Fourageure hielten den Feind unter ständigem Beschuss. Dann begann ein Mann in der Mitte der hektisch durcheinanderlaufenden Männer Befehle zu brüllen und so etwas wie Ordnung in die Truppe zu bringen. Rasch nahm Wiesel die Muskete aus Riks Händen, fuhr herum und feuerte. Der selbst ernannte Anführer fiel.

Für die attackierten Männer war dies der Tropfen, der das Fass zum Überlaufen brachte. Einige stürzten sich ins Unterholz, ein paar flohen in Richtung Fluss, andere aber hielten die Hände hoch und boten schreiend an, sich zu ergeben. Doch das gnadenlose Sperrfeuer aus dem Wald ging unvermindert weiter, schnell und wirkungsvoll. Die Fourageure waren gute Schützen, und der Feind hatte keine Ahnung, wie viele Männer ihn angriffen. Doch das hätte ihnen im Augenblick auch nichts genützt. Sie waren in Panik geraten und hatten jegliche Disziplin fahren lassen. Unter diesen Umständen hätten sie den Fourageuren nicht einmal standgehalten, wenn sie ihnen zehn zu eins überlegen gewesen wären.

Rik schaute wieder zu dem Anwesen und sah, wie Korporal Toby und seine Männer durch die Tore verschwanden. Dann drangen Schüsse und der durchdringende Schlachtruf des Barbaren aus dem Gebäude. Wiesel hatte den Blick erneut den Zinnen zugewandt.

»Diese Männer waren Idioten«, meinte er. »Sie hätten Kalmek im Inneren des Gebäudes, hinter dicken Mauern, verhören können. Stattdessen machen sie einen Picknickausflug daraus. Wenn alle anderen Kharadreaner genauso sind, können wir nur mit unserer Kompanie dieses ganze verdammte Land erobern.«

»Ich bezweifle aber, dass der Rest des Landes ebenso blöde sein wird«, meinte Rik.

»Man darf doch noch träumen, oder, Halbblut?«

»Viel lieber würde ich wissen, was hier vor sich geht. Angeblich war uns diese Provinz freundlich gesinnt. Und jetzt stellen wir fest, dass sie Krieg gegen uns führen, obwohl sie sich dabei reichlich dämlich anstellen.«

»An den Hinterhalten, in die wir geraten sind, war aber nichts Dämliches ...« Der Rest von Wiesels Satz wurde vom Donnergrollen der Musketen und den Schreien der Sterbenden übertönt. Kurz darauf erschien der Barbar auf den Zinnen und winkte ihnen zu. Wiesel zuckte zusammen.

»Um ein Haar hätte ich dem Riesentrottel das Gehirn weggepustet.«

»Ach, das ist so klein, da wäre ich überrascht, wenn du es treffen würdest.«

»Ich kann einer Schmeißfliege die Eier wegschießen, Halbblut. Also hätte ich auch sein Hirn getroffen ... vielleicht.«

Weitere Fourageure tauchten auf der Mauerkrone auf. Sie richteten die Gewehre auf die Menge der Männer, die sich im Fluss befand, und eröffnete das Feuer. Wiesel nahm eine weitere Flinte von Rik entgegen und beteiligte sich an dem Angriff. Bald war alles vorüber. Leichen trieben im Wasser oder lagen im Gras. Das Blut hatte das Wasser des Flusses rot gefärbt. Sergeant Hef kam aus dem Wald gerannt und schnitt Kalmek los. Rik sah zu, wie die Fourageure die Überlebenden zusammentrieben und jeden, der nicht laufen konnte, mit ihren Bajonetten niedermachten. Nachdem sie beobachtet hatten, wie ein Kamerad gefoltert worden war, befanden sie sich nicht gerade in der Stimmung, Gnade vor Recht ergehen zu lassen.

Rik stand auf den Zinnen der Rückseite des eingenommenen Anwesens und sah auf die dahinter liegende Landschaft hinaus. Ein Stück weiter nordwärts endete der Wald und wich sanft gewellten Hügeln, kleinen Baumgruppen und offenen Feldern. Auf einigen Hügeln waren lange Bodenstreifen umgepflügt. Doch alles wirkte vernachlässigt und überwuchert und verriet ihm, dass in diesem Teil der Welt einmal mehr der Krieg die Landwirtschaft zum Erliegen gebracht hatte. Wenn er die Augen anstrengte, konnte er in der Ferne gerade noch die Spitze des Schlangenturms erkennen, auch wenn er glaubte, sich das womöglich nur einzubilden.

Von unten vernahm er das betrunkene Gebrüll der feiernden Männer. Jetzt war offensichtlich, warum sie ihre Feinde so leicht geschlagen hatten. Als die anderen eingerückt waren, hatten sie im Keller eingemauert einen geheimen Weinvorrat gefunden, und es war immer noch genug für alle da. Obwohl Sardec, der Sergeant und der Korporal sich Mühe gaben, das zu verhindern, waren viele der Fourageure inzwischen genauso berauscht wie die Männer, die sie eben besiegt hatten, und nahmen heimlich immer wieder einen Schluck, wenn sie sich unbeobachtet fühlten. Rik hatte die Wache auf der Mauerkrone übernommen, da er wusste, dass es jemand tun musste, wenn sie sich nicht genauso überrumpeln lassen wollten wie ihre verblichenen Gegner.

Er hörte Schritte auf der Treppe, drehte sich um und erblickte Sergeant Hef. Der kleine, affengesichtige Mann grinste ihm zu. »Schön zu sehen, dass wenigstens einer von euch noch klar im Kopf ist«, meinte er.

»Ich bin nicht in Feierstimmung«, gab Rik zurück.

»Du bläst schon seit der Geschichte unter dem Berg Trübsal«, sagte der Sergeant. In seiner Stimme klang derselbe düstere Ton mit, den sie alle anschlugen, wenn die Rede auf Achenar kam. Keiner von ihnen würde je die entsetzlichen Dinge vergessen, die sie dort erlebt hatten.

»Ich spare eben meine Kräfte«, gab Rik zurück. Er glaubte, auf dem nächsten Hügelkamm eine Bewegung ausgemacht zu haben, und wies den Sergeanten darauf hin. Hef hielt sich ein Fernglas vor die Augen.

»Beim Licht!«, sagte er und reichte das Glas an Rik weiter. Dieser schaute durch die Linse, nahm ein paar Einstellungen vor und sah ebenfalls, was den Sergeanten erschreckt hatte. Da waren Männer, und zwar viele. Kurz darauf hörte er das Schlagen einer fernen Trommel, und eine feindliche Streitmacht kam in Sicht. Es waren Hunderte von Männern, Kavallerie und Infanteristen. Ach was, Hunderte, dachte er. Tausende traf es wohl eher. Es war eine vollständige Armee, bis hin zu den blauberockten Terrarch-Offizieren. Banner flatterten im Wind.

»Verflucht«, rief Rik. »Wir sollten den Jungs Bescheid geben, sich zurückzuziehen.«

Die Armee rückte auf sie zu. Er fragte sich, ob sie es schaffen würden, ehe die Vorhut sie erreichte.

Doch nach der Geschwindigkeit zu urteilen, mit der sich die Kavallerie bewegte, vermutete er, dass die Antwort nein lautete.

Unten im Hof griffen die Fourageure rasch zu ihren Waffen und liefen zu den Mauern. Sardec stieß zu ihnen und befahl schreiend, die Tore zu schließen und sie mit allem, was sie fanden, zu verbarrikadieren. Froschgesicht und der Barbar schoben einen alten Karren heran. Es war offensichtlich, dass es kein Entkommen gab. Dragoner auf Streitrossen waren bereits erschreckend nahe gerückt. Vor ihnen schwärmten Rudel schuppiger Jagdwyrm mit rasiermesserscharfen Zähnen heran. Wer versuchte, zur Furt oder zum Wald durchzubrechen, würde entweder niedergeritten oder von den Reißzahn-Wyrm in Stücke gerissen werden. Die gewaltigen Kiefer dieser zweibeinigen Wyrm konnten einem Mann innerhalb von Sekunden das Fleisch von den Knochen reißen.

»Was nun, Herr?«, fragte Sergeant Hef den Leutnant.

Sardec überlegte einen Augenblick. Rik wusste, dass nun jeder Mann in der Einheit aufmerksam lauschte und dem Beispiel des Terrarch folgen würde. Wenn Sardec in Panik ausbrach, würden sie es alle tun. Wenn er standhielt, würden sie ebenfalls nicht aufgeben, obwohl es aussah, als stünde dort draußen eine ganze Armee der Blauen. Mindestens tausend Mann besetzten die Hügelkämme. Wenigstens führten sie keine Breitrücken mit sich. Rik dankte dem Licht schon für kleine Gaben. Diese gewaltigen Wyrm hätten mit Leichtigkeit das Tor durchbrechen können. Und soweit er sehen konnte, besaß der Feind auch keine Kanonen. Die einzige Frage war, ob die Armee von einem Magier begleitet wurde. Falls dem so war, sah es für die Fourageure ziemlich schlecht aus.

»Wir können hier so lange aushalten, bis uns das Pulver ausgeht«, erklärte Sardec. »Sie haben keine Artillerie und auch keine großen Wyrm. Wenn sie Drachen mit sich führten, dann hätten wir das inzwischen festgestellt.«

Korporal Toby und Sergeant Hef nickten aufmunternd, doch Rik wusste genau, was sie dachten. Unter normalen Umständen würde sich eine Streitmacht, die sich einer solchen Übermacht gegenübersah, ergeben. Doch nachdem sie gesehen hatten, was Kalmek und seinen Kameraden widerfahren war, traute niemand dem Ehrenwort des Feindes wirklich. Zumindest für den Augenblick würden sie versuchen, der Armee standzuhalten und zu kämpfen.

»Wir könnten versuchen, uns heute Abend, wenn es dunkel wird, davonzuschleichen«, sagte Sardec. »Die Nacht wird wolkig.«

»Vergebung, Herr«, meinte Sergeant Hef, »aber diese Reißzähne werden unsere Witterung aufnehmen, sobald wir versuchen, uns davonzumachen. Wachposten könnten uns entdecken. Wenn uns die Wyrm in offenem Gelände oder in der Furt einholen, werden wir in Stücke gerissen.«

Der Sardec von früher wäre über Hef hergefallen, da er ihm widersprach. Doch jetzt nickte er nur. »Ihr habt natürlich recht, Sergeant. Aber Fürst Azarothe muss über diese Bedrohung an seiner Flanke in Kenntnis gesetzt werden. Vielleicht können einige wenige ausgesuchte Männer über die Mauer steigen, die feindlichen Linien umgehen und unsere Armee erreichen. Sobald unsere Leute Nachricht haben, können sie mit Leichtigkeit eine Truppe aufstellen, die uns zu Hilfe kommt. Die Armee lagert nur wenige Meilen entfernt. Wenn wir aushalten, können unsere Leute morgen früh hier sein.«

Und das hat er sich tatsächlich ganz allein ausgedacht, überlegte Rik säuerlich. Er nickte.

»Sucht Euch so viele Soldaten aus, wie Ihr für nötig haltet, Sergeant«, sagte Sardec. »Die Männer, die für die Aufgabe am besten geeignet sind.«

Rik war keineswegs erstaunt, als Hef Wiesel und den Barbaren auswählte. Verblüfft war er erst, als der Sergeant auf ihn wies. Offenbar bemerkte Hef seinen erstaunten Blick.

»Bei Nacht siehst du gut, und du besitzt ein Gehirn, Halbblut«, erklärte er. »Und du hast Mumm. Das haben wir in diesen höllischen Minen gesehen. Sorg dafür, dass die beiden nicht in Schwierigkeiten geraten, und bring sie zum Lager. Wir alle zählen auf dich. Und jetzt geh dich etwas ausruhen. Heute Nacht musst du deine fünf Sinne beisammenhalten.«

Aus der Ferne drang das Geschrei und Gelächter des Feindes zu Rik. Wie sollte er jemals Schlaf finden, solange ihn dieser Lärm daran erinnerte, was außerhalb der Mauern auf ihn wartete?

Rik wurde von einem Erdbeben geschüttelt. Seine Augen fühlten sich verklebt an. Als er die Lider auseinanderzwang, bemerkte er, dass es nur der Barbar war, der ihn wachrüttelte. »Raus aus den Federn«, rief er munter. »Zeit, diesen blauröckigen Bastarden zu zeigen, was eine Geheimaktion ist.«

»Wenn das deine Absicht ist, solltest du vielleicht leiser sprechen und nicht so brüllen«, meinte Wiesel.

»Was gibt's Neues?«, fragte Rik, nur um seine Nerven zu beruhigen. Seine Zunge fühlte sich angeschwollen an, und die Glieder waren schwach. So hatte er sich in den alten Zeiten in Drangsal auch vor einem großen Raubzug gefühlt.

»Es steht nicht besonders gut«, sagte Wiesel. »Sie haben uns umstellt und einige Kräfte an die Furt verlegt. Dort verfügen sie auch über Jagdwyrm.«

»Sonst noch gute Nachrichten?«

»Nun ja, der Leutnant hat mit einigen der Gefangenen gesprochen. Sagt, sie seien Wendehälse. Sie haben früher zu Prinzessin … ähem … Königin Katheas Armee gehört, aber jetzt haben sie sich den Blauen angeschlossen.«

»Irgendeine Vorstellung warum?«

»Das wird dir jetzt gefallen und Fürst Azarothe auch«, begann Wiesel. »Sie behaupten, Ilmarec habe die Seiten gewechselt. Er hält die Prinzessin … ich meine, die Königin … im Schlangenturm fest. Diese

Männer sagen, ihr Lehnsherr habe sich auf die Seite der Blauen geschlagen, daher würden sie ihm folgen.«

»Großartig. Es gibt doch nichts Rührenderes als Loyalität.«

»Es wird noch besser. Sie sagen, die Legion der Exilierten stehe in Morven.«

»Khaldarus' mörderische Privatarmee?« Rik erschauerte. Die Legion hatte den übelsten Ruf, den man sich vorstellen konnte. Ihre Anführer waren Terrarch, die so verderbt waren, dass sie aus dem Dunklen Imperium verbannt worden waren und jetzt als Söldner für Prinz Khaldarus kämpften. Es hieß auch, dass sie die allerdunkelste Magie überhaupt gebrauchten.

»Genau die. All das müssen wir dem General persönlich berichten. Außerdem sollen wir ihn über die Lage ins Bild setzen. Ich erzähle dir das jetzt für den Fall, dass wir getrennt werden. Wenn wir in ein paar Minuten mit Sardec zusammenkommen, wird er dir zweifellos dasselbe erklären, aber er wird viel mehr Worte dazu brauchen. Du weißt ja, wie die Terrarch sind.«

»Hast du irgendeinen Plan, wie wir hier rauskommen?«

»Ich dachte, wir könnten versuchen, unterhalb der Furt ins Wasser zu springen und uns ein Stück weit flussabwärts treiben zu lassen. Anschließend würden wir auf dem anderen Ufer zurückgehen und den Weg zum Lager einschlagen.«

Rik nickte. Das klang vernünftig. Wenn sie durch den Fluss gingen, würden die Reißzahn-Wyrm ihre Witterung nicht aufnehmen können.

»Das wird verdammt kalt«, sagte er. »Im Wasser, meine ich.«

»Wir gehen doch nicht zu einem Picknick, Halbblut. Da draußen sind schließlich Männer, die uns töten werden, falls sie uns fangen.«

»Wenn dir zu kalt ist, werden dich die glühenden Messer, die sie dir ins Spundloch schieben, rasch aufwärmen«, sagte der Barbar. Er war beunruhigt, und je nervöser er wurde, umso farbiger wurde für gewöhnlich seine Sprache.

Wiesel grinste bloß wie ein Hund, dem man den Bauch kratzt. Nicht zum ersten Mal dachte Rik, dass der ehemalige Wilddieb verrückt sein musste. Es war nicht richtig, dass ein Mann so furchtlos war. Aber wenn er schon bei diesem Selbstmordkommando sein Leben riskierte, dann war er doch froh, es in Gesellschaft dieser beiden zu tun. Er hatte noch nie jemanden gekannt, der besser für diese Art von Aufgabe geeignet war.

»Bringen wir es hinter uns«, sagte er. »Je eher die Sache erledigt ist, umso rascher sind wir wieder zu Hause.«

3. KAPITEL

Die Welt der Älteren Rassen hütet ihre Geheimnisse vor uns, und nur Narren oder Wahnsinnige glauben, dass sterblicher Verstand sie erfassen kann.

Das Buch von Zatampra Zeiros

Bibbernd hievte sich Rik aus dem Fluss. So weit, so gut, dachte er, als er keuchend am Ufer lag. Durch die tropfnassen Kleider drang ihm die Kälte bis in die Knochen. Er betete zum Licht, dass er nach dieser anstrengenden Nacht nicht den galoppierenden Durchmarsch bekäme, wie er es bei anderen schon erlebt hatte. Aber jetzt war es zu spät, sich deswegen Gedanken zu machen.

In seiner Nähe tauchte eine schattenhafte Gestalt aus dem Wasser auf. Aufgrund der Größe vermutete er, dass es sich um den Barbaren handelte. »Wo ist Wiesel?«, fragte er leise. Er flüsterte nicht, denn die Erfahrung hatte ihn gelehrt, dass ein Wispern dazu neigte, im Dunkeln weiter zu tragen als ein normal gesprochenes Wort.

»Hier!«, kam die Antwort. »Ruhe mich nach unserem mitternächtlichen Bad nur ein wenig aus.« Flussabwärts hörten sie das Geschrei von Männern, das Brüllen von Reißzahn-Wyrm und das Wiehern von Pferden: die ganze Geräuschkulisse des feindlichen Lagers. Der Schein der Feuer war zwischen den Bäumen schwach zu erkennen.

»Wir haben es geschafft«, erklärte der Barbar.

»Bis hierher, ja«, sagte Wiesel. »Wenn wir einen Bogen um dieses Lager schlagen wollen, ziehen wir aber besser weiter.«

Das Wasser quietschte in ihren Stiefeln, als sie sich vom Fluss entfernten. Rik hielt sein Bajonett in der Hand, die einzige Waffe, die er mit sich führte. Gegen jemanden, der mit einer Feuerwaffe ausgerüstet war, hatte er damit keine allzu große Chance, aber er fand es trotzdem beruhigend. Sie hatten ihre Musketen und Pistolen nicht mitgenommen, denn die hätten nach dem Bad, das die drei soeben genommen hatten, nichts genützt.

Vor sich hörte er das Knacken von Buschwerk und das Schlurfen von Füßen in nassen Stiefeln. Das war lächerlich. *Verstohlen* bedeutete wirklich etwas anderes. Die Wolken, die so hilfreich gewesen waren und sie verborgen hatten, als sie über die Mauer geklettert waren, wurden jetzt zum Problem, denn hier war es so dunkel, dass sogar seine sonst so exzellente Nachtsicht versagte. In der Stockfinsternis konnte er nicht einmal die Hand vor Augen erkennen. Wurzeln schoben sich in seinen Weg, sodass er stolperte. Bäume tauchten wie aus dem

Nichts vor ihm auf, und Zweige schlugen ihm ins Gesicht.

»Mach verdammt noch mal nicht so einen Lärm, Halbblut«, sagte der Barbar.

»Du klingst selbst wie ein Wyrmbulle, der durch ein Gebüsch trampelt«, gab Rik zurück.

»Ein sehr nasser Wyrmbulle«, setzte Wiesel hinzu.

»Warum haben wir uns bloß freiwillig dazu gemeldet?«, fragte Rik.

»Ich kann mich nicht erinnern, vorgetreten zu sein. Man hat mich ausgesucht«, verbesserte ihn der Barbar. »Zweifellos aufgrund meines Muts, meines guten Aussehens und meiner Intelligenz.«

»So wird es gewesen sein«, meinte Rik.

»Wenigstens haben wir eine Chance, lebend aus dieser Todesfalle herauszukommen«, sagte Wiesel.

»Die Jungs schaffen das«, hielt der Barbar dagegen.

»Wollen wir es hoffen«, schloss Rik. Seine Augen begannen sich an das tiefere Dunkel anzupassen. Zumindest hoffte er das und ebenso, dass diese schwarzen Schatten wirklich Bäume waren. Er fühlte eine eigenartige Furcht in sich aufsteigen, so als liefe er Gefahr, von einem in der Düsternis verborgenen Horror überfallen zu werden. Ihm fiel auf, dass der Wald voll leiser, huschender Geräusche war und sich in den Ästen Wesen bewegten.

»Wenn wir hier entlanggehen, müssten wir auf den Pfad kommen«, erklärte Wiesel.

»Bist du dir sicher?«, wollte Rik wissen.

»Natürlich bin ich verdammt noch mal nicht sicher«, erwiderte Wiesel. »Aber ich versuche die Richtung so gut wie möglich einzuschätzen.«

»Hoffen wir, dass das ausreicht.«

»Augenblick mal … was war das?«, fragte der Barbar. Sie hatten alle das Geräusch gehört. Es klang, als bewege sich in einiger Entfernung etwas Großes durch das Unterholz.

»Höchstwahrscheinlich ein Wildschwein«, sagte Wiesel.

»Wusste gar nicht, dass die bei Nacht rauskommen«, wandte der Barbar ein.

Ein eigentümliches Zischen hallte durch die Nacht und wurde von lauten Männerstimmen beantwortet.

»Verflucht«, sagte der Barbar. »Ein Reißzahn.«

»Mehr als einer«, setzte Wiesel hinzu, als zur Antwort ein Brüllen durch den Wald hallte. »Und wie es sich anhört, haben sie uns gewittert.«

Alle drei stürzten sie Hals über Kopf durch den Wald davon. Hinter sich hörten sie Männer und Wyrm, die gerade die Verfolgung aufnahmen.

»Meint Ihr, sie sind durchgekommen, Sergeant?«, fragte Sardec. Er sah von der Mauer des Anwesens hinunter und betrachtete die Feuer, die in der sie umgebenden Nacht zu sehen waren. Es waren viele. Er nahm noch einen Schluck aus seinem Becher. Der Wein schmeckte von den Mitteln, die ihm die Alchemisten gegeben hatten, um den Schmerz in seinem Armstumpf zu lindern, bitter. Doch nach all diesen Wochen und trotz aller

Zaubersprüche, mit denen die Magister ihn behandelt hatten, schmerzte er immer noch.

»Ich glaube schon, Herr. Niemand findet sich in einem Wald besser zurecht als Wiesel.«

»Hoffen wir es, Sergeant. Dort unten lagert eine Armee.«

»Eine kleine Armee, Herr«, sagte Sergeant Hef.

»Ihr habt recht, Sergeant. Ich verstehe nur nicht, warum sie noch nicht angegriffen haben. Es wäre doch viel sinnvoller, jetzt zu stürmen. Morgen früh haben wir freies Schussfeld.«

»Vielleicht wollen sie *uns* gut im Visier haben, Herr. Oder sie haben einen langen Marsch hinter sich und möchten ausruhen. Möglicherweise warten sie darauf, dass ihre Kanone gebracht wird.«

Sardec lächelte dem kleinen, affengesichtigen Mann zu, der neben ihm stand. In letzter Zeit war ihm zunehmend klar geworden, dass er den Sergeanten ganz gut leiden konnte. Natürlich auf dieselbe Art, wie er auch seine Jagdwyrm mochte. »Wenn mich Eure Bemerkung beruhigen sollte, Sergeant, dann hat sie ihre Wirkung verfehlt.«

»Ich zeige nur die verschiedenen Möglichkeiten auf, Herr. Das ist meine Aufgabe.«

»Und Ihr erledigt sie sehr gut.«

»Danke, Herr.« Sardec fiel auf, dass der Blick des Sergeanten zu seinem Weinbecher huschte. Offenbar überlegte der Mann, ob diese plötzliche Leutseligkeit aufseiten eines Offiziers am Alkohol lag. Sardec fragte sich das ebenfalls, doch er kannte die Antwort bereits.

»Sie wirken nicht besonders organisiert, oder, Sergeant?« Der Feind hatte keinen Versuch unternommen, seine Stellung zu befestigen. Offensichtlich waren nur wenige Wachposten aufgestellt worden. Die Männer hatten einfach ihre Zelte aufgeschlagen, wo sie gerade Lust gehabt hatten, solange der Platz nur außer Schussweite der gegnerischen Musketen lag. Hätte Sardec bloß ein paar Männer mehr gehabt, so hätte er vielleicht einen nächtlichen Überfall in Betracht gezogen. Ein paar Granaten zwischen diese dicht zusammenliegenden Lagerfeuer, und …

»Wahrscheinlich nur örtliche Milizen, Herr, oder Bauernburschen, frisch vom Gut eines Adligen ausgehoben. Irgendein Regionalfürst hat ein Regiment aufgestellt und fühlt sich wie ein General. So war Kharadrea schon immer.«

»Nicht, als Koth hier noch das Sagen hatte«, entgegnete Sardec.

»Nein, Herr, da habt Ihr recht. Aber nach allem, was ich gehört habe, hat die Königliche Armee immer nur einen kleinen Bruchteil der kharadreanischen Streitmacht dargestellt. Der Rest bestand aus zwangsrekrutierten Männern.«

»Wusstet Ihr, dass Koth hier ganz aus der Nähe stammte?« Sardec fragte sich, wessen Banner wohl über dieser zentralen Gruppe von Zelten wehte. Er war sich sicher, dass er die hochgewachsenen Gestalten von Terrarch gesehen hatte, die sich unter den Menschen bewegten.

»Wenn ich mich recht erinnere, hat er als Bandit in

diesen Wäldern angefangen und sich zu König Orodruines oberstem Kriegsherrn hochgearbeitet.« Natürlich wusste der Sergeant über Koth Bescheid. Alle menschlichen Soldaten kannten ihn, er war ihr Idol. Sardec dachte über Koths Laufbahn nach. Der Mann war in der Hütte eines Waldarbeiters geboren worden und hatte schließlich den besten Generälen zweier Königreiche vernichtende Niederlagen bereitet: Terrarch-Generälen, deren Kampferfahrung Jahrhunderte zurückreichte. Wie war das möglich?

»Manche Männer haben eben eine Begabung für den Krieg, Herr«, sagte Hef. Sardec war ein wenig schockiert. Die Drogen, die er in seinen Wein gegeben hatte, waren stärker, als er gedacht hatte. Ihm war nicht klar gewesen, dass er seine Gedanken laut ausgesprochen hatte.

»Nun ja, hoffentlich ist der Befehlshaber dort draußen keiner davon«, sagte er.

»Wollen wir es hoffen, Herr«, gab Hef zurück. Er versuchte, begeistert zu klingen, aber Sardec wusste, dass sie beide das Gleiche dachten: Im Grunde war es gleichgültig, wie unfähig der feindliche Kommandeur dort unten sein mochte oder wie unerfahren seine Truppen waren. Wenn sie morgen angriffen, würden sie die Fourageure durch ihre bloße zahlenmäßige Überlegenheit schlagen. Sardec betete zum Licht, dass es den drei Männern, die der Sergeant ausgewählt hatte, gelungen sein möge, einen Weg durch die feindlichen Linien zu finden.

Dieses alte Herrenhaus war widerstandsfähig, ein befestigtes, von dicken Mauern umgebenes Gutshaus, das erbaut war, um Angriffen von Banditen aus dem Wald und marodierenden Soldaten benachbarter Kriegsherren zu widerstehen. Ja, das Gebäude war stark.

Sardec hoffte nur, dass es auch stark genug war.

Nach einer Zeit, die den dreien wie eine Ewigkeit erschien, kam der Mond hinter den Wolken hervor, Lichtbündel fielen durch das Laubwerk und erhellten den Boden. Inzwischen hatten sich Riks Augen an das Halbdunkel gewöhnt. Er war nicht länger blind, sondern sah, wohin er trat. Die Bäume schimmerten im Mondschein. Große Pilze wuchsen aus der Schicht toten Laubes. Der Barbar und Wiesel wirkten vor ihm wie Koboldgestalten.

Hinter sich hörten sie die Verfolger. Riks Lungen brannten, die nassen Kleider scheuerten auf seiner Haut, und die Mückenstiche juckten. Ein merkwürdiger neuer Ton hatte sich in die Stimmen der Wyrm geschlichen. Wenn Rik es nicht besser gewusst hätte, so hätte er behauptet, dass die Tiere Angst hatten. Er konnte hören, wie Männer versuchten, sie mit Peitschenhieben voranzutreiben. Doch aus irgendeinem Grund wollten die Reißzähne einfach nicht mehr weiter.

»Was ist los?«, fragte Rik.

»Weiß nicht«, antwortete der Barbar.

»Hier ist es irgendwie unheimlich«, meinte Wiesel. Sie befanden sich auf einer weitläufigen Lichtung. Er wies auf einen Pfad, der sich zwischen den Bäumen dahinschlängelte. Nun, da er es erwähnt hatte, fiel Rik auf, dass Wiesel recht hatte. Es war unnatürlich still, die Bäume wirkten eigentümlich verdreht und verkrüppelt. Von einigen Ästen hing verfaulte Rinde herab. Alte Geschichten über entsetzliche Dinge, die nach Mitternacht in den Wäldern geschahen, schossen ihm in den Kopf. Offenbar waren sie weit von dem Weg abgekommen, den sie hatten einschlagen wollen, und an einen ganz anderen Ort geraten.

In diesem Augenblick drehte sich der Wind, und Halbblut stieg ein Geruch in die Nase.

»Was stinkt da so?«, fragte er.

»Riecht verfault«, fand der Barbar. Er hatte recht. Es war der typische beißende, ledrige Fäulnisgeruch, aber doch irgendwie anders. Instinktiv rückten die Männer zusammen und bildeten ein Dreieck, damit sie aus keiner Richtung überrascht werden konnten.

Jetzt flammte in etwa zwanzig Schritten Entfernung ein schwaches, leicht grünlich gefärbtes Glühen auf. Rik spürte, wie seine Haut prickelte.

In der Mitte der Lichterscheinung stand ein kräftiges Wesen. Rik fühlte, wie sich seine Nackenhärchen aufstellten. Das Ding war so vierschrötig wie der Barbar, aber nicht so groß. Die Gestalt war langgestreckter und flacher, einem Reißzahn ganz ähnlich – einem Wyrm allerdings von den Proportionen eines Menschen. Der Kopf war schlangenartig. Dahinter entsprang ein gewaltiger Schwanz. Die Haut des Wesens war schuppig, und die hervorquellenden Augen wirkten weit größer als die eines Menschen. Eine lange Zunge schoss aus seinem Maul und schien die Luft zu schmecken. In den Händen hielt das Wesen ein Schwert mit gezackter Schneide, das so lang wie ein Gewehr war und höllisch gefährlich aussah. Rik erinnerte sich plötzlich an Geschichten über die Geister von Schlangenmenschen.

»Was zum Teufel ist das?«, fragte der Barbar. Die Kreatur stand da und sah sie über die Lichtung hinweg an. In Erwartung eines Angriffs spannte sich Rik an. Er warf Blicke nach links und rechts und fragte sich, ob die Erscheinung sie vielleicht ablenken sollte, während sich etwas anderes an sie heranpirschte. Doch er sah nichts und hörte bis auf die leisen nächtlichen Geräusche des Waldes auch nichts.

»Wer bist du?«, fragte Rik.

»*Was* bist du?« Der Barbar klang jetzt, als stünde er am Rande eines berserkerhaften Wutausbruchs. Er teilte alle primitiven, abergläubischen Vorstellungen der Nordmänner über die Dämonen der Alten Welt. Als Rik das Wesen ansah, konnte er ihm das nicht verübeln.

»Ein Schlangenmensch«, meinte Wiesel. »Es muss einer sein. Dieses Volk hat einmal in dieser Gegend gelebt.«

»Sie sind aber schon vor Ewigkeiten ausgestorben«, entgegnete Rik.

»Erzähl das Freund Schuppengesicht da drüben. Ihn musst du davon überzeugen, nicht mich.«

»Du glaubst also, das da ist ein Geist, Halbblut?«, fragte der Barbar. Er sprach aus, was alle dachten. In seiner Stimme klang jetzt noch deutlicher die Furcht durch. Er hörte sich an, als könne er sich nicht entscheiden, ob er das Wesen angreifen oder schreiend in die Nacht davonrennen sollte.

»Woher soll ich das wissen? Es sieht ziemlich echt aus.«

»Meinst du, ich könnte ihm mit meinem Schwert etwas anhaben?«, fragte der Barbar.

»Willst du hingehen und es herausfinden?«

»Glaubst du, ich habe Angst?«

»Ich habe jedenfalls welche«, gab Rik zu.

»Es bewegt sich nicht«, sagte Wiesel. Wie immer hatte er es fertiggebracht, einen kühlen Kopf zu behalten. Als Rik jetzt genauer hinschaute, sah er, dass der Wilderer recht hatte. Das schwache Glühen, das die Gestalt umgab, waberte und vermittelte den Eindruck von Bewegung, aber das Wesen selbst hatte nichts getan, seit es sich gezeigt hatte.

»Vielleicht wartet es ja ab. Schlangen können ewig lauern, ohne sich zu rühren«, meinte der Barbar.

Nun, da der erste Ansturm von Furcht vorüber war, fühlte sich Rik eher neugierig denn ängstlich. Vorsichtig näherte er sich dem Schlangenmann. Er schien auf etwas zu stehen, einem dicken, teilweise im Boden vergrabenen Steinblock. Als Rik den Blick schon abwenden wollte, leuchteten Runen auf und krochen am Rand entlang. Er erstarrte sofort, doch nichts geschah.

»Komm zurück, Halbblut«, rief der Barbar. »Denk an das, was in der Mine passiert ist.«

Neugierde und noch etwas anderes ließen Rik keine Ruhe. Hier stimmte was nicht, da gab es etwas Geheimnisvolles, und er war entschlossen, es zu ergründen.

Neugierde war schon immer eine seiner gefährlichsten Schwächen gewesen. Er blieb so dicht vor dem Schlangenmenschen stehen, dass er ihn beinahe hätte berühren können.

Aus dieser Nähe musste Rik zwangsläufig bemerken, dass aus den Mundwinkeln des Wesens zwei lange, gebogene Fänge nach unten ragten. Er fragte sich, ob sie im wirklichen Leben wohl giftig waren. Jetzt war er nahe genug, um zu erkennen, dass es sich bei dem Wesen um eine Statue handelte, die auf einer Art Sockel stand. Er bewunderte die fein herausgearbeiteten Details, durch die diese Figur unglaublich lebendig wirkte. Als er sich umsah, bemerkte er, dass der Boden hier ungleichmäßig war. Gleich hinter der Statue erstreckte sich eine offene Fläche aus Pflastersteinen. Auch dort krochen fremdartige, glühende Runen über die Oberfläche.

Er fragte sich, was hier vorging. Hatte ihre Anwesenheit etwas ausgelöst? War diese Szenerie eine magische Falle? Oder hatte das Ganze gar nichts mit ihnen zu tun?

»Ich glaube, dieser Ort ist verwünscht, Halbblut«, sagte der Barbar. »Komm, lass uns verschwinden.«

»Das ist nur eine Art Statue, kein Geist«, gab Rik zurück.

»Was ist dann mit diesen verfluchten Lichtern?«

»Irgendwelche Magie«, sagte Rik.

Er konnte nicht abstreiten, dass die Runen durch Hexerei erzeugt wurden, aber bis jetzt schien sich der Zauber nicht gegen sie zu wenden. Vielleicht sollten sie diesen Ort lieber in Ruhe lassen. Seine Nerven waren zum Zerreißen angespannt, und sein Instinkt schrie ihm zu, sich zu entfernen. Er hatte das Gefühl, jede Minute könne etwas Entsetzliches auftauchen.

»Ich finde, wir sollten jetzt lieber gehen«, meinte Wiesel.

Rik nickte. Sie wandten sich zum Pfad zurück und setzten ihren Weg durch die Nacht fort. Wieder und wieder warfen sie beunruhigte Blicke über die Schultern. Hinter sich hörten sie immer noch die Geräusche, die ihre Verfolger verursachten. Rik verstand jetzt, warum sich die Wyrm dem Ort nicht hatten nähern wollten.

Sie waren vernünftiger als die Menschen.

Sardec stand auf einer kalten Anhöhe und sah auf die lange Straße hinunter, die sich in die Dunkelheit hinein erstreckte. Dutzende von Gestalten bewegten sich darauf. Sie waren hochgewachsen und trugen lange Umhänge in der Trauerfarbe Grau. Mit den kräftigen Fingern seiner Rechten strich er sich übers Kinn und hielt dann verblüfft inne. Er hatte geglaubt, diese Hand verloren zu haben, hatte gedacht, sie sei verbrannt. Immer noch spürte er die furchtbare Hitze darin. Er griff nach unten und stellte fest, dass Mondschatten, das Schwert seines Vaters, an seiner Seite hing. Auch das war eigenartig. Er hatte geglaubt, die Klinge sei zerstört worden, verloren in den Gängen der unterirdischen Stadt Achenar, als er und seine Soldaten gegen den Dämonengott Uran Uhltar gekämpft hatten.

Jetzt erinnerte er sich, was das für eine Straße gewesen war. Er war schon einmal hier gewesen. Es war die Straße der Toten, auf der die Seelen der Terrarch zum Ort des Gerichts wandelten. Dann bin ich also tot, dachte er. Hatten die Kharadreaner während der Nacht angegriffen? Oder hatte er den Bau des Spinnengottes nie verlassen? Hatte er alles andere nur geträumt? Nein, dachte er. Das hier war der Traum.

Noch während ihm dieser Gedanke durch den Kopf huschte, spürte er, wie die Kreaturen über ihn hinweghuschten. Es waren kleine Wesen, eine Mischung aus Spinne und Tausendfüßler, mit langen, gebogenen Schwänzen, die sich wie bei einem Skorpion über ihrem Körper erhoben. Sie kletterten auf ihm herum und stachen ihn. Dort, wo die Schwänze in die Haut drangen, schwoll sein Fleisch zu dicken Beulen an, aus denen noch mehr von den Kreaturen schlüpften. Hinter sich hörte er, wie sich etwas Großes an ihn heranschob. In Todespein wälzte er sich und versuchte, die Wesen zu zerdrücken, die in seine Kleider und seinen Mund schwärmten, während ihre Stiche jetzt seine Augen trafen …

In kalten Schweiß gebadet, fuhr er hoch. Das Zimmer war leer und das Feuer heruntergebrannt. Wieder hatte er diesen Traum gehabt. Er fragte sich, ob er irgendeine mystische Bedeutung hatte oder bloß ein Albtraum war.

»Ah, zu Hause riecht es doch immer am besten«, meinte der Barbar und sog die stinkende Luft tief in die Lungen. Seine Laune hatte sich mit jedem Schritt, den sie sich von dem Spuktal und der fremdartigen Statue entfernt hatten, gebessert.

Sie hatten das Lager gerochen, lange bevor sie es sahen. Der Gestank nach Küchendünsten, Latrinen, Wyrm und Tausenden ungewaschener Körper, die sich in feuchten Zelten zusammendrängten, war unverkennbar. Nun war das Lager unter ihnen zu sehen, eine dunkle Masse aus Zelten und Fackeln, die in ordentlichen Reihen angeordnet waren. In ausreichender Entfernung von den Zelten, sodass sie keinen Brand verursachen konnten, waren große Feuer angezündet worden, und Wachposten gingen mit Laternen in der mobilen Stadt auf und ab. Rik erkannte die spitzen Zelte der Menschen, die weitläufigen Pavillons der adligen Terrarch und weitere Zelte in allen dazwischenliegenden Größen. Auf der einen Seite des Lagers waren die Pferde untergebracht, und auf der entgegengesetzten hatte man die Wyrm in einen Korral gesperrt, die im Schlaf brüllten und knurrten.

Sie trotteten hügelabwärts, bis ein Wachposten sie anrief, dem sie ihre Namen und Regimenter nannten. »Parole«, verlangte der Posten dann.

»Wir kennen die verdammte Parole nicht«, sagte der Barbar. »Wir kommen gerade aus einem Kampf und haben Nachrichten für den General.«

»Wenn ihr die Parole nicht wisst, muss ich euch in Arrest nehmen. Befehl ist Befehl.«

»Korporal Menzel?«, fragte Wiesel.

»Ja. Bist du das, Wiesel?«

»Das weißt du genau, und ich habe den Barbaren und das Halbblut bei mir.«

»Aha.«

»Lass uns passieren. Die Sache ist wichtig. Der Rest der Jungs sitzt in einer Falle. Wir sollen dafür sorgen, dass eine Hilfstruppe aufgestellt wird.«

»Darüber weiß ich nichts. Ich habe meine Order.«

Der Barbar schäumte vor Wut. »Wenn du uns nicht durchlässt, nehme ich dieses Messer und schiebe es dir …«

»Was geht hier vor?«, ließ sich eine andere Stimme vernehmen. Sie gehörte einem Terrarch. Leutnant Jazeray erschien aus dem Dunkel und maß die Männer hochmütigen Blickes.

»Wir kommen von Leutnant Sardec, Herr«, erklärte Rik. »Er ist heute auf den Feind gestoßen und hat ihm einen Stützpunkt abgenommen. Aber er wurde von der feindlichen Verstärkung abgeschnitten. Er hat uns geschickt, um Hilfe zu holen. Ich weiß das Pflichtbewusstsein von Korporal Menzel hier zu schätzen, aber wir haben Befehl, die Nachricht zu General Azarothe selbst zu bringen.«

»Ach, tatsächlich?«, gab Jazeray zurück. »Und ihr sagt, Sardec ist umzingelt? Wie viele Feinde?«

»Vielleicht tausend Blaue.«

»Ich bezweifle, dass es im Umkreis von hundert Meilen überhaupt so viele Blaue gibt.«

»Bei allem Respekt, Herr, darüber sollte vielleicht der General befinden. In diesem Augenblick sterben dort vielleicht unsere Kameraden, und …«

Jazeray kam zu einem Entschluss. Er nickte. »Natürlich. Aber ich warne euch. Wenn das irgendein Streich ist…«

»Kein Streich, Herr.«

»Dann kommt und lasst uns den General und seine Halbschwester stören.«

Rik fuhr zusammen. Soweit er wusste, hatte Fürst Azarothe nur eine Halbschwester, und zwar Asea. Sie hatte ihm einmal versprochen, ihn die Magie zu lehren, aber während der letzten paar Monate hatte es ausgesehen, als hätte sie ihn vergessen. Er fragte sich, warum sie sich zu dieser Zeit im Lager aufhielt und welche Kunde sie wohl gebracht hatte. Ob sie überhaupt noch wusste, wer er war?

Rik zuckte die Achseln. Er würde es bald genug erfahren.

4. KAPITEL

Im Krieg ist ein schnell entschlossener Plan heute oft besser als ein perfekter Plan nächste Woche.

Armande Koth, Kriegsführung im Zeitalter der Muskete und des Drachen

Düster erhob sich ein gewaltiger Pavillon vor ihnen. Phosphoreszierende Steine, auf Stäbe montiert, erhellten den Eingang. Im Inneren leuchteten noch weitere der magischen Edelsteine an Haltern, die vom Dachpfosten herabhingen. Trotz der späten Stunden war das Zelt voller Terrarch. Ein Duft nach Weihrauch zog durch die Luft, und ein kleines Kammerorchester spielte ruhige Musik.

An dem Tisch in der Mitte saßen die Terrarch-Offiziere der Armee. Aus Goldfäden geflochtene Tressen schmückten ihre scharlachroten Uniformröcke. An vielen Brustkästen prangten Regimentsabzeichen und wiesen die Besitzer als Oberste und Hauptmänner aus. Rik stellte fest, dass der Tisch seinen Blick magnetisch anzog. An einem Ende saß ein hochgewachsener Terrarch, dessen Gesicht hinter einer Silbermaske von beeindruckender Schönheit verborgen blieb. Sein roter Rock war streng geschnitten und trug keinerlei Rangabzeichen. Lederhandschuhe schützten seine Hände, und trotz der Hitze trug er einen roten Schal um den Hals. Offensichtlich war General Azarothe entschlossen, der Welt nicht das kleinste Stück Haut zu zeigen. Über den Grund gingen schreckliche Gerüchte um.

Am anderen Ende des Tisches saß eine Terrarch-Frau von überwältigender Schönheit, ebenso groß wie ein hochgewachsener Mann und so schlank wie eine Weidengerte. Ihr Haar war auf dem Kopf hochgesteckt und betonte ihre spitz zulaufenden Ohren. Ihre riesigen, schimmernden Augen fingen das Licht ein und warfen es zurück. Rik war wie vom Donner gerührt. Als er Asea zuletzt gesehen hatte, hatte sie sich zum Kampf in die magische Rüstung der Ersten gekleidet. Doch jetzt wirkte sie durch und durch wie eine Hofdame. Keine Spur mehr von der kriegerischen Zauberin, die angeboten hatte, ihn auszubilden. Sie gab mit keinem Wort oder Blick zu erkennen, dass sie wusste, wer Rik war, und um seiner eigenen Sicherheit willen beschloss er, sich ebenso zu verhalten.

Leutnant Jazeray trat vor und flüsterte Oberst Xeno etwas ins Ohr. Der kaltgesichtige Offizier beugte sich seinerseits vor und sagte etwas zu Azarothe. Der General winkte den drei Fourageuren, sie sollten vortreten. Die langsame Anmut der Bewegung und seine lederüberzogene Hand verliehen der Geste etwas Drohendes. Rik gab sich die größte Mühe, unter dem durchdringenden, flackernden Blick des Generals nicht zu erbeben. Er hatte einmal einen Habicht gesehen, dessen Augen so dreinblickten wie die Azarothes. In ihnen lag etwas Raubtierhaftes, Wildes und ein wenig Irres.

»Sprich«, befahl der General. Seine Stimme war leise und übertönte dennoch mühelos das Stimmengewirr. Obwohl so viele Terrarch anwesend waren, spürte er, dass ihm der General seine ganze Aufmerksamkeit zuwandte. Während er seine Geschichte erzählte, musste er gegen den Drang ankämpfen, hysterisch zu plappern. Doch Azarothe hörte ihn an, ohne ihn zu unterbrechen, und stellte ihm anschließend einige Fragen über die Art der feindlichen Truppen und ihre Aufstellung. Dann hob er die Hand.

»Meine Herren«, begann er. »Das Geschäft ruft. Offenbar sind wir früher als erwartet auf den Feind gestoßen. Ich bedaure, dass wir diese köstlichen Speisen im Stich lassen und uns kriegerischen Angelegenheiten zuwenden müssen. Ich wäre dankbar, wenn die Obersten zu mir in mein Zelt kommen würden, und möchte vorschlagen, dass die anderen eine Weile schlafen. Morgen werden wir kämpfen. Schwester … es tut mir leid, dass wir dieses Willkommensmahl jetzt unterbrechen müssen.«

Asea neigte anmutig den Kopf. »Die Pflicht muss an erster Stelle stehen.«

Einer nach dem anderen erhoben sich die Terrarch, verneigten sich vor Azarothe und Asea und auch voreinander und zogen sich dann zurück.

Azarothe sah die drei Fourageure an. »Haltet euch hier bereit, falls ich euch noch einmal befragen muss. Meine Diener holen trockene Kleidung. Esst ruhig von allem, was auf dem Tisch steht, aber lasst den Wein für den Augenblick stehen. Ich brauche euch mit klarem Kopf.«

Rik war erstaunt. Azarothes kleine Ansprache hatte nichts von dem herablassenden Ton, den er inzwischen von den Terrarch erwartete. Er war nicht freundlich, aber auch nicht verächtlich, und sein Verhalten zeigte, dass er wirklich zu schätzen wusste, dass sie Gefahren auf sich genommen hatten, um ihm diese Botschaft zu bringen. Er würde sie belohnen, wenn die Zeit dazu gekommen war.

Kurz darauf rauschte Azarothe aus dem Zelt, gefolgt von den Regimentskommandeuren und ihren Adjutanten. Die drei Menschen blieben mit den Dienern und Asea zurück. Sie fächelte sich Luft zu und betrachtete sie verstohlen aus dem Augenwinkel.

Der Barbar glotzte sie mit so unverhohlener Bewunderung an, dass Rik schon damit rechnete, man würde ihn davonschleppen und auspeitschen. Wiesel stand bereits vor dem Tisch, suchte Leckerbissen aus und steckte sie für später in seine Taschen. Typisch für einen erfahrenen Soldaten, dachte Rik, dass er nie eine Gelegenheit verstreichen ließ, Beute zu machen.

Asea winkte Rik zu sich. Zuerst war er sich nicht sicher, ob sie ihn meinte, doch sie wiederholte ihre Geste, und er ging zu ihr.

»Du siehst ein wenig durchnässt aus, Soldat«, begann sie.

»Wir sind heute Nacht durch einen Fluss geschwommen, edle Dame«, antwortete er.

»Und seid auf ein Relikt der Schlangenmenschen gestoßen«, sagte sie. »Ein seltsames Omen.«

»Ich verstehe nicht.«

»Das wirst du vielleicht bald.«

Sie lächelte ihm zu, ein bezauberndes Strahlen, obwohl darin auch eine Kälte lag, die ihm riet, auf der Hut zu sein. »Ich habe nicht vergessen, worüber wir in der Mine unterhalb von Achenar gesprochen haben. Wir reden weiter, wenn die Zeit dazu gekommen ist.« Mit ihrem Fächer wies sie auf die beiden Soldaten und die Diener, die schon begonnen hatten, den Tisch abzuräumen. »Dies ist weder die rechte Zeit noch der rechte Ort.«

»Ich weiß das zu schätzen, edle Dame«, sagte Rik. Sein Herz raste. Offenbar hatte sie ihn tatsächlich nicht vergessen, und er hatte immer noch eine Chance, die Magie zu erlernen und seine Stellung in der Welt zu verbessern. Mit einem Mal kehrte sein alter, unterdrückter Ehrgeiz zurück.

Sie nickte ihm freundlich zu, erhob sich und verließ das Zelt. Zwei Zofen folgten ihr, und Rik erhaschte einen Blick auf einen ihrer dunkel gekleideten Leibwächter, der sich ihr anschloss, lautlos wie ein Schatten und gefährlich wie ein Tiger.

Der Barbar kam auf ihn zu. Der Stoß mit dem Ellbogen, den er ihm versetzte, warf ihn beinahe um. »Worüber hast du mit Ihrer Lieblichkeit geplaudert?«

Rik warf dem Hünen einen scharfen Blick zu. War er

wirklich vernarrt in sie, oder war das eine Art grober Scherz?

»Wir haben über die Schlangenmenschen gesprochen.«

»Was hat sie gesagt?«, fragte Wiesel, der ein Stück Kuchen kaute, mit vollem Mund.

»Sie meinte, es sei ein seltsames Omen.«

»Wenn sich jemand damit auskennt, dann sie. Magie ist ihr Geschäft.« Wiesel blickte nachdenklich drein. »Es heißt, sie hätte sich lange auf dem südlichen Kontinent aufgehalten. In Xulander, wo die letzten Schlangenmenschen leben. Der Quartiermeister behauptet, dort habe sie diese Leibwächter mit den merkwürdigen Augen aufgetan.«

Der Quartiermeister wusste über alle möglichen seltsamen Umstände sehr gut Bescheid. Rik bezweifelte nicht, dass er nach einem Schwätzchen mit Wiesel auch über den Gegenstand dieses Gesprächs sehr gut im Bilde sein würde. Daher beschloss er, nichts von Aseas Absicht, ihn zu unterrichten, zu erwähnen, denn er wollte nicht, dass im Lager darüber geklatscht wurde. Und Asea sah das offenbar genauso.

Er bediente sich mit etwas Brot und eingelegten Früchten. Das Kompott war köstlich, doch der Geschmack war ihm vollständig unbekannt. Er fragte einen der Diener, der ihn ansah, als wäre er soeben aus der Gosse gekrochen. »Blutbeerengelee, eingelegt in Traumspinnengift, Herr«, antwortete der Mann. »Bei Menschen ruft es Euphorie hervor.« Er sagte das, als wäre er selbst kein Mensch.

Weitere Diener traten ein. Sie brachten neue Uniformen und Militärmäntel. Die Kleidungsstücke waren aus dunklem Stoff gefertigt und trugen das Zeichen von Aseas Familie.

»Die Prinzessin hat General Azarothe gebeten, ihr für den morgigen Tag die Helden von Achenar als Leibwache zuzuteilen, und der Fürst hat freundlicherweise seine Erlaubnis dazu gegeben«, erklärte der oberste Diener, der auch die Kleider gebracht hatte.

Rik zog sich auf der Stelle um. Für den Augenblick war er dafür dankbar, trockene Kleider zu tragen und satt zu sein. Während er sich zur Ruhe legte, hörte er, wie Kuriere mit Nachrichten ausgesandt wurden. Es sah aus, als hätte Fürst Azarothe Pläne für morgen.

Am nächsten Tag wachte Rik früh auf. Sein Kopf lag auf einem zusammengerollten Umhang, jemand hatte ihn mit einem Mantel zugedeckt. In seiner Nähe schnarchte der Barbar. Wiesel hatte sich auf einen Ellbogen gestützt und rauchte eine Pfeife. Sie befanden sich immer noch im großen Pavillon. Niemand war während der Nacht gekommen, um sie noch einmal zu befragen. Offensichtlich hatte man sie vergessen. Rik erinnerte sich, unruhig geschlafen zu haben. Immer wieder hatten ihn das Geschrei von Männern, das Rumpeln von Karren und vorbeiziehende Pferde und Wyrm geweckt. Er sog die Luft ein, die nach saurem Wein und abgestandenem Weihrauch roch.

»Morgen, Halbblut«, sagte Wiesel. »Frühstück?«

Er bot ihm ein zerkrümeltes Kuchenstück an, das er

aus der Tasche seines Uniformmantels zog. Rik schüttelte den Kopf und stand auf. Der Tisch war in der Nacht abgeräumt worden, aber jemand hatte daran gedacht, etwas kaltes Fleisch und altbackenes Brot zurückzulassen. Rik war überrascht, dass die Diener so aufmerksam gewesen waren. Vielleicht hatten sie entsprechende Befehle erhalten.

»Wie sieht's draußen aus?«, fragte er.

»Steck den Kopf aus der Tür und schau dich um. Ich bin noch nicht draußen gewesen.«

Strahlender Sonnenschein herrschte. Der Pavillon lag auf einer Anhöhe, in einer Nähe flatterten die Standarten der Armee in einer leichten Brise. Er sah auf das Lager hinunter, in dem reges Kommen und Gehen herrschte: ein Ameisenhaufen, in den jemand einen Stock gesteckt hatte. Menschliche Einheiten bewegten sich in einem kontrollierten Chaos. Gewaltige langhalsige Breitrücken-Wyrm, so groß wie ein Haus, zogen gen Osten davon, gefolgt von Kavallerie-Einheiten. Terrarch-Offiziere in scharlachroten Uniformröcken eilten geschäftig über den Hügel hin und her; offensichtlich holten sie sich letzte Instruktionen. Rik sah einen Mann, den er kannte, auf sich zukommen, einen von Aseas schwarz gewandeten Leibwächtern. Die Kapuze seiner Tunika bedeckte sein Haar, und um den unteren Teil seines Gesichts hatte er einen Schal geschlungen, sodass nur seine unheimlichen, tierhaften Augen und die dunkle Haut seiner Stirn zu erkennen waren.

»Gut«, sagte er mit seinem fremdartigen Akzent. »Ihr seid erwacht. Die Herrin befiehlt euch zu sich. Da meine Brüder nicht zugegen sind, benötigt sie Leibwächter, und sie scheint der Meinung zu sein, dass ihr der Aufgabe würdig seid.«

Aseas andere schwarz gekleidete Beschützer waren in jenem Höllenloch unterhalb von Achenar gestorben. Rik fragte sich, wie dieser Mann das wohl empfand. Waren die Toten mit ihm verwandt oder durch die Religion mit ihm verbunden gewesen, oder gab es einen anderen Grund dafür, dass er sie seine Brüder nannte?

»Mein Beileid zu deinem Verlust«, sagte er in der Hoffnung, den anderen aus der Reserve zu locken.

»Nicht nötig. Sie sind in Erfüllung ihrer Pflicht gestorben, so wie sie es sich wünschten. Es gibt keine größere Ehre.« Rik hätte sich noch einige andere Ehrungen vorstellen können, doch dies schien nicht der richtige Zeitpunkt, das zu erwähnen.

»Ich bin Rik.«

»Mein Name ist Karim.«

Er warf einen Blick nach drinnen und sah, dass Wiesel den Barbaren inzwischen geweckt hatte. Beide futterten fröhlich.

»Zeit zu gehen«, sagte er. »Prinzessin Asea befiehlt uns zu sich.«

Sardec stand auf. Er war müde, konnte jedoch nicht schlafen. Außerdem wollte er die Wachposten überprüfen. Er stellte fest, dass die meisten seiner Männer bereits wach waren, ihre Waffen vorbereiteten und sich zum Kampf rüsteten. Er stieg auf die Mauer und sah, dass die Landschaft unter ihm von Nebel bedeckt war.

Um diese Jahreszeit kam das in den Wäldern recht häufig vor, doch es würde ihrer Sache nicht im Geringsten dienlich sein. Auf diese Weise vermochte der Feind fast bis an die Befestigungsmauer vorzurücken, ohne dass sie schießen konnten. Er fragte sich, warum ihre Gegner das nicht bereits versucht hatten, und betete zum Licht, die Sonne möge aufgehen und den Dunst zerstreuen. Ihre Chancen standen in diesem Kampf schon schlecht genug. Der Nebel würde sich nur zum Vorteil ihrer Feinde auswirken.

Einmal mehr überlegte er, ob seine Boten ihr Ziel wohl erreicht hatten. Man konnte sich nur zu leicht vorstellen, was alles schiefgegangen sein mochte. Vielleicht waren die Männer in Gefangenschaft geraten oder hatten sich verirrt. Oder der Oberkommandierende hatte ihnen nicht geglaubt. Sardec schüttelte den Kopf und versuchte den Schmerz in seinem Armstumpf zu vergessen. Es hatte keinen Sinn, sich jetzt um Dinge zu sorgen, auf die er keinen Einfluss hatte. Besser, er kümmerte sich um die Angelegenheiten, bei denen er etwas bewegen konnte.

Es sah aus, als hätte Sergeant Hef gute Arbeit geleistet und die Männer vorbereitet. Die Hälfte von ihnen befand sich bereits auf den Mauern, wo sie sich niederkauerten, sodass sie nicht gesehen oder von einem zufälligen Schuss getroffen werden konnten. Alle hatten geladene Waffen zur Hand und die Bajonette griffbereit. Sardec vermutete, dass sie gebraucht würden. Sergeant Hef sah ihn näher kommen, stand auf und salutierte.

»Gute Arbeit, Sergeant«, lobte Sardec.

»Ich habe ein paar Männer abgestellt, damit sie im alten Herrenhaus ein Feldlazarett einrichten, Herr. Die anderen Burschen sind unten und frühstücken. Ich dachte, es wäre besser, wenn sie etwas in den Magen bekommen, bevor der Kampf losgeht. Wer weiß, wann sie das nächste Mal Gelegenheit dazu haben. Aber eines lässt mir keine Ruhe, Herr.«

»Ja, Sergeant?«

»Warum haben sie noch nicht angegriffen?«

»Ich weiß es nicht, Sergeant, aber vielleicht können wir sie bald selbst danach fragen.« Mit seinem unversehrten Arm wies er in die Landschaft. Unter ihnen tauchte eine Gruppe von Terrarch aus dem Nebel auf. Einer von ihnen hielt einen Stock, an den ein Stück weißer Stoff geheftet war. Offensichtlich wollten sie verhandeln.

»Erkennt Ihr die Fahne an?«, schrie der Anführer. Sardec hob das Fernglas vor die Augen und stellte es mit einiger Mühe mittels seines Hakens ein. Aufmerksam musterte er den Sprecher. Er war ein hochgewachsener Terrarch, der einen langen blauen Uniformrock und eine Halbmaske in einem archaischen Stil trug. Unter seinem Dreispitz quoll eine schneeweiße Haarmähne wie ein Wasserfall hervor.

»Ja«, gab Sardec zurück. »Mit wem habe ich die Ehre?«

»Ich bin Esteril aus dem Haus Morven. Gewährt Ihr mir die Gunst, Euren Namen zu erfahren?«

»Sardec aus dem Haus Harke.«

»Ein guter Name. Ich kannte Euren Vater.«

»Dann ist es mir doppelt angenehm, Euch zu treffen. Ich werde ihn von Euch grüßen, wenn ich das nächste Mal nach Hause schreibe.«

»Erinnert ihn an den Tag, als wir gemeinsam die Herren von Valastne in die Flucht schlugen.« Sardec wusste jetzt wieder, dass sein Vater auch schon von diesem Tag gesprochen hatte, und ihm fiel außerdem ein, was er über Fürst Esteril gesagt hatte: ein Terrarch von großem Mut und Ehrgefühl, aber nicht eben mit geistigen Gaben gesegnet. Wenn er dort unten den Befehl führte, dann erklärte das jedenfalls die Trägheit seiner Armee.

»Das werde ich mit Vergnügen tun.«

»Ich bedaure, Euch mitteilen zu müssen, dass Ihr umzingelt seid.«

»Das hatte ich bereits bemerkt«, sagte Sardec.

»Es wäre mir eine große Ehre, wenn Ihr Euch unter meinen Schutz stellen würdet.«

»Das ist wahrscheinlich die liebenswürdigste Aufforderung zur Kapitulation, die ich jemals hören werde. Doch zu meinem Bedauern muss ich ablehnen.«

»Ihr seid Euch gewiss darüber im Klaren, dass wir Euch zahlenmäßig weit überlegen sind.«

»Das bin ich, doch ich halte die bessere Stellung.«

Esteril lachte. »Euer Kampfgeist gefällt mir, junger Mann, aber Ihr wisst ebenso gut wie ich, dass es nur ein Resultat geben kann, wenn ich den Befehl zum Angriff gebe.«

Sardec beschloss, an den sportlichen Instinkt des älteren Terrarch zu appellieren.

»Ihr könnt wohl kaum fordern, ich solle mein Kommando verlassen, ohne dass ein einziger Schuss fällt.« Wieder lachte Esteril: die Art von Lachen, die nach einer Jagdgesellschaft an der Tafel seines Vaters nicht unangemessen gewesen wäre, das Lachen eines Kämpfers, für den der Krieg nur eine andere Art von Sport war, so wie die Jagd oder ein Wettschießen.

»Sicher nicht, mein Junge. Ich respektiere Euren Schneid. Lassen wir unsere Soldaten kämpfen, um zu sehen, wer die besseren Menschen hat.«

»Also gut, Fürst Esteril. Lasst uns zum Wettstreit antreten.« Sardec wandte sich an Sergeant Hef. »Seht zu, dass Ihr den Männern des Fürsten ein herzliches Willkommen bereitet. Ich habe vor, unsere Stellung zu halten, solange noch die Aussicht besteht, dass Azarothe uns zu Hilfe kommt.«

»Sehr wohl, Herr«, sagte Sergeant Hef. »Nachdem die Männer gesehen haben, was mit Kalmek geschah, glaube ich nicht, dass sie in der Stimmung sind, die Waffen zu strecken.«

Sardec hätte ihm verraten können, dass so etwas nun, da ein Terrarch wie Esteril das Kommando hatte, nicht wieder geschehen würde. Ein solcher Mann würde Menschen, die sich ergeben hatten, nicht foltern lassen, genauso wie er keinen Hund misshandelte. Zumindest hoffte Sardec, dass dem so war. Doch er sah keinen Anlass, den Männern seine Einschätzung mitzuteilen, denn er wollte, dass sie so erbittert kämpften, wie sie konnten.

Einmal fühlte er kurz Schuldgefühle in sich aufsteigen, weil er zumindest einige von ihnen zum Tode verurteilte. Und ihm ging auf, dass er möglicherweise auch sein eigenes Todesurteil unterschrieb. Bei dieser Art von gefährlichem Sport kam es allzu leicht zu Unfällen.

Eine Linie von Soldaten tauchte aus dem Nebel auf. »Macht den Bastarden die Hölle heiß«, brüllte er. Um ihn herum brach Musketenfeuer los. Er stand unerschütterlich da, obwohl Musketenschüsse Holzstücke aus der Palisade vor ihm rissen.

»So lasse ich mir das Reisen gefallen!«, rief der Barbar. Sie saßen im hinteren Teil der Gondel, die auf Aseas Breitrücken-Wyrm geschnallt war. Raschen Schrittes bewegte sich der gewaltige Vierfüßer durch den Wald und suchte sich mit erstaunlichem Geschick seinen Weg zwischen den Bäumen und über den unebenen Boden. Asea saß vorn, gleich hinter dem Wyrmlenker. Sie war wieder in den fremdartigen magischen Panzer gekleidet, den sie in der unterirdischen Stadt Achenar getragen hatte. Er bestand aus Streifen, die sich offenbar ohne jede Befestigung an ihre Figur schmiegten und die kleinste Bewegung schlangenartig nachvollzogen. Eine Kapuze aus dem gleichen ledrigen Stoff wuchs aus den Schultern des Kleidungsstücks und bedeckte ihren Kopf. Vor dem Gesicht trug sie eine Maske aus flüssigem Silber, die sie wie eine geheimnisvolle Gottheit aussehen ließ.

Zweige schrammten an dem Zeltdach entlang, das der Gondel Schatten spendete. Der Stoff sah aus wie Seide, musste jedoch aus etwas Festerem bestehen, um dieser ständigen Abnutzung standzuhalten.

Der Boden war holprig und uneben. Die Oberfläche wirkte wie ein Stück Pergament, das ein zorniger Schreiber zusammengeknüllt hatte. Sie befanden sich in der Nähe des Gebirges. Zu dieser frühen Stunde hing immer noch Nebel über den Wäldern, sodass die Morgenluft leicht feucht und kühl war. Rik unterdrückte ein Gähnen. Ihm wurde klar, dass er nur wenige Stunden Schlaf bekommen hatte. In ihm rangen Aufregung und Müdigkeit miteinander.

Überall ringsum bewegten sich Soldaten durch die Wälder. Die meisten Kompanien marschierten in einer Kolonne den schmalen Pfad entlang. Rechts und links von ihnen schlängelte sich leichte Infanterie zwischen den Bäumen hindurch. Rik wusste, dass vor ihnen Kundschafter gingen. Andere bildeten die Nachhut und schützten ihren Rücken. Sie führten etliche der großen Wyrm mit, auf denen die hohen Offiziere der Terrarch ritten, unter denen Azarothe den höchsten Rang einnahm. Doch die meisten Kampf-Wyrm der Armee sowie die Artillerie waren nicht zu sehen. Sie mussten vor Sonnenaufgang zusammen mit der Kavallerie gen Osten aufgebrochen sein. Offenbar hatte der General einen Plan, doch Rik war sich nicht ganz sicher, worin der bestehen mochte. Aber er vermutete, dass sie ausreichend Infanterie mit sich führten, um mit dem Gegner, den er gestern Abend gesehen hatte, zahlenmäßig gleichzuziehen, vielleicht sogar mehr.

Er hoffte nur, dass sie rechtzeitig einträfen, um die Fourageure zu befreien.

5. KAPITEL

Der Sieg ist süß, aber sagt das den Gefallenen.

Alter Soldatenspruch

Sardec goss einen Schuss Wein auf seine Wunde. Es brannte höllisch. Er hielt ein Ende des Stoffstreifens mit den Zähnen fest und wickelte den Rest mit seiner einen Hand um den Einschuss, wobei er sich sagte, dass solche Fleischwunden immer schlimmer aussahen, als sie waren.

Verzweifelte Männer kauerten hinter den Befestigungen, rammten Schießpulver und Kugeln in ihre Musketen und machten sich feuerbereit. Sergeant Hef brüllte ihnen Ermunterungen zu. Ein paar kühne Männer standen auf, schossen und wurden mit den Schreien ihrer Gegner belohnt, als ihre Musketenkugeln deren Körper aufrissen.

Der Hof unter ihm war voller Leichen. Die Verwundeten lagen in ihren blutgetränkten Lumpen da. Ein paar ältere Männer amputierten mit Sägen zerfetzte

Gliedmaßen und versiegelten die Stümpfe, indem sie sie mit Feuer versengten. Die Schreie hallten in Sardecs Kopf wider.

Warum hatte er sich nicht ergeben?

Er rief sich ins Gedächtnis, dass die Antwort leicht war. Er hatte nicht zulassen dürfen, dass diese feindliche Streitmacht der taloreanischen Armee in die ungeschützte Flanke fiel. Wenn das geschah, mochte es das Ende dieses Feldzugs und einen schweren Rückschlag für den gesamten Krieg im Osten bedeuten.

Merkwürdig, wie das Schicksal von Armeen und Nationen manchmal vom Mut einiger weniger entschlossener Soldaten abhing, die an einem gottverlassenen Fliegendreck auf der Landkarte standhielten. Oder führte ihn nur sein Stolz zu diesem Gedanken? Vielleicht war dies doch nur ein ziemlich bedeutungsloses Scharmützel, das er aus Torheit und Stolz vom Zaun gebrochen hatte.

Neue Schreie erschollen außerhalb der Mauern. Ein Gestank nach Schießpulver und Exkrementen hing in der Luft. War der Krieg schon immer so gewesen, sogar im Zeitalter der Drachen und Ritter? Wahrscheinlich. Die Atmosphäre von Galanterie und Heldentum, von der die alten Geschichten erfüllt waren, wurde wahrscheinlich vom zeitlichen Abstand erzeugt. Es kam nicht darauf an, ob man eine Rüstung trug und eine Lanze führte oder ob man in eine Uniform aus Stoff gekleidet war und mit einer Muskete schoss. Letztlich regierten im Krieg immer dieselben Konstanten: Menschen starben. Terrarch starben. Die Sieger machten Politik. Die Besiegten nährten ihren Groll.

Ein dumpfes Hämmern und ein leichtes Vibrieren der Wand, an die er sich lehnte, verrieten Sardec, dass die Gegner versuchten, erneut auszuschwärmen. Der Feind hatte seine Zeit gestern Nacht nicht vollständig vergeudet. Irgendwo hatten die Soldaten Leitern aufgetrieben; und sie führten auch Seile mit sich, an deren Enden schwere Stöcke gebunden waren. Wenn man sie über die Zinnen warf, fanden sie manchmal einen Halt, sodass die Männer an ihnen heraufklettern konnten. Diese Wälle waren nicht so hoch wie die einer Burg.

Sergeant Hef kam auf allen vieren auf ihn zugekrochen und reichte Sardec eine geladene Pistole. Er nahm sie mit der linken Hand und verfluchte das Schicksal, das ihn zum Krüppel gemacht und das Schwert seines Vaters im Körper eines wahnsinnigen Hexers hatte verglühen lassen. Einst hätte er sich den Angreifern entgegengestellt, das Schwert Mondschatten in der Rechten, und sie niedergemäht, wo sie standen. Er war einmal ein überragender Schwertkämpfer gewesen, und die uralte magische Klinge hatte ihn zu einem noch furchteinflößenderen Gegner gemacht. Aber jetzt besaß er bloß noch diesen verfluchten Haken statt seiner rechten Hand.

Doch er sagte sich, dass es keinen Sinn hatte, über Verlorenes zu jammern. Er würde eben mit dem, was er hatte, zurechtkommen müssen. Einer der feindlichen Soldaten kletterte laut schreiend die Leiter hinauf. Sardec sprang auf. Ein Männergesicht starrte zu ihm hoch.

Er hatte gerade noch Zeit, das Entsetzen in den Augen des Mannes wahrzunehmen, ehe er dem Gegner die Pistole an die Stirn setzte und abdrückte. Der Schlagbolzen schnellte vor, Pulver sprühte Funken, Qualm wölkte sich, aber sonst geschah nichts.

Eine verdammte Ladehemmung.

Der Mann auf der Leiter sah jetzt aus wie ein Dämon. Die Zähne hoben sich gebleckt und weiß von seinem rußgeschwärzten Gesicht ab. Er wollte sich gerade über die Mauer hieven. Kurz spürte Sardec, wie Reue in ihm aufflackerte, weil er einem Mann, der kurz zuvor dem sicheren Tod entkommen war, so etwas antat. Doch dann schlug er dem anderen den Lauf seiner Pistole quer über das Gesicht. Zähne flogen, Blut spritzte, und der Angreifer stürzte rückwärts von der Mauer. Eine Kugel zischte an Sardecs Kopf vorbei, doch er blieb so lange aufrecht stehen, wie nötig war, die Leiter von der Mauer wegzutreten, sodass sie auf den Boden krachte.

Blinzelnd versuchte er das Halbdunkel zu durchdringen, doch er sah nur weitere Männer, die aus den Pulverdampfwolken auftauchten und vor Angst oder Kampfeslust schrien.

Sardec ließ sich hinter die Befestigung zurückfallen und sah zu seinem Entsetzen, dass eine Gruppe feindlicher Soldaten über die Barrikade, die am Haupteingang des Anwesens errichtet war, kletterten und in den Hof strömten. Bei ihnen befanden sich einige Reißzahn-Wyrm, die kräftiger als Männer waren und einem Soldaten mit einem einzigen Biss einen Arm abreißen konnten. Der bloße Anblick der gefährlichen Jäger säte

Panik unter den Fourageuren. Immer drei Stufen auf einmal nehmend, polterte Sardec die Treppe hinunter, um zu ihnen zu stoßen, und betete, dass ihm noch weitere Männer folgen mochten.

Wo in aller Welt blieb die Verstärkung?

Die Wyrm überquerten den Hügelkamm. Rik erblickte die Furt und das befestigte Anwesen, das in Rauch gehüllt und von Soldaten eingeschlossen war. Die Männer, die er erkennen konnte, trugen blaue Armbinden. Ein Terrarch-Offizier in blauem Uniformrock brüllte Anweisungen. Das Schmettern von Hörnern und das Rollen der Trommeln waren so ohrenbetäubend, als würden Dämonen gegen die Mauern anrennen. Chaos herrschte.

»Das ist Wahnsinn«, hörte er Asea sagen. »Was denken diese Leute, was sie tun?«

Rik fragte sich, ob sie Magie einsetzen würde, aber sie saß nur schweigend und reglos da. Wenn sie etwas mit sich führte – wie den Blitze schleudernden Stab, den sie im Kampf gegen die Hochlandstämme benutzt hatte –, dann hielt sie es verborgen. Rik sah, wie der Rest der taloreanischen Streitmacht den Grat überquerte.

»Ich glaube, sie greifen das Anwesen an, edle Dame«, sagte Rik.

»Sie haben keine Wachposten zurückgelassen, keine Nachhut, nichts. Man sollte ihren Kommandeur wegen Unfähigkeit erschießen.«

»Ich werde versuchen, das so zu einzurichten, falls sich die Gelegenheit ergibt.« Sobald Rik die Worte ausgesprochen hatte, bedauerte er sie auch schon. Üblicherweise stand es Menschen nicht zu, mit einer hochstehenden Dame der Terrarch zu scherzen. Zu seiner Erleichterung sah er, dass sie lächelte. Doch sogar dieses Lächeln, so bezaubernd es sein mochte, rief ein zutiefst ungutes Gefühl in ihm hervor. Es war, als amüsiere sie sich über etwas, das nur für sie selbst witzig war und nicht das Geringste mit seiner Bemerkung zu tun hatte. Dann ging ihm ein weiteres Licht auf. Es gefiel ihm nicht, dass ein Großteil seiner Hoffnungen für die Zukunft an einer einzigen Person hing. Er mochte es nicht, an sie gebunden zu sein. Mit einem Teil seiner selbst grollte er ihr zutiefst, da er seine Freiheit verloren hatte.

»Offenbar hast du etwas von einem Killer im Blut, Rik«, sagte sie, wobei sie immer noch über ihren geheimen Scherz schmunzelte. Er sah sie an. Offensichtlich bedeuteten ihr selbst ihre Worte mehr als ihm.

»Wenn Ihr meint, edle Dame«, sagte er.

»Das tue ich.« Sie wandte ihre Aufmerksamkeit erneut der Schlacht zu. Die meisten Kampf-Wyrm hielten jetzt auf die Furt zu. Auf den Rücken der Leittiere stießen die Wyrmführer nun ins Horn und riefen die Tiere in den Kampf. Hinter ihnen stürmte die Infanterie vor. Auf diesem Terrain war es unmöglich, eine Formation zu wahren, obwohl die Offiziere ihr Bestes taten, um die Einheiten zusammenzuhalten. Ihre Musketen spien Feuer und Rauch, als sie auf die Belagerer zurückten. Einmal mehr wogten Wolken von Pulverdampf über dem Schlachtfeld und entzogen es den

Blicken. Aus den Rauchschwaden drangen all die entsetzlichen Geräusche eines Kampfes.

In der Ferne wurden weitere Hörner geblasen. Sie klangen ein wenig anders als die der taloreanischen Regimente. Dann folgte eine Reihe martialischer Töne. Von irgendwo her vernahm Rik das Donnern von Hufen. Sekunden später sah er Kavalleristen zum Ufer der Furt hinuntersprengen. Säbel blitzten auf, als die Husaren über die taloreanischen Infanteristen herfielen. Von den Breitrücken in der Nähe aus wurden sie mit einem Kugelhagel empfangen. Ein langhalsiger Reißzahn-Wyrm ließ den Kopf herabschnellen und riss einen der Reiter aus dem Sattel.

Das ferne Trommelgedröhn bekam plötzlich einen chaotischen Unterton. Weit entfernt vernahm Rik das Schlachtsignal der taloreanischen Kavallerie. Merkwürdig, dachte er. Wie die Truppen wohl dorthin gelangt waren? Dann erinnerte er sich daran, wie sie früh am Morgen in Richtung Osten abgerückt waren. Sie mussten die Brücke überschritten und sich dann zunächst nördlich und später gen Westen gewandt haben. Sie hatten die Belagerer umgangen, die jetzt wie in einer Zange saßen.

Insgesamt mussten die Taloreaner inzwischen weit überlegen sein, dachte Rik. Der Kampf sollte als entschieden gelten können. Doch in dem Rauch, der über allem lag, war das schwer zu sagen.

Sardec schlug dem schreienden Soldaten seinen Haken ins Gesicht. Erst danach erkannte er, dass er einen seiner eigenen Männer vor sich hatte. Im Kampfgetümmel hatte ihn der verwundete Fourageur mit seinem Bajonett angegriffen. Oder das war gar kein Zufall gewesen, überlegte Sardec. Vielleicht hatte der Mann genau gewusst, dass er einen Offizier attackierte. Möglicherweise hatte er eine alte Rechnung begleichen wollen. Die Entscheidung, ob er den Soldaten vors Kriegsgericht bringen sollte, wurde ihm abgenommen, als ein Bajonett den Brustkasten des Mannes durchbohrte und er auf die Knie fiel.

Ein monströser Reißzahn-Wyrm tauchte auf einmal aus den Staub- und Pulverdampfwolken auf und ließ die gewaltigen Kiefer so dicht vor Sardecs Gesicht zuschnappen, dass er den durchdringend nach verfaultem Fleisch stinkenden Atem des Tieres roch. In seinen winzigen, irren Augen blitzten rasende Wut und Hass auf. Um den Hals trug der Wyrm einen mit einem Edelstein besetzten Kragen. Das Glühen des Steins verriet Sardec, dass sich in der Nähe ein feindlicher Offizier befinden musste, der das Tier mittels einer magischen Fessel kontrollierte.

Sardec rammte dem Wesen seinen Haken in den Rachen. Die Kiefer klappten zu. Der Wyrm zischte wütend, als er den seltsamen Geschmack des Gegenstands in seinem Maul wahrnahm. Gott, war das Tier stark! Es bewegte den Kopf und kugelte Sardec fast den Arm aus. Sardec schlug ihm mit dem Pistolenknauf auf die Schnauze, und der Wyrm ließ ihn los. Mehr zufällig als beabsichtigt bohrte sich die Spitze von Sardecs Haken in das Auge des Wesens, und er trieb sie tiefer in die Gallertmasse, bis sie das winzige Gehirn des Wesens durchstach. Mit einem letzten Zischen starb es.

Ein Mann in der Fellkleidung eines Trappers, der einen blauen Schal um den Hals gewickelt trug, starrte Sardec triumphierend an. Sardec holte mit seiner Pistole, die er jetzt an dem noch warmen Lauf gepackt hielt, nach ihm aus und setzte den schweren Griff wie eine Keule ein. Der Mann ließ sein Gewehr fallen, sprang zurück und zog blitzschnell ein langes Fleischmesser hervor. Sein Lächeln wurde breiter, und Sardec sank der Mut. Dieser Mann wusste offensichtlich, wie er eine solche Waffe zu gebrauchen hatte.

Jetzt kam er, auf den Fußballen federnd, auf ihn zu, sicher, Sardec töten zu können. Der hob seinen Haken und bedeutete ihm, er solle nur kommen. An der Spitze klebte noch Blut, und der Mann zuckte bei dem Anblick zusammen, was Sardec ungewöhnlich fand. Dann erstarrte der Trapper und stürzte, und der Leutnant sah, dass ein Bajonett zwischen seinen Rippen steckte. Sergeant Hef grinste aus seinem Affengesicht zu Sardec auf und zog das Bajonett heraus. Plötzlich hielt er inne.

»Hört sich an, als bekämen wir Gesellschaft, Herr«, brüllte er. »Ruhig, Jungs. Ruhig! Unsere Verstärkung ist da!«

Niemand hätte beurteilen können, ob das stimmte, aber der Sergeant hatte das richtige Wort zur richtigen Zeit ausgesprochen. Ihre Männer fassten neuen Mut und fochten mit frischem Kampfgeist. Und die feindlichen Soldaten, die noch vor wenigen Augenblicken so kühn über ihre Barrikaden geklettert waren, wirkten mit einem Mal verängstigt und von Panik ergriffen.

Sardec lauschte und hörte das Schmettern von Hörnern und das Brüllen von Wyrm. Vielleicht gehörten sie tatsächlich zu Azarothes Armee, aber er erkannte, dass es in diesem Augenblick gar nicht darauf ankam. Seine Männer konnten ihre umkämpfte Stellung nur noch Minuten halten, ganz gleich ob die Neuankömmlinge nun Freund oder Feind waren. Er musste zu einem Entschluss kommen.

Wichtig war jetzt nicht die Wahrheit, sondern das, was die Männer dafür hielten. Soweit es ihn betraf, mussten diese Soldaten da draußen auf ihrer Seite stehen. Er zwang sich, ein zuversichtliches Lächeln aufzusetzen. »Der Sergeant hat recht, Männer«, brüllte er. »Haltet noch ein wenig durch, und dann zeigen wir es diesen verräterischen Bastarden!«

Fast zu seinem eigenen Erstaunen munterten seine Worte die Fourageure sogar noch stärker auf als die des Sergeanten. Dass sie so sehr auf ihn vertrauten, erfüllte Sardec mit merkwürdigem Stolz. Er zwang seinen müden, schmerzenden Körper voran und schwenkte seine Pistole wie ein Schlachtenbanner.

Ebenso verblüffend war der Wandel, der über seine Feinde gekommen war. Kurz zuvor hatten sie noch wie tollwütige Wölfe angegriffen. Jetzt wirkten sie wie vom Donner gerührt. Ein Mann, der aus dem Dunst getaumelt kam, stand einfach da wie ein Ochse vor der Schlachtbank, als Sardec ihn mit seiner Pistole niederschlug. Andere warfen ihre Waffen weg. Panik lief durch ihre Reihen und steckte alle an. Hier und da vernahm Sardec, wie feindliche Offiziere und Sergeanten Befehle brüllten und versuchten, ihre Einheiten am Zurückweichen zu hindern, doch auch in ihrem Geschrei klang ein panischer Unterton mit, der nur noch zur allgemeinen Verwirrung beitrug. Sardec hörte sich selbst mit donnernder Stimme wilde Anfeuerungsrufe ausstoßen und war sich nicht sicher, ob sie Jubel über den Sieg ausdrückten oder ob er einfach die aufgestaute Angst vor einem Versagen hinausschrie.

Er steckte die Pistole in den Bund seiner Reithosen und bückte sich, um das lange Schwert eines gefallenen feindlichen Offiziers aufzuheben. Mit der linken Hand schwenkte er die Klinge und rief seinen Männern zu, standzuhalten, weiterzumachen und sich den Sieg zu holen. Doch tief im Herzen wünschte er sich vor allem, er wüsste, was dort draußen vor sich ging.

Kurz kam der Wyrm aus seinem gleichförmigen Schaukelgang. Etwas knirschte unter seiner gewaltigen Pranke. Rik schaute nach unten und sah, wie der zermalmte Körper eines Mannes, dem das Tier das Rückgrat gebrochen hatte, hinter ihnen zurückblieb. Neben seinem Ohr detonierte Wiesels Muskete. Rik drehte sich um und sah, wie der ehemalige Wilderer nachlud. Er wirkte so gelassen, als befände er sich auf einer Fasanenjagd und nicht auf dem Rücken eines gewaltigen Untiers, das über ein Schlachtfeld pflügte und ihre Feinde unter seinen Füßen zertrat.

Von ihrem Sitz auf dem Rücken der Kreatur aus erhaschte Rik immer wieder kurze Blicke auf die Schlacht. Er spähte über den Rand der Gondel und sah in die Lücken der Rauchwolken, die der Wind aufriss. Zu ihrer Rechten drosch eine Gruppe Männer mit Bajonetten und Schwertern aufeinander ein. Ihre Gesichter waren vor Wut und Furcht zu Dämonenmasken verzerrt und ihre Zähne vom Ruß des Schießpulvers geschwärzt. Vor ihnen bahnte sich ein Wyrm einen Weg zwischen den schweren Kavallerie-Rossen – wie ein Mann, der sich durch eine Masse von Bettlerkindern schiebt. Hinter ihnen hatte das Blut von Mensch und Tier die Wasser der Furt rot gefärbt.

Asea sah sich beinahe fiebrig um. Ihre Silbermaske gab die Gefühle wieder, die sich auf ihrem Gesicht spiegelten. Ihrer Haltung wohnte eine mühsam beherrschte Erregung inne und verriet Rik, dass sie das Spektakel genoss. Vielleicht war es die Gefahr, dachte er. Es mochte sein, dass der Umstand, dass eine verirrte Kugel sie treffen und ihrer Unsterblichkeit ein Ende setzen könnte, ihr einen Reiz verschaffte, der ihrem Leben sonst fehlte. Oder es war etwas ganz anderes, irgendein fremdartiges, außerirdisches Gefühl, das von ihrem fernen Heimatplaneten stammte und das er nie verstehen würde.

Auf dem Rücken dieses gewaltigen Tiers, als Mitglied einer Streitmacht, die dem Feind so offensichtlich überlegen war, fühlte er sich persönlich nicht in Gefahr, obwohl er genau wusste, dass ein Risiko existierte. So konnte er den Rausch des Sieges mit viel weniger Furcht genießen als sonst. Irgendwie war das allerdings auch weniger befriedigend, aber – um die Wahrheit zu sagen – ihm reichte das im Augenblick aus.

Er sah, dass die Taloreaner überall die Oberhand gewannen. Etwas in ihrer Haltung, der Art, wie sie sich bewegten und handelten, sagte, dass sich die Männer ihrer Überlegenheit bewusst und ihres Sieges sicher waren. Sie besaßen die Zuversicht, angesichts der unvermeidlichen Verluste standzuhalten; eine Zuversicht im Übrigen, die ihre Gegner rasch verloren.

Rik begriff, warum das so war. Innerhalb weniger Minuten hatte der Feind erleben müssen, wie sich die Lage ins Gegenteil verkehrte. Kurz zuvor waren sie noch die Armee gewesen, die die anderen eingekreist und sie mit überwältigender Übermacht angegriffen hatte, und nun befanden sie sich in der Lage, in der sie eben noch ihre Gegner gewähnt hatten. Diese Art von innerem Umschwung vermochte eine Armee ins Verderben zu reißen; um das zu verhindern, hätte es besserer Kommandeure bedurft, als ihre Feinde sie offensichtlich besaßen.

Hier und da hatten Gruppen von Männern die Waffen bereits weggeworfen. Andere rannten in die Wälder, schrien um Hilfe oder riefen nach ihren Müttern.

»Es ist vorbei«, erklärte Asea. In ihrer Stimme klangen vollkommene Gewissheit und ein deutlicher Anflug von Gehässigkeit mit. »Bleibt abzuwarten, ob noch jemand übrig ist, den wir retten können.«

Rik fühlte sich, als hätte sie ihm einen Schwall Eiswasser ins Gesicht geschüttet, und er fragte sich, wer von seinen Freunden wohl noch am Leben war.

Sardec stand auf der Befestigungsmauer und sah über das Schlachtfeld hinaus. Ihm war, als breite sich Schweigen über den Ort, obwohl dem nicht so war. Er konnte das Brüllen von Wyrm und das panische Wiehern von Pferden hören, die Schreie und das Stöhnen der Sterbenden und das Siegesgebrüll der taloreanischen Soldaten. Doch verglichen mit dem ohrenbetäubenden Kampflärm, der noch vor wenigen Minuten auf ihn eingestürmt war, hätte es ebenso gut so still sein können wie im Inneren eines Tempels.

Männer lagen reglos im Gras. Sie sahen aus, als schliefen sie, doch er wusste, dass das nicht stimmte. Tote Pferde ragten auf wie kleine Hügel. Der Rauch verzog sich und machte Schwärmen von Aasvögeln Platz. Von Osten sah er lange Kolonnen von Kavallerie und gewaltige Wyrm, die schwere Artillerie zogen, herannahen. Es schien, als wäre ein großer Teil von Azarothes Armee wie ein Vorschlaghammer in Esterils Regimenter gefahren.

Ein merkwürdiges Gefühl von Sinnlosigkeit überkam Sardec. Er wusste, dass er eigentlich Triumph empfinden sollte, doch stattdessen fühlte er sich einfach nur müde. Er hatte erreicht, was er sich vorgenommen hatte, und seine Stellung gehalten, doch dafür hatte er einen furchtbaren Preis bezahlt. Er sagte sich, dass diese Leichen dort unten bloß Menschen waren und in wenigen kurzen Jahrzehnten ohnehin gestorben wären. Aber er vermochte nicht mehr daran zu glauben, nicht mehr so wie früher. Am liebsten hätte er geweint, wie damals als Kind, als ihm seine Mutter ein Gedicht vorgelesen hatte, in dem es um die kurze, vergängliche Existenz von Schmetterlingen ging. Er hielt sich vor, dass er einfach einem abgedroschenen Gemeinplatz aufsaß, aber anders als in der Vergangenheit glaubte er sich das nicht einmal selbst.

Unter einer weißen Fahne humpelte ein verdrecktes Häuflein kharadreanischer Offiziere den Hügel hinauf. Er sah, dass der alte Esteril sie anführte, gewissermaßen um ihm die Ehre zu erweisen. Eigentlich hätte er dem Kommandeur der anrückenden Armee entgegenmarschieren und ihm sein Schwert zu Füßen legen müssen. Aber er baute sich bloß vor den Mauern des Anwesens auf. »Gute Partie, junger Mann, verflucht gute Partie«, schrie er. »Sieht aus, als würde ich Eure Kapitulation doch nicht annehmen. Akzeptiert Ihr dafür die meine?«

Sardec sah in das gerötete, lächelnde Gesicht des älteren Terrarch und spürte den Drang, ihn zu erschießen. »Selbstverständlich, Herr, das wäre mir eine Ehre«, zwang er sich stattdessen zu erwidern.

6. KAPITEL

Triumph ist mir nicht genug.
Meine Rivalen sollen mich beneiden.

Marases, Gedanken und Reden

Zusammen mit den gefangenen Offizieren stapfte Sardec den Hügel hinunter. Er hob seinen Haken, um die Jubelrufe der Taloreaner entgegenzunehmen, und konnte nicht umhin, angesichts ihrer Begeisterung zu lächeln. Zum ersten Mal fühlte er sich nicht mehr, als hätte er ein sinnloses Gemetzel veranstaltet, sondern so, als hätte er einen Sieg errungen.

Er sah, wie feindliche Soldaten von taloreanischen Infanteristen mit harten Mienen entwaffnet, zusammengetrieben und mit gezücktem Bajonett davongeführt wurden. Mit unbeteiligten Gesichtern und drohend gezogenen Säbeln bewachten Kavalleristen die geschlagenen Gegner, die an ihnen vorbeizogen. Hier und da durchsuchten Plünderer die Leichen der Gefallenen – das traditionelle Ritual nach jeder

Schlacht, das an Freund und Feind gleichermaßen geübt wurde.

Neben ihm erging sich Fürst Esteril in einem ununterbrochenen Strom sinnlosen Geplappers und spulte die Einzelheiten der Schlacht immer wieder ab, als hätte er sich diesen Kampf mit dem Genuss des Kenners zu Gemüte geführt. Es fiel Sardec schwer, ihm Beachtung zu schenken. Am liebsten hätte er gesagt, dass er nichts davon gesehen hatte, weil er zu sehr damit beschäftigt gewesen war, um sein Leben zu kämpfen. Aber natürlich war er viel zu höflich, eine solche Bemerkung zu machen.

Vor ihm stand jetzt eine Anzahl riesiger Breitrücken-Wyrm. Die Mitglieder des Oberkommandos waren bereits abgestiegen und umstanden Fürst Azarothe. Jemand hatte einen kleinen, leinenbezogenen Klappstuhl für den General gebracht, und darin lehnte er sich jetzt lässig zurück. Seine Haltung wirkte entspannt und gelangweilt; ein Eindruck, dem sein leuchtender, durchdringender Blick allerdings widersprach. Die ganze Szene spiegelte sich in der silbrigen Oberfläche seiner Maske.

Als sich Sardec und seine Begleiter näherten, wich die Menge auseinander. Einige der Terrarch verneigten sich vor ihm. Andere maßen ihn mit stahlhartem, berechnendem Blick. Sardec erkannte, dass er gleich einen kurzen Augenblick des Ruhms genießen würde und dass einige unter denen, die ihn ansahen, ihn abschätzten und überlegten, wie sehr sie ihm schmeicheln und um seine Aufmerksamkeit buhlen sollten, um im Widerschein seines Erfolgs zu baden. Wieder andere betrachteten ihn eifersüchtig, als hätte er etwas gestohlen, das rechtmäßig ihnen zugestanden hätte.

Es war verrückt, doch er konnte sich in sie hineinversetzen. Er hatte selbst einmal zu einem solchen Rudel gehört und andere Terrarch, insbesondere seine Altersgenossen, als Rivalen betrachtet. Mit einem Teil seiner selbst spürte er einen Anflug von Stolz. Nun, als Held der Stunde, war er für diese Leute wichtig, zumindest wichtiger, als er es zuvor gewesen war.

Ein anderer Teil von ihm beobachtete das alles spöttisch und mit leiser Verachtung. Bei Sonnenaufgang hatte er Entscheidungen über Leben und Tod getroffen und nicht gewusst, ob er den Abend erleben würde. Verglichen damit waren die Schmeicheleien von Dummköpfen und der Neid der Kleingeister bedeutungslos. Sein Lächeln wurde um einiges kälter. In diesem Augenblick sah er wie ein echter Terrarch-Herrscher aus.

In der Menge, die sich um den General scharte, erblickte er Prinzessin Asea und die drei Fourageure, die er ausgeschickt hatte, um Azarothe zu warnen. Der eine, den sie Wiesel nannten, trug immer noch eine dreiste Miene, der Barbar wirkte selbstzufrieden, und dieses Halbblut sah ihm mit kaum verhohlenem Hass entgegen. Wahrscheinlich hatte er sich das während des letzten Jahres verdient, und er wusste nicht, ob er es wirklich bedauerte. Was ging es ihn an, ob seine Untergebenen ihn hassten? Verblüffend fand er eher, dass er es überhaupt bemerkt hatte.

Asea betrachtete ihn abschätzend. Ihre Miene erinnerte ihn an den Blick einer Frau angesichts einer Konfektschachtel, die ihr eine ihrer Zofen anbietet. Vielleicht fand sie Krüppel interessant, überlegte er säuerlich. Nach Jahrhunderten, in denen sie sich mit Männern, die im Besitz sämtlicher Körperteile waren, zusammengetan hatte, fand sie möglicherweise etwas Erregendes an einem Versehrten. Er sagte sich, dass er töricht war, aber etwas an der großen Prinzessin Asea mit ihrer Gelassenheit und Selbstbeherrschung rief doch immer ein zutiefst ungutes Gefühl in ihm hervor.

General Azarothe erhob sich von seinem Stuhl und trat auf Sardec zu. Er hinkte kaum merklich, doch Sardec war sich dessen nur allzu bewusst. Auch dieser Mann hatte den Preis bezahlt, den der Krieg von denen, die ihm huldigten, verlangte. Als der General näher kam, fing Sardec einen Hauch von dem starken Duftwasser auf, das Azarothe immer trug, um den Verwesungsgeruch, den sein Körper ausströmte, zu überdecken. Der Gestank war ebenfalls da, wenn auch verborgen, und Sardecs Magen zog sich vor Ekel zusammen. Er verstand vollkommen, warum es manche Terrarch obszön fanden, dass sich Azarothe weigerte, sich in den Hallen des Vergessens diskret die Pulsadern aufzuschneiden.

»Es tut gut, Euch am Leben und unversehrt wiederzusehen, Leutnant«, sagte Azarothe. Seine Worte schienen keinerlei Ironie mitschwingen zu lassen. Die Stimme des Generals klang einnehmend und aufrichtig, und Sardec nahm den subtilen, hypnotischen Unterton darin wahr, den die älteren Terrarch beherrschten. Er konnte nicht umhin, sich dankbar und erfreut zu fühlen, doch ein Teil von ihm war zornig darüber, dass er manipuliert wurde, obwohl er sich im Lob des Generals gleichzeitig sonnte.

»Euer ergebener Diener, Herr. Es ist mir eine Ehre, Euch Euren ehemaligen Gegner vorzustellen, den hochgeschätzten Fürsten Esteril von Morven.«

»Fürst Esteril und ich sind alte Freunde«, versetzte Azarothe glatt. »Es erfreut mein Herz, ihn wiederzusehen, wenn auch bei einer so bedauerlichen Gelegenheit wie dieser.«

Fürst Esteril verneigte sich, sichtlich stolzgebläht über die Anerkennung, die ihm der berühmte General zuteilwerden ließ. Er verbeugte sich vor Azarothe, schien dann zum ersten Mal Asea zu bemerken und grüßte sie ebenfalls auf die altmodische, höfische Weise der Älteren. Zur Antwort nickte sie höflich. Sardec vermutete, dass sie nicht vorhatte, in diesem Schlamm auch noch einen Hofknicks zu machen.

»Ich hoffe, Ihr vergebt mir, dass ich diesem jungen Mann meine Kapitulation überbracht habe, Fürst Azarothe. Ich wollte damit nicht Euch herabsetzen, sondern fand nur, dass Euer Leutnant seine Stellung so ausgezeichnet verteidigt hat, dass er die Ehre verdient hätte.«

Sardec fand, dass die ganze Sache leicht irreale Züge annahm. Männer waren heute im Schlamm verblutet, und doch standen sie alle hier und betrieben eine Konversation ganz nach dem offiziellen Hofprotokoll. Doch er wusste, dass es nicht anders sein konnte. So waren nun einmal die Terrarch. Sie waren höflich und ehrenhaft. Das gehörte zu den Dingen, die sie von Tieren und Menschen unterschieden.

Doch der leise, nagende Zweifel in ihm meldete sich zurück und flüsterte ihm ins Ohr, dass es der Tod von Menschen war, der diese kleinen Rituale notwendig machte. Ja und?, antwortete der wahre Terrarch in ihm. Das Leben von Menschen glich doch ohnehin dem von Eintagsfliegen. Aber die andere Stimme wisperte zurück, dass ihr Leben für sie selbst von Bedeutung war, und dem konnte er nicht widersprechen.

»Ihr müsst mit in mein Zelt kommen und mir Eure Geschichten erzählen«, sagte Azarothe, und wieder lag dieser hintergründige Befehlston in seiner Stimme. Sowohl Sardec als auch Esteril nickten und begaben sich in die Richtung, in die er mit seinen behandschuhten Händen wies. Diener hatten bereits einen kleinen Pavillon errichtet und trugen eine Mahlzeit auf.

Hinter ihnen flatterten die von Kugeln zerrissenen, von Schlamm und Blut befleckten Banner der Besiegten im Wind.

»Wie kommt es, dass Ihr Euch unserem Vormarsch, der doch Eurer Königin helfen soll, in den Weg stellt, Fürst Esteril?«, erkundigte sich Azarothe. Sein Tonfall drückte keinerlei Drohung aus, sondern lediglich höfliche Neugier. Sie hätten ebenso gut über das Wetter reden können. Das Zusammentreffen verlief höchst zivilisiert.

»Wie Ihr wisst, General, haben meine Sympathien immer bei Kaiserin Arachne und ihrer Politik gelegen. So groß mein Respekt vor Euch auch ist, meine Loyalität gilt ihr und meinem Cousin, Fürst Malkior.« Esteril wirkte einigermaßen selbstzufrieden.

»Ich hätte gedacht, Eure Loyalität gelte Kharadrea.« Wieder klang Azarothes Stimme vollkommen nüchtern.

»Solange Orodruine noch lebte, war meine Loyalität eindeutig. Er war eine bedeutende Führungspersönlichkeit und ein großer Terrarch. Aber jetzt …« Er zuckte die Achseln und breitete tadelnd die Hände aus. »Wir haben zwei Thronprätendenten, deren Ansprüche gleichermaßen gerechtfertigt erscheinen. So etwas ist schon einmal dagewesen, und wir wissen alle, wohin eine solche Lage in der Vergangenheit geführt hat.«

Sardec nickte. Damals war das Imperium der Terrarch gespalten worden. Fürst Azarothe hatte an der Spitze der Roten Fraktion gestanden, und Fürst Malkior und seine Kumpane an der Spitze der Blauen. Das hatte dazu geführt, dass die starke Zentralregierung geschwächt worden war und man den menschlichen Untertanen mehr und mehr Freiheiten gewährt hatte. Sardec vermochte das nicht mehr so zu verurteilen, wie er es früher getan hatte. Er musste sich wirklich zusammennehmen. Er durfte den niederen Klassen nicht allzu wohl gesinnt sein. Man musste ihnen zeigen, wo ihr Platz war.

»Und wie ist Fürst Ilmarecs Befinden?«

»Meinem Lehnsherren geht es gut.«

»Das freut mich zu hören. Ich hatte gedacht, er unterstütze Königin Kathea.«

»Das tut er immer noch.«

»Warum greift er dann ihre Verbündeten an?«

»Er ist der Meinung, dass sie keine Verbündeten braucht. Alle Außenseiter sollen kharadreanischen Boden verlassen. Wir werden unsere Probleme selbst lösen.«

Langes Schweigen folgte auf seine Bemerkung. Sardec hörte, wie draußen Leute umhergingen und die Dienstboten leise flüsterten. In der Ferne brüllte ein Wyrm. Das war eine Neuigkeit. Ilmarec war Katheas stärkste Stütze gewesen. Er war ein mächtiger Zauberer, konnte – von seinen ausgedehnten Gütern – große Armeen aufstellen und sich auf ein ganzes Netz von Anhängern verlassen. Azarothe legte den Kopf schief, und wieder meinte Sardec, durch das ekelerregend süßliche Duftwasser hindurch Verwesungsgeruch aufzufangen.

»Darf ich fragen, wie er zu dieser Ansicht kommt? Selbst wenn wir uns zurückziehen, bezweifle ich doch, dass das Dunkle Imperium dasselbe täte.« In seiner Stimme lag die leiseste Andeutung einer Bedrohung. Sardec hätte es gar nicht gefallen, wenn der General *ihn* so angesehen hätte. Sein Blick erinnerte zu sehr daran, wie eine Katze eine Maus betrachtete. Er erinnerte sich an einige Geschichten seines Vaters, in denen es um das ging, was Azarothes Widersachern in der Vergangenheit zugestoßen war.

Falls Fürst Esteril eingeschüchtert war, ließ er sich

nichts davon anmerken. Er hob seinen Pokal an die Lippen. »Das ist ein ganz ausgezeichneter Wein«, erklärte er. Vielleicht steckte ja mehr in dem senilen Alten, als es auf den ersten Blick den Anschein hatte.

»Er stammt aus meinem Weinkeller auf Marmoth.« Marmoth war Azarothes Stammsitz, ein großer Palast außerhalb der taloreanischen Hauptstadt Bernstein. Azarothe hatte ihn als Lohn für seinen Sieg bei den drei Furten erhalten. Das Bauwerk war von dem neuen taloreanischen Staat, den zu begründen er beigetragen hatte, finanziert worden. Azarothes Bemerkung war eine gezielte Mahnung daran, wer er war und wem er diente.

»Der Wein gereicht Eurem Haus zur Ehre«, meinte Esteril. »Fürst Ilmarec hat in meinem Beisein häufig lobend von Euren Weinbergen gesprochen.«

»Er hat sie in der Vergangenheit einige Male besucht. Seine Gegenwart hat mir großes Vergnügen bereitet.«

»Ich bin mir sicher, dass er Eure Gesellschaft immer noch genießen würde. Er wäre sicherlich sehr erfreut, Euch im Schlangenturm zu empfangen.«

»Vielleicht werde ich dieses Vergnügen noch haben«, sagte Azarothe. »Und möglicherweise bringe ich einige Gefährten mit.«

Esteril lachte. »Es wäre allerdings besser, Ihr ginget als sein Gast und nicht in Begleitung all Eurer jetzigen Gefährten. Die Befestigungsanlagen des Turms sind sehr stark, und ich bin mir sicher, dass Fürst Ilmarec sein Heim ebenso beherzt verteidigen wird wie mein junger Freund hier seine Stellung.«

»Ich würde zu gern erfahren, warum Ihr Euch uns

entgegenstellt«, fiel Sardec ein. Er hatte entschieden, dass ein Angriff auf die Flanke Esteril eher die Nachricht entlocken würde, die Fürst Azarothe zu wünschen schien. »Soweit ich weiß, hat es noch nie einen Grund zur Feindschaft zwischen Fürst Ilmarec und denen, die loyal zu Königin Arielle stehen, gegeben.«

»Wie ich schon sagte, ich glaube, dass mein Herr eine Wiederholung der Ereignisse fürchtet, die auf das Zerwürfnis zwischen Königin Arielle und ihrer Schwester, Kaiserin Arachne, folgten. Meiner Meinung nach hat er deswegen Prinzessin Kathea im Turm in seine Obhut genommen.«

»Obhut?« Azarothes Stimme klang sanft, doch Sardec meinte, Verblüffung darin zu vernehmen. Esteril lächelte. Er schien die Situation zu genießen; vielleicht weil alle Terrarch einen nachtragenden Zug hatten und dies die einzige Art war, sich bei den Taloreanern für seine Niederlage zu rächen.

»Ja, Fürst, Obhut.« Oder Esteril wollte Azarothe einfach mitteilen, dass sein Herr eine wichtige Geisel in seinem Gewahrsam hatte, und ihn warnen, auf der Hut zu sein.

»Ich hoffe, Ihr nehmt das nicht persönlich, aber solange fremde Armeen auf kharadreanischem Boden stehen, hielt er es für besser, sie unter seinen Schutz zu stellen.«

Sardec lächelte. »War Königin Kathea damit einverstanden?«

»Aber selbstverständlich.«

»Und er hat Euch geschickt, um Euch unserem Vormarsch entgegenzustellen – weil wir eine feindliche, ausländische Armee sind?«, wollte Azarothe wissen.

»Ich bedaure, aber so ist es.«

»Da geht er aber ein gewaltiges Risiko ein«, meinte Azarothe. »Sein Territorium grenzt an Talorea und nicht an das Dunkle Imperium. Es ist klug, wenn man gute Beziehungen zu seinen Nachbarn pflegt. Ihre Majestät wird für die Verluste möglicherweise Wiedergutmachung verlangen, Verluste, die ihre Truppen durch jemanden, den sie für einen Verbündeten hielt, erlitten haben.«

Sardec nahm die unausgesprochenen Töne in Azarothes Worten wahr. Magier oder nicht, Ilmarec musste sich der politischen Realitäten ebenso genau bewusst sein wie jeder andere. Was hatte ihm so viel Selbstvertrauen verliehen, dass er einen Nachbarn, der die Macht besaß, ihn zu zerschmettern, herausforderte?

»Fürst Ilmarec hat sich in seinen Turm zurückgezogen und bereitet einen großen Zauber vor, von dem er versichert, er werde dafür sorgen, dass kein Außenstehender Einfluss auf Kharadreas Schicksal nehmen könne.«

»Wir wissen beide, dass auf dieser Welt keine so mächtige Magie existiert«, wandte Azarothe nüchtern ein. »Auf Al'Terra vielleicht, aber nicht hier.« Das war ein schmerzliches Thema für alle Terrarch. Sie hatten so viel verloren, als sie ihre alte Heimatwelt verließen. Die magische Energie war auf diesem Planeten einfach nicht so reichlich vorhanden, und die stärksten Zauber konnten nicht länger durchgeführt werden.

»Fürst Ilmarec sieht das anders. Er ist ein großer Magier, vielleicht ebenso stark wie Eure Schwester Asea, Fürst, und auf seinen Interessengebieten ebenso bewandert. Wie Ihr Euch erinnern werdet, mein lieber Azarothe, gehören dazu auch die Schlangenmenschen.«

Esteril hatte sich jetzt in Schwung geredet. Seine Worte klangen regelrecht prahlerisch, was möglicherweise am Wein lag – oder es spiegelte einfach die übliche Persönlichkeit des Terrarch. Sardec erinnerte sich daran, dass Azarothe den Fürsten von früher kannte. Vielleicht hatte er diese Methode gewählt, um ihn aus der Reserve zu locken.

»Er hat mit den verlorenen Geheimnissen der Alten herumdilettiert?« In Azarothes Stimme lag ein verächtlicher Unterton, der nicht im Geringsten aufgesetzt wirkte.

»Macht Euch nicht darüber lustig, Herr. Die Älteren Rassen hatten ihre Geheimnisse, und ihre Magie war ebenso stark wie unsere eigene, vielleicht sogar noch mächtiger. Fürst Ilmarec hat die Durchschlagskraft seiner neuen Waffen bereits unter Beweis gestellt.«

»Ach, tatsächlich?« Azarothe war nicht so unhöflich, dass er seinen Unglauben offen bekundet hätte, doch in seiner Stimme lag ein gewisser verstohlener Spott.

»Wirklich, Herr, das ist die Wahrheit. Einige unter Katheas Anhängern hatten etwas dagegen, dass sie sich zu Fürst Ilmarec zurückzog, und versuchten – wie sie es sahen –, sie zu befreien. Fürst Manesi drohte, den Turm mit seinem Regiment anzugreifen. Seine Magier erhielten den Befehl, eine Kompanie von Elementarkräften heraufzubeschwören.«

»Und was geschah dann?«, fragte Sardec. Er bemerkte, dass Esteril in eine eigenartige Verzückung verfallen war. Etwas Ähnliches hatte er bei Menschen anlässlich religiöser Versammlungen gesehen.

»Sie wurden vernichtet, mein junger Freund, augenblicklich und für immer. Das Regiment, die Magier, die Elementarkräfte wurden in einem einzigen Augenblick zerschmettert.«

»Es gibt viele magische Werke, die zu so etwas in der Lage sind«, hielt ihm Azarothe entgegen. »Vor allem wenn der Gegner versucht, eine so starke Festung wie den Schlangenturm anzugreifen.«

Doch der General klang ein wenig beunruhigt.

»Das war keine gewöhnliche Magie. Ich habe es mit eigenen Augen gesehen. Ein grüner Lichtstrahl schoss aus dem Turm und tötete die Soldaten. Von ihren Körpern blieben nur noch verkohlte Reste übrig. Ein ganzes Regiment wurde innerhalb von Augenblicken abgeschlachtet, trotz aller Schutzzeichen und mystischen Abwehrzauber, die die Magier aufgestellt hatten. In meinem ganzen Leben habe ich noch keine so mächtige Magie gesehen.«

Sardec hatte den Eindruck, langsam zu begreifen, was hier vorging. Esteril hätte das natürlich niemals zugegeben, doch er schien mehr Angst vor Ilmarec zu haben als vor Azarothe. Und wenn Ilmarec tatsächlich einen Teil von Katheas persönlicher Streitmacht vernichtet hatte, dann bestand kein Zweifel mehr daran, wo er stand, oder? Er hatte sich eindeutig auf die Seite des Feindes gestellt.

Dann ging ihm auf, was Esterils Worte noch bedeuten konnten. Wenn Ilmarec tatsächlich Zugang zu furchtbaren Waffen aus dem Älteren Zeitalter hatte, konnte das erhebliche Folgen für Azarothes Armee haben. Es klang, als wäre er möglicherweise in der Lage, ihre gesamte Streitmacht zu vernichten, bevor sie auch nur eine Chance hatten, eine Bresche in die Mauern seines Turms zu reißen.

»Ihr habt seitdem natürlich mit Fürst Ilmarec gesprochen, oder?«, fragte Azarothe.

»Nein, Fürst. Meine Befehle kamen von Königin Kathea und waren mit ihrem Siegel und dem von Fürst Ilmarec versehen. Ich habe mich auf meinen Gütern aufgehalten, um meine Truppen für den bevorstehenden Kampf auszuheben. Was habt Ihr jetzt mit meinen Leuten vor?«

Azarothe überlegte kurz. »Die üblichen Bedingungen«, sagte er dann. »Diejenigen, die in meine Armee eintreten wollen, werde ich aufnehmen. Wer das nicht möchte, kann – ohne Waffen und Ausrüstung – nach Hause gehen.«

»Also kein totaler Krieg«, sagte Esteril und klang erleichtert. »So, wie Koth ihn geführt hat.«

»Da kennt Ihr mich doch wohl besser, mein Freund.«

»Selbstverständlich«, sagte Esteril. Sein Tonfall machte aber deutlich, dass er sich nicht so sicher gewesen war. Schließlich war Azarothe nicht mehr ins Feld gezogen, seit Koth die Kriegsführung vollständig revolutioniert hatte. »Gut zu wissen, dass es immer noch einige von uns gibt, die sich an die alten Sitten halten.«

»Ilmarec gehört offensichtlich nicht dazu«, bemerkte Azarothe mit Nachdruck.

Zwischen den beiden Terrarch trat ein Schweigen ein. »Zu meinem Bedauern muss ich Euch mitteilen, dass ich nicht in Eure Armee eintreten kann, Fürst Azarothe«, erklärte Esteril dann. »Meine Sympathien liegen bei der Blauen Fraktion und der Königin und Kaiserin.«

»Ich verstehe vollkommen, Fürst Esteril. Wenn Ihr mir Euer Wort darauf gebt, dass Ihr in Euren Palast zurückkehrt und in diesem Krieg nicht wieder gegen mich oder meine Königin ins Feld zieht, so seid Ihr frei und könnt gehen, wie es Euch beliebt.«

Fürst Esteril stand auf und verneigte sich. In diesem Augenblick schien etwas in ihm zu zerbrechen. »Wenn Ihr meinen Rat hören wollt, Fürst Azarothe, dann seht zu, dass Ihr mit Eurer Armee dem Schlangenturm nicht zu nahe kommt. Es schmerzt mich, das sagen zu müssen, aber ich glaube, Ihr werdet feststellen, dass Fürst Ilmarec nicht so ehrenhaft kämpft wie Ihr. Und er hat eine Waffe zur Verfügung, von der wir selbst in den alten Zeiten nicht zu träumen wagten.«

»Danke für Euren Rat, Fürst. Ich werde ihn bei meinen Überlegungen angemessen in Betracht ziehen.«

»Wenn Ihr gestattet, Fürst Azarothe, ich würde jetzt gern die Vorbereitungen für meine Abreise treffen.«

»Selbstverständlich«, sagte Azarothe. Esteril verbeugte sich und ging.

Azarothe wandte sich an Sardec. »Offenbar stellt sich die Lage in Kharadrea komplizierter dar, als ich dachte.«

»Danach sieht es aus, Herr.«

»Das erstaunt mich nicht. Die Dinge sind selten einfach, und besonders dann nicht, wenn ehrgeizige Terrarch eine Gelegenheit wittern, ihren Aufstieg zu fördern.«

»Ihr meint Fürst Esteril, Herr.«

»Mit seinem Angriff auf uns hat er gewiss Ruhm gesucht, aber ich spreche nicht von ihm. Ich hatte an Fürst Ilmarec gedacht.«

»Es heißt, der Schlangenturm sei eine unüberwindliche Festung.«

»Ich habe jeden Grund, dieser Einschätzung zuzustimmen.«

»Was können wir unternehmen, Herr? Wenn Ilmarec tatsächlich Königin Kathea in seiner Gewalt hat und die Absicht hegt, sich auf die Seite des Dunklen Imperiums zu schlagen, dann ist dieser Krieg vorüber, bevor er überhaupt angefangen hat.«

»Ich finde, unsere erste Aufgabe sollte sein herauszufinden, was Fürst Ilmarec wirklich vorhat. Meint Ihr nicht auch, Leutnant?«

»In der Tat, Herr.«

»Ausgezeichnet. Ich wusste, dass Ihr der richtige Offizier für diesen Auftrag seid.«

7. KAPITEL

Seid auf der Suche nach Kenntnissen vorsichtig.
Es gibt einige Dinge, die man besser nicht wissen sollte.

Marlon Sheldrake, Verbotene Lehren der Alten Welt

Zielstrebig schritt Asea zum Fluss hinunter. Rik und seine Kameraden begleiteten sie, und hinter ihnen glitt Karim, ihr Leibwächter, lautlos wie ein Schatten dahin. Asea inspizierte die Leichen, die noch im Wasser lagen und darauf warteten, davongeschleppt und verbrannt zu werden. Hinter ihnen waren die Scheiterhaufen bereits errichtet, und Rik hörte, wie die Regimentspriester die Worte der Zeremonie intonierten.

Asea blieb stehen und betrachtete die Überreste des Gemetzels. »Wisst ihr noch, wo ihr die Statue des Schlangenmenschen gesehen habt?«, fragte sie schließlich.

»Ich schätze, ich könnte die Stelle finden, edle Dame«, meinte Wiesel. »Als wir letzte Nacht vom Fluss weggestolpert sind, müssen wir eine Spur hinterlassen haben, der sogar ein Blinder folgen könnte.«

»Dann geh voran«, sagte sie.

Wiesel fand die Uferbank, an der sie an Land geklettert waren, und die Büsche, die sie beim Weggehen zertrampelt hatten. Rik war sich nicht sicher, ob ein Blinder ihren Spuren tatsächlich hätte folgen können, aber Wiesel war dazu auf jeden Fall in der Lage.

»Passt nur auf, Prinzessin«, sagte er, als sie auf der Spur weitergingen. »Hier könnten sich noch Feinde aufhalten, die aus der Schlacht geflohen sind. Sie würden uns als nette, einladende Zielscheibe betrachten.«

Asea klopfte einfach auf das Heft das Stabs, den sie in einem Holster am Gürtel trug. »Wenn, dann erleben sie vielleicht eine Überraschung.«

»Wie Ihr meint, edle Dame.«

»Dürfen wir uns erkundigen, warum Ihr Euch für diese Stelle mit der Statue des Schlangenmannes interessiert, Prinzessin Asea?«, fragte Rik. Alle drei brannten darauf, das zu erfahren, doch offenbar war er der Einzige, der es wagte, die Frage zu stellen.

»Ich bin an allem interessiert, was mit diesen Wesen zu tun hat. Es heißt, sie seien in diesem Teil der Welt schon vor Jahrtausenden ausgestorben.«

»Kann es sein, dass dort Geister umgehen?«, fragte der Barbar. Er wirkte einsilbig, ganz anders als sonst.

»Schon möglich. Ich spüre eigenartige magische Strömungen in diesem Gebiet, und auch das *Tau*, die magische Energie des Planeten, ist hier stark und mit etwas anderem verunreinigt.«

Allein der Gedanke, etwas Uraltes und zweifellos Infernalisches könnte mit ihrer Begegnung in der vergangenen Nacht zu tun haben, beruhigte Rik nicht gerade. In ihm steckte noch so viel von seiner Erziehung im Waisenhaus des Tempels, dass er gelegentlich um seine Seele fürchtete.

»Das ist die Stelle«, erklärte Wiesel, als sie in einen Hain traten. Der Wald um sie herum war dicht und schirmte den größten Teil des Sonnenlichts ab. Rik bemerkte, dass aus der Erhebung, auf der die Statue stand, tatsächlich Mauerwerk hervorragte. Um sie herum sah er noch mehr kleine Hügel und Unebenheiten, die auf weitere, im Boden verborgene Bauwerke oder vielleicht auch noch etwas anderes hindeuteten. Das ganze Ensemble erinnerte ihn an eine Totenstadt.

»Die Schuppigen Herren haben hier gewohnt, Herrin«, sagte Karim. »Die Statue stellt ein Mitglied der Nestwächterkaste dar, obwohl dieses Wesen größer und kräftiger ist als jeder Wächter, der mir je begegnet ist.«

Alle drei Fourageure hatten sich umgewandt und sahen nun den Leibwächter an. Also stimmten die Gerüchte, und Karim und seinesgleichen stammten tatsächlich vom Südkontinent.

»Sind sie gefährlich?«, fragte Rik.

»Der Kiefer eines Nestwächters kann einem Mann mit einem einzigen Biss den Arm abreißen. Und mit ihren Klingen sind sie so gefährlich wie ein Schwertmeister des Neunten Elements.«

»Jetzt verstehe ich natürlich alles viel besser«, murrte Wiesel.

»Ein Schwertmeister des Neunten Elements?«, fragte der Barbar. Er wirkte verwirrt.

»Ich gehöre nur zum Siebten Element«, sagte Karim, als erkläre das alles. »Sehr wenige Menschen kommen überhaupt so weit.«

»Karim will damit sagen, dass ihr von Glück reden könnt, keinem dieser Wesen in lebendiger Gestalt begegnet zu sein«, schaltete sich Asea ein. »Es wäre drei so standhaften Kriegern wie euch vielleicht sogar mehr als gewachsen gewesen.«

Rik suchte nach sarkastischen Untertönen in ihrer Bemerkung, fand aber keine. Offensichtlich meine Asea es ernst, zumindest soweit er das beurteilen konnte.

»Die Frage ist, was diese Stätte darstellt.«

»Das weiß ich wirklich nicht, Herrin«, sagte Karim.

»Ich wäre ganz bestimmt mit dem Wesen fertig geworden«, flüsterte der Barbar Rik zu, aber der nickte nur. Seine ganze Aufmerksamkeit galt Asea und Karim. Die beiden verfügten offenbar über Kenntnisse, die nicht einmal unter den Dieben von Drangsal, die sich gern schmeichelten, über jedes esoterische Thema unter der Sonne gut Bescheid zu wissen, verbreitet waren.

Asea ging zu dem Mosaik, das sie in der vergangenen Nacht entdeckt hatten, und untersuchte das Muster. Auf eine Weise, die bei Rik großes Unbehagen hervorrief, nahm sie die drei Männer über das, was sie gesehen hatten, ins Kreuzverhör. Nach einiger Zeit zog sie einen blauen Kristall aus der Tasche. Sie ging auf dem Areal umher und murmelte dabei auf eine Weise vor sich hin, dass sich Riks Nackenhaare aufstellten.

Der Kristall leuchtete schwach, und Aseas Miene wurde noch nachdenklicher. Offenbar hatten sie tatsächlich etwas gefunden, das für die Magierin von Interesse war, obwohl er nicht zu fragen wagte, was genau das war. Die nächsten paar Stunden verbrachten sie damit, ihr dabei zuzusehen, wie sie das Gelände abschritt, und alle waren dankbar, als sie ihnen, gerade als die Sonne am Horizont zu sinken begann, befahl, zur Armee zurückzukehren. Keiner von ihnen hatte Lust, nach Einbruch der Dunkelheit noch hier zu sein.

Als sie ins Lager zurückkamen, wartete eine Nachricht auf sie. Fürst Azarothe bat Asea, ihn dringend in seinem Zelt aufzusuchen.

Sardec sah zu, wie Asea eiligen Schrittes in den Kommandopavillon trat. Sogar in ihrer Rüstung war sie wunderschön. Auch die anderen Offiziere betrachteten sie beifällig, selbst der schmalgesichtige Oberst Xeno, von dem Sardec wusste, dass er eine tiefe Abneigung gegen sie hegte. Unter all diesen älteren, erfahreneren Offizieren und zwei der Ersten fühlte er sich eingeschüchtert und fragte sich, warum er überhaupt hergerufen worden war.

»Eure Anwesenheit erfreut mein Herz, Prinzessin«, begann Azarothe und tippte dann mit einem Fingerknöchel auf die Karte, die vor ihm auf dem Tisch lag. »Ich würde jeden Aufschluss über unser gegenwärtiges Problem zu schätzen wissen, den Ihr uns aus Eurer Kenntnis geben könnt.«

Er fuhr fort zu berichten, was Esteril über Ilmarec

und die Waffe aus grünem Licht gesagt hatte, und wies dann erneut auf die Karte.

»Wie Ihr seht, wird an diesem Punkt der Zugang zum Mor-Fluss von Morven aus kontrolliert. Die Stelle ist von strategischer Bedeutung, wenn wir weiter nach Norden zu Orodruines alter Hauptstadt Halim marschieren wollen. Wir müssen die Truppen und den Nachschub auf dem Wasserwege transportieren.«

»Und Ihr seid vollständig sicher, dass Ilmarec Zugriff auf diese Waffen aus der Alten Welt hat, Fürst?«, fragte Asea. Azarothe schüttelte den Kopf.

»Wir wissen nur, was Esteril erzählt hat, und er könnte ebenso gut gelogen haben oder getäuscht worden sein. Doch ich habe einige von unseren Leuten mit den Gefangenen und den neuen Rekruten sprechen lassen, und die meisten von ihnen bestätigen seine Geschichte. Allein die Möglichkeit, dass sie wahr sein könnte, ist schon besorgniserregend. Wenn eine so große Streitmacht durch Magie zerstört wurde, müssen wir wissen, wie das passieren konnte. Ich kann nicht die Vernichtung meiner Armee riskieren. Habt Ihr etwas dazu beizutragen, Asea?«

»Wir haben heute in den Wäldern die Ruinen einer Siedlung der Schlangenmenschen entdeckt.«

»Die Schlangenmenschen sind seit Tausenden von Jahren ausgestorben, meine Dame«, warf Oberst Xeno in seinem abgehackten, trockenen Tonfall ein. »Ihr wollt doch wohl nicht behaupten, Ilmarec hätte sich mit ihnen zusammengetan.« Er lachte über seinen eigenen Witz. Einige der jüngeren Offiziere fielen ein, doch die

Klügeren unter ihnen schwiegen, bis sie Aseas Antwort gehört hatten.

»Nein, aber an diesem Ort ist ohne Zweifel vor Kurzem noch starke Magie gewirkt worden. Tatsächlich sogar gestern Nacht.«

»Was für eine Art von Magie?«, fragte Azarothe.

»Ich bin mir nicht sicher. Sie ist von so anderer Natur als unsere eigene Magie, dass ich nicht einmal raten kann, was sie bezweckt.«

»Ist das der Ort, den unsere drei Boten gestern Nacht entdeckt haben?«, wollte Xeno wissen. Asea nickte.

»Haben sie wieder einmal Dinge aufgerührt, die man lieber in Ruhe lassen sollte?« Xeno wusste alles über die Ereignisse in Achenar. Das traf jedoch nicht auf alle Anwesenden zu. Die Angelegenheit war weitgehend vertuscht worden, konnte einem Oberst des Regiments aber nicht verborgen bleiben.

Asea warf die Lippen auf. »Ich glaube nicht. Wahrscheinlich sind sie einfach darüber gestolpert.«

»Kann diese Magie zur Bedrohung für die Armee werden?«, fragte Azarothe. Im Zelt wurde es still, während alle auf Aseas Antwort warteten.

»Möglicherweise. Wenn ich raten sollte, was dieser Ort darstellt, dann würde ich sagen, dass er ein Portal ist.«

Das Schweigen wurde tiefer. Alle Anwesenden wussten, dass es kein intaktes Portal mehr gegeben hatte, seit der Rat der Magister das Auge der Sonne geschlossen hatte. Auf der anderen Seite gab es gegenwärtig niemanden, der sich mit solcher Magie besser auskannte als Asea. Vielleicht auf dem ganzen Kontinent nicht.

»Das könnte sehr gefährlich werden«, sagte Azarothe. Einige der jüngeren Offiziere schauten verblüfft drein, doch Sardec erkannte sofort, worauf er hinauswollte. Durch ein Portal ließen sich Personen oder Gegenstände fast ohne Zeitverlust von einem Ort zum anderen versetzen. Wenn es einem Feind gelang, eine Armee durch dieses Tor zu bringen, würde sie ihnen fast augenblicklich in die Flanke fallen.

»Ich glaube nicht, dass es voll funktionsfähig ist«, meinte Asea. »Es schien durch Schutzzeichen abgeschirmt zu sein. Was ich gespürt habe, waren größtenteils Restenergien.«

»Größtenteils«, wiederholte Azarothe.

»Ich glaube, die Stätte gehört zu einem gewaltigen Netz, dessen Mittelpunkt ich im Schlangenturm selbst vermute. Wenn Ilmarec dort starke Magie gewirkt hat, würde das Spuren auf jedem Muster hinterlassen, das damit verbunden ist.«

»Aber warum sollte hier draußen ein Teil eines Musters liegen?«, fragte Xeno. »Oder ein Portal?«

»Muster werden aus vielen Gründen errichtet«, erklärte Asea. »Einige von ihnen versorgen einen zentralen Ort mit Energie. Andere sind dazu da, die Grenzen eines Schutzzaubers oder eines permanenten Sehzaubers zu bezeichnen.«

»Und Ihr glaubt, dass wir uns möglicherweise innerhalb eines solchen magischen Netzes aufhalten?«, erkundigte sich Azarothe.

»Beinahe mit Sicherheit. Oder wir geraten hinein, sobald wir die Ruinen passieren.«

»Vielleicht hatte Esteril doch recht«, sagte Azarothe nachdenklich.

»Der Gedanke, dass eine der Waffen der Schlangenmenschen gegen uns eingesetzt werden könnte, ist ziemlich besorgniserregend«, meinte Hauptmann Ascogne vom 17. Husarenregiment. Er legte sein hübsches Gesicht in Falten und strich über seinen bleistiftdünnen Kavalleristen-Schnurrbart, um zu betonen, wie beunruhigt er war. »Ich bin mir sicher, niemand von uns hat vergessen, was in Ssaharoc geschehen ist.«

In Ssaharoc hatten die Terrarch eine ihrer verheerendsten Niederlagen auf diesem Planeten erlitten und eine ganze Flotte an die Schlangenmenschen des Südkontinents verloren. Sardecs eigene Gedanken wandten sich seiner kurz zurückliegenden Begegnung mit Uran Uhltar und dessen Sklavenrasse, den Uhltari, zu, und er erinnerte sich an Aseas Theorie, dass auch dies kein Zufall gewesen war. War es möglich, dass da ein Zusammenhang bestand? Er fragte sich, ob er das Thema ansprechen sollte, beschloss dann aber, es für sich zu behalten. Wenn die Magierin darüber reden wollte, konnte sie es selbst tun. Wenn sie nicht davon sprechen würde, würde er sich nur zum Narren machen, wenn er davon anfing.

Azarothe ergriff erneut das Wort. »Unser Hauptproblem scheint immer noch Ilmarec zu sein. Der Schlangenturm stellt auch ohne diese angebliche Wunderwaffe eine fast unüberwindliche Festung dar. Soweit wir wissen, kann nicht einmal Drachenfeuer seine Mauern versengen, und er wird durch Zauber von Furcht einflößender Macht vor magischen Attacken geschützt. Trifft das nicht zu, Prinzessin Asea?«

Sie nickte. »Diese Schutzzauber haben eine Reichweite und Kraft, mit denen wir uns vorläufig nicht messen können. Ich würde nicht gern Magie gegen sie einsetzen, denn ich vermute, dass sie gegen uns selbst zurückschlagen könnte.«

»Wenn diese Gerüchte der Wahrheit entsprechen, wird die zukünftige Königin von Kharadrea also in einer undurchdringlichen Festung gefangen gehalten und von einem bösartigen Hexer bewacht. Unsere Sache scheint verloren zu sein, bevor der Krieg auch nur begonnen hat«, erklärte Xeno misslaunig. »Dieses Land ist wahrhaftig verflucht.«

Sardec erinnerte sich, dass Xeno bei den Kämpfen gegen Koth einen Bruder verloren hatte. Er verabscheute diesen Ort und fürchtete sich nicht, das sogar in Anwesenheit seiner kommandierenden Offiziere deutlich zu machen. Alle Blicke richteten sich jetzt auf Azarothe. Jeder wollte wissen, was er zu sagen hatte. Als der General das Wort ergriff, klang seine Stimme ruhig und zuversichtlich.

»Wir wissen nicht, ob irgendetwas davon stimmt. Vieles sind nur Gerüchte und Spekulationen. Wir müssen wissen, ob Ilmarec wirklich gegen uns ist, ob er Kathea tatsächlich in seiner Gewalt hat und diese Waffen aus der Alten Welt besitzt. Sobald wir die Fakten kennen, können wir einen Plan schmieden, der uns zum Sieg führt.«

»Sieg, Fürst Azarothe?«, fragte Xeno.

»Sieg, Oberst. Ilmarec muss damit etwas bezwecken, und er wird sich im Klaren darüber sein, dass er sich nicht in alle Ewigkeit gegen Königin Arielles Willen stemmen kann. Die Geografie ist auf unserer Seite. Sein Land ist unserer Grenze viel näher als der des Dunklen Imperiums. Wenn nötig, können wir enorme Streitkräfte ins Feld führen. Außerdem lässt sich ein Turm nicht nur einnehmen, indem man ihn stürmt.«

Einige der Offiziere nickten zustimmend. Ein paar gab es immer, dachte Sardec. Wahrscheinlich glaubten sie, indem sie sich beim Kommandeur einschmeichelten, würden sie am schnellsten zu Beförderungen und Macht gelangen. Doch Xeno ließ sich so leicht nicht einschüchtern.

»Ich vermute stark, dass Ilmarec mit der Geografie ebenso vertraut ist wie wir, Herr«, sagte er. »Wahrscheinlich spielt er eher auf Zeit. Er braucht uns ja nicht bis in alle Ewigkeit in Schach zu halten, sondern nur, bis Khaldarus auf dem Thron sitzt und das Dunkle Imperium uns mit seiner ganzen Macht angreift. Wir haben diesen Kampf schon einmal geführt, Herr, und dieses Mal gibt es keinen Koth, der als Puffer zwischen ihnen und uns steht.«

»Ihr habt ganz recht, Oberst«, gab Azarothe zurück. »Die Zeit drängt, also sollten wir uns an die Arbeit machen. Ich habe vor, Leutnant Sardec als Abgesandten zu Fürst Ilmarec zu schicken und in Verhandlungen mit ihm einzutreten.«

»Mit Eurer Erlaubnis würde ich den Leutnant gern

begleiten«, schaltete sich Prinzessin Asea ein. »Ich kenne Ilmarec. Wir waren einmal Freunde. Und ich würde mir gern ein Bild von diesem Turm machen. Mit den magischen Strömungen in dem ganzen Gebiet geht etwas Merkwürdiges vor, und ich habe den Verdacht, dass der Turm der Kern dieses Problems ist.«

Azarothe sah sie einen Augenblick lang an, und Sardec war klar, dass er gerade die Risiken abwog. Asea war die stärkste Magierin seiner Armee. Sie zu verlieren würde einen ebenso großen Schlag darstellen wie der Verlust einer Artillerie-Batterie.

»Wird das auch nicht zu gefährlich für Euch werden?«, fragte er.

»Ich habe doch einen ausgezeichneten Beschützer. Leutnant Sardec und ich haben schon etliche Male gemeinsam gefährliche Situationen bestanden, und ich vertraue voll und ganz auf ihn.«

Sardec sah sie nur an. Als er sich zum letzten Mal zusammen mit Asea in einer gefährlichen Lage befunden hatte, hatte er sein Hand und um ein Haar auch sein Leben verloren.

»Nun gut«, erwiderte Fürst Azarothe. »Die Einzelheiten können wir später besprechen.«

Sardec fragte sich, was die Magierin wohl dieses Mal im Schilde führte. Er dachte noch darüber nach, als die Konferenz des Stabs schon zu Ende ging.

Rik beobachtete die Vereidigung der neuen Rekruten. In einer langen Schlange standen sie vor einem Tisch an, hinter dem der Oberfeldwebel Stellung bezogen hatte. Jeder legte die Hand auf einen Stein, in den Fyel, das Terrarch-Symbol für den Glauben, eingehauen war, sprach den Eid und nahm das Silber der Königin. Die Namen der Männer wurden in das Register des Regiments eingetragen, und sie gingen davon. Heute Abend würden sie Soldaten der Armee sein, gegen die sie am Morgen noch gekämpft hatten.

»Die meisten der Bastarde werden wahrscheinlich desertieren, bevor jemand den ersten ernst gemeinten Schuss auf sie abfeuert«, meinte der Barbar.

»Das stimmt«, sagte Rik. »Aber einige von ihnen auch nicht, ein paar werden bleiben und gute Soldaten werden. Außerdem ist das nicht unser Problem, oder?«

»Nie hast du ein wahreres Wort gesprochen, Halbblut«, pflichtete ihm Wiesel bei.

»Ich frage mich, wann wir nach Morven weitermarschieren«, warf der Barbar ein. »Ich würde gern mal wieder eine richtige Stadt sehen – und das Innere einer anständigen Taverne.«

»Keine Ahnung«, gab Wiesel zurück. »Man sollte meinen, dass es nicht mehr lange dauern kann; andererseits habe ich gehört, Fürst Ilmarec habe sich gegen uns gewandt und dass sich bereits Truppen des Dunklen Imperiums in der Stadt befinden.«

»Da geht etwas Seltsames vor«, sagte der Schöne Jan und riss sich von der Spiegelscherbe los, in der er sein Profil betrachtet hatte. »Niemand hätte doch damit gerechnet, dass wir so schnell kämpfen mussten, oder? Ich würde gern wissen, wie die verdammten Blauen so rasch hierherkommen konnten.«

»Ganz bestimmt wird General Azarothe herbeieilen, um es dir in höchsteigener Person zu erklären, sobald er hört, wie sehr es dir missfällt, im Dunklen gelassen zu werden«, spottete Wiesel.

»Har, har. Halbblut, ist das da nicht deine kleine Freundin?«

Rik sah in die Richtung, in die der Schöne Jan wies, und erblickte Rena. Dunkelhaarig und wunderschön wie immer betrat sie, begleitet von zwei anderen Mädchen, das Lager. Sein Herz setzte einen Schlag lang aus, sein Mund fühlte sich plötzlich trocken an. Er hatte nicht geglaubt, sie je wiederzusehen.

»Sie ist nicht meine Freundin«, entgegnete er säuerlich.

8. KAPITEL

So etwas wie Zufall existiert nicht.
Es gibt nur den Willen Gottes.

Erleuchtungen, Buch 1, Vers 1

Rik kämpfte gegen das Bedürfnis, davonzuschleichen und sich irgendwo zu verstecken. Er fühlte sich verlegen und verwirrt, aber auch ängstlich und wütend. Dabei hatte er gar keinen Anlass, so zu empfinden. Rena war diejenige, die sich schlecht benommen hatte. Schließlich war sie mit Leutnant Sardec gegangen. Außerdem war sie bloß ein Mädchen, mit dem er vor ein paar Monaten einige Tage lang eine Affäre gehabt und das er seitdem nicht mehr gesehen hatte. All das sagte er sich, aber nichts davon machte auch nur den kleinsten Unterschied.

»Ich glaube, sie hat dich gesehen, Halbblut«, sagte Wiesel und setzte ein selbstzufriedenes, wissendes Grinsen auf. Rik erinnerte sich daran, wie er ihm, kurz bevor die Kompanie nach Achenar abgerückt war, an einem langen Abend im Suff die ganze Geschichte geklagt hatte. Er hatte gehofft, der andere hätte es vergessen. Doch er hätte daran denken sollen, dass in Wiesels Welt niemals etwas in Vergessenheit geriet. Es wurde nur tief vergraben, um wenn nötig hervorgeholt zu werden, damit er Witze darüber reißen konnte.

»Geh und sprich mit dem Mädchen, Halbblut«, sagte der Barbar. »Sie sieht aus, als wollte sie mit dir reden.«

Tatsächlich, Rena winkte ihm und sah sehr fröhlich aus, was Rik erstaunte, denn sie waren das letzte Mal ziemlich verdrossen auseinandergegangen.

»Wahrscheinlich will sie etwas«, meinte Wiesel. »Das ist bei Frauen meistens so.«

»Normalerweise wollen sie meinen männlichen Körper«, prahlte der Barbar. »Und wer könnte es ihnen verdenken?«

»Rede lieber mit ihr, ehe sie sich unserem Freund aus dem Norden hier an den Hals wirft«, sagte Wiesel. »Autsch! Habe ich da etwa einen wunden Punkt berührt?«

»Du bist ein Ekel«, sagte Rik.

»Liegt daran, wie ich aufgewachsen bin«, gab Wiesel zurück. »Eine grausame Kindheit, gefolgt von einem Leben als Söldner, beides hat mich zu genau dem Widerling gemacht, der ich heute bin.«

»Du sagst das, als wärest du auch noch stolz darauf.«

»Warum sollte ich nicht?«

Rena und ihre Freundinnen kamen auf sie zu. Wenn er nicht wollte, dass seine Kameraden herumstanden und lauschten, damit sie ihn später aufziehen konnten, ging er ihr besser entgegen.

Rik trat auf sie zu. Sein Gesicht fühlte sich an, als wären seine Züge aus Eisen gegossen. Er konnte sie nicht zwingen, einen anderen Ausdruck als Missbilligung anzunehmen. Er war schon immer zungenfertig gewesen und hatte sich gut verstellen können; darauf musste sich ein berufsmäßiger Dieb in Drangsal verstehen. Aber jetzt waren seine Nerven zum Zerreißen angespannt, und er schien ganz und gar nicht in der Lage zu sein, seine Gefühle zu verbergen.

Auf der schlammbedeckten Straße, die zwischen den Zeltreihen verlief, traf er mit dem Mädchen zusammen. Sie blickten einander an. Rena sah strahlend schön aus, aber es war doch offensichtlich, dass sie nur mit großer Willensanstrengung lächelte. Ihre Freundinnen waren ein Stück entfernt stehen geblieben, hatten die Hände vor den Mund geschlagen und versuchten, ihr Kichern zu ersticken. Ihr Benehmen ärgerte sie ebenso wie das seiner Freunde. Dies hätte ein privater Augenblick sein sollen, also gefiel es ihm gar nicht, ein Publikum zu haben.

»Ich hätte nicht gedacht, dass ich dich noch einmal sehe«, sagte er und verfluchte sich, weil seine Worte so gestelzt, so steif und dumm klangen. Doch etwas, das tief in seinem Inneren saß, wollte es genauso haben und war entschlossen, sich alles so schwer wie möglich zu machen. Er erinnerte sich an ähnliche Situationen mit Sabena, seiner ersten großen Liebe, als er etwas Bestimmtes hatte sagen wollen, aber eine vollständig andere Abfolge von Worten aus seinem Mund gekommen war, so als hätte ein Fremder ihm seine Rede geschrieben. Renas Miene sah er an, dass das nicht die Begrüßung gewesen war, die sie sich erhofft hatte.

»Ich dachte, ich würde dich hier treffen«, sagte sie. »Ich meine, das habe ich gehofft.«

»Warum?«, fragte er. Seine Stimme klang kalt. Er steckte jetzt in seiner Rolle fest und hätte sich nicht einmal Einhalt gebieten können, wenn er es gewollt hätte. Sie blickte zur Seite, dorthin, wo die Pavillons der Terrarch standen.

»Ich dachte …« Sie unterbrach sich und biss sich auf die Unterlippe. Sie war wirklich sehr hübsch. Rik sah, dass ihre Freundinnen zu kichern aufgehört hatten und ihn missbilligend, ja sogar giftig anschauten. Sollen sie doch, dachte er. Was sie dachten, ging ihn nichts an. Es war ihm gleich, was irgendjemand dachte.

»Was dachtest du?«, fragte er. Auch andere Soldaten sahen sie jetzt an. Er wusste warum. Drei neue Mädchen waren im Lager aufgetaucht, und zwar ohne männliche Begleitung. Rik starrte sie an, und etwas, das sie in seinem Blick sahen, ließ die Soldaten weitergehen.

»Ich … ich weiß nicht, was ich dachte. Ich dachte, du freust dich vielleicht, mich zu sehen.« Ich freue mich auch, wollte er sagen.

»Tue ich aber nicht«, entgegnete stattdessen die zornige, rachsüchtige Stimme in ihm. Sobald die Worte über seine Lippen gegangen waren und er sah, was sie anrichteten, bereute er sie.

»Du bist ein Bastard«, sagte sie.

»Ich weiß. Das habe ich dir schließlich erzählt.«

Bedauern huschte über ihr Gesicht. »So habe ich das nicht gemeint.«

»Mir gleichgültig, was du gemeint hast. Ich will gar nicht wissen, warum du hergekommen bist. Vielleicht solltest du es bei Leutnant Sardec versuchen. Er würde sich sicher freuen, dich zu sehen.«

Er wandte sich ab und stapfte davon.

»Der hast du aber Bescheid gesagt«, meinte der Barbar. »Sie weint.«

»Verzieh dich«, knurrte Rik.

Rik lag auf dem Rücken und sah zu den Sternen hinauf. Er hatte sich auf den sanft ansteigenden Hügelhang zurückgezogen, weit entfernt von den Zelten. Denn er hatte im Augenblick nicht den Wunsch, mit seinen Freunden zusammen zu sein. Er wollte allein sein, sich beruhigen. Vom Lager her hörte er die Geräuschkulisse, die ihm mitteilte, dass sich alles zur Nacht bereit machte: Soldaten stritten, Kinder weinten, Frauen plauderten. In der Ferne erklang das schläfrige Brüllen der Wyrm. Irgendwo spielte eine kleine Gruppe Offiziere die vielschichtige und auf eigenartige Weise schöne Musik der Terrarch. Doch die Ruhe half ihm nicht. Er kochte immer noch vor Wut auf Rena, auf seine dummen Freunde, auf Sardec, Asea und die ganze Welt.

Er war selbst verblüfft über den tiefen Abgrund der Gefühle, den er in sich entdeckt hatte. Es schien, als hätte er eine magische Tür geöffnet und dahinter einen ganzen Kontinent voller Zorn und Groll entdeckt. Er erkannte, wie sehr er diese Gefühle während der letzten paar Monate gewaltsam im Zaum gehalten hatte. Doch nun wurde ihm klar, dass der Zorn immer noch in ihm war, die Wut auf die Welt, die Terrarch, die Wesen, die Leon getötet hatten … Auch er selbst würde wahrscheinlich irgendwann umgebracht werden. Und er sah, dass zwischen Rena und dieser Welt aus Verbitterung und Verrat irgendeine Art von Verbindung entstanden war. Nur einen Augenblick lang war er nicht auf der Hut gewesen, und schon hatte sie ihn verletzt. Das würde er nie wieder zulassen.

Wie war es möglich, dass eine Frau, die er nur so kurz gekannt hatte, ihm so vollständig unter die Haut gegangen war?

Sie war jetzt dort draußen. Wenn er wollte, konnte er sie suchen gehen und ihr genau sagen, was er von ihr hielt. Sein sinnloser, zweckloser Hass verlangte es von ihm, wollte, dass er zu ihr ging und seine ganze Wut an ihr ausließ, so wie sie ihn zerrissen hatte.

Rena hatte ganz offensichtlich eine ganz andere Antwort von ihm erwartet. Hielt sie ihn für dumm? Glaubte sie wirklich, nach allem, was geschehen war, würde er noch mit ihr zusammen sein wollen?

Ein Schatten fiel über ihn. Rik sah auf und war erstaunt, Karim neben sich stehen zu sehen. Entweder war er sehr unaufmerksam, oder Karim hatte sich äußerst leise genähert. Vielleicht traf beides zu. Der Mann aus dem Süden betrachtete ihn einen Augenblick lang. »Es hat mich große Mühe gekostet, dich zu finden«, sagte Karim. Seine Augen reflektierten wie die eines Hundes das Licht. Rik fragte sich, was man diesem Mann angetan hatte.

»Du musst einen guten Grund gehabt haben, so lange nach mir zu suchen. Würdest du ihn mir mitteilen?« Sogleich tat ihm sein vorlauter Ton leid. Karim machte den Eindruck eines Menschen, den man nicht gern gegen sich aufbringt.

»Meine Herrin verlangt nach dir.« Karims Worte waren höflich und sein Tonfall ruhig. Und trotzdem brachte er es fertig, ihm den Eindruck einer unmittelbaren Bedrohung zu vermitteln. Rik sagte sich, dass er sich das nur einbildete, aber er wusste: Es stimmte nicht.

»Dann solltest du mich wohl zu ihr führen.«

»Folge mir«, sagte Karim.

Sardec wanderte durch das Lager. Nach dem Kampf und dem Zusammensein mit den Offizieren fühlte er sich nun, da er sich selbst überlassen war, seltsam enttäuscht und leer. Er hatte keine Lust, in sein Zelt zu gehen, wollte nicht versuchen zu schlafen. Was er genau wollte, wusste er aber nicht. Er fühlte sich rastlos.

Bald würde er nach Morven aufbrechen. Er musste Prinzessin Asea auf ihrer Mission begleiten, zu ihren Gesprächen mit Fürst Ilmarec. Seine Rolle war vorherbestimmt und untergeordnet. Asea bekleidete zwar keinen offiziellen militärischen Rang, doch bei diesem Unternehmen würde er ihr Untergebener sein. Sie war eine der Ersten und genoss das Vertrauen sowohl Königin Arielles als auch des Generals. Und sie kannte Ilmarec aus früherer Zeit, daher war sie als Abgesandte viel besser geeignet als er.

Er bog ab und marschierte an einer anderen Reihe von Zelten entlang. Hier saßen die Menschen um ihre Lagerfeuer und plauderten. Ganze Familien hatten sich hier versammelt. Mütter hielten Kinder auf den Knien, und die Väter erzählten ihre Geschichten. Sardec spürte so etwas wie Neid. Er wusste, er sollte die Menschen wegen ihrer Schwäche verachten, dafür, wie sie sich ohne Unterlass fortpflanzten, für ihre mangelnde Selbstbeherrschung. Doch er konnte nicht umhin, sich zu fragen, wie es wohl sein würde, zu einer dieser Familien zu gehören.

Bei den Terrarch waren Kinder selten. Geschwister wurden manchmal mit einem Altersabstand von Jahrzehnten, sogar Jahrhunderten geboren, und manche Terrarch bekamen überhaupt keine Kinder mehr. Zwischen Sardecs Brüdern und Schwestern klafften Lücken, die größer als die zwischen menschlichen Kindern und ihren Eltern oder sogar Großeltern waren. Die Beziehungen zu all seinen Verwandten, sogar zu denen, die er liebte und bewunderte – wie zu seinem Vater –, waren kühl und distanziert.

Hatte ihm während seiner Kindheit etwas gefehlt? Er war von Dienern und Hauslehrern großgezogen worden, und viele von ihnen waren Menschen gewesen, denen es verboten war, ihm näherzukommen. Jetzt allerdings wurde ihm klar, was er sich zuvor nie zu sehen erlaubt hatte, nämlich dass ihm viele von ihnen auf eine

Weise zugetan gewesen waren, der sie keinen Ausdruck hatten verleihen dürfen. Er sagte sich, es sei absurd, sich deswegen Gedanken zu machen, sich vorzuwerfen, die Gefühle seiner Kinderfrauen und Lehrer nie erwidert zu haben. Doch wider Willen stellte er fest, dass er es doch tat.

Er beobachtete, wie ein Mann und eine Frau Arm in Arm in die Dunkelheit davongingen, und wusste auch, was sie vorhatten. Der Anblick ließ seine Gedanken in eine andere, schmerzlichere Richtung schweifen, und er erinnerte sich daran, wie er in der Nacht des Errettungsfestes mit dem menschlichen Mädchen geschlafen hatte. Es war das erotischste Erlebnis seines Lebens gewesen, ein schändliches Vergnügen, das er sich bald wieder hatte gönnen wollen. Dazu war es jedoch nicht gekommen, denn kurz danach hatte man ihn in den Untergrund von Achenar geschickt, wo er seine Hand verloren hatte. Während der nächsten paar Monate hatte er sich von seiner Verwundung erholt und teilnahmslos die Zaubersprüche, die Operationen und die Medikamente, die seine Sinne und sein Begehren abgestumpft hatten, über sich ergehen lassen. Doch nun dachte er wieder an Sex und an andere Dinge, über die er mit seinen Offizierskollegen nicht sprechen mochte.

Sardec wusste, dass auch andere so etwas getan hatten und ihre Lüste befriedigten, aber ihm kam es wie etwas Unanständiges vor, über das man nicht sprach. Und um ehrlich zu sein, er war seitdem keiner Menschenfrau begegnet, die ihn so angerührt hatte wie diese erste. Vielleicht lag es an seiner Verwundung, oder er war in dieser schicksalhaften Nacht besonders leicht zu beeindrucken gewesen.

Gerade als ihm diese Überlegung durch den Kopf ging, erhaschte er einen Blick auf ein merkwürdig vertrautes Gesicht. Er war so verwundert, dass er noch einmal hinschauen musste, um sich zu vergewissern; und dann erkannte er verwirrt, dass es stimmte. Es war tatsächlich Rena, das Menschenmädchen, und sie saß mit zwei anderen Frauen und zwei Männern an einem Feuer. Sie schienen über etwas zu streiten, und Sardec wäre vorübergegangen, hätte nicht einer der Männer das Mädchen gepackt und halb spielerisch und halb zornig versucht, ihr Gewalt anzutun. Sardec vermutete, dass so etwas im Lager häufig vorkam. Jedenfalls schien sich keiner der Vorübergehenden zum Einschreiten genötigt zu sehen. Doch dies kam ihm nicht angemessen vor, daher trat er zu der Gruppe.

»Was ist hier los?« Ärgerlich blickte der Mann auf und wollte einen Fluch ausstoßen, als er bemerkte, wer – und was – Sardec war. Seine Miene wurde ruhig und kalt, denn er fürchtete die Auspeitschung, die Sardec befehlen konnte, wenn man ihm nicht den angemessenen Grad an Respekt erwies.

»Nichts, Herr. Wir haben uns nur ein wenig amüsiert.« Sardec wandte sich an das Mädchen. Sie wirkte verblüfft, denn offenbar hatte sie ihn erst jetzt erkannt. Sardec stellte fest, dass ihre üppige Schönheit ihn jetzt ebenso bewegte wie bei ihrer ersten Begegnung.

»Stimmt das?«, fragte er.

»Jamis wollte mir bestimmt nichts tun, Herr.« Ihrem

Ton merkte man an, dass sie sich hin- und hergerissen fühlte. Wenn sie die Wahrheit sagte, konnte sie den Mann in allergrößte Schwierigkeiten bringen.

»Auf ein Wort, Mädchen.«

»Ja, Herr«, sagte sie.

»Unter vier Augen.«

Die anderen verstanden den Wink und gingen davon. Sie wirkten erleichtert, sich entfernen zu können. Rena schien nervös zu sein. Nun, da sie allein waren, wusste Sardec nicht recht, was er sagen sollte.

»Ich dachte nicht, dass ich dich noch einmal wiedersehe«, begann er. »Du kamst mir nicht vor wie eines dieser Mädchen, die der Armee folgen.«

Sie sah ihm ganz offen in die Augen, er erwiderte ihren Blick.

»Nachdem die Armee abgezogen war, gefiel es mir bei Mama Horne nicht mehr. Es war nicht mehr so viel zu tun, und die Männer waren nicht so … interessant. Außerdem gab es bei der Armee jemanden, den ich gern hatte, obwohl wir nur kurz zusammen waren.«

Sardec war gar nicht klar gewesen, dass er bei dem Mädchen einen so tiefen Eindruck hinterlassen hatte. Erstaunt stellte er fest, dass er darüber sogar ein wenig gerührt war. »Ich freue mich auch, dich zu sehen.«

Sie blickte drein, als wisse sie nicht, ob sie lachen oder weinen sollte. »Schön, dass sich wenigstens einer freut«, gab sie zurück. Er fand ihre Antwort eigenartig, andererseits hatte er aber auch nicht viel Erfahrung mit solchen Situationen.

»Hast du einen Platz zum Übernachten?«, fragte er.

»Wir sind mit einer Handelskarawane aus Rotturm gezogen und gerade erst angekommen. Darüber hatten wir gerade mit diesen Soldaten gesprochen. Meine Freundinnen und ich waren auf der Suche nach einem Schlafplatz. Wir haben darüber geredet, als Ihr gekommen seid.«

Viele Offiziere hielten sich menschliche Frauen als Geliebte. Wenn er wollte, würde es ihm nicht schwerfallen, ihr einen Unterschlupf zu verschaffen. Die Frage war nur, ob er das auch tatsächlich wollte. Brauchte er wirklich eine solche Komplikation in seinem Leben? Wenigstens müsste er sich deswegen nicht mehr schämen. Seine jüngeren Kameraden wussten, was in der Nacht des Errettungsfests geschehen war, und schienen ihm seither sogar höhere Achtung entgegenzubringen. Der Einsatz in der unterirdischen Stadt Achenar und seine Verwundung hatten ihm eine Menge Prestige eingetragen, und die Verteidigung der Furt und sein Empfang durch Fürst Azarothe hatten seinen Status noch weiter verbessert. Er bezweifelte, dass eine solche Geschichte seinen Ruf schädigen konnte; und wenn, dann war es ihm gleichgültig.

Etwas war in Achenar mit ihm geschehen. Er hob den Haken und sah ihn an. In diesem Höllenloch war er beinahe gestorben. Womöglich würde er auf diesem Feldzug den Tod finden. Warum sollte er noch etwas auf den äußeren Schein geben? Wieso sich nicht holen, was er wollte, solange er bereit war, den Preis dafür zu zahlen? Er wünschte sich dieses Mädchen, und er stellte fest, dass er sogar ein wenig Mitgefühl für sie empfand.

»Ich werde das arrangieren«, erklärte er. Er sprach so, wie ein Terrarch mit einem Menschen reden sollte, herrisch und daran gewöhnt, keinerlei Widerspruch zu ernten. Dann bemerkte er, dass sie ebenfalls auf seinen Haken schaute, und ihm wurde klar, dass sie sich davon vielleicht abgestoßen fühlte, so wie er selbst manchmal. Ihm wurde klar, dass er sie nicht hier haben wollte, wenn sie ihn nur voller Ekel anschauen konnte. »Wenn du das möchtest«, setzte er daher hinzu.

Sie legte die Hand vor den Mund und sah ihn an. Er fragte sich, ob sie ihm seine Gefühle vom Gesicht abgelesen hatte. »Meine Freundinnen, Herr«, bat sie. »Sie wissen nicht, wo sie hin sollen.«

»Ich werde dafür sorgen, dass man sich auch um sie kümmert.« Das würde er wirklich tun. Und er war zu einem Entschluss gekommen. Selbst wenn das Mädchen den Anblick seiner Hand nicht ertrug, er würde für sie und ihre Begleiterinnen sorgen. Er würde es tun, weil er es wollte und weil es ihm Freude machte.

»Ich gehe mit Euch, Herr«, sagte Rena. Ihre Stimme klang vertrauensvoll, und auch das berührte ihn.

»Bedrückt Euch etwas, junger Herr?«, fragte Karim. Er blieb stehen und sah sich um. Sie befanden sich in dem Teil des Lagers, der den Terrarch vorbehalten war, und Rik hatte in einiger Entfernung Rena und ihre beiden Freundinnen entdeckt, die in Begleitung von niemand anderem als Leutnant Sardec davongingen.

»Nein«, log Rik. Das hätte er sich verflucht noch mal denken können. Was hatte er denn erwartet? Sie hatte nicht lange gebraucht, um ihren Terrarch-Liebhaber zu finden. Er wusste nicht, warum er etwas anderes von ihr erwartet hatte. Sardec war Offizier. Er war reich. Sie machte sich nichts daraus, dass er sie benutzen und dann wegwerfen würde, wenn er ihrer überdrüssig war. Sie sah nur bis zu dem Glanz seines Adelstitels. Deswegen verdiente sie, was ihr zustoßen würde, und er freute sich darüber.

Aber musste es ausgerechnet Sardec sein? Bei jedem der anderen Offiziere hätte er sich damit abfinden können, nicht aber bei ihm. Sardec hatte ihm von Anfang an das Leben schwer gemacht. Sardec hasste ihn, weil er war, was er war, nämlich der Bastard eines Terrarch. Auch das musste sie wissen. Es war, als hätte sie ihn mit Absicht ausgesucht, um ihn zu ärgern.

Nun ja, kam es darauf an? Er riss seine Gedanken von Rena los und zwang sich, sich darauf zu konzentrieren, was Asea wohl von ihm wollte.

9. KAPITEL

Hüte dich vor Frauen. Hüte dich vor Magiern.
Und traue vor allem keiner Frau, die Magie betreibt.

Fürst Ihalmere, Briefe an seinen Sohn

Asea hatte ihr Zelt auf dem Hügel errichtet, wo auch die anderen Terrarch ihre Behausungen aufgebaut hatten. Doch ihres stand ein wenig abseits, auf dem Gelände zwischen den Wohnstätten der Offiziere und denen der Armeemagier. Rundherum lag ein Stück freies Feld, so als machten alle anderen Terrarch einen Bogen darum.

Dies war genau das sich selbst aufbauende Zelt, das sie bereits auf der Mission in das unterirdische Achenar benutzt hatte, und schon der Anblick erfüllte Rik mit dunklen Vorahnungen. Jenes Abenteuer war ja nicht gut ausgegangen: Sein engster Freund war dabei getötet worden, und er war einem uralten Dämonengott begegnet. Er und seine Kameraden konnten von Glück sagen, lebendig aus Achenar herausgekommen zu sein.

Eine eigenartige Empfindung beschlich Rik, als er dort in der Dunkelheit stand. Er hatte das Gefühl, von unsichtbaren Augen beobachtet zu werden, und vielleicht stimmte das ja sogar. Die Magier der Armee hatten höchstwahrscheinlich Schutzzauber rund um das Areal aufgestellt, und zwischen den Zelten hatten Wachposten Stellung bezogen, um dafür zu sorgen, dass dem Oberkommando im Schlaf nichts zustieß.

Karim bedeutete ihm zu warten und verschwand im Inneren des Zeltes. Kurz darauf tauchte er wieder auf, schlug die Eingangsklappe zurück und winkte Rik herein. Als der junge Mann eintrat, hatte er das Gefühl, eine unsichtbare Barriere zu durchschreiten. Hier drinnen war es viel ruhiger als draußen. Die nächtlichen Geräusche des Lagers waren praktisch unhörbar. Hier war eine unsichtbare Magie am Werk, dachte er.

Das Zeltinnere wirkte wie eine kleine, abgeschlossene Welt voller Luxus. Dicke Teppiche aus den Ländern im Süden bedeckten den Boden. Ein auf einen Dreifuß montierter phosphoreszierender Stein spendete Licht und ein wenig Wärme. In allen Ecken stieg von kleinen Gestellen Weihrauch auf. Prinzessin Asea saß in einer Ecke auf einem Klappstuhl und las in einem Buch. Vor ihr stand ein kleiner, zusammenklappbarer Tisch mit einem silbernen Teeservice und Tassen darauf. Als er hereinkam, sah sie auf. Im Halbdunkel strahlte ihr nichtmenschliches Gesicht eine unheimliche Schönheit aus.

»Ihr wolltet mich sehen, edle Dame?«, fragte Rik. Er wusste, dass es ihm nicht zustand, als Erster das Wort zu ergreifen, aber irgendwie war er in der Stimmung auszuprobieren, wie weit er gehen konnte.

»Ja, Rik, allerdings. Wir haben vieles zu besprechen, und hier können wir das tun, ohne belauscht zu werden. Die Zauber, die den Lärm draußen halten, sorgen auch dafür, dass unsere Worte von niemand anderem als uns gehört werden.«

»Ist so viel Geheimhaltung denn nötig, Herrin? Ich bin nur ein einfacher Soldat.«

»Ich fürchte ja, Rik. Und es ist nicht notwendig, dass du mich ›Herrin‹ nennst, zumindest hier, wo wir unter uns sind.«

»Danke, Herrin.«

»Ich habe dich während meiner Abwesenheit nicht vergessen, Rik. Ganz im Gegenteil, ich habe Nachforschungen über deine Herkunft angestellt. Unter anderem bin ich in Drangsal gewesen.«

»Mir war gar nicht klar, dass meine Vergangenheit so wichtig ist.«

»Das ist auch gut so. Sonst hättest du möglicherweise unerwünschte Aufmerksamkeit auf dich gezogen.«

»Was meint Ihr?«

»Alles zu seiner Zeit. Diese Geschichte lässt sich am besten von Anfang an erzählen, ein Ereignis nach dem anderen.«

Rik erhob keine Einwände. Wenn sie unbedingt geheimnisvoll tun wollte, dann gab es nichts, was er dagegen unternehmen konnte.

Mit einer Handbewegung wies sie ihn an, sich zu setzen, und bedeutete ihm, sich Tee einzuschenken. Er nahm Platz, doch er kostete nicht von dem Getränk. Stattdessen schaute er forschend in ihr Gesicht. Es hieß, Asea sei über zweitausend Jahre alt, doch ihre Züge wiesen keine Spuren des Alterns auf, keine Falten, keine grobe Haut. Auch ihren Augen sah man ihr Alter nicht an. Sie waren größer als bei einem Menschen und irgendwie fremdartig, obwohl er nicht genau hätte sagen können warum. Vielleicht waren die Pupillen um ein Weniges größer – oder es lag an der kaum merklich gefleckten Iris. Seine Musterung schien sie nicht zu verunsichern, gleichmütig erwiderte sie seinen Blick.

»Ich habe das Waisenhaus des Tempels in der Rosenstraße aufgesucht«, erklärte sie. »Ein bedrückender Ort.«

Allein ihre Worte ließen schmerzhaft eindringliche Erinnerungen in ihm aufsteigen. Die düsteren Korridore, die Spinnweben an den Decken, der muffige Geruch, der ständig mit dem Kohlgestank aus der Küche um die Vorherrschaft rang, das Halbdunkel und das Weinen von Kindern und das endlose, freudlose Herunterleiern von Gebeten.

»Ich habe ihn auch so empfunden«, sagte er.

»Das wundert mich nicht. Die Steuerzahler von Drangsal sind in ihrer Fürsorge für die Bedürftigen nicht übermäßig großzügig. Aber das braucht uns hier nicht zu kümmern. Was uns allerdings beschäftigen sollte, ist, dass ich im Register des Tempels deinen Namen und den deiner Mutter entdeckt habe. Und ich habe mit dem Vorsteher gesprochen.«

»Pternius?« Kurz flackerte das Bild des Mannes in

Riks Gedanken auf: ein großer, bedrückt dreinblickender Terrarch, nicht grausam wirkend – wie manche der Tempelmeister –, sondern einfach enttäuscht, als hätte er mehr vom Leben erwartet, es aber nicht bekommen.

»Mit genau dem. Er erinnerte sich an einen kleinen Rik, der zusammen mit einem Jungen namens Leon weglief, als er acht Jahre alt war. Pternius erinnerte sich auch an die Nacht, als deine Mutter zu ihnen gebracht wurde. Der Tempel ist ja nicht nur ein Waisenhaus, sondern auch ein Armenhaus und ein Hospiz.«

Als Rik dort lebte, war er noch zu jung gewesen, um das richtig zu verstehen, aber nun bestätigten seine Erinnerungen das, was er als Erwachsener erst richtig begriff. Jetzt wusste er, was die Säle mit den Kranken, den Verrückten und den Sterbenden gewesen waren, und erinnerte sich an das ständige Kommen und Gehen der Priester und an die Gebete, immer die Gebete.

»Er hat sich an meine Mutter erinnert?«

»Ja. Es war eine schwere Geburt, und es gab so etwas wie einen Skandal. Der arme Pternius wirkte ziemlich verängstigt. Man hat damals wohl einiges vertuscht.«

Rik warf ihr einen scharfen Blick zu. Ihre Miene hatte sich nicht verändert. Ihr Gesicht wirkte immer noch ruhig, aber irgendwie lag da etwas Eindringliches in ihrer Stimme, das zuvor nicht darin gewesen war.

»Vertuscht?«

»Ja. Das arme Mädchen war halb verrückt vor Angst und plapperte alles Mögliche. Sie sprach von dunkler Magie, Thanatomantie und alten, verbotenen Ritualen.«

»Thanatomantie?«

»Eine besonders abscheuliche Form der schwarzen Magie«, erklärte Asea. »Eine Spielart des Vampirismus und selbst den Terrarch bei Todesstrafe verboten.«

»Und meine Mutter wusste etwas darüber?«

»Sie hat es jedenfalls beschrieben. Pternius hat dem Magistrat Bericht erstattet. Man sagte ihm, er solle Schweigen darüber bewahren, die Angelegenheit werde bereits untersucht.«

»War das so?«

»Der örtliche Magistrat hieß damals Areoc. Er hat Drangsal verlassen. Ich habe mir große Mühe gegeben, ihn aufzuspüren.«

»Dann seid Ihr der Wahrheit über die Ereignisse nicht nähergekommen.«

»Ich habe einige von Areocs Bütteln von damals aufgetan, Menschen – und heute meist alte Männer. Sie haben geredet. Es hat tatsächlich eine Untersuchung gegeben. Eine Frau namens Ilara – derselbe Name, den deine Mutter Pternius nannte – hatte acht Monate zuvor einen Mord gemeldet, der verdächtig nach einem Opfer von Thanatomantie aussah. Sie passte auch auf die Beschreibung, die mir Pternius von deiner Mutter gegeben hatte.«

Ein merkwürdiges Gefühl beschlich Rik, als sie über diese Frau sprachen, die er nie gekannt hatte … seine Mutter.

»Wisst Ihr, wie meine Mutter ausgesehen hat? Sagt es mir!« Seine Bitte klang merkwürdig eifrig und pathetisch. Ein Ausdruck, der vielleicht Mitgefühl war, huschte über Aseas Gesicht.

»Eine junge Frau, nicht viel älter als du jetzt – ungefähr zwanzig –, groß, gut aussehend, schwarzes Haar und mit einem Muttermal am Hals, ungefähr dort, wo du eines hast. Nicht sehr gebildet; die Männer von der Stadtwache haben sie für eine Prostituierte gehalten.« Rik versuchte sich diese Fremde vorzustellen, doch er konnte es nicht. Er hatte schon fast gehofft, irgendeine uralte Erinnerung würde in ihm angerührt, doch nichts geschah.

»So jung war sie? Meint Ihr, sie könnte noch am Leben sein?«

Asea schüttelte den Kopf. »Sie ist ungefähr einen Monat nach deiner Geburt gestorben. Ermordet, sagte der Büttel. Auf dieselbe Weise, wie sie es gemeldet hatte, genau so, wie sie es stammelnd den Hebammen erzählt hatte. Das Ritual der Schwarzen Klinge.«

»Schwarze Klinge?«

»Das möchtest du gewiss nicht wissen.«

»Glaubt mir, ich will.«

»Das Opfer wird bei lebendigem Leibe ausgeweidet und mit kleinen Haken gefoltert, die über verzauberte Drähte mit dem Magier verbunden sind. Wenn es stirbt, verschlingt er seine Seele und nährt sich von seiner Lebensenergie.«

»Dann hat das ein Mensch getan«, meinte Rik. »Ich meine, ein Terrarch hätte das nicht nötig gehabt. Ihr altert ja nicht.«

Asea schüttelte den Kopf. In dem Blick, den sie ihm schenkte, lag ein ganzer Komplex von Gefühlen. »Du hast noch viel zu lernen, Rik. Es gibt viele, viele Gründe, aus denen ein Terrarch so etwas tun würde. An diesem Ort altern wir doch, wenngleich viel langsamer als deine Art.«

»Aber Ihr … Ihr seid fast zweitausend Jahre alt, und Ihr seht nicht älter aus als ich.«

»Dafür gibt es Gründe, Rik. Einer davon ist der, dass ich vor der Ankunft der Fürsten des Schattens im Heiligen Land geboren wurde. Terrarch, die hier auf Gaeia zur Welt kommen, werden weit schneller alt.«

»Hat also ein Terrarch meine Mutter umgebracht?« Erstaunt hätte ihn das nicht. Das war ein weiterer Punkt auf der langen Liste von Dingen, die er den Terrarch heimzuzahlen hatte.

»Ich glaube schon. Ganz sicher wurde das Ritual, von dem sie behauptete, es miterlebt zu haben, von einem Terrarch durchgeführt.«

»Aber wie ist es möglich, dass sie ein solches Ritual gesehen und es überlebt hat?«

»Das weiß ich nicht. Vielleicht war der Magier zu vertieft in das Ritual. Möglicherweise stand er so stark unter Drogen, dass er sie nicht bemerkt hat. Im Verlauf solcher Riten wird eine große Menge starker Narkotika konsumiert.«

»Ihr scheint mir sehr vertraut mit solchen Dingen zu sein …« Asea fuhr zurück, als habe er sie geohrfeigt; dann lachte sie auf.

»Du weißt nicht, wie ernst diese Anschuldigung ist, Rik. Ich habe schon Männer für weniger getötet, mit eigener Hand.«

Er erkannte, dass er sich auf sehr unsicherem Boden

bewegte und es nicht bemerkt hatte. Sie hatten so vertraulich miteinander gesprochen, dass er beinahe vergessen hatte, wer – und was – sie war. »Aber wir müssen uns verstehen, du und ich. Um deine Frage zu beantworten, ich bin mit der Thanatomantie vertraut, weil ich seit jeher eine Feindin derer bin, die sie praktizieren. Um ein Raubtier zu jagen, muss man so viel wie möglich über seine Lebensgewohnheiten lernen.«

Rik fiel noch eine andere Erklärung ein, doch er schwieg verbissen. Wenn man fürchtete, eines Tages an einer Krankheit zu sterben, und es eine Möglichkeit der Heilung gab, dann mochte man sehr wohl nach Wissen darüber suchen.

»Ihr denkt also, dass meine Mutter den Magier gesehen und es geschafft hat, unbemerkt zu entkommen.« Besser, das Gespräch wieder in sichere Gefilde zu lenken.

»Wahrscheinlich hat sie sich versteckt, als es nicht sofort zu einer Festnahme kam. Ich vermute, dieser Magier war eine Persönlichkeit, die über einige Macht und großen Einfluss verfügte.«

»Warum?«

»Praktisch alle Aufzeichnungen über den Fall sind verschwunden. Nun ist es nicht ungewöhnlich, dass Dokumente über lange zurückliegende Vorfälle verloren gehen oder vernichtet werden. Unerhört ist es allerdings, wenn die Seiten für die fraglichen Tage aus den Wachlisten herausgerissen werden.«

»Sofern man reich genug ist, kann man so etwas in Drangsal ganz leicht durchsetzen.« Rik wusste aus Erfahrung, dass dem so war. Anklagen konnten fallen gelassen, Männer aus Zellen befreit oder Freisprüche erlassen werden, wenn man die richtigen Personen bestach. Antonio, der Gangsterboss, hatte es getan, und er hatte auch noch von vielen anderen gehört. Einmal war er selbst auf diese Weise gerettet worden. Armer Leon, dachte er sogleich. »Da hat jemand seine Spur verwischt.«

»Und er hat es sehr gut getan. Jetzt ist sie kalt.« Ein Gefühl von Trauer überkam Rik. Er hatte seine Mutter verloren, ohne sie je kennengelernt zu haben. Sie hatte versucht, das Richtige zu tun, und war deswegen getötet worden. Ein Mann, der in der Lage war, eine solche Spur zu verwischen, konnte jemanden wie seine Mutter immer aufspüren. Es gab Orte, an denen man sich Monate, sogar Jahre verstecken konnte, aber früher oder später würde jemand, der entschlossen genug war, einen finden. Er wusste Bescheid. Deswegen waren Leon und er ja auch in die Armee eingetreten und hatten Drangsal für immer verlassen.

»Habt Ihr denn etwas herausgefunden?«

»Der Mann von der Stadtwache glaubte, deine Mutter habe mit irgendeinem Kult zu tun gehabt. Das würde passen. Solche Magier sind oft Mitglieder von Geheimzirkeln.«

Ihm kam ein anderer Gedanke. »Hat sie je von meinem Vater gesprochen?«

»Nein, Rik. Aber was ihn betrifft, so habe ich meine eigenen Vermutungen.«

»Woher? Habt Ihr einen Zauber gewirkt?«

»Das habe ich – als ich in dem Lager in den Bergen zum ersten Mal mit dir gesprochen habe. Erinnerst du dich daran?«

»Als Ihr mich nach den Soldaten fragtet, die mystische Bücher verkaufen?«

»Ja.«

»Und dieser Zauber hat Euch verraten, wer mein Vater war? Das ist eine starke Magie.«

»Er hat mir etwas über dich verraten: Du besitzt eine Gabe, die du entweder von deinem Vater oder deiner Mutter geerbt haben kannst. Deine Mutter kann ich ausschließen, denn sie war ein Mensch, und diese Eigenschaft kann nur von einem Terrarch herrühren. Höchstwahrscheinlich von einem, der noch auf Al'Terra, unserer verlorenen Heimatwelt, geboren wurde.«

»Was für eine Gabe?«

»Es gibt gewisse hellseherische Praktiken, mit deren Hilfe man die oberflächlichen Gedanken anderer Personen lesen kann. Sie wirken fast immer. Doch deine Gedanken kann ich nicht lesen.«

»Zaubersprüche können auch einmal ihre Wirkung verfehlen; zumindest habe ich das gehört.«

»Ja, möglich ist das schon. Wir kennen eine Anzahl von Naturphänomenen, die dafür sorgen können, dass Zauber fehlschlagen, gar nicht zu reden davon, dass sogar die geschicktesten Magier Fehler machen. Gott weiß, dass ich selbst schon einige begangen habe. Wir müssen noch andere Prüfungen durchführen.«

»Ach ja?«, fragte er.

»Gib mir eine Haarsträhne.« Mit einem Mal war Rik argwöhnisch. Haarsträhnen, abgeschnittene Fingernägel, Blutstropfen, das waren alles Dinge, die damals in Drangsal die Alte Hexe gesammelt hatte, wenn sie einen Fluch über jemanden werfen wollte. Sie sah ihn durchdringend an und hielt ihm ein kleines Messer hin. Etwas an ihrer Haltung verriet ihm, dass sie eine Ablehnung nicht hinnehmen würde.

Zögernd nahm er das Messer und schnitt sich ein kurzes Stück Haar ab. Er reichte es ihr zusammen mit dem Messer. Sie nahm es, strich mit der Hand darüber und murmelte etwas in der alten Sprache der Terrarch. »Genau das hatte ich mir gedacht«, erklärte sie schließlich.

»Was habt Ihr Euch gedacht?« Sie nahm das Haar, legte es in ein Päckchen, das sie versiegelte, und steckte dieses dann in eine ihrer Truhen.

»Dass es keine Spur aufweisen würde.«

»Ich würde es zu schätzen wissen, wenn Ihr mir die Haarsträhne zurückgebt oder sie vernichtet.«

»Ich muss sie mit aufwendigeren Zaubern prüfen; aber sei versichert, dass sie zerstört wird, wenn ich sie nicht mehr brauche.« Und mehr würde er von ihr nicht zu hören bekommen, dachte er. Er würde sich selbst irgendwann darum kümmern müssen, die Strähne zurückzubekommen.

Sie öffnete die Hand und hielt ihm etwas hin. »Nimm das und halte es fest.«

Er betrachtete den Gegenstand misstrauisch und machte keine Anstalten, ihn zu nehmen. Inzwischen war er äußerst argwöhnisch geworden und fragte sich, wohin das alles führen sollte.

»Nimm es«, sagte sie. In ihrer Stimme lag der feine Befehlston der Terrarch. Er fühlte einen fast überwältigenden Drang, ihr zu gehorchen. Doch er widerstand.

»Was ist das?«, fragte er. Die Worte fielen ihm schwer, doch er brachte sie heraus, statt zu tun, was sie ihn geheißen hatte. Sie lächelte, als habe er soeben etwas bewiesen, was sie vermutet hatte. Rik fragte sich, ob er, indem er den Stein nicht nahm, in irgendeine Falle gegangen war, und er wünschte, er wüsste mehr über das, was hier vorging und was sie mit ihm vorhatte. Das Gefühl, jemandes Marionette zu sein, gefiel ihm nicht.

»Es ist etwas, das ich von der Heimatwelt mitgebracht habe, ein magischer Stein. Eigentlich eine ganz einfache Sache, die man benutzte, um Kinder zu prüfen und festzustellen, wie viel magisches Potenzial sie besaßen. Damals waren diese Steine verbreiteter als hier und weit nützlicher. Nimm ihn. Er wird dir nicht wehtun, das verspreche ich.«

Er nahm ihn. Der Stein war glatt und hart wie ein Juwel und fühlte sich kühl an. Zunächst dachte er, die Oberfläche sei zerkratzt, doch als er genauer hinsah, bemerkte er, dass ein Terrarch-Schriftzeichen, das er nicht kannte, hineingraviert war. Rik fühlte sich merkwürdig enttäuscht. Er hatte erwartet, dass der Stein aufleuchten, glühen oder irgendwie reagieren würde, doch er tat überhaupt nichts. Asea nickte, als hätte sich eine weitere ihrer Vermutungen bestätigt.

»Ich weiß, dass du Zugang zur Magie besitzt«, sagte sie. »Und doch zeigt es der Stein nicht an. Das Zeichen müsste eigentlich aufleuchten, wenn du ihn in der Hand hältst. Halte ihn noch eine Minute fest und lass uns sehen, was geschieht.«

Schweigen trat ein. Beide betrachteten den Stein. Rik hatte das Gefühl, eine Granate mit brennender Lunte in der Hand zu halten. Wenn er keinen Zugang zur Magie besaß, konnte er auch nicht bei ihr in die Lehre gehen. War es möglich, dass sich Asea geirrt hatte? Natürlich war es das. Sie selbst hatte zugegeben, dass sie schon Fehler gemacht hatte.

Schließlich bedeutete sie ihm mit einer Handbewegung, ihr den Stein zurückzugeben.

»Du widerstehst allen Arten hellseherischer Untersuchung sehr gut«, sagte sie. »Schattenblut.«

»Was meint Ihr?«

»Hast du diesen Ausdruck schon einmal gehört?«

»Nein.«

»Dann erzählt man sich die alten Gruselgeschichten nicht mehr?«

»Gruselgeschichten? Was meint Ihr?«

»Auf Al'Terra waren die Schattenblut-Kämpfer eine dunkle Legende. Sie waren der Arm des Schänders alles Heiligen, unsichtbar und tödlich.«

Rik hatte von dem Schänder gehört. Wer hatte das nicht? »Der Fürst des Schattens?«

»Vielleicht der größte unter ihnen.«

»Und Ihr meint, zwischen ihm und mir gibt es eine Verbindung?« Er sah sich über die Schulter. Das war, als zöge man eine Verbindung zwischen ihm und dem Schatten Gottes. Die Fürsten des Schattens waren die übelsten Agenten des Bösen gewesen. »Das ist doch völlig verrückt.«

»Ich wäre froher, wenn dem so wäre«, sagte sie. Ihre Stimme klang verzagt, was ihm nur noch mehr Angst machte, denn Asea war eine der mächtigsten Magierinnen des Reiches, ja vielleicht der ganzen Welt. Sein Instinkt sagte ihm, dass etwas, das eine der Ersten beunruhigen konnte, ihm entsetzliche Furcht einjagen sollte. »Aber leider ist es nicht so. Wir hatten geglaubt, die Schattenblut-Krieger seien von der Welt verschwunden. Azarothe ist sich sicher, sie alle vernichtet zu haben. Doch anscheinend hat mein Halbbruder einen Fehler gemacht.«

»Ich weiß nicht, wovon Ihr sprecht. Von diesen Dingen habe ich keine Ahnung.«

»Als ich in Drangsal war, habe ich noch weitere Erkundigungen eingezogen. Meine Agenten haben besonders dunkle Orte aufgesucht und mit einigen sehr verzweifelten Menschen gesprochen. In Drangsal gab es einmal einen sehr erfolgreichen Dieb, einen wahren Fürsten unter den Räubern, den man das Halbblut nannte. Er hatte einen Freund namens Leon. Es heißt, die beiden seien zusammen im Waisenhaus des Tempels aufgewachsen.«

»Ich verstehe nicht, was das mit dem Ganzen zu tun hat.«

»Dieser Halbblut hat die Villen der Reichen ausgeraubt, Anwesen, die durch magische Zeichen und alle möglichen mystischen Verteidigungsanlagen geschützt waren. Einige seiner Opfer stellten Hellseher an, um ihn aufzuspüren. Das Diebesgut wurde zwar manchmal gefunden, er selbst aber nie.«

Das hatte Rik nicht gewusst. Offenbar war er in Drangsal häufig knapper entwischt, als er je geahnt hatte. »Die meisten dieser Magier sind Scharlatane.«

»Einige von ihnen waren keine.«

»Ich sehe nicht, weshalb das irgendetwas beweist.«

»Nein, aber die Abwesenheit von etwas kann ebenso gut ein Indiz sein wie sein Vorhandensein. Die Schattenblut-Krieger waren Meuchelmörder, durch Magie hervorgebracht und immun gegen hellseherische Methoden. Durch Prüfungen war ihre magische Kraft nur nachzuweisen, wenn sie es auch wollten. Ihre Aufgabe war es, die Feinde des Schänders alles Heiligen offenbar aus dem Nichts heraus zu töten, während er zur Macht aufstieg. In einer Welt, in der es, glaube mir das, an gefährlichen Mördern nicht mangelte, waren sie die gefährlichsten.«

»Ich sagte Euch bereits, dass ich keiner von ihnen bin.«

»Mindestens einer von ihnen muss Azarothes Angriff auf ihren geheimen Tempel überlebt haben, was eigentlich klar ist, denn einige von ihnen müssen sich auf Missionen befunden haben, als der Angriff kam.«

»Ihr Tempel?«

»In den Bergen des Wahnsinns. Azarothe entdeckte ihn schließlich, nachdem er jahrzehntelang danach gesucht hatte. Viele Terrarch glaubten damals, er sei nichts weiter als eine Legende, doch er wurde von einem unstillbaren Rachedurst angetrieben, nachdem die Schattenblut-Krieger seine Frau und seine Kinder getötet und viele Male versucht hatten, auch ihn umzubringen. Für ihn war es ein Kampf bis auf den Tod – und Azarothe hat in seinem Leben nur einen einzigen Krieg verloren, und den hätte niemand gewinnen können.

Ich fürchtete, es könnte Überlebende geben; aber dann erfolgten, nachdem der Tempel geschleift worden war, jahrzehntelang keine Angriffe mehr, und wir wiegten uns in dem Glauben, gesiegt zu haben ... Und dann brach die Endzeit über uns herein, und wir hatten andere Sorgen.«

Rik wusste nicht, was er sagen sollte. Asea schien in einer eigenen Welt versunken, in ihren Erinnerungen an die Vergangenheit. Er versuchte Ordnung in ihre Erklärungen zu bringen – und dann begriff er. »Ihr meint, mein Vater sei einer dieser Schattenblut-Krieger gewesen. Dass er irgendwie überlebt hat und sich hier auf diesem Planeten befindet.«

»Richtig.«

»Man kann mich doch nicht für die angeblichen Taten meines Vaters verantwortlich machen.«

Aseas Lachen klang freudlos. »Glaub mir, man kann. Das Edikt der Alten Königin befiehlt eindeutig, jeden zu töten, in dessen Adern das Schattenblut fließt, sobald man seiner habhaft wird.«

Er dachte darüber nach. »Das erscheint mir aber ungerecht.«

»Das waren keine Zeiten für Gerechtigkeit, Rik. Die

Schattenblut-Krieger haben viele Mächtige in Angst und Schrecken versetzt. Sie besaßen seltsame Gaben – es hieß, sie könnten sich unsichtbar machen, ohne Zeitverlust durch die Schatten reisen oder die Gedanken derjenigen, die sie sahen, umwölken. Sie waren so gefährlich, dass man ihnen nicht erlauben konnte weiterzuleben.«

»Aber es ist doch ungeheuerlich, jemanden zu töten, weil er der ist, der er ist.« Er hatte nur zu seiner eigenen Verteidigung sprechen wollen, doch sobald die Worte über seine Lippen kamen, erkannte er, dass sie allgemeingültig waren. Er hätte ebenso empfunden, wenn nicht sein eigenes Schicksal in der Waagschale gehangen hätte.

»Damals wurden eine Menge monströser Taten begangen, Rik. Die Dunkle Sonne ging auf. Wir hatten keine Ahnung, wer der Feind war oder wer uns tötete. Wir wussten nur, dass wir etwas unternehmen mussten, und ich fürchte, dadurch wurden wir genauso … nicht besser als unsere Feinde … was bestimmt auch ihre Absicht war.«

Plötzlich beschlich Rik eine dumpfe Ahnung davon, aus welch dunkler Vergangenheit Asea und das ganze Volk der Terrarch aufgestiegen waren. Ihr Planet war nicht die Welt des Lichts gewesen, von der die Heiligen Schriften der Propheten sprachen. Eher war er eine Welt wie diese hier gewesen, vielleicht noch schlimmer.

»Warum erzählt Ihr mir das – habt Ihr vor, mich umzubringen?«

»Die Alte Königin hätte dich getötet. Andere würden dich selbst jetzt noch töten, wenn sie davon wüssten.«

»Aber Ihr nicht?« Rik kam ein anderer Gedanke. Er hatte keine Ahnung, ob er der Wahrheit entsprach, und keine Möglichkeit, das zu überprüfen. Wenn sie ihn auf diese Weise beeinflussen und weiter in Abhängigkeit halten wollte, dann machte sie das sehr gut. »Warum?«

Sie seufzte. In dem Lächeln, das sie ihm schenkte, lag eine eigenartige Mischung aus Trotz und Trauer, Heischen um Verständnis und Selbstmitleid. »Weil ich, genau wie du, nicht glaube, dass jemand zum Bösen geboren ist, nicht einmal ich. Ich habe in meinem Leben viele Fehler begangen, Rik, manchmal solche mit katastrophalen Auswirkungen, und ich habe gelernt, dass man die schlimmsten Fehlentscheidungen trifft, wenn man überstürzt und aus keinem anderen Grund als Furcht handelt.«

»Seid Ihr sicher, dass Ihr keine anderen Beweggründe habt?« Er konnte nicht verhindern, dass Angst und Zorn in seiner Stimme mitschwangen, und er spürte den Drang, sie zu attackieren.

»Natürlich habe ich noch andere Gründe, Rik. Ich glaube, dass du große Gaben besitzt, und die dürfen nicht zum Bösen eingesetzt werden.«

»Ihr meint, dass Ihr sie zu Eurem Nutzen anwenden wollt.«

Sie lächelte. »Genau das. Wenn sich deine Talente so ausbauen lassen, wie ich das vermute, so könntest du in dem bevorstehenden Krieg sehr wertvoll für uns sein.«

»Das ist tröstlich.«

»Kein Grund, so verdrossen zu klingen, Junge. Wenn du es überlebst, wird eine Begabung wie die, die ich in dir vermute, dir auf lange Sicht großen Reichtum einbringen.«

»Ihr findet es eine gute Idee, Euren ganz persönlichen Schattenblut-Killer zu haben«, sagte er. Er war schon dabei, die Möglichkeiten, die ihm das eröffnen würde, hin- und herzubewegen. Wenn er die Begabungen entwickelte, die ein Schattenblut Asea zufolge angeblich besaß, dann konnte er ein Dieb werden, den praktisch nichts aufzuhalten vermochte.

»Keinen Killer vielleicht, aber einen Agenten, der für mich – und die Königin – arbeitet.«

»Würde die Königin erfahren, was Ihr mir eben erzählt habt … dass ich ein Schattenblut bin?«

»Im Augenblick sollte niemand außer dir und mir davon wissen. Und wenn du klug bist, wirst du auch mit niemandem darüber reden. Ich übertreibe keineswegs – sollte die Inquisition davon hören, bedeutet das dein Todesurteil. Und bedenke noch etwas anderes, Rik: Dein Leben ist mir wertvoll, aber mein eigenes ist mir noch viel kostbarer.«

Riks Gedanken überschlugen sich. Im Kopf drehte und wendete er die Möglichkeiten. Ein Agent der Königin. Ein schneller Weg zu Reichtümern. Und ein Todesurteil, das ständig über seinem Kopf schweben würde. In alle Ewigkeit ein Sklave dieser uralten, schönen und Furcht einflößenden Frau zu sein. Er hatte das Gefühl, auf der Schwelle zu einer Welt zu stehen, von deren

Existenz er nicht einmal geahnt hatte und die jetzt bereits die Klauen ausstreckte, um ihn in ihr Netz zu ziehen.

»Wie wollt Ihr mich eigentlich ausbilden? Ihr seid doch kein Schattenblut. Oder doch?«

»Ich kann dich in gewissen Disziplinen unterrichten, in Techniken, die deine latenten Kräfte schließlich erwecken müssten. Und Karim kennt viele der Künste, die für jemanden wie dich von Nutzen sind. Er wird sie dich lehren.«

»Ich bin Soldat. Woher soll ich die Zeit dazu nehmen?«

»Ich habe dafür gesorgt, dass du und deine Freunde mir als Leibwache zugewiesen werdet. Eine Aufgabe, für die ihr bewundernswert geeignet erscheint. Keine Angst, wir werden die Zeit für deine Ausbildung finden.«

»Und wenn jemand herausfindet, was wir tun?«

»Das müssen wir eben zu verhindern wissen.«

Er war sich nicht sicher warum, doch ein anderes Bild schob sich in seine Gedanken: seine Mutter, die er nie kennengelernt hatte und die einen so grausamen Tod gestorben war, höchstwahrscheinlich durch die Hand seines Vaters. Er empfand eine Leere, eine Sehnsucht und ein Gefühl von Verlust, alles eigenartig stark. Denn diese Gefühle galten jemandem, dem er nie begegnet war, und einem Leben, das er nie gekannt hatte.

Vielleicht würde er eines Tages in der Lage sein, sie zu rächen. Wenn er lange genug lebte.

10. KAPITEL

Waffenstillstand: ein vorübergehender Ausbruch
von Frieden, während man sich auf die
Fortführung des Krieges vorbereitet.

Malery Trout, Das noch exaktere Wörterbuch

Die Fourageure marschierten unter der weißen Friedensfahne. Sie flatterte neben dem Engel mit den Fledermausflügeln, der vor einem schwarzen Hintergrund dargestellt war, dem Banner, das sie als Teil des Siebten Infanterieregiments auswies. Sardec ritt neben Prinzessin Asea. Abgesehen von ihm selbst war sie die einzige Person, die zu Pferde saß, und er fühlte sich, als befinde er sich auf einem Präsentierteller. Kein Grund zur Nervosität, sagte er sich. Ilmarec würde einem Botschafter kein Leid antun.

Sardecs Mund war trocken. Dort, wo einmal seine Hand gewesen war, plagten ihn nun Schmerzen. Er hätte nie geglaubt, dass ein Haken wehtun könnte, ehe er es selbst erlebt hatte. Manchmal wachte er auf und meinte, seine Finger noch spüren zu können, als wäre der Verlust seiner Hand nur ein Traum gewesen. Aber natürlich war vielmehr die Phantomhand der Traum. Sardec hatte gehört, dass Magier mystische Techniken einsetzten, um die Wirklichkeit um sich herum zu formen, und sich Gegenstände so stark vorstellten, dass sie zur Realität wurden. Sardec fragte sich, ob sich ein Magier ein so realistisches Bild von einer abgetrennten Hand machen konnte, dass sie sich tatsächlich materialisierte. Er sprach Asea darauf an, die sogar dankbar für die Ablenkung wirkte.

»Auf Al'Terra kannte ich Magier, die mit Händen, die sie durch reine Konzentration schufen, Gegenstände bewegen konnten. Doch ich bezweifle, dass es auf diesem Planeten genug natürliche magische Energie gibt, um dieses Kunststück zu wiederholen.«

»Konnten sie neue Gliedmaßen wachsen lassen? Ich habe gehört, das sei ebenfalls möglich.«

»Mit ausreichend magischer Kraft kann man den Körper so stimulieren, dass er sich selbst repariert, so wie ein Schlangenmensch sich einen neuen Schwanz wachsen lassen kann.« Asea wirkte mitfühlend. Offenbar verstand sie, warum dieses Thema sein Interesse weckte. Sie sah heute Morgen selbst ein wenig merkwürdig aus.

Vielleicht hatte sie wirklich einen neuen Liebhaber, wie das der Klatsch im Lager wissen wollte. Der Mischling war gestern Abend noch lange in ihrem Zelt gewesen. Sardec bezweifelte, dass die beiden sich nur unterhalten hatten. Früher einmal hätte er sie dafür verurteilt. Er fühlte sich immer noch dazu gedrängt, doch angesichts dessen, was er gestern Nacht mit dem Mädchen Rena getan hatte, befand er sich nicht in der Position, den ersten Stein zu werfen. Die Erinnerung an ihre Begegnung ließ ein leises Prickeln in ihm aufsteigen.

»Das ist keine besonders anziehende Vorstellung«, sagte er und fragte sich, ob er über eine Hand sprach, die wie der Schwanz eines Schlangenmenschen nachwuchs, oder über das Bild von Asea und dem Mischling in leidenschaftlicher Umarmung, das ihm durch den Kopf huschte.

»Es gibt weniger attraktive Methoden«, erklärte sie. »Manche Magier haben schon Lebenden die Hände amputiert und sie dann auf den Stumpf verlorener Gliedmaßen gesetzt.«

»Und das gelang?«

»Gelegentlich. Aber manchmal ist das Glied auch verfault, oder der Empfänger ist gestorben. Niemand wusste genau warum. Aus diesem Grunde hat sich die Methode nie durchgesetzt.«

»Mein Vater hat behauptet, die Fürsten des Schattens hätten den Toten Körperteile entnommen.«

»Er hatte recht. Nekromanten waren in der Lage, sie zum Leben zu erwecken und ihre Funktion wiederherzustellen. Doch die Träger hatten kein Gefühl darin. Sie waren wie die Gliedmaßen von Leprakranken. Manche der Anhänger des Schänders alles Heiligen haben das getan und noch Schlimmeres.«

»Ihr meint Moghrag und seine lebende Rüstung?«

»Genau.« Der berüchtigte Moghrag hatte sich eine Rüstung aus wiedererweckten, umgestülpten Körpern gefertigt. Die Knochen waren auf der Außenseite miteinander verschmolzen, um einen schützenden Panzer zu bilden, und im Inneren verstärkten Muskeln, die durch Nekromantie erweckt waren, seine Kraft. Angeblich war er in der Lage gewesen, einem Mann mit bloßen Händen den Kopf von den Schultern zu reißen.

»Moghrag war immer schon geisteskrank, sogar als Kind«, erklärte Asea. »Er hat für sein Leben gern Tiere seziert. Ich glaube, diese Idee ist ihm gekommen, als er Eidechsen auseinandergeschnitten und wieder zusammengenäht hat.«

Manchmal vermochte Sardec sich nur schwer klarzumachen, dass für die Ersten Gestalten wie Moghrag nicht einfach Namen von Ungeheuern aus Gruselgeschichten waren, sondern lebende, atmende Wesen, an die sie sich erinnerten. Asea hatte Moghrag vor dem Exil gekannt, Azarothe ebenfalls und Ilmarec natürlich auch.

»Azarothe hat ihn getötet, oder?«

»Allerdings. Azarothe war damals der beste Schwertmeister des Reichs. Wenn er eine Klinge in der Hand hielt, erreichte ihn niemand, nicht einmal Moghrag mit seinem merkwürdigen Panzer und der gestohlenen Kraft von einem Dutzend Kriegern.«

Sie verstummten beide. Als er ein Kind gewesen war und die Erzählungen gelesen hatte, hatte er manchmal schwer verstehen können, warum jemand in der Lage gewesen sein sollte, sich auf die Seite der Fürsten des

Schattens zu schlagen. Doch der Psyche der Terrarch eignete auch ein dunkler Zug, und heute konnte er sich solche Gründe vorstellen.

Sardec erinnerte sich an den eigenartigen Ausdruck in Renas Augen, als das kalte Metall seines Hakens ihre nackte Haut berührt hatte, und wünschte sich, wieder vollständig zu sein. Er wollte wieder angenehm anzusehen sein. Er wollte sich vorstellen können, dass ihn Frauen nicht mit Entsetzen anblickten. Es hatte Zeiten gegeben, da hatte er gedacht, schwarze Magie könnte die Lösung sein. Er war in Versuchung gewesen, besonders nachts, wenn er im Bett lag und allein mit seinen Gedanken war. Im hellen Sonnenlicht sah er natürlich, dass das Wahnsinn war. Er spürte nicht den Wunsch, Gliedmaßen zu tragen, die man einem anderen gestohlen hatte, oder sich wiedererweckte Leichenteile an den Körper nähen zu lassen. Für sein Problem gab es einfach keine Lösung.

»Könntet Ihr diese Heilmagie wirken?«, fragte er. Die Worte waren einfach aus ihm herausgesprudelt. Sie kamen aus dem tiefsten Grund seiner Seele, und er hatte keine Ahnung gehabt, dass er sie überhaupt aussprechen würde. Asea sah ihn mitleidig an, und das war das Schlimmste daran.

»Am richtigen Ort, zur richtigen Zeit vielleicht, ja«, erklärte sie. »Aber das war schon auf Al'Terra, wo die Energieströme stabil, stark und viel leichter zu berechnen waren als hier, ein schwieriges Verfahren. Hier auf Gaeia wäre es noch vielschichtiger.«

»Warum sind solche Zauber so schwierig? Ihr seid in

der Lage, Dämonen und Elementarkräfte aus dem Höllenschlund heraufzubeschwören. Heilen kann doch im Vergleich damit nicht so schwer sein.« Sie lächelte, wie sie es vielleicht bei einem Kind getan hätte, das von ihr verlangte, die Hand gen Himmel auszustrecken und die Sonne herunterzuholen.

»Es gibt verschiedene Arten von Magie«, erklärte sie. »Manchmal fällt es leichter, die großen Dinge zu tun als die kleinen; so wie es einfacher ist, ein Glied abzuhacken, als es wieder so anzunähen, damit es zu gebrauchen ist. Wenn man den Körper dazu stimuliert, sich selbst zu heilen, muss man das genau und richtig machen. Sonst gerät das Wachstum aus der Ordnung. Es kann zu Krebsgeschwüren kommen, oder das betreffende Glied entwickelt sich monströs und bleibt nutzlos, dann muss man es amputieren und den ganzen Vorgang von vorn beginnen. Das ist eine gefährliche Prozedur.«

»So, wie Ihr es beschreibt, klingt es nicht leicht.«

»Magie ist niemals einfach. Sowohl der Magier als auch derjenige, der verzaubert wird, haben einen Preis zu zahlen. Jede Ausübung von Magie bedeutet eine enorme Belastung für Körper und Geist. Manche von uns glauben, dass die Magie aus diesem Grund bei Menschen so schädliche Nebenwirkungen zeitigt. Sie besitzen weder die Vitalität noch die geistigen Fähigkeiten, damit umzugehen.«

Sardec fiel etwas anderes ein. »Warum können dann die Schlangenmenschen abgetrennte Gliedmaßen nachwachsen lassen und wir nicht?«

»Ich weiß es nicht. Ihr Körper ist anders gebaut als unserer. Sie wachsen ihr ganzes Leben lang. Einige ihrer Ältesten sind riesig, fast so groß wie Drachen, und Tausende von Jahren alt.«

»Das muss ein beeindruckender Anblick sein.«

»So ist es auch. Als ich mich in Xulander aufhielt, habe ich zahlreiche ihrer Neststädte besucht. Einmal hat man mich in eine der Schlafkammern eingelassen, in denen die Ältesten träumen.«

»Habt Ihr jemals mit einem gesprochen?«

»Nein … heutzutage schlummern sie alle. Eine Art Winterschlaf, vermute ich.«

»Weshalb?«

»Wieso verbringen unsere Drachen heute den Großteil ihrer Zeit mit Schlafen? Ein Zeichen der Zeit vielleicht.«

»Ich habe erzählen hören, die Schlangenmänner seien grausam zu ihren Menschen.«

»Ich habe gehört, *wir* seien grausam zu unseren Menschen.« Sie war in die Hochsprache der Erhabenen gewechselt, damit die Soldaten sie nicht verstanden. Er antwortete ihr ebenso.

»Auf das Dunkle Imperium trifft das zu.«

»Manche würden behaupten, dass es nicht nur im Dunklen Imperium so zugeht.«

Sardec zuckte die Achseln, denn er wollte nicht mit ihr streiten. Er wusste, dass sie politisch niemals übereinstimmen würden. Asea war zu alt und zu radikal. Schließlich war sie die Begründerin der Roten Fraktion gewesen.

»Meint Ihr, es stimmt, dass die Schlangenmenschen von den Sternen gekommen sind?«, fragte er, um das Thema zu wechseln.

»Ihre Wächter-Priester behaupten das, und ich sehe keinen Grund, daran zu zweifeln. Es heißt, dass viele der Älteren Rassen von dort kamen.«

»Den Abgrund zwischen den Sternen zu überqueren, das ist eine machtvolle Magie.«

»Gewiss – aber nicht mächtiger, als zwischen den Welten zu reisen … wie unser Volk, als wir herkamen.«

»Ob sie wohl auch Portale benutzt haben?«

»Ihr befindet Euch heute Morgen in einer eigenartigen Stimmung, Leutnant Sardec.«

»Die Beschäftigung mit solchen Themen hilft mir, mich zu entspannen, während sich möglicherweise schon die Waffen der Alten auf mich richten. Ich spüre das Bedürfnis, etwas über die Macht zu erfahren, die mich vielleicht vernichten wird.«

Asea lachte, ein klarer, wohlklingender Laut. »Eine bewundernswerte Einstellung, aber ich glaube, dass wir sicher sind. Ich bezweifle, dass sich Ilmarec durch unsere Truppe derart bedroht fühlt, dass er das Grauen der Alten auf uns loslässt.«

Sardec warf einen Blick über die Schulter, zu den Fourageuren hin. In der Tat, sie hatten an Zahl furchtbar abgenommen. Von der ursprünglichen Kompanie, die er nach Achenar geführt hatte, waren vielleicht noch dreißig Mann übrig. Die anderen waren entweder tot oder erholten sich von ihren Verwundungen. Viele neue Gesichter waren dazugekommen: Rekruten, die aus anderen Einheiten versetzt worden waren, um die Regimentslisten zu füllen. Er hoffte nur, dass sie ebenso fähig waren wie die Männer, deren Platz sie jetzt einnahmen. Angeblich waren sie das; aber man wusste ja nie.

»Mein Vater hat in der Seeschlacht von Ssaharoc gekämpft. Er sagte, es sei furchtbar gewesen. Aus den großen Türmen, die den Hafen sicherten, schossen grüne Lichtbündel, und unsere Flotte ist ganz einfach verbrannt oder explodiert. Glaubt Ihr, Ilmarec hat das Geheimnis dieses Lichts ergründet?«

»Das erscheint ebenso wahrscheinlich wie jede andere Erklärung.«

»Mein Vater hat stets gesagt: Wenn die Schlangenmenschen in der Lage wären, die Waffen ihrer Türme zu transportieren, dann könnten sie auch die Welt erobern.«

»Vielleicht können sie das ja. Vielleicht hegen sie einfach nicht den Wunsch, auf Eroberungen auszuziehen. Sie sind ein merkwürdiges Volk, fremdartig und unverständlich und für unsere Wahrnehmung sehr träge. Vielleicht ziehen sie es vor, sich nicht allzu viel zu bewegen.«

»Dann hoffen wir am besten, dass niemand anders ihre Geheimnisse ergründet.«

»Alle Älteren Rassen besaßen mächtige Waffen, Leutnant, die sie in ihren Kriegen eingesetzt haben. Deswegen sind auch so große Teile der Osthälfte dieses Kontinents verwüstet.«

Sardec kam noch ein anderer Gedanke. »Mit solchen

Waffen hätten wir die Fürsten des Schattens schlagen können.«

»Vielleicht, eine Zeit lang.«

»Ihr klingt nicht besonders zuversichtlich.«

»Ihre Armeen hätten wir möglicherweise besiegt, die Fürsten selbst aber hätten einfach getan, was sie immer tun: Sie hätten sich verborgen, bis sie diese Geheimnisse selbst beherrscht hätten, und wären dann mächtiger denn je zurückgekehrt.«

»Ihr glaubt also nicht, dass wir unsere Heimatwelt jemals zurückerobern werden?«

»Das ist ein Traum. Nur ein Traum.« Doch Sardec wurde den Gedanken nicht los, dass er seine Hand vielleicht wiederbekäme, wenn sie sich Al'Terra zurückholten. Es war ein dummer, kleinlicher Grund für die Eroberung eines Planeten, aber er vermutete, dass Kriege schon aus geringeren Gründen geführt worden waren.

Die Straße führte über einen Hügelkamm, und plötzlich lag Morven vor ihnen und bot einen überwältigenden Anblick. Sardec bemerkte kaum die ummauerten Wohnviertel auf den Inseln im Fluss oder die Häuser am Fuß der mächtigen Klippen, die sich über dem Fluss erhoben. Er warf nur einen flüchtigen Blick auf die ausgedehnte Ruinenlandschaft, die sich auf dem einen Flussufer ausbreitete. Was seine Aufmerksamkeit anzog, war die gewaltige Felsnadel, die über der Stadt aufragte, und das Bauwerk, das darauf stand. Natürlich hatte er die Turmspitze schon aus der Ferne gesehen, doch bis jetzt hatten die Hügel der heranrückenden

Armee den Blick verstellt. Nun sah er das Gebilde zum ersten Mal in seiner Gesamtheit.

Der Turm war eine gewaltige Konstruktion, die sich hoch und schmal tausend Fuß in die Luft erhob und am oberen Ende zu einer nadelscharfen Spitze zulief. In der Sommersonne glitzerte er und warf das Licht als grünen Schein zurück – er schien nämlich vollständig aus einem einzigen titanischen Smaragd gehauen zu sein. Hier und da konnte er in der glatten, schimmernden Außenhaut kleine Balkone und Fenster erkennen. Fremdartige Runen von einem helleren Grün, die von innen heraus zu leuchten schienen, waren in die Wände eingelassen. In der Nähe der Spitze befanden sich Paneele aus demselben Material, die wie große Fenster aus farbigem Glas wirkten.

Der Turm war höher als jedes von Terrarch-Hand errichtete Gebäude, das er je gesehen hatte, und strahlte eine Aura von uralter Herkunft und unermesslicher Macht aus. Er wusste, dass weder Drachenfeuer noch Magie diesen Wänden etwas anhaben konnten. Klingen aus Feensilber vermochten sie nicht einmal zu ritzen. Dieser erste Blick auf den Turm führte ihm unmissverständlich vor Augen, dass es auf diesem Planeten einmal Mächte gegeben hatte, die stärker waren, als sein eigenes Volk es je gewesen war. Die Magie, die den Schlangenturm geschaffen hatte, gehörte einer höheren Ordnung an als alles, was seinen Artgenossen jemals zu Gebote gestanden hatte, zumindest auf dieser an magischen Energien armen Welt.

»Er ist schön, nicht wahr?«, meinte Asea.

»Ja, Prinzessin. Wunderschön.«

»Und unermesslich stark.«

»Jede Festung kann erstürmt werden, edle Dame.«

»Das behauptet Azarothe auch. Und dennoch hat niemand den Turm einnehmen können, seit Ilmarec ihn vor fünfhundert Jahren in seinen Besitz gebracht hat.«

»Und wem gehörte er vorher?«

»Niemandem. Jahrhundertelang wurde er mit abergläubischer Furcht betrachtet. Angeblich lebte dort einst ein wahnsinnig gewordener Zauberer, der entsetzliche Rituale durchführte und schon vor der Eroberung durch die Terrarch uralt war. Er regierte eines der alten, kleinen Königreiche der Menschen. Sein Name war Lharquon.«

»Was ist aus ihm geworden?«

»Es heißt, er sei von Dämonen davongetragen worden. Gut möglich, dass die Geschichte stimmt. Solche Wesen sind immer schwer zu kontrollieren.«

Sie musste es ja wissen, dachte Sardec, denn sie hatte in ihrem Leben schon einige heraufbeschworen. Es war schwer vorstellbar, dass sich diese schöne, gelassene Frau mit grauenerregenden Wesen aus dem Höllenschlund zusammentat. Zumindest bei Tageslicht. Er wusste, dass er es ohne Weiteres glauben würde, falls er ihr jemals bei Nacht begegnen sollte.

Sardec stellte fest, dass sein Blick unwiderstehlich von der Spitze des Schlangenturms angezogen wurde. Sie schien noch stärker zu glitzern als der Rest des Bauwerks; so, als breche sich das Sonnenlicht dort in einem gewaltigen Juwel. Fast rechnete er jeden Augenblick damit, dass das grüne Licht, das ihm sein Vater beschrieben hatte, hervorschießen und sie vernichten würde. Doch nichts geschah. Er hob das Fernglas an die Augen und untersuchte die Konstruktion genauer. Auf den Balkonen bewegten sich in lange Roben gehüllte Gestalten, die aus der Entfernung winzig wirkten. Er fragte sich, ob eine davon Ilmarec war.

Der Straße folgend, die zur Stadt führte, begannen die Fourageure den langen Abstieg über den Hügelhang. Um sie herum erstreckten sich Felder. Weiter östlich befand sich eine Landschaft aus Ruinen, die zerschmolzen und verkohlt wirkten. Überall lagen große Felsbrocken. Asea zeigte darauf. »Früher einmal standen hier große Bauwerke aus dem Alten Zeitalter. Doch jetzt sind nur noch diese zerschmetterten Trümmer übrig.«

»Das grüne Licht?«, fragte Sardec.

»Ich vermute es.«

Als sie in das Straßengewirr eindrangen, hatte Rik das Gefühl, nach Hause zu kommen. Tief im Herzen war er ein Stadtmensch und hatte sich in der offenen Landschaft noch nie wirklich wohlgefühlt. Doch nun, umgeben von hohen, krummen und schiefen Hausfassaden, entspannte er sich allmählich. Auch hier würde es Gefahren geben, doch mit denen wusste er umzugehen. Die Häuser sahen nicht ganz so aus wie die, an die er gewöhnt war. Hier wurde mehr mit Stein als mit Ziegeln gebaut, und die Dachpfannen wiesen ein tieferes, fast bräunliches Rot auf. Doch es gab mehr Ähnlichkeiten als Unterschiede. Die Gebäude drängten sich dicht aneinander und neigten sich aufeinander zu, wie Betrunkene, die sich nach einer durchzechten Nacht gegenseitig stützen.

»Eine Taverne«, sagte der Barbar und wies auf ein hölzernes Schild, das über einer offenen Tür im Wind schwang. Es zeigte einen vierschrötigen Bauern, der tanzte und in der einen Hand einen Bierhumpen und in der anderen eine Schlange trug. Vor dem Eingang hatte sich eine Menschentraube versammelt, um die vorbeireitenden Soldaten anzustarren. Rik sah, dass Sardec Korporal Toby ausschickte, um nach dem Weg zu fragen. Nach seinem Gespräch mit Asea gestern Abend wusste er bereits, dass ihr Ziel die Villa eines Kaufmanns war, der Geschäftsverbindungen zu ihren Verwaltern und ihrem Haus unterhielt. Toby kehrte zurück und sprach mit dem Leutnant. Weiter ging es durch die verschlungenen Straßen, bis sie eine Brücke erreichten.

Während sie bei dem Brückenwächter ihre Maut entrichteten, sah sich Rik in ihrer Umgebung um. Morven wirkte wohlhabend. Die Stadt besaß drei große Tempel, von denen zwei die einfachen Turmspitzen des Neuen Glaubens aufwiesen und einer von einem Bronzeengel gekrönt wurde. Dort verrichteten wahrscheinlich die Anhänger der alten Glaubensrichtung ihre Andacht.

Er bemerkte, dass einige der neuen Soldaten – die aus Rotturm – auf den Tempel des Alten Glaubens wiesen. In ihren Augen hausten dort Ketzer und Heiden – dasselbe hätten allerdings auch seine Anhänger von ihnen behauptet. Die großen Kriege des Schismas hatten, ebenso wie alles andere, auch die Religion gespalten. In den mehrheitlich »Roten« Staaten wie Talorea hing man dem Neuen Glauben an. Der alten Richtung, die niemals die Legitimität des Märtyrer-Propheten anerkannt hatte, folgten diejenigen, die auf der Seite des Dunklen Imperiums standen. Es hieß, der neue Glaube sei den Menschen gegenüber offener und entspreche eher dem Geist der Lehren der Propheten. Wenn das wirklich stimmte, dann schauderte es Rik bei dem Gedanken, wie unterdrückend der alte Glaube sein mochte.

»Du siehst so nachdenklich aus wie ein Vielfraß, der die Auswahl unter verschiedenen Sorten von Gebäck hat, Halbblut«, meinte Wiesel. »Was geht dir durch den Kopf?«

Er log aus reiner Gewohnheit. »Ich hatte überlegt, dass wir wenigstens nicht gleich von der Magie der Alten Welt niedergestreckt worden sind.«

»Das mag ich so an dir, Halbblut. Deine unerschütterliche Zuversicht.«

»Kein Grund, so verdammt sarkastisch zu sein.«

Wiesel zeigte bloß sein wie immer aufreizendes Grinsen. »Der Quartiermeister hat uns eine besondere Aufgabe anvertraut. Wir sollen in Verbindung mit den richtigen Leuten treten.« Er rieb seine Finger auf eine Art, die Rik mitteilte, dass er von der hiesigen Unterwelt sprach.

»Also alles wie gehabt«, sagte Rik.

»Falls du mit deiner neuen Angebeteten nicht zu beschäftigt bist«, stichelte Wiesel.

»Glückspilz«, setzte der Barbar hinzu. Rik erhob

keine Einwände, um sie von der Vorstellung abzubringen, er sei Aseas Lustknabe. Das war immer noch weit besser, als ihnen die Wahrheit zu sagen.

Warum eigentlich, dachte er, lief es immer darauf hinaus, dass er seine Freunde belog? Damals, bevor sie nach Achenar ausgerückt waren, hatte er ihnen nicht den wirklichen Grund verraten, aus dem er Zarahels Buch hatte zurückholen wollen. Und jetzt konnte er ihnen nicht erzählen, was Asea wirklich von ihm wollte. Offenbar war es ihm bestimmt, immer gerade die Menschen zu täuschen, die ihn am besten kannten. Dann zuckte er die Achseln. Was sollte es? Er war schon immer anders als die anderen gewesen. Dafür hatte bereits sein unbekannter Vater gesorgt.

Ihre Kolonne setzte sich erneut in Marsch und passierte das Kopfsteinpflaster der Brücke, die auf ihrer ganzen Länge von hundert Schritten mit Statuen von Heiligen und Rittern geschmückt war. Als sie zwischen den Häusern hervorkamen und auf die Brücke traten, erblickte er erneut den Schlangenturm, der sich wie der Speer Gottes hoch über ihnen erhob. Das Bauwerk flößte Ehrfurcht ein. Er hätte nie gedacht, dass es etwas so Großes oder so Schönes geben könnte, und er konnte sich nicht vorstellen, dass irgendeine Macht auf dem Planeten in der Lage sein könnte, ihn einzunehmen. Dazu war er einfach zu alt und zu mächtig.

Sie überquerten die Brücke und drangen in eine weitere, gewundene und mit Kopfstein gepflasterte Straße ein. Rik versank von Neuem in seinen trüben Grübeleien. Er hatte viel über seine Eltern nachgedacht. Oft hatte er sie gehasst, aber ebenso häufig hatte er sich in seiner Fantasie vorgestellt, dass er sie einmal finden würde, besonders seinen Vater. In seinen wildesten, verworrensten Träumen hatte er sich vorgestellt, anerkannt und von einem Terrarch-Clan adoptiert zu werden. Doch jetzt sah es aus, als wäre ihm auch das verwehrt. Seine Abstammung war mit einem Makel behaftet. Sein Vater war ein Fleisch gewordener Dämon, und Asea schien zu glauben, dass er ihm einen Teil dieser Eigenschaften vererbt hatte.

Er fragte sich, ob das stimmte. Die Priester im Waisenhaus hatten ihm immer erzählt, er sei zutiefst verdorben, und vielleicht hatten sie recht gehabt. Nachdem er ihren Klauen entronnen war, hatte er nichts anderes getan, als zu lügen und zu betrügen, zu stehlen und zu töten. Natürlich hatte er immer nur versucht, am Leben zu bleiben, aber er bezweifelte, dass die Geistlichen diese Ausrede hätten gelten lassen.

Vielleicht war ihm dieses Schicksal schon immer vorbestimmt gewesen. Vielleicht hatte es schon vor seiner Geburt festgestanden, besiegelt durch den Terrarch, der ihn gezeugt hatte, und seine verstorbene Mutter. Oder die Sache reichte sogar noch weiter zurück. Manche Prediger behaupteten, Gott habe im Voraus entschieden, wer verdammt würde und wer nicht. Schließlich war er unendlich und allwissend. Da musste er doch schon, als er das Universum geschaffen hatte, gewusst haben, wie sich alles entwickeln würde. Nach dieser Ansicht war alles Leben Teil eines gewaltigen, undurchschaubaren Entwurfs.

Von all diesen Überlegungen drehte sich ihm der Kopf. Was für ein Gott würde ein Universum schaffen, in dem einige seiner Bewohner schon verdammt waren, ehe sie ihren ersten Atemzug taten? Diese Art von Logik konnte einen beinahe dazu bringen, denjenigen Glauben zu schenken, die behaupteten, der Schatten habe das Universum geschaffen, um dem Willen Gottes zu trotzen. Was Rik selbst anging, so neigte er eher denen zu, die meinten, Gott habe das Universum geschaffen, anschließend aber seinem verpfuschten Werk den Rücken gekehrt und dessen Bewohner sich selbst überlassen. Diese Erklärung schien besser auf jene Welt zu passen, die Rik kannte.

Er schüttelte den Kopf. Nein, er übernahm die Verantwortung für seine eigenen Handlungen. Sinnlos, irgendeinem Gott, gleichgültig ob gut oder böse, die Schuld an etwas zu geben, das er getan hatte. Falls Gott ihn jemals dafür zur Rechenschaft zog, würde er ihn fragen, warum er denn so ein krankes, verpfuschtes Universum geschaffen hatte.

»Was runzelst du die Stirn, Halbblut?«, fragte der Barbar. »Ein Mann in deiner Lage sollte glücklich dreinschauen. Ich würde es jedenfalls.«

Er machte ein neidisches Gesicht und lachte dann. »Schätze, ich werde meinen Kummer heute Abend anderswo ertränken.«

Die Straßen mündeten auf einen Platz. In seiner Mitte erhob sich die Statue eines großen Terrarch in Militäruniform. Er nahm eine heroische Pose ein und führte mit gezücktem Schwert eine unsichtbare Armee zum Sieg. Rik fragte sich, wen das Standbild wohl darstellte. In Drangsal hätte er die Antwort gewusst, aber dies hier war irgendein Held oder Edelmann aus diesen Landstrichen und ihm daher unbekannt.

»Wer sind denn diese Bastarde?«, fragte der Barbar. Rik sah in die Richtung, in die er wies. An einer Straßenecke stand eine Gruppe von Terrarch herum. Sie trugen alle lange Uniformmäntel mit Silberknöpfen. Die Uniformen waren von einem so tiefen, dunklen Rot, dass es beinah schwarz wirkte, und außerdem trugen sie hohe Stiefel. In der Nähe hielten sich ihre Soldaten auf, riesige, blonde Männer. Alle waren sehr kräftig und trugen die gemeinen, verrohten Gesichter von Bauern aus dem Osten.

»Diese Männer, mein Freund, gehören der Legion der Exilierten an«, sagte Wiesel.

»Khaldarus' berüchtigte Privatarmee?«, fragte Rik. Die Legion hatte einen üblen Ruf. Ihre Mitglieder waren so üble Banditen und Meuchelmörder, dass sie sogar aus dem Dunklen Imperium verbannt worden waren. Zumindest wurde das behauptet. Andere erzählten, sie stellten eine geheime Armee des Dunklen Imperiums im Dienste von Fürst Khaldarus dar, deren Auftrag darin bestand, Kharadrea zu unterwandern, ohne offen gegen die Vereinbarungen des Vertrags von Oslande zu verstoßen. Die Flüchtlinge aus dem Bürgerkrieg hatten von ihrer Grausamkeit und großen Kampfkraft berichtet.

»Was zum Teufel haben sie hier zu suchen?«, fragte der Barbar.

Ein überaus großer und dürrer Terrarch kam mit langen Schritten auf sie zu. Seine Haut war so bleich, dass er beinahe wie ein Albino wirkte, und sein langes Haar war so hell, dass es auch hätte gebleicht sein können. An der Seite trug er ein langes Schwert in einer mit schwarzen Runen eingelegten Schwertscheide.

»Sieht aus, als würden wir das gleich herausfinden«, murmelte Wiesel.

11. KAPITEL

Lächle, wenn du deine Feinde triffst,
aber trage auch einen Dolch bei dir.

Meril, Einige Bemerkungen über die Etikette

»Prinzessin Asea«, sagte der Fremde, indem er Sardec vollständig übersah. »Es ist mir ein Vergnügen.«

Asea antwortete bemerkenswert ruhig: »Fürst Jaderac! Ich hatte nicht erwartet, Euch hier zu begegnen. Besonders nicht in dieser Uniform.«

Falls die spitze Bemerkung Jaderac irgendwie anfocht, ließ er es sich jedenfalls nicht anmerken. Er gab geradezu das Idealbild eines Aristokraten aus dem Osten ab: über alle Maßen hochmütig, vollständig gelassen, beherrscht und charmant. Sardec hasste ihn auf der Stelle, und umso mehr, als Jaderac zahlreiche Eigenschaften besaß, die er selbst gern gehabt hätte.

»Bedauerlicherweise kam es am Hof der Kaiserin und Königin zu einem Missverständnis – einer Beleidigung, einem Duell, einem Todesfall, einem Skandal …

Ihr wisst ja, wie sich solche Dinge abspielen. Ich sah mich gezwungen, der Zivilisation für einige Zeit zu entsagen und Zuflucht in diesen überaus eintönigen Landen zu suchen. Doch glücklicherweise seid nun Ihr hier, um diesen Ort mit Eurer Anwesenheit zu erleuchten, und so kann ich mein Exil nun eher als einen Segen denn als ein Missgeschick betrachten.«

»Darf ich Euch Fürst Sardec aus dem Hause Harke vorstellen?«, fiel Asea ein und schnitt seine oberflächlich dahinplätschernden Schmeicheleien ab.

»Ich bin entzückt«, sagte Jaderac und machte eine komplizierte Verneigung, die eigentlich affektiert hätte aussehen müssen, aber mit so viel Elan und Präzision durchgeführt wurde, dass sie stattdessen beeindruckend wirkte.

Sardec neigte den Kopf und sah Jaderac fest an. Der Terrarch aus dem Osten erwiderte kurz seinen Blick und ließ Asea dann erneut seinen ganzen Charme zuteilwerden. »Ihr seid hier, um mit Fürst Ilmarec zu sprechen?«

»Da vermutet Ihr richtig. Ich repräsentiere Fürst Azarothe. Und Ihr?«

»König Khaldarus hat mich entsandt, um die Freilassung seiner Schwester einzufordern. Ich fürchte, Fürst Ilmarec hält sie gegen ihren Willen fest.«

»Khaldarus besitzt einen untrüglichen Instinkt für den rechten Zeitpunkt. Wir haben gerade erst von Fürst Ilmarecs Entscheidung erfahren, und doch ist es Euch offenbar gelungen, vor uns hier einzutreffen, obwohl Ihr die weite Reise aus dem Osten machen musstet.«

»Ich hielt mich ohnehin in dieser Gegend auf, um noch anderen Pflichten nachzukommen. Auch ich habe eben erst durch einen Boten Nachricht von König Khaldarus erhalten. Er fürchtet um die Sicherheit seiner Schwester.«

»So viel Familiensinn ist etwas Schönes«, fand Asea. »Die Sorge des Prinzen ist rührend.«

»Ich kann Euch versichern, der König möchte nicht, dass seiner Schwester etwas zustößt.«

»Wobei ich bezweifle, dass Eure Streitmacht, so eindrucksvoll sie auch sein mag, in der Lage ist, den Schlangenturm zu stürmen.«

»Ich bin mir sicher, dass sich niemand an einem so törichten Unterfangen versuchen wird.« Mit einer eleganten Handbewegung umfasste Jaderac die Umgebung. »Doch diese armselige Straße ist nicht der richtige Ort, um solche Angelegenheiten zu besprechen. Wenn Ihr mir gestattet, Euch aufzusuchen, könnten wir in aller Ruhe darüber debattieren.«

»Selbstverständlich«, gab Asea zurück. »Ich freue mich auf Eure Gesellschaft.«

»Und ich mich auf Eure, teure Prinzessin. Dann werde ich heute Abend bei Euch vorsprechen. Ich nehme an, Ihr werdet im Haus des Kaufmanns Fharog Quartier nehmen, dem sogenannten *Haus der drei Schwäne*.«

»Ich sehe, dass Ihr Euch wie üblich gründlich vorbereitet habt, Fürst.«

»Wäre es doch so! Nein, ich habe mir hier nur zufällig ebenfalls ein Haus genommen, und mein Gastgeber hat den Euren über Euer Eintreffen in Kenntnis gesetzt. Ihr wisst ja, wie sehr die Menschen dem Klatsch zugeneigt sind.«

»Und nicht nur die Menschen, wie es scheint«, murmelte Sardec.

Jaderac schenkte ihm einen kalten Blick, der dann zu Sardecs Haken wanderte. Was er dachte, war vollständig klar: Bei einem Duell mit einem verstümmelten Gegner war keine Ehre zu gewinnen. Sardec kratzte sich den linken Handrücken mit dem Haken. Fürst Jaderac fand den Anblick offenbar abstoßend, denn er richtete den Blick wieder auf Asea.

»Dann bis heute Abend, Prinzessin«, sagte er, jetzt ganz wieder der Kavalier. Sardec gab den Fourageuren das Zeichen zum Weitermarschieren. Er war sich schmerzlich bewusst, wie schäbig sie im Vergleich zu den überaus gut ausgerüsteten Menschen des Fürsten aus dem Osten wirkten.

Wieder schien Asea seine Gedanken zu lesen. »Ich bin mir sicher, dass sie beim Drillen auf einem Exerzierplatz gut aussehen«, erklärte sie. »Doch die Männer hinter uns können kämpfen, sie haben es wieder und wieder bewiesen.«

Sardec war ihrer Meinung, doch er wusste auch, dass die Legion ebenfalls zu kämpfen wusste. Ihr Name war auf dem ganzen Kontinent Ascalea bekannt und gefürchtet. »Wollen wir hoffen, dass es nicht zu einer bewaffneten Auseinandersetzung kommt, verehrte Dame. Ich fürchte, wir befinden uns in der Unterzahl.«

Das *Haus der drei Schwäne* war ein weitläufiges, befestigtes Herrenhaus im alten merkantilistischen Stil, das heißt, es war so errichtet, dass es zugleich als Lagerhaus und als Festung diente. Die Mauern waren dick, die Fenster zur Straße hin klein, hoch und vergittert. Und es gab nur einen einzigen Zugang, ein großes Tor, das jetzt geöffnet war. Davor stand der in eine fellbesetzte Robe gekleidete Hausherr, verneigte sich mit dem Pelzhut in der Hand und bat sie herein.

Drinnen, in dem breiten Hof, sah es ganz anders aus. Hier standen Regentonnen und ein Brunnen. Zwei Seiten des Hofes wurden von Bogengängen eingenommen, und die Fenster im ersten Stock waren breit. Auf der Seite, unmittelbar gegenüber dem Eingang, befand sich ein Lagerraum. Er war ausgeräumt worden, damit die Fourageure dort nächtigen konnten. Fharog selbst führte Sardec und Asea auf ihre Gemächer. Sie waren groß und weitläufig und mit dem schweren, soliden Mobiliar ausgestattet, das menschliche Kaufleute zu bevorzugen schienen. Die weiß getünchten Wände waren mit Schutzzeichen aus lackiertem Holz geschmückt und die Räume mit Schreibpulten, Wasserkrügen und allem, was für einen bescheidenen Komfort notwendig war, ausgestattet. Asea erklärte sich mit ihrem Quartier zufrieden, und Sardec konnte ihr nur beipflichten. Sobald der Händler sich unter Verneigungen verabschiedet hatte, ging Sardec hinaus, um sich davon zu überzeugen, dass die Soldaten über bequeme Schlafplätze und alles, was sie zu ihrem Wohlbefinden sonst noch brauchten, verfügten.

Er sagte sich, dass er das Gleiche für ein Pferd täte. Doch er stellte fest, dass ihm das Wohlergehen der Männer tatsächlich am Herzen lag, insbesondere das der Veteranen, die ihm durch die Hölle von Achenar gefolgt waren und das Herrenhaus an der Furt verteidigt hatten. Nachdem er einige Worte mit Sergeant Hef und Korporal Toby gewechselt hatte, die ihm versicherten, alles sei zufriedenstellend, teilte er die Wachen ein. Zwanzig Mann sollten sich jederzeit im Haus aufhalten, für den Fall, dass es Schwierigkeiten gab, die anderen aber sollten Ausgang bekommen und die Stadt auskundschaften. Sie erhielten den Auftrag, sich insbesondere nach Gerüchten über Jaderac, Ilmarec und die Exilierten umzuhören. Nach getaner Pflicht kehrte er in die Villa zurück und klopfte an Prinzessin Aseas Tür.

»Kommt herein, Leutnant«, sagte sie. Er fragte sich, woher sie wusste, dass er es war. Hatte sie Schutzzeichen gesetzt, oder hatte sie nur seinen Schritt oder sein Klopfen erkannt?

Asea saß an einem Tisch und bestreute einen Brief mit Sand, um die Tinte zu fixieren. Er sah zu, wie sie ihn faltete und mit ihrem Siegel versah. »Ich habe Wachen aufgestellt, um für Eure Sicherheit zu sorgen. Falls Ihr ausgehen wollt, macht mir bitte Mitteilung. Sollte ich nicht erreichbar sein, wendet Euch an Sergeant Hef. Er wird dafür sorgen, dass Ihr eine angemessene Eskorte erhaltet.«

»Danke, Leutnant. Wollt Ihr Euch nicht setzen?« Dankbar nahm er an. Sie lächelte ihm zu.

»Ich habe Euch beobachtet, Leutnant. Seit unserem Ausflug in die Berge habt Ihr Euch verändert.«

Mit den Fingern der linken Hand tippte er auf seinen Haken. »Ja, das habe ich wohl.«

»Das habe ich nicht gemeint. Ich würde sagen, Ihr seid erwachsener geworden. Wie ich sehe, behandelt Ihr die Männer jetzt anders, und sie reagieren auch anders auf Euch.«

Er zuckte die Achseln. Es hatte keinen Sinn, es abzustreiten.

»Ihr seid auch weniger gesprächig.«

»Es tut mir leid, wenn ich nicht so kultiviert und geistreich wie Fürst Jaderac bin.«

»Ihr seid ein ganzes Dutzend Terrarch von seiner Sorte wert«, sagte sie. Das Kompliment kam völlig unerwartet.

»Danke. Ich hatte den Eindruck, Ihr fändet ihn sympathisch.«

»Das tue ich auch. Er ist witzig und charmant. Aber er ist auch kalt und gefährlich, einer von denen, die das Töten als Sport betrachten. Duelle sind für ihn so etwas wie ein Zeitvertreib. Außerdem kämpft er sehr gut mit seiner Klinge.«

»Dann werde ich ihm auf jeden Fall mit Pistolen entgegentreten.« Sie schien über seine Antwort nachzudenken.

»Das wäre gewiss klug, sollte es je so weit kommen. Ich bezweifle, dass er oft mit ihnen trainiert. Er und seinesgleichen verschmähen all die neuartigen Waffen. In ihren Augen sind sie erniedrigend und unaristokratisch.«

Es hatte einmal eine Zeit gegeben, da hätte Sardec dem von ganzem Herzen zugestimmt, doch im Augenblick war eine Pistole die einzige Waffe, die er einigermaßen treffsicher zu führen verstand.

»Dann glaubt Ihr also, dass es zu einer Konfrontation kommen wird?«, fragte Sardec.

»Möglicherweise. Wir wissen nicht, warum sich Jaderac hier aufhält.«

»Ich vermute, er hat uns die Wahrheit gesagt, Prinzessin Asea. Ich zweifle nicht daran, dass Prinz Khaldarus darauf brennt, seine Schwester in die Hand zu bekommen, und sollte ihm das nicht gelingen, sie töten zu lassen.«

»Inzwischen ist das sicherlich Teil seines Auftrags. Die Frage ist nur, was er hier getan hat, ehe diese Krise ausgebrochen ist. Ich vermute, dass Jaderac hergeschickt wurde, um auf andere Weise für Unruhe zu sorgen. Er ist reich – und einer der vielen Liebhaber der Königin und Kaiserin. Sie setzt ihn häufig als ihren Sondergesandten ein. Er ist genau die Person, die uns hier Probleme bereiten kann – insbesondere unter den Landbesitzern, deren Sympathien eher bei den Blauen liegen.«

»Ihr meint, dass er vielleicht hinter Fürst Esterils Angriff auf uns steckt?«

»Ich halte das jedenfalls für möglich.«

»Dann wäre es also nicht ungünstig, wenn ihm ein Unfall zustieße.«

»Wahrscheinlich denkt er dasselbe von uns, Leutnant. Und da ist noch etwas anderes, dessen Ihr Euch bewusst sein solltet.«

»Ja?«

»Fürst Jaderac ist ein Magier von beträchtlicher Kraft und ziemlich üblem Leumund.«

»Üblem Leumund?«

»Gerüchte wollen wissen, dass er sich in Nekromantie und anderen schwarzmagischen Praktiken versucht.«

»Ich werde den Männern davon berichten, Prinzessin Asea, und dafür sorgen, dass sie alle ihre Schutzzeichen tragen.«

»Und ich werde alles Notwendige unternehmen, damit das Haus geschützt wird. Erklärt den Männern, dass an jeder Ecke des Gebäudes Schutzzeichen aufgestellt werden und sie möglichst nicht in ihre Nähe kommen sollen.«

»Wird erledigt. Darf ich fragen, wie Eure weiteren Pläne aussehen?«

»Ich werde einen Boten zu Fürst Ilmarec schicken und ihn bitten, uns zu empfangen. Heute Abend habe ich vor, mit Fürst Jaderac zu speisen. Ich wäre dankbar, wenn Ihr dabei anwesend sein würdet.«

»Selbstverständlich.«

»Dann sehen wir uns später. Wenn Ihr mich jetzt entschuldigen wollt; ich habe noch einiges zu erledigen … Ich habe übrigens den Männern, die mir als persönliche Leibwache zugewiesen worden sind, gestattet, sich frei in der Stadt zu bewegen«, erklärte sie. »Sie sollen Erkundigungen für mich einholen.«

Sardec wusste, dass gerade diese drei höchstwahrscheinlich Unruhe stiften und sich betrinken würden, doch er beschloss, diesen Gedanken für sich zu behalten.

Rick schritt durch die Straßen von Morven und sog die Atmosphäre einer neuen Stadt begierig ein. Das war ein Gefühl, das er zu schätzen gelernt hatte. In den ersten fünfzehn Jahren seines Lebens hatte er sich nie weit von den Straßen der Armenviertel von Drangsal entfernt und keine Ahnung gehabt, welche Freude es einem bereiten konnte, einfach eine neue Umgebung zu erkunden. Heute fand er, dass es das Auge und den Verstand anregte. Ob die Veränderungen groß oder klein waren, auf ihn wirkten sie wie eine Droge.

Die Mädchen hier schienen ihr Haar mit Vorliebe einzuflechten, und viele von ihnen hielten es mit aus Holz geschnitzten Spangen. Auch ihre Züge unterschieden sich von denen, die er gewöhnt war: Das Haar war honigfarbener, die Nasen waren ein wenig flacher, die Lippen voller und die Münder breiter. Viele besaßen strahlend blaue Augen. Ihre Kleider wirkten länger, und die Stoffe wiesen ein kompliziertes Karomuster auf, das für diese Gegend wohl charakteristisch war. Ein Schlangenmotiv schien sehr verbreitet. Jedermann ging entweder barfuß oder trug Holzschuhe – bis auf die reichsten Kaufleute, die mit kurzen Roben angetan waren, damit ihr Saum nicht durch den allgegenwärtigen Matsch schleifte.

Auch anderes fiel ihm auf. Die Stadt war nicht so dicht bevölkert und wohlhabend, wie sie auf den ersten Blick erschienen war. Viele der Fenster waren mit Brettern vernagelt, und zahlreiche Hauseingänge ebenfalls. An manchen Stellen waren Dächer eingesackt, und von ganzen Gebäuden ging ein muffiger Geruch aus, als wären sie seit Langem unbewohnt. Es sah aus, als hätten viele Bewohner die Stadt verlassen. Nicht verwunderlich, dachte Rik, angesichts der Geschichten über Fürst Ilmarec.

Als die Straße den Fluss erreichte, bemerkte er zahlreiche Brücken und Hunderte kleiner Boote. Auch größere Schiffe sah er, wie sie die Waren den Mor hinauf und hinab transportierten. Vor die meisten waren große Flusswyrm gespannt. Wie gewaltige Boote pflügten die Tiere durch den Fluss, schleppten die riesigen Frachtkähne und wirbelten dabei gewaltige Wellen auf. Diese Kreaturen waren gut dressiert und zogen die langen, schlangenartigen Hälse ein, wenn sie unter Brückenbögen hindurchgingen.

»Schätze, wir werden bald auf einem solchen Fahrzeug flussabwärts reisen«, meinte Wiesel. Er blieb stehen, um seine Pfeife mit einem Holzspan, den er an der Kohlenpfanne eines Garkochs ansteckte, anzuzünden. Zum Austausch für den kleinen Dienst kaufte er dem Mann eine Wurst und etwas Brot ab.

»Glaubst du?«, fragte der Barbar.

»Gebrauch doch mal das Stück Fleisch, das du dein Gehirn nennst«, fuhr ihm Wiesel über den Mund. »Das ist der schnellste Weg mitten ins Land und auf jeden Fall der rascheste, um Proviant und Nachschub zu transportieren. Dieser Fluss ist eine Wasserstraße, die bis in die Hauptstadt Halim und dann weiter bis zum Meer, nach Harven, führt.«

Darüber dachte der Barbar nach. »Konnte diese Stadt noch nie leiden.«

»Welche?«, fragte Rik.

»Harven. Bin dort mal durchgekommen, als ich aus dem Nordland nach Süden fuhr. Jede Menge seltsamer Tempel für die Meeresgötter. Und Dämonen der Alten Welt im Wasser.«

»Du machst wohl Witze!«, fiel Rik ein.

»Nein. *Quan* haben die Leute sie genannt. Merkwürdige Wesen, halb Mensch, halb Tintenfisch. Manchmal konnte man sie im Hafen sehen. Es hieß, gleich draußen im Golf von Harven lebten sie in einer Stadt unter Wasser, und ich kann mir das gut vorstellen. Als unser Frachter einlief, konnte man dort unten Lichter sehen. Die Matrosen haben Schutzzeichen geschlagen und die ganze Zeit über einen ›Schiffsbrecher‹ geredet, einen riesigen Dämon, der angeblich eine Galeone auf den Meeresboden ziehen oder einen Drachen in einem Stück verschlingen kann.« Er hielt inne und sah zum Turm hinauf. Die Spitze verschwand in den aufziehenden Wolken. Rik vermutete, dass es bald regnen würde.

»Ich bin nicht besonders begierig darauf, Dämonen aus der Alten Welt zu begegnen«, erklärte der Barbar schließlich.

»Wer ist das schon?«, gab Rik zurück.

»Und ich halte auch nicht viel von denen, die sich mit ihnen zusammentun. Keine Ahnung, wie es diese Leute aushalten, im Schatten dieses Dings zu leben. Verdammte Schlangenmenschen.«

»Hier ist aber seit dem Beginn des Neuen Zeitalters kein Schlangenmensch mehr gesehen worden«, schaltete sich Wiesel ein.

»Was war dann dieses verdammte Licht, das wir in den Wäldern angetroffen haben?«, fragte der Barbar.

Der Verkäufer sah sie an und erbleichte, wodurch sein gewaltiger, buschiger Schnurrbart noch schwärzer und auffälliger hervortrat. »Ihr sagt, Ihr hättet ein Licht in den Wäldern gesehen?«, fragte er.

Der Barbar nickte. »Ja, und was ist damit?«

»Wo war das?«, bohrte der Verkäufer weiter. Er sprach mit so unverständlichem Akzent, dass Rik sich konzentrieren musste, um zu begreifen, was er meinte.

»In der Nähe eines verlassenen Gutshauses, bei einer Furt, etwa sechs Meilen südwestlich von hier.«

»Dem alten Abelen-Herrenhaus?«

»Kann schon sein«, meinte Wiesel. Er sah den Mann an. »Was ist so bemerkenswert daran, dass wir dort draußen ein Licht gesehen haben?«

»Dort spukt es. Förster haben in den nahe gelegenen Wäldern Geister beobachtet. Geister aus der Zeit der Alten. Manche behaupten, sie hätten sie bei den zerstörten Türmen gesehen, gegen die der Herr ebenfalls das grüne Licht eingesetzt hat.«

Rik reichte dem Mann das Geld für eine Wurst. Der Verkäufer schien große Angst zu haben und brannte offenbar darauf, darüber zu reden. »Du sagst, Fürst Ilmarec hätte grünes Licht eingesetzt.«

»Ja – manche behaupten, dass er nur seinen Besitz schützen will, jetzt, da wir Bürgerkrieg haben, aber ich neige eher zu der Meinung Eures großen Freundes aus dem Norden. Ich halte nichts von Zauberei aus der Alten Welt. Es ist nicht gut, mit solchen Dingen herumzuspielen, gar nicht gut.«

»Ich bin mir sicher, dass Fürst Ilmarec das besser beurteilen kann als wir«, warf Wiesel ein.

Der Verkäufer berührte das aus Holz geschnitzte Schutzzeichen, das er auf der Brust trug, und schlug dasselbe dann noch einmal mit den Fingern in der Luft. »Da habt Ihr wahrscheinlich ganz recht, Herr. Aber trotzdem haben sich hier in letzter Zeit merkwürdige Dinge begeben, und die Geister der Schlangen aus der Alten Welt sind noch das Harmloseste darunter.«

»Ach ja?«, hakte Wiesel nach.

»Haltet Euch nach dem Dunkelwerden nur hinter verschlossenen Türen auf«, riet der Händler. Er sprach seine Warnung mit jener verstohlenen Befriedigung aus, die es manchen Menschen bereitet, Unheil zu verkünden.

»Warum?«

»Es sind schon Menschen verschwunden.«

»Man bekommt jedenfalls diesen Eindruck«, meinte Rik. »Auf dem Weg hierher habe ich viele verlassene Häuser gesehen.«

Der Verkäufer lachte nervös auf. »Das waren wahrscheinlich die Häuser von Leuten, die aus der Stadt geflüchtet sind, als Fürst Ilmarec anfing, das grüne Licht zu beschwören, während die Runen auf der Außenseite des Turms zu glühen begannen. Viele haben sich davor und vor dem Krieg gefürchtet und sind deswegen aufs Land geflohen.«

»Aber du sagtest, es würden auch Menschen verschwinden«, fragte Rik nach.

»So ist es. Männer verlassen bei Nacht eine Taverne und verschwinden auf Nimmerwiedersehen. Sie kommen nie zu Hause oder in ihrem Geschäft an.«

»Vielleicht sind sie ja in den Fluss gefallen«, merkte Wiesel nüchtern an. »Man betrinkt sich und denkt darüber nach, wie schwer das Leben ist, und dann kann das Wasser manchmal sehr anziehend erscheinen.«

»Dann muss das Leben aber recht vielen Leuten sehr plötzlich zu anstrengend geworden sein«, entgegnete der Wurstverkäufer. »Und einige von ihnen schienen vorher eigentlich ganz zufrieden mit ihrem Leben gewesen zu sein. Da war zum Beispiel Pavel, ein junger Mann. Seine Frau hatte gerade ihr erstes Kind geboren, und er wirkte so glücklich wie ein Schneekönig.«

»Was glaubst du denn, was dahintersteckt?«, erkundigte sich Rik.

»Keine Ahnung«, meinte der Mann, »aber es hat angefangen, nachdem vor ungefähr einer Woche diese Männer aus dem Osten aufgetaucht sind.«

»Ach ja? Du meinst also, dass sie etwas im Schilde führen?«

»Überraschen würde mich das nicht«, sagte der Verkäufer. »Sklavenhandel höchstwahrscheinlich. Es heißt, diese Leute aus dem Osten würden auf ihren Gütern Menschen als Sklaven halten.«

Rik dachte an den hochwohlgeborenen Fürst Jaderac. Schwer vorstellbar, dass ein solcher Terrarch ein Nebeneinkommen dadurch bestritt, dass er Betrunkene aus

Tavernen entführte, um sie als Sklaven zu verkaufen. Vielleicht waren das ja alles nur Gerüchte. Die Menschen in Kharadrea hielten aus gutem Grund nicht viel von den Sardeanern. Sie lebten in Angst vor ihrem mächtigen Nachbarn, der schon lange danach strebte, ihr Land unter seine Herrschaft zu bringen.

»Möglich, dass sie die Menschen für dunkle Hexereien missbrauchen«, meinte Wiesel und zwinkerte Rik so zu, dass es der Verkäufer nicht sehen konnte. Wahrscheinlich konnte es nicht schaden, wenn sie anfingen, Jaderacs Ruf zu untergraben, dachte Rik.

»Zutrauen würde ich ihnen das durchaus«, meinte der Verkäufer schaudernd. »Vorhin sagtet Ihr, Ihr hättet in den Wäldern einen Geist gesehen«, setzte er dann hinzu. Offensichtlich wollte er das Thema wechseln.

»Haben wir auch«, erklärte der Barbar. »Hat im Dunklen geleuchtet.«

»Seid Ihr ganz sicher? Habt Ihr ihn aus der Nähe gesehen?«

»So nah, wie wir jetzt vor dir stehen«, bekräftigte der Barbar ein wenig übertrieben und stürzte sich in einen verschlungenen, stark ausgeschmückten Bericht über die Begegnung. Rik vermutete, dass die Geschichte in die hiesige Folklore über die Schlangenmenschen eingehen würde, ehe dieser Tag vorüber war.

Er wandte seine Aufmerksamkeit den kleinen Schiffen zu, die auf dem Fluss verkehrten, angefangen mit den Fähren, die von ihren Besitzern mit Staken gelenkt wurden, bis zu den Segelbooten der Kaufleute. Doch was ihn fesselte, waren die riesigen Flusswyrm. Sie schleppten ihre Flöße sogar durch die tiefsten Stellen des Flusses, wo ihr Körper nur halb aus dem Wasser reichte. Ihre langen Schlangenhälse ragten fast so hoch heraus wie ein ganzes Gebäude. Rik hatte gehört, diese Wyrm seien die größten ihrer Art und dass sie nur mit Hilfe des Wassers in der Lage seien, ihr gewaltiges Gewicht zu tragen. Als er sie jetzt sah, konnte er das durchaus glauben.

Doch so riesenhaft die Tiere auch waren, vor dem Hintergrund des Turms wirkten sie winzig. Das Bauwerk warf seinen kalten, unheimlichen Schatten über die Stadt und ließ ahnen, dass sich entsetzliche Dinge aus der Alten Welt in seinem Inneren verbargen. Rik sagte sich, dass er sich das nur einbildete, aber unwillkürlich fühlte er sich von der Höhe und dem Umfang der fremdartigen Struktur eingeschüchtert.

Der Barbar beendete seine prahlerische Erzählung, und ein feiner Nieselregen begann zu fallen. »Zeit für ein Bier«, befand Wiesel. »Sehen wir zu, dass wir aus dem Regen kommen.«

»Darauf trinke ich«, pflichtete ihm der Barbar bei. »Obwohl wir so etwas in den Nordlanden noch keinen Regen nennen würden.«

»Ach, und wie würdet ihr dazu sagen?«, fragte Rik.

»Leichter Sommernebel.«

Sobald sie durch die Tür des Gasthauses traten, beschlich Rik das Gefühl, dass sie einen Fehler machten. Die Schankstube war voll, und es war gerade der Lärm gewesen, der sie angezogen hatte. Aber jetzt sah er, dass eine Reihe von Tischen von blonden Männern in schwarzen Uniformen besetzt waren. Alle hatten das kurz geschorene Haar, die flachen Nasen und hohen Wangenknochen, die er mit Männern aus dem Osten in Verbindung brachte. Er warf Wiesel einen Seitenblick zu, und der sah seinerseits den Barbaren an. Doch der Hüne zuckte die Achseln. »Ich habe Lust auf ein Bier, und nicht einmal zehn von diesen hochnäsigen Bastarden werden mich davon abhalten, es zu trinken«, verkündete er.

Unter diesen Umständen konnte Rik nicht einfach gehen und seine Freunde zurücklassen, obwohl er nicht übel Lust dazu gehabt hätte. Außerdem sahen die Rausschmeißer des Lokals riesig und schlagkräftig aus. Drei von ihnen waren zu sehen, und einer hielt einen in Leder gewickelten Totschläger in der Hand. Vielleicht würde es ja zu keiner Prügelei kommen, überlegte er. Dann warf er dem Barbaren einen Blick zu. Und vielleicht würden sich Schweine ja Flügel wachsen lassen, dachte er, und dann fliegen.

Wiesel grinste den Einheimischen vertraulich zu und besorgte den dreien Plätze an einem Tisch. Dann bestellte er eine Runde für alle: ein durchsichtiges Manöver, um die Stadtbewohner auf ihre Seite zu ziehen, für den Fall, dass es Ärger gab. Nur Minuten später plauderte er mit den hiesigen Lehrburschen, als wären sie alte Freunde, während der Barbar die drohenden Blicke, die ihnen die Männer aus dem Osten von ihren Tischen her zuwarfen, mit gleicher Münze herausgab.

Es war Riks erstes Bier seit langer Zeit, und er trank

es langsam und genoss den Geschmack und das Gefühl, die Bläschen auf der Zunge zu spüren. Der Barbar beugte sich vor, leckte sich Schaum von seinem Walross-Schnurrbart und zeigte mit einem Finger, der so groß wie eine Wurst war, auf ihn. »Und, wie ist es so, es mit einer von der Älteren Rasse zu treiben?«

Rik sah ihn an. War es möglich, dass der Hüne tatsächlich eifersüchtig war? Wenn, dann konnte das gefährlich werden. Er dachte einen Augenblick lang nach. »Das geht dich nichts an«, sagte er dann.

Der Barbar lachte. »Na schön. Aber das eine muss ich dir lassen, Halbblut, du hast nicht lange gebraucht, um die kleine Rena zu vergessen. Ist wahrscheinlich das Beste, nachdem sie sich jetzt beim Leutnant einquartiert hat.«

Rik hatte das Gefühl, als drehe jemand ein Messer in seinen Eingeweiden um. »Ist mir vollkommen egal«, log er. »Außerdem bin ich gar nicht so sicher, dass sie bei ihm eingezogen ist.«

»Nein, sie wohnt nur ein paar Zelte weiter, sodass Hakenfaust rasch rüberspringen kann, wenn er Lust auf eine schnelle Nummer hat. Aber dieses Mädchen muss wirklich Nerven wie Stahl haben. Ich hätte keine Lust, es mit jemandem mit einem Haken zu treiben. In Harven hatte ich mal ein Barmädchen mit einem Holzbein. Interessante Erfahrung.«

»Du hättest dir Holzwürmer einfangen können«, meinte Rik.

»Gefährlich, wenn man einen Schädel aus Eichenholz hat«, setzte Wiesel noch eins drauf.

»Ha, ha, sehr witzig. Sie war aber ein richtig nettes Mädchen. Hat mir leidgetan.«

»Wie hat sie das Bein verloren?«

»Ein Wyrm hat sie gebissen. Hat für einen Kaufmann gearbeitet, und eines Tages hatte einer seiner Flusswyrm wohl ein kleines Hüngerchen. Der Mann hat sie dann entlassen.«

»Auf dem Ozean geschehen noch schlimmere Dinge«, meinte Rik. Er wollte nicht an die vielen Menschen denken, deren Unglück er in Drangsal erlebt hatte. Das erinnerte ihn nur unvermeidlich wieder an Rena, die bei dem letzten Ausbruch der Seuche ihre Familie verloren hatte.

»Manchmal bist du ein kaltherziger Bastard, Halbblut«, sagte der Barbar. »Obwohl du schon recht hast – auf See passieren wirklich noch ganz andere Sachen. Ich erinnere mich …«

Ein Schatten fiel über den Tisch. Rik sah auf und erblickte einen der gewaltigen Männer aus dem Osten. Er war beinahe so groß wie der Barbar, und es sah aus, als wäre seine Nase mehrmals gebrochen und schlecht eingerichtet worden. Er hatte ein Blumenkohlohr, und seine Augen sahen so verquollen aus, wie das bei Kneipenschlägern manchmal der Fall ist.

»Willst du was?«, fragte der Barbar. »Ein paar auf's Maul vielleicht?«

»Ich möchte einen Trinkspruch ausbringen«, lallte der Mann aus dem Osten, der offensichtlich betrunken war. »Auf die Königin und Kaiserin. Möge sie tausend Jahre leben.«

»So, das hast du jetzt erledigt«, sagte der Barbar. »Vielleicht solltest du nun zurück zu deinen Freunden laufen, bevor sie dich vermissen.«

»Willst du nicht auf die Gesundheit Ihrer Majestät trinken?«

»Selbstverständlich«, schaltete sich Rik ein. »Auf Königin Arielle, die rechtmäßige Beherrscherin der Terrarchie. Möge sie tausend Jahre leben.«

Er hob seinen Bierkrug und schüttete dem Mann aus dem Osten den Inhalt ins Gesicht. Der Barbar schlug ihm mit der Faust ins Gemächt. Als der andere zusammenbrach, zog Rik ihm auch noch seinen Krug über den Kopf.

»Was für eine Vergeudung von gutem Bier«, meinte der Barbar, hob den gefallenen Mann hoch, schlenderte durch den Raum und warf ihn zwischen seine Kumpane. Mit einem Freudengeschrei sprangen Wiesel und die Lehrburschen auf und wollten den Kampf aufnehmen. Es sah aus, als wären die Männer aus dem Osten hierzulande nicht beliebt, wofür Rik äußerst dankbar war.

Der Barbar stemmte eine Bank hoch und bearbeitete damit einige der Männer aus dem Osten. Keine schlechte Idee, dachte Rik, nahm einen weiteren Bierkrug, den er als Waffe benutzen wollte, und stürzte sich ins Getümmel. Kurz darauf herrschte ein Chaos aus Blut und Bier und ausgeschlagenen Zähnen. Vor ihm tauchte ein schwarz gekleideter Mann auf. Er duckte sich, trat aus und traf den Mann am Schienbein. Dann schlug er seinen abgelenkten Gegner mit dem Krug nieder. Der Mann aus dem Osten ging wie von einem Vorschlaghammer getroffen zu Boden.

Rik schaute sich um und sah, dass die Sardeaner zurückwichen. Sie trugen ihren bewusstlosen Freund mit sich und lieferten ein Rückzugsgefecht. Rik half, den Mann, den er eben niedergeschlagen hatte, aufzuheben, schleifte ihn zusammen mit einem der Lehrburschen zur Tür und warf ihn nach draußen, in den Schlamm.

Kurz darauf erklang stürmisches Siegesgebrüll. Die Blauen waren geschlagen, und die Roten und die Kharadreaner hatten den Sieg davongetragen. Der Barbar reckte beide Hände über dem Kopf – wie ein Preisboxer, der einen Kampf gewonnen hat.

»Zeit, endlich ordentlich zu bechern«, sagte Wiesel.

»Wollen wir hoffen, dass die Bastarde nicht zurückkommen und Verstärkung mitbringen«, meinte Rik.

»Trinkt ein Bier«, riet der Barbar. Einer der Lehrburschen packte Rik an der Schulter. »Taloreaner und Kharadreaner, wir sind Brüder, ja?«, schrie er.

»Darauf trinke ich«, erklärte Rik. Er sah ein ausgedehntes Gelage auf sich zukommen.

12. KAPITEL

Beim Essen mit einem Feind erfährt man oft mehr, als wenn man zehn Jahre lang die Berichte seiner Spione lesen würde.

Anaximer, Handbuch für Diplomaten

Fharogs Lakai kündigte Fürst Jaderac und Fürstin Tamara an. Sein Herr hatte ihn gut ausgebildet. Er führte die beiden ebenso formvollendet in den Speisesaal, wie das einer der Diener von Sardecs Familie vermocht hätte. Als die Besucher eintraten, erhob sich Sardec, um sie zu begrüßen. Jaderac war in eine neue, makellose purpur-schwarze Uniform mit silbernen Epauletten gekleidet; seine Begleiterin trug ein blaues Abendkleid, in dem sie atemberaubend schön aussah.

Fürstin Tamara war groß und schlank. Ihr dichtes, schwarz schimmerndes Haar war auf ihrem Kopf aufgesteckt, um ihre spitzen Ohren zu betonen. Mehrere in blaue Feuerjuwelen gefasste Schutzzeichen glitzerten an ihrer Kehle, und weitere auf den Ringen an ihren

Fingern. Genau wie Jaderac schien sie über große magische Kraft zu verfügen oder wollte das wenigstens vorgeben.

Sardec dachte, dass er sie ungerecht beurteilte – zweifellos war sie das, was sie zu sein schien. Die Terrarch des Ostens verbrachten viel Zeit mit dem Studium der alten Künste, was ihnen leichter fiel als ihren Artgenossen aus dem Westen, da während des Schismas der größte Teil der alten Bibliotheken in ihren Händen verblieben war. Auf gewisse Weise war das ein Hinweis auf das, was die Taloreaner in dem bevorstehenden Krieg genau erwartete, und er fragte sich, ob das die Absicht gewesen war.

Prinzessin Asea kam ihnen entgegen. Sie trug ein Gewand aus einem silberfarbenen Stoff, das der Alten Welt entstammte und sehr genau herausstellte, wer *sie* war. Ihr einziges sichtbares magisches Accessoire bestand aus einer Reihe von Schutzrunen, die an ihrer Feensilber-Halskette glitzerten.

Sardec hielt sich hinter ihr und wurde sich plötzlich bewusst, wie schäbig er in seiner Uniformjacke aussah. Fürstin Tamara schaute kokett zu ihm auf. Er bemerkte, dass ihre Lippen voll und sinnlich waren. Sie schenkte ihm einen kurzen, forschenden Blick, bevor sie wieder wegsah. Er und Jaderac tauschten Verneigungen aus, und so begann der langwierige, stilisierte Austausch von Artigkeiten, der sie schließlich an die Tafel führen würde.

Das Essen war gut, und wie es die Etikette vorschrieb, hielten sie sich während des ersten Teils der Mahlzeit strikt an die üblichen Fragen und Gesprächsthemen. Wie sich herausstellte, war Tamara die Tochter Fürst Malkiors, des Kanzlers von Sardea.

»Ihr haltet Euch sehr weit vom Hof entfernt auf, edle Dame«, bemerkte Sardec. »Was führt Euch in diese entlegene Gegend?«

»Ich wollte diesen Teil der Welt kennenlernen, und Fürst Jaderac hat sich freundlicherweise bereit erklärt, ihn mir zu zeigen. Dies und noch vieles andere.« Sie schenkte Jaderac einen anbetungsvollen Blick, der zu ihrer Koketterie von eben so gar nicht passen wollte. Sardec fragte sich, was zwischen den beiden wirklich bestehen mochte. Kurz darauf fing er Aseas Blick auf und sah, dass sie die unaufrichtige Geste ebenfalls bemerkt hatte. Sardec war schon vielen jungen Terrarch-Frauen wie Tamara begegnet – auf den ersten Blick oberflächlich, kokett und ständig auf der Suche nach neuen Eroberungen. Früher einmal wäre er interessiert gewesen, und wenn auch nur, um Jaderac auszustechen. Aber heute reizte sie ihn nicht mehr, und er fragte sich, warum er sich so verändert hatte. Dann dachte er an Rena. Da hatte er seine Antwort. Er neigte anderen Vergnügungen zu.

»Der Turm ist eines der Wunder dieser Welt«, erklärte Asea. Die kaum merkliche Betonung des Wortes *dieser* erinnerte alle daran, dass sie die Einzige der Anwesenden war, die noch die Wunder einer anderen Welt erblickt hatte.

»In der Tat«, sagte Jaderac. »Obwohl ich bezweifle, dass sich seine Schätze mit denen im Palast der Königin und Kaiserin messen können.«

»Ich glaube, Prinzessin Asea bezog sich auf das Bauwerk selbst«, merkte Sardec leichthin an und fragte sich im Stillen, warum er einen solchen Drang empfand, diesen gefährlichen Duellgegner zu reizen. »Selbst ein Terrarch, der dem alten Glauben anhängt, muss doch zugeben, dass uns die Älteren Rassen in manchen Dingen überlegen waren.«

Jaderac lächelte nachsichtig, wie über das Geplapper eines Kindes. »Etwas anderes habe ich nie behauptet.«

»Seid Ihr denn schon einmal im Inneren des Turms gewesen, *Fürst* Sardec?«, fragte Tamara, wobei sie seinen Titel deutlich betonte.

»Nein, meine Dame«, antwortete Sardec. »Obwohl ich hoffe, dieses Privilegs bald teilhaftig zu werden.«

»Aber Ihr wart dort, Prinzessin Asea«, erklärte Jaderac. »In den alten Zeiten wart Ihr doch häufig bei Ilmarec zu Gast. Vielleicht könnt Ihr die Neugierde meines kleinen Engels befriedigen.«

»Ich habe Teile davon gesehen, ja«, sagte Asea. »Obwohl mich Ilmarec in manche Bereiche niemals eingeladen hat, und – soweit ich weiß – auch niemand anderen. Wieder andere Teile waren versiegelt, und nicht einmal er selbst vermochte sich Zugang zu ihnen zu verschaffen.«

»Ich glaube, Fürst Ilmarec hat ihre Rätsel inzwischen gelöst und diese Wege eröffnet«, erklärte Jaderac.

»Das ist in der Tat etwas Neues«, meinte Asea. »Seit Jahrhunderten hat er versucht, ihre Geheimnisse zu ergründen, und ist dann gescheitert.«

»Eine Lektion für uns alle«, bemerkte Jaderac. »Wer Geduld aufbringt, wird am Ende belohnt.«

»Es heißt, Fürst Ilmarec sei ein wenig exzentrisch«, sagte Tamara.

»Das könnte man so ausdrücken«, gab Asea zurück. »Er ist ein brillanter Gelehrter, der sich der Alten Welt und insbesondere dem Schlangenvolk verschrieben hat. Seine Monografie über die verschwundenen Türme ist ein Klassiker unter dieser Art von Schriften.«

»Die verschwundenen Türme?«

»In Kharadrea existieren mehrere andere Stellen, an denen alten Legenden zufolge einst Türme der Schlangenmenschen standen. Heute befinden sich dort nur noch ausgedehnte Krater. Einer ist ein See, zwei weitere könnte man für Vulkankegel halten, und all diese Orte sind voll von gefährlichen magischen Energien.«

»Und wo sind diese Türme geblieben?«

»Das weiß niemand. Sie sind fort, obwohl sich in der Nachbarschaft noch viele Hinterlassenschaften der Älteren Rassen finden – behauene Steine, Werkzeuge, Höhlendörfer, gewaltige Ruinen.«

»Vielleicht hat es diese Türme ja nie gegeben«, sagte Tamara.

»Alte Aufzeichnungen aus der Periode vor der Ankunft der Terrarch sagen aber anderes aus.«

»Sind diese alten Aufzeichnungen denn vertrauenswürdig?«

»Ilmarecs Meinung nach schon.«

»Aber was ist dann aus den Türmen geworden? Ich dachte, sie seien unzerstörbar. Fürst Jaderac hat mir oft erzählt, keine bekannte Waffe oder Magie könne dem Schlangenturm etwas anhaben.« Ein herausfordernder Unterton lag in Tamaras Stimme, als könne sie Asea nicht ganz glauben oder wolle ihre magischen Kenntnisse anzweifeln.

»Niemand weiß das wirklich. Fürst Ilmarec hat damals spekuliert, sie könnten durch ein magisches Ritual oder durch eine mächtige Waffe aus der Alten Welt zerstört worden sein. Was die Magie der Alten geschaffen hat, das konnte sie gewiss auch wieder zerstören.«

»Das klingt vernünftig«, fand Jaderac. »Und nun sieht es aus, als hätte Fürst Ilmarec seinen brillanten Geist ebenfalls der Zerstörung zugewandt.«

»Ihr meint das grüne Licht«, sagte Sardec.

»Allerdings, Leutnant.«

Und das, dachte Sardec, war ein weiterer Grund, der diese beiden hierherführte. Sollte Ilmarec tatsächlich Zugang zu den alten Waffen des Schlangenvolks gefunden haben, dann konnte er den Verlauf dieses Krieges bestimmen und praktisch beiden Seiten nach Belieben seine Bedingungen diktieren. Mit diesen Waffen konnte er mehr vollbringen, als nur die Stadt Morven zu halten. Er war in der Lage, das Machtgefüge in den gesamten von Terrarch beherrschten Ländern zu ändern.

»Ich frage mich, ob Fürst Ilmarec tatsächlich das Geheimnis der alten Waffen ergründet hat«, bemerkte Asea.

»Ich habe Grund, das zu glauben«, erklärte Jaderac. »Viele der Einheimischen sind Zeugen der Zerstörung von Prinzessin Katheas Armee geworden.«

»Menschen können solche Lügner sein«, sagte Tamara.

»Es waren nicht nur Menschen«, hielt ihr Jaderac entgegen.

»Mein Vater hat immer den Verdacht gehegt, dass Ilmarec undurchsichtige Gründe hatte, seine Wohnung in diesem unheimlichen alten Turm zu beziehen«, sagte Tamara.

»Und wie ist das Befinden Eures teuren Vaters jetzt?«, fragte Asea.

»Fürst Malkior geht es sehr gut.«

»Ich habe ihn fast zwanzig Jahre nicht gesehen. Nicht, seit er die letzte Gesandtschaft im Bernsteinpalast geleitet hat.«

»Ich glaube, es schmerzt ihn noch immer, dass er keine Einigung zwischen den beiden Hälften unseres zerschlagenen Imperiums erreichen konnte.«

»Das vermag inzwischen niemand mehr«, erklärte Asea. »Niemand hat das je gekonnt. Nicht, seit die Spaltung zwischen Roten und Blauen begann. Die Differenzen sind einfach zu groß.«

Sardec war sich da nicht so sicher. In Talorea gab es viele Terrarch, seinen Vater eingeschlossen, die sich freuen würden, wenn die Terrarchie wieder vereint würde. Aber natürlich wünschten sie sich ebenso, dass Königin Arielle über dieses Imperium herrschte, daher hatte Asea wahrscheinlich recht. »Doch Euer Vater hat sich große Mühe gegeben.«

»Danke. Ich bin mir sicher, er wird es zu schätzen wissen, dass Ihr dies gesagt habt.«

»Bitte richtet ihm meine Grüße aus, wenn Ihr ihn das nächste Mal seht.«

»Das werde ich auf jeden Fall tun.« Die Diener brachten den Hauptgang, Wassergeflügel aus dem Fluss in Traumbeerensauce. Es war ausgezeichnet.

Fürstin Tamara sah auf. »Ihr habt gewiss schon viele Gefechte erlebt, Leutnant.«

»Ihr meint, weil ich meine Hand verloren habe«, sagte er, denn er hatte beschlossen, den unausgesprochenen Teil ihrer Äußerung nicht so einfach stehen zu lassen. Jaderac zuckte angesichts seiner unverblümten Worte zusammen. Doch Tamara hielt seinem Blick ohne Verlegenheit stand.

»Ja.«

»Nun ja, so einige.«

»Die Geschichten darüber, wie Ihr Fürst Esteril in dem alten Gutshaus von Abelen zurückgeschlagen habt, machen bereits die Runde. Als wir kürzlich abends bei ihm speisten, hat er ziemliche Loblieder auf Euch gesungen. Er sagte, Ihr wäret wahrhaft ein Sohn Eures Vaters.«

Esteril und diese beiden standen also in Verbindung. Sardec fragte sich, ob der Kontakt bereits aus der Zeit vor Esterils Angriff datierte, und fühlte sich versucht, unumwunden danach zu fragen. »Der Fürst ist zu freundlich«, sagte er stattdessen. »Ich habe nur meine Pflicht getan.«

»Man hört auch andere Geschichten«, schaltete sich Jaderac ein. »Darüber, wie Ihr im Kampf mit einem Dämon aus der Alten Welt Eure Hand verloren habt.

Es wäre sehr freundlich, wenn Ihr uns davon erzählen würdet.«

»Es erstaunt mich, dass diese Geschichten schon über die Grenze gedrungen sind«, gab Sardec zurück.

Jaderacs Lächeln war kalt. »Ich mache es mir zur Aufgabe, über solche Dinge im Bilde zu sein. Soweit ich weiß, hat Prinzessin Asea Euch begleitet. Bitte, erzählt uns die ganze Geschichte. Es ist lange her, dass eine der Ersten gegen Uran Uhltars Abkömmlinge in den Kampf gezogen ist. Das ist doch gewiss eine Geschichte, die es wert ist, weitergetragen zu werden. Es heißt, Ihr hättet den Propheten Zarahel selbst getötet. Stimmt das?«

In Jaderacs Stimme lag ein aufreizender Unterton, und Sardec fragte sich, wie gut der Terrarch aus dem Osten tatsächlich unterrichtet war. Natürlich, in seiner Stellung unterhielt Jaderac in diesem Teil der Welt wahrscheinlich einen eigenen Geheimdienst und in Talorea ebenfalls.

»Einer meiner Männer hat ihn getötet.«

»Der, den sie Halbblut nennen?« Jaderac wandte seinen Blick jetzt Asea zu, um ihr zu bedeuten, dass er auch mit anderen Gerüchten vertraut war. Unbeeindruckt führte sie mit der Gabel etwas Geflügelfleisch zum Mund und tupfte dann ihre Lippen mit einer Serviette ab.

»Genauso ist es.«

»Vergebt mir, wenn ich das sage, aber ich finde es schon traurig, dass die Helden der taloreanischen Armee von gemischtem Blut sind.«

Sein Tonfall war herausfordernd, selbst wenn es seine

Worte nicht waren. Sardec fragte sich, ob Jaderac einfach nur überheblich und voller Vorurteile oder ob er wirklich auf ein Duell aus war. Asea lächelte ihm gelassen zu, und Sardec rief sich ins Gedächtnis, dass er Jaderac vor nicht allzu langer Zeit noch vollständig beigepflichtet hätte. Und jetzt fand er sich in der Lage, dieses Halbblut zu verteidigen. Wirklich, der Lauf der Welt war eigenartig.

»Der Mann ist ein tapferer Soldat«, erklärte er. »Fürst Azarothe selbst hat ihn für seine Taten belobigt.«

»Auf meinen Gütern werden halbblütige Kinder im Gebirge ausgesetzt.«

Sardec lächelte ebenso kalt wie Jaderac. »Dann gibt es auf Euren Besitztümern also Mischlingskinder, Fürst Jaderac? Ich sehe schon, dass Ihr einer Familie mit starken sinnlichen Neigungen entstammt.«

Tamara hüstelte. Asea schlug die Hand vor den Mund.

»Worauf genau wollt Ihr hinaus, Fürst?« Jaderac sprach ihn jetzt ausdrücklich mit seinem Titel an. Für gewöhnlich ging diese formelle Anrede einer Herausforderung voraus.

Einen Augenblick lang senkte sich Schweigen über sie. Der Sommerregen schlug leicht gegen die Fenster.

»Jemand muss aber solche Kinder zeugen – oder wollt Ihr behaupten, dass sich Eure Nachbarn auf Eure Güter schleichen und Eure Leibeigenen missbrauchen? Ich hörte, im Osten komme so etwas vor.« Sardec hatte ganz bewusst einen leichten Plauderton angeschlagen.

»Da habt Ihr etwas Falsches gehört.«

»Dann fürchte ich, dass Ihr Mitgliedern Eures Hauses die Schuld geben müsst.« Mit Absicht gab er sich ein wenig begriffsstutzig.

»Also, ich finde, dies ist ein eher peinliches Thema«, meinte Tamara.

»Bitte vergebt mir, Fürstin Tamara. Ich entschuldige mich für mein rüpelhaftes Benehmen.«

Sardec fing Jaderacs Blick auf und hatte das Gefühl, mit knapper Not einem Duell entgangen zu sein. Er fragte sich, warum ihm Fürstin Tamara einen Rettungsanker zugeworfen hatte. Wenn die beiden den Auftrag gehabt hatten, einen Kampf vom Zaun zu brechen, dann hatte sie diesen Versuch soeben vereitelt.

»Ich habe gehört, dass einige Eurer Männer behaupten, in den Wäldern einen Schlangenmenschen getroffen zu haben«, sagte Tamara. »Ist das wahr?«

Diese beiden schienen außerordentlich gut informiert zu sein. Er fragte sich, welche von seinen Männern da wohl geplaudert hatten. Vielleicht sollte er eine offizielle Verwarnung dagegen aussprechen.

»Das kommt mir unwahrscheinlich vor«, erklärte Asea. »Vielleicht sind das ja nur Geschichten, die von den alten Legenden angeregt sind. Soldaten können sehr abergläubisch sein.«

»Möglicherweise weniger abergläubisch, als Ihr glaubt, edle Dame. Dies ist nicht das erste Mal seit meiner Ankunft hier, dass ich solche Geschichten gehört habe. Wenn man einigen der Einheimischen glauben will, gehen bei Nacht Schlangenmenschen oder ihre Geister in den Straßen um, stehlen Säuglinge und töten Menschen, die so spät noch unterwegs sind.«

»Ich bezweifle, dass Schlangenmenschen so etwas tun würden«, entgegnete Asea. »Sie sind zwar Fleischesser, schätzen aber den Geschmack von Menschenfleisch nicht. Höchstwahrscheinlich sind das ebenfalls Legenden.«

»Oder Fürst Ilmarec hat sich nekromantischer Praktiken bedient, um die Schatten der Älteren Rasse heraufzubeschwören.«

»Wenn ich es nicht besser wüsste, Fürst, so hätte ich das Gefühl, dass Ihr versucht, mir Angst einzujagen.«

»Was hätte wohl eine der Ersten von bloßen Geistern zu fürchten, Prinzessin Asea?«, versetzte Jaderac charmant. »Ich möchte nur Eure Meinung einholen – als die einer anerkannten Expertin für das Übernatürliche.«

»Wir wissen beide, dass Geister dazu neigen, nur an Orten aufzutauchen, die mit magischer Macht gesättigt sind. Es kommt vor, dass beim Tode eines mächtigen Zauberers der Eindruck seiner Gegenwart in der Aura eines Ortes zurückbleibt. Doch so etwas ist selten. Dazu muss der Tod besonders erschreckend gewesen sein.«

»Die Schlangenmenschen sind ja als mächtige Magier bekannt.«

»Ich meine, wenn sie vorhätten, als Geister zu erscheinen, so hätten sie es bereits getan, Fürst Jaderac. Sie haben schließlich mehrere Tausend Jahre Zeit dazu gehabt, und in diesen langen Jahrhunderten scheint sie niemand bemerkt zu haben.«

»Möglicherweise ist ihr Geist von etwas gestört worden. Oder sie stellen eine Art Wächter oder Boten dar.«

»Ihr wollt andeuten, dass Fürst Ilmarec vielleicht etwas losgelassen hat, das man besser hätte ruhen lassen?«

»Genau. Wir wissen nicht, was für Wächter die Schlangenmenschen zurückgelassen haben, um ihr Geheimnis zu schützen.«

Einen Augenblick lang wirkte Asea nachdenklich. »Da könntet Ihr recht haben«, meinte sie. »Doch dies sind düstere Gedanken. Gewiss muss es doch heiterere Themen geben, über die wir sprechen können.«

»Ich fürchte, alle Wege der Konversation führen heute in betrübliche Richtungen«, sagte Jaderac. »Doch ich werde mein Bestes tun. Habt Ihr schon gehört, was Fürst Belezar in Askander zugestoßen ist?«

Er stürzte sich in eine lange, witzige Anekdote über einen berühmten alten Lebemann aus der Hauptstadt im Osten. Offenbar hatten ihn raffinierte Magier, die behaupteten, über das Geheimnis der Verwandlung von Blei in Gold zu verfügen, um ein kleines Vermögen gebracht. Sardec musste zugeben, dass er die Geschichte gut erzählte. Asea revanchierte sich mit einer ähnlichen Anekdote, die im Bernsteinpalast spielte, und für kurze Zeit herrschte eine Atmosphäre wie bei einer ganz gewöhnlichen Zusammenkunft von Terrarch, voll von freundlich-gehässigem Klatsch und sardonischem Witz. Sardec stellte fest, dass er unter dem Einfluss des Weines beinahe hätte vergessen können, dass ihnen Jaderac und Tamara feindlich gesinnt waren.

Er bemerkte, dass Asea zu den Fenstern hinsah. Als er sie genauer betrachtete, erkannte er auch den Grund dafür. Durch einen Spalt im Vorhang fiel ein mattes grünes Leuchten in den Raum.

»Was habt Ihr, edle Dame?«, fragte er. Asea runzelte die Stirn.

»Ich wäre Euch dankbar, Leutnant, wenn Ihr die Vorhänge öffnen würdet.«

Sardec stand auf und tat, wie ihm geheißen. Er zog zuerst die Vorhänge zurück und öffnete dann die Läden: ein giftiges grünes Glühen erfüllte den Raum und ließ die phosphoreszierenden Steine, die ihm als Beleuchtung dienten, verblassen. Er sah zum Schlangenturm auf. Der schimmerte im Regen grün, und die Spitze verschwand in den tief hängenden Wolken. Wo er sie durchdrang, waren die Wolken mit grünem Licht gesättigt, so, als sähe man eine Laterne durch den Regen scheinen, wenn das Ganze auch in einem viel größeren Maßstab stattfand.

»Offensichtlich führt Fürst Ilmarec neue Experimente durch«, bemerkte Asea. »Ist das schon einmal geschehen?«

Sogar Jaderac wirkte verlegen. »Nein. Nicht, seit wir hier eingetroffen sind, und vorher auch nicht, wenn ich mich nicht irre.«

Langsam breitete sich Schweigen im Raum aus. Der Rest der Mahlzeit verlief in gedämpfter Stimmung. Die Terrarch schienen ihren eigenen Gedanken nachzuhängen. Sardec hätte Gold darauf gewettet, dass sie alle dasselbe dachten. Die titanische Struktur aus der Alten Welt, die sich über ihnen erhob, ließ sie alle so winzig wie Insekten erscheinen, drückte sie nieder und erfüllte die Nacht mit einer Ahnung von Ehrfurcht einflößender, unermesslicher Macht.

Auch Riks Weg wurde von dem unheimlichen grünlichen Leuchten erhellt. Er torkelte vorbei an dem Wachposten und durch den Seiteneingang und sah gerade noch, wie sich die Besucher aus dem Osten und ihre Eskorte im Hof versammelten. Fürst Jaderac wandte sich Prinzessin Asea zu und entbot ihr äußerst blumig eine gute Nacht. Neben ihm stand eine große, schlanke Terrarch-Frau, die in einen Kapuzenumhang gekleidet war. In diesem Moment drehte sie den Kopf und sah in Riks Richtung. Ihre Blicke trafen sich, und er spürte ein leises Prickeln, beinahe so, als würde er sie erkennen, obwohl er sich sicher war, dass er sie noch nie gesehen hatte. Dann sah die Dame weg und machte vor Asea einen Knicks.

Rik spürte, wie sich die gewaltige Hand des Barbaren auf seine Schulter legte und ihn in den Schatten auf der anderen Seite des Hofes zog.

»Wenn du seiner Hochnäsigkeit den großen Abgang verdirbst, bekommen wir bloß Schwierigkeiten«, sagte er. »Du weißt doch, wie empfindlich die hochgeborenen Herrschaften in solchen Dingen sind. Der Bastard hätte dich wahrscheinlich zur Schnecke gemacht, wenn du da stehen geblieben wärest. Verstehe sowieso nicht, warum du so wie vom Donner gerührt aussiehst. So viel können wir gar nicht getrunken haben, höchstens fünfzehn oder zwanzig Bier.«

Rik sah zu, wie die Tore aufgerissen wurden und die

Kutsche der Gäste aus dem Osten hindurchdonnerte und in die Nacht verschwand. Als sie fort war, spürte er ein seltsames Gefühl von Leere. Er wusste, dass soeben etwas Bedeutsames geschehen war, doch er hätte für sein Leben nicht sagen können, was es war.

»Das lief besser, als ich dachte«, sagte Sardec, der es sich auf seinem Stuhl im Speisezimmer bequem gemacht hatte. Er fühlte sich nicht mehr ganz nüchtern, doch das machte ihm nichts aus. In diesem Augenblick wirkte sogar Asea nicht mehr so Furcht einflößend wie sonst. Sie lächelte kühl, und da wurde ihm mit einem Mal klar, dass sie gar nicht betrunken war. Den größten Teil des Abends hatte sie nur an ihrem Wasserglas genippt. Er fragte sich, ob es die anderen ebenso gehalten hatten und ob er sich wohl zum Narren gemacht hatte. Plötzlich kam er sich sehr jung und tölpelhaft vor.

»Ein merkwürdiges Paar«, bemerkte sie. »Was haltet Ihr von den beiden?«

»Ich bin viel zu gut erzogen, um mir eine Meinung über zwei so hochstehende Terrarch zu erlauben«, antwortete Sardec. Ja, er war tatsächlich betrunken.

»Ich bin mir sicher, dass Ihr wohlerzogen seid, doch würde ich trotzdem gern Eure Meinung hören.«

»Dann will ich Euch gern darüber in Kenntnis setzen, teure Prinzessin«, gab er zurück, wobei es ihm gelang, Jaderacs pompöse Redeweise ausgezeichnet zu parodieren. »Ihn halte ich für einen hochmütigen Gecken, und sie ist die verwöhnte Tochter eines großen Magnaten.«

»Ich vermute, dass sie genau diesen Eindruck auch bei uns erwecken möchten.«

»Ihr seid nicht dieser Meinung?«

»Ich fürchte nein. Fürstin Tamara hat etwas, das mir ganz und gar nicht gefällt. Sie hat heute Abend eine Rolle gespielt, obwohl ich mir nicht ganz sicher bin warum.«

»Eine Rolle?«

»Ich glaube schon und Ihr ebenfalls, Fürst Sardec. An ihr ist mehr, als es auf den ersten Blick den Anschein hat.«

»Ihr glaubt, ihr Vater hat sie hergesandt, um mit Ilmarec zu verhandeln.«

»Das wäre jedenfalls vernünftig. Allerdings ... Wie hätte er das so weit im Voraus ahnen können? Nach allem, was wir wissen, hat Fürst Ilmarec seine Macht erst vor einigen Wochen enthüllt. Und sie hätten mindestens einen Monat gebraucht, um von Sardea herzureisen.«

»Dann vermutet Ihr, dass sie mit einem anderen Auftrag hergeschickt wurden?«

»Wahrscheinlich schon. Ihre Anwesenheit hier und in diesem Augenblick könnte reiner Zufall sein, wenngleich ein unglücklicher, falls die beiden in der Lage sein sollten, Fürst Ilmarec auf ihre Seite zu ziehen. Mit diesen Waffen und solange sie Königin Kathea in ihrer Gewalt haben, hätten sie damit den Krieg um Kharadrea schon so gut wie gewonnen.«

»Dann ist es unsere Aufgabe, dafür zu sorgen, dass dies nicht geschieht.«

»Ja, so ist es.«

Sardec wies auf den Schlangenturm. Immer noch strömte das grüne Licht durch das Fenster. »Was glaubt Ihr, was Fürst Ilmarec plant?«

»Jedenfalls nichts Gutes«, antwortete sie nachdenklich. »Nichts Gutes.«

13. KAPITEL

Wir werfen den Fürsten des Schattens vor,
dass sie uns viele Versuchungen in den Weg legen,
doch die Wahrheit ist, dass wir die meisten
davon selbst schaffen.

Enceladion, Stücke über die Moral

Rik war nicht überrascht, als er am nächsten Tag in Prinzessin Aseas Gemächer gerufen wurde. Karim suchte ihn auf, als er sich gerade für seine täglichen Pflichten zurechtmachte. Rik fragte sich, was der Mann aus dem Süden eigentlich tat, wenn er nicht gerade in Aseas Angelegenheiten unterwegs war. Er konnte sich nicht erinnern, ihn sonst schon irgendwo gesehen zu haben. Vielleicht bewahrte sie ihn in einer Schachtel auf.

Asea blickte auf, als er in ihr Zimmer trat. Sie trug ein angemessenes Tageskleid und hatte ein aufgeschlagenes Buch im Schoß liegen. Als er eintrat, entließ sie ihre Zofen und Karim und wirkte einen Zauber, der dafür sorgte, dass sie ungestört blieben.

»Ich hoffe doch, du hast dich von den Exzessen der gestrigen Nacht erholt«, begann sie. Er machte sich nicht die Mühe zu fragen, woher sie das wusste. Dienstboten klatschten sogar noch mehr als Soldaten.

»Ja, vielen Dank.« Am liebsten hätte Rik sie nach ihren Besuchern gefragt, doch ihm fiel keine Möglichkeit ein, sich diskret danach zu erkundigen. »Gibt es etwas, worüber Ihr mit mir sprechen wollt, edle Dame?«

»Allerdings, sogar einiges – vielleicht könntest du damit beginnen, dass du mir erzählst, was sich gestern bei eurem Ausflug begeben hat?« Er gehorchte und ließ nichts aus, denn er war sich sicher, dass sie das ohnehin merken würde.

»Was glaubt Ihr, was hier vorgeht?«, fragte Rik. »Ich habe gestern dieses grüne Licht am Himmel gesehen.«

»Ich hege den Verdacht, dass Fürst Ilmarec irgendeine Macht aus dem Älteren Zeitalter erweckt hat, bin mir aber nicht ganz sicher, was das sein könnte. Schau einmal aus dem Fenster und sag mir, was du auf der Straße siehst, die zur Klippe hinaufführt.«

»Fürst Ilmarec scheint sich auf eine lange Belagerung einzurichten. Ein ganzer Zug von Lastkarren hält auf den Turm zu.«

»Richtig, er bereitet sich auf eine Belagerung vor. Aber was glaubt er, gegen wen er kämpfen muss, da er doch Zugang zu diesen ach so mächtigen Waffen der Alten Welt hat? Er kann jede Streitmacht, die ihn angreift, vernichten.« Aseas Gesichtsausdruck erinnerte ihn an die Priester im Waisenhaus des Tempels, wenn sie während der Katechismusstunde Fragen gestellt hatten. Er hatte das Gefühl, sie wartete darauf, dass er ihr eine kluge Antwort gab.

»Vielleicht sind die Möglichkeiten dieser Waffe ja begrenzt. Oder er rechnet damit, dass sie ausbrennt, nachdem er sie einige Male eingesetzt hat.«

»Ein gutes Argument.«

»Gibt es Zaubersprüche, die einen Schutz gegen solche Waffen bieten können?«, wollte Rik wissen.

»Um da ganz sicher zu sein, müsste ich sie genau untersuchen können. Gewiss würde es nicht ausreichen, einen allgemeinen Gegenzauber einzusetzen, ohne sich einigermaßen sicher zu sein, dass er auch wirkt. Fürst Manesis Magier haben bereits bewiesen, dass so etwas Wahnsinn ist. Das grüne Licht kann eine ganze Armee vernichten.«

»Wann werdet Ihr damit beginnen, mich die Magie zu lehren? Steht Euer Angebot noch, mich darin auszubilden?« Rik hatte einfach ausgesprochen, was er dachte. Er war verblüfft über seinen Wagemut, und dann ärgerte er sich über sich selbst. Er wünschte sich, er hätte von gleich zu gleich mit Asea sprechen können, statt sich in ihrer Gegenwart so eingeschüchtert zu fühlen. Doch ihm wurde klar, dass dies unmöglich war. Sie war eine der Ersten, und sie würde immer Furcht einflößend auf ihn wirken.

»Ich werde dich in die Lehre nehmen, wenn die richtige Zeit gekommen ist, aber so weit ist es noch nicht. Im Augenblick erfordern andere Dinge meine Aufmerksamkeit. Hast du gestern Abend unsere Gäste gesehen?«

Rik dachte an die schöne junge Terrarch-Frau und

den hochgewachsenen Offizier, der sie begleitet hatte. »Ja.«

»Merk dir ihre Gesichter gut.«

»Warum?«

»Du wirst sie möglicherweise töten müssen.«

»Ihr sprecht sehr beiläufig von einem Mord, edle Dame.« Die Worte waren ihm ungebeten über die Lippen gekommen. Jetzt wagte er es schon, sie zu tadeln, dachte er.

»Ich versichere dir, dass dem nicht so ist, Rik. Wenn es diesen beiden gelingt, das zu tun, wozu sie, wie ich fürchte, hergekommen sind, wird unser gesamter Feldzug in Kharadrea scheitern.«

Schweigend wartete er darauf, dass sie weitersprach. »Dann wird das Dunkle Imperium eine neue, reiche Provinz gleich jenseits unserer Grenzen besitzen«, setzte sie nach einigen Sekunden hinzu. »Sie könnten ihre Armeen dann auf dem Land- oder auf dem Seeweg heranführen. Ich glaube kaum, dass du ein Leben unter Fürst Jaderac und seinesgleichen sehr ansprechend fändest, Rik.«

»Und Ihr?«, fragte er. Wieder stellte er fest, dass er sie fürchtete und sie dennoch immer wieder reizte. Asea musterte ihn, als dächte sie darüber nach, ihn für seine Dreistigkeit zu bestrafen.

»Nein, das würde mir nicht gefallen«, meinte sie schließlich. »Ich halte nichts von den Blauen. Ich halte nichts von ihrer Politik, und ich halte auch nichts davon, dass sie dein Volk versklaven.

Aber was vielleicht noch wichtiger ist, die Königin

und Kaiserin schätzt mich nicht. Ich fürchte, wenn sie die Herrschaft über Talorea an sich reißt, würden meine Ländereien rasch konfisziert werden, und ich fände mich mit dem Kopf auf dem Henkersblock wieder und ebenso Azarothe und alle anderen, die Königin Arielle geholfen haben, den Thron zu besteigen.«

Sie klang vollständig aufrichtig, aber das war natürlich auch nicht anders zu erwarten. »Nach allem, was ich gehört habe, glaube ich nicht, dass ich gern unter den Blauen leben möchte«, sagte Rik. »Warum wollt Ihr die beiden wirklich umbringen lassen?«

»Ich habe nicht gesagt, dass ich sie tot sehen möchte. Ich sagte, es könnte notwendig werden.«

»Und Ihr glaubt, dass ich der richtige Mann für diese Aufgabe bin.«

»Da bin ich mir sicher.«

»Wegen des Erbes in meinem Blut?«

»Weil dich Schutzzeichen nicht aufhalten, Rik. Weil du durch Magie nicht zu entdecken bist. Weil du Erfahrung mit dem Öffnen von Schlössern und mit Einbrüchen hast. Weil du klug und einfallsreich bist und einen kühlen Kopf bewahrst. Weil du ein ausgebildeter Mörder bist. Denn ob es dir gefällt oder nicht, dazu hat die Armee dich gemacht. Weil du es kannst und weil ich mir sicher bin, dass du es tun wirst, wenn ich dir diese Aufgabe übertrage.«

Rik dachte an die junge Frau, die er gestern Abend gesehen hatte, und die merkwürdige Empfindung, die ihn beschlichen hatte, als er sie erblickte. »Was ist, wenn ich sie nicht töten möchte?«

»Fürstin Tamara, Rik? Lass dich von ihrem hübschen Gesicht nicht hinters Licht führen. Sie entstammt einer alteingesessenen Blauen Familie und möchte die Roten Länder und alles, wofür sie stehen, stürzen.«

»Und Ihr wollt ihre Herrschaft stürzen. Findet Ihr, dass Ihr deswegen ebenfalls den Tod verdient habt?«

»Ich stehe schon auf ihrer Todesliste, Rik. Ich bin mir ziemlich sicher, dass mich Fürst Jaderac oder Fürstin Tamara nur zu gern umbringen ließen, wenn sie die Möglichkeit dazu hätten. Die Königin und Kaiserin würde sie gewiss reich belohnen, wenn es ihnen gelänge, dies einzurichten.«

»Wann werdet Ihr darüber entscheiden, ob Ihr sie töten lassen wollt?«

»Nachdem ich mit Fürst Ilmarec gesprochen habe. Und sobald ich festgestellt habe, wie weit die beiden bei ihrem Versuch gekommen sind, ihn auf ihre Seite zu ziehen.«

»Und wie soll ich das anstellen?«

»Wie ich dir schon sagte, ich bin mir sicher, dass du eine Möglichkeit finden wirst. Das überlasse ich ganz dir.«

Natürlich, sagte Rik, auf diese Weise würde sie alles abstreiten können, wenn er erwischt würde. Er hatte den Eindruck, dass er benutzt wurde. »Und was wird meine Belohnung sein, wenn ich erfolgreich bin?«

»Du wirst feststellen, dass ich nicht undankbar bin, Rik. Doch bevor du unangemessene Forderungen stellst, solltest du etwas bedenken. Du und deine Freunde, ihr habt in Rotturm verbotene Bücher an einen Feind des

Reichs verkauft. Das ist Verrat, und Verrat ist ein Kapitalverbrechen. Für eure Taten müsstet ihr eigentlich der Inquisition ausgeliefert werden und einen sehr langsamen, schmerzhaften Tod erleiden.«

Natürlich, und wenn die Anklage von ihr selbst käme, würde die Inquisition ihr glauben. Vielleicht hatte sie sogar Beweise. Die Bücher befanden sich auf jeden Fall in ihrem Besitz. Rik spürte buchstäblich, wie sich die Schlinge um seinen Hals zusammenzog. So oder so, er würde tun müssen, was Asea von ihm verlangte. Wenn sie es befahl, würde er jedes Risiko eingehen und die Aufgaben ausführen müssen, die sie ihm zuwies.

»Es tut mir leid, Rik«, sagte sie. »Aufrichtig leid, aber die Umstände zwingen mich, so zu handeln.«

»So etwas kenne ich besser, als Ihr möglicherweise meinen würdet, edle Dame.«

»Das glaube ich dir sogar«, gab sie zurück. »Wir sprechen weiter, wenn es so weit ist.«

Rik trat auf den Hof und sah, dass Sergeant Hef auf ihn wartete. »Ich nehme an, dass Ihre Hoheit an diesem schönen Tag keine besonderen Pflichten für dich hat, oder?«

»Nein«, sagte Rik. Hatte ihm der Sergeant da gerade einen missbilligenden Blick zugeworfen? Schwer zu sagen.

»Gut, dann wirst du zur Wache eingeteilt. Nimm deinen Posten am Tor ein. Sollte die Fürstin deiner Dienste bedürfen, lasse ich dir Bescheid geben.«

Rik gehorchte eilig. Sonst fand er das Wachestehen

unaussprechlich langweilig, aber heute gab es vieles, über das er nachdenken wollte, und so war er wenigstens sicher, dabei nicht gestört zu werden.

Er bezog seine Stellung gegenüber dem Barbaren und musterte eine oder zwei Minuten lang argwöhnisch die Straße. Doch er konnte keine offensichtlichen Bedrohungen erkennen. Da waren nur einige Kinder, die im Rinnstein Münzenwerfen um Kupferstücke spielten, und ein paar Verkäufer, die Wurst und Süßigkeiten feilboten. Einige Huren, die gehört hatten, dass hier Soldaten einquartiert waren, drückten sich hoffnungsvoll in der Nähe herum, damit die Männer sie sahen und später ins Geschäft mit ihnen kommen konnten.

Rik war nicht so erstaunt darüber, dass Asea ihn als einen geborenen Killer erkannt hatte, sondern eher darüber, dass sie ihn so gut eingeschätzt hatte. Er hatte schon Männer getötet: in der Hitze des Kampfes, auf Schlachtfeldern und in den Gassen von Drangsal. Er hatte Menschen getötet, wenn sein eigenes Leben auf dem Spiel stand, so wie damals in Bertraghs Lagerhaus in Rotturm. Bisher hatte er jedoch noch nie einfach jemanden, den er nicht kannte, kaltblütig und für eine Belohnung ermordet. Aber er war sich sicher, dass er es tun konnte, wenn sich das als notwendig erweisen sollte.

Und nun verlangte Asea, Terrarch zu töten. Der Teil von ihm, der dazu erzogen worden war, die Ältere Rasse zu verehren, war entsetzt. Ein aufwieglerischer Teil seiner selbst empfand eine Art morbider Faszination. Vielleicht würde er tatsächlich den Auftrag erhalten, zwei der Herrscher dieser Welt umzubringen, zwei der Wesen, die ihn so lange unterdrückt und ihm das Leben zur Hölle gemacht hatten. Die derselben Rasse angehörten wie sein Vater …

Dieser Gedanke setzte ihn einer Vorstellung aus, die ihm nicht besonders gut gefiel. Was, wenn diese ganze Angelegenheit nur ein weiterer Test war, den Asea durchführte, um festzustellen, ob ihre Theorie über seine Abstammung zutraf? Zugetraut hätte er ihr das durchaus. Dann schüttelte er den Kopf – es war vollkommen einleuchtend, dass sie Jaderac und Tamara tot sehen wollte.

Rik hatte das Gefühl, als hätte sich in dem Straßenpflaster zu seinen Füßen ein tiefer Abgrund aufgetan. Er hatte sich in die geheimen Intrigen der Terrarch hineinziehen lassen, in ihre Verschwörungen und Attentate. In gewissem Sinne war er jetzt ein Teil davon, und auch das war für einen jungen Mann, der sein ganzes Leben lang immer irgendwie ein Außenseiter gewesen war, seltsam fesselnd. Ein merkwürdiger Gedanke: Für die Passanten war er nur ein junger Soldat, der Wachdienst schob, doch bald würde er womöglich den Auftrag erhalten, einigen der höchsten Adligen des Landes aufzulauern und zu sie töten.

Nimm dich zusammen, sagte er sich. Das hier war nicht einer der billigen Romane, die er so gern las, sondern sein Leben. Er war kein Geheimagent, der im Dienste der Königin gefährliche Missionen durchführte. Man verlangte von ihm, kaltblütig und gegen Bezahlung mächtige Personen zu ermorden. Und dabei war er sich noch nicht einmal sicher, worin sein Lohn bestehen würde – er wusste ja gar nicht, ob Asea ihre Seite des Paktes einhalten würde. Vielleicht würde sie ihn ja schicken, um Jaderac und Tamara zu töten, und ihn anschließend als Wahnsinnigen anzeigen. So etwas war bei Attentaten schon vorgekommen. Niemand würde ihm mehr Glauben schenken als ihr. Vielleicht war er ja so etwas wie eine Waffe mit nur einer Kugel, etwas wie eine billige Pistole, die man einmal gebraucht und dann wegwirft.

Doch wenn das, was Asea sagte, zutraf, war er zu wertvoll dazu. Ein Mörder, der unentdeckt jedes Schutzzeichen passieren konnte, wäre zu kostbar, um sich seiner einfach zu entledigen. Außer natürlich, sie erzählte ihm das alles nur, um ihn anzustacheln, ihn zu motivieren und in dem Glauben zu wiegen, er sei unbesiegbar. Und dann würde man ihn fangen und hinrichten, sobald er versuchte, seinen Auftrag zu erfüllen.

Das Gespräch mit ihr hatte seine ganze Welt verändert. Er hatte etwas über sich selbst herausgefunden, das er zuvor nur geahnt hatte, eine verborgene Schicht, die ihn erschreckte und ihm Angst machte. Wenn die Tempelpriester, die ihn als Kind unterrichtet hatten, jetzt einen Blick in sein Herz hätten tun können, dann hätten sie alle ihre Mutmaßungen bestätigt gesehen. Sie hatten immer behauptet, er sei von Natur aus böse, und mit ihm würde es ein schlimmes Ende nehmen. Gut möglich, dass sich Meister Pternius' schlimmste Voraussagen erfüllten, bevor er starb.

Dann sollte es eben so kommen. Ihm war das gleich. Im Augenblick gab es vieles, über das er nachdenken musste.

»Lust auf einen Spaziergang durch die Stadt?«, fragte Wiesel.

Ihr Wachdienst war vorüber, und die Ablösung stand schon am Tor. Rik war müde, aber so müde dann auch wieder nicht. Bald würde es Abend werden, und er befand sich in einer fremden Stadt. Das verstärkte die Rastlosigkeit, die er schon den ganzen Tag gespürt hatte, nur noch weiter.

»Warum nicht?«, sagte Rik.

»Ja, wieso eigentlich nicht?«, schloss sich der Barbar an.

»Lasst uns nicht vergessen, dass wir noch einiges für den Quartiermeister zu erledigen haben. Ich habe mich heute umgehört – offenbar bietet sich da am ehesten eine Taverne namens Schlangenhaupt an. Sie liegt am Flussufer, ganz in der Nähe des Lokals, in dem wir gestern waren.«

»Ganz schlechte Tageszeit, um diesen Teil der Stadt aufzusuchen«, erklärte Rik.

»Du hast doch nicht etwa Angst, oder, Halbblut?«, stichelte der Barbar.

»Ich meine nur, dass wir uns vergewissern sollten, dass unsere Pistolen geladen sind und wir unsere Messer zur Hand haben.«

»Ich tue das für gewöhnlich«, sagte der Barbar. »Nicht meine Schuld, wenn du dein Pulver nicht trocken halten kannst, seit du angefangen hast, um die große Prinzessin herumzuscharwenzeln. Wundert mich sowieso, dass du heute Abend nicht zu ihr gegangen bist. Oder hat sie dir den Laufpass gegeben?«

»Willst du jetzt zum Schlangenhaupt gehen oder nicht?«

»Ich bin dabei«, sagte Wiesel.

»Ich auch«, schloss sich der Barbar an.

»Dann lass uns unser Zeug holen, und auf geht's.«

Die Taverne *Zum Schlangenhaupt* sah genauso aus, wie Rik sie sich vorgestellt hatte, womöglich noch schäbiger. Die Decke war niedrig, die Kundschaft ungehobelt. Der Rauch von Pfeifenkraut, Traumkraut und einem Dutzend weiterer Rauschmittel hing im Raum. Die niedrigste Sorte Barmädchen, die Wangen rot angemalt und die Gesichter weiß gepudert, um ihre Pockennarben zu überdecken, starrten sie an, als sie eintraten. Der Barbar rieb sich die Hände und kicherte vor Vorfreude.

»Genau der Ort, an dem ich mich wohlfühle«, erklärte er. »Ich geh Bier holen.«

Er drängte sich durch die Menschenmenge, wobei er die Blicke der hart gesotten wirkenden Kerle, die er beiseite schob, nicht beachtete. Die meisten von ihnen rissen nur die Augen auf. Der Barbar war einen Kopf größer als alle anderen Männer im Raum und außerdem kräftig gebaut; niemand verspürte das Bedürfnis, sich mit ihm anzulegen.

Rik und Wiesel setzten sich an einen Tisch in einer Nische, und Rik musterte aufmerksam das Lokal. Die

Taverne war ein klassisches Diebesnest, wenn er je eines gesehen hatte. Verstohlen dreinblickende Männer mit dick eingeschlagenen Paketen kamen herein, sagten etwas zu dem Mann am Tresen und begaben sich dann ins Hinterzimmer. Dort residierte zweifellos ein Hehler. Einige Male erhaschte er, als die Vorhänge aufgezogen wurden, einen Blick auf einen Mann, der so groß war wie der Barbar.

Der Barbar kehrte mit drei Bieren und ebenso vielen Gläsern, die mit einem stark riechenden Alkohol gefüllt waren, zurück. Rik schüttelte den Kopf und bedeutete dem Barbaren, seinen Schnaps zu übernehmen. Dies war nicht die richtige Zeit, um sich zu betrinken. »Ich würde sagen, es sieht aus, als hätte dein Informant richtig gelegen«, bemerkte er zu Wiesel. »Was willst du jetzt unternehmen?«

»Ich glaube, ich rede mal ein Wörtchen mit dem Mann im Hinterzimmer«, sagte Wiesel.

»Sollen wir mitkommen?«, fragte Rik.

»Nein, ich will nicht, dass ihn der Anblick eurer hässlichen Gesichter abschreckt. Bleibt hier, und wenn ich pfeife, kommt ihr dazu. Sollte es Ärger geben, werdet ihr das schon merken.«

»Alles klar«, sagte der Barbar und kippte den Schnaps mit einem Schluck herunter.

Rik überlegte. War es möglich, dass Wiesel nicht wollte, dass sie mitbekamen, was er mit den einheimischen Dieben zu besprechen hatte? Oder wollte er nur die hiesigen Kriminellen nicht nervös machen? Was Rik anging, konnte er das so halten, wie er wollte.

Ein schlanker junger Bursche trat ein. Er trug einen schwarzen Rock und hatte sich einen Schlapphut tief ins Gesicht gezogen. An der Hüfte hatte er ein langes Messer hängen, in seinem Gürtel steckte eine Pistole, und er stolzierte mit dem Selbstbewusstsein eines Kleinkriminellen aus der Stadt einher. Kurz hatte Rik den eigenartigen Eindruck, ihn zu kennen, und dann, als ihre Blicke sich begegneten, traf ihn etwas wie ein elektrischer Schlag. Er kannte diese Person, obwohl er sich zuerst nicht sicher war, woher. Und dann ging ihm langsam auf, wie vollkommen unmöglich das war.

»Du siehst aus, als hättest du gerade ein Gespenst gesehen, Halbblut«, meinte der Barbar. Seine Stimme klang ein wenig spöttisch. »Dieses eingebildete Bürschchen da hat dir doch wohl keine Angst gemacht?«

Rik schüttelte den Kopf. Er war sich nicht ganz sicher, ob er dem Hünen verraten wollte, dass sich Fürstin Tamara, die Tochter des Kanzlers von Sardea, als Mann verkleidet in den Tavernen am Fluss herumtrieb. »Nein, ich kenne ihn nur irgendwoher – warte hier, ich will ihn kurz begrüßen.«

»Ja, ja, lass mich ruhig allein hier hocken«, murrte der Barbar.

»Kannst mein Bier austrinken.«

»Wie Ihr befehlt, Herr.«

Rik tippte der schwarz gekleideten Gestalt auf die Schulter. Blitzschnell wie eine Schlange fuhr sie herum. Unter der Krempe des Hutes glitzerten kalte Augen.

»Ich finde, wir beide sollten uns unterhalten«, sagte Rik.

Aus dieser Nähe sah er, dass es wirklich Tamara war. Die Terrarch-Aristokratin hatte sich sehr gut verkleidet. Es schien, als hätte sie sich etwas in den Mund gestopft, um ihre Wangen runder und menschlicher wirken zu lassen, und sie hatte sich Augen und Lippen so geschminkt, dass ihre Form verändert wirkte. Ihr Gesicht war schmutzverschmiert, etwas, das ein Terrarch niemals zulassen würde. Ihr Haar und ihr Hut verdeckten die spitzen Ohren. Und da war noch etwas anderes, das er nicht genau bestimmen konnte, das aber wahrscheinlich magischen Ursprungs war.

»Nun gut«, gab sie zurück. Ihre Stimme war tief und klang menschlich, mit einem kharadreanischen Akzent. »Kenne ich dich von irgendwo?«

»Ich glaube, wir sind uns neulich nachts kurz begegnet.« Rik war sich ganz sicher, dass sie sich erinnern und ihn erkennen würde, genau wie es ihm umgekehrt ergangen war.

»Lass uns etwas trinken«, sagte sie. »Oben befinden sich Privatzimmer.«

Tamara wechselte einige Worte mit dem Mann am Tresen, dann nahm sie eine Flasche und zwei Becher, und sie gingen beide die Treppe hinauf. Das Privatzimmer ähnelte eher einem privaten Wandschrank. Darin befanden sich ein Tisch, ein paar wacklige Stühle und eine Tür, die sich mit einem Riegel verschließen ließ. Den größten Teil des restlichen Platzes nahm ein schmales Bett ein. Tamara nahm einen Holzspan, zündete ihn an einer der Laternen an und hielt ihn dann an die Kerze, die auf einem gesprungenen Teller auf dem Tisch stand. Ihre Miene wirkte amüsiert. Der Umstand, dass sie in einem Zimmer in einem übel beleumdeten Teil der Stadt mit einem fremden Mann allein war, schien ihr nicht die geringste Angst einzujagen.

Sie schenkte ihnen beiden etwas zu trinken ein. Rik beobachtete aufmerksam ihre Hände, doch er war sich sicher, dass sie nichts hineingab. Das bedeutete allerdings nicht unbedingt, dass der Wein nicht mit einer Droge versetzt war, denn das hätte auch unten geschehen können. Sie sah, dass er sie beobachtete, hob den Becher an die Lippen und trank. Er überlegte, ihre Becher auszutauschen, entschied dann aber, dass dies vielleicht ein wenig zu melodramatisch wäre. Und er bezweifelte, dass irgendjemand so vorausschauend gewesen sein könnte, die Becher selbst zu präparieren. Er trank von dem Wein, der erstaunlich gut war.

»Ich habe Euch kürzlich in Prinzessin Aseas Villa gesehen«, erklärte er, nachdem sie beide Platz genommen hatten. Ihre Schemel standen so nahe zusammen, dass sich ihre Beine berührten. »Es überrascht mich, Euch hier zu sehen.«

»Und ich bin verblüfft, dass du mich bei dem schlechten Licht erkannt hast, und dazu noch in diesen Kleidern, mit dieser Schminke und geschützt durch diese Zaubersprüche.«

»Euer Geheimnis ist bei mir sicher.«

»Das hatte ich mich schon gefragt.« Sie fuhr mit der Hand über ihr Gesicht. Ihre Züge schienen sich auf eigenartige Weise zu kräuseln und zu verzerren, und dann sah sie wieder genauso aus wie gestern Nacht. Wie alle Terrarch-Frauen war sie bezaubernd schön, strahlte aber auch noch etwas anderes aus, das ihm das Gefühl vermittelte, dass sie persönlich an ihm interessiert war und ihm zur Verfügung stand. Er erkannte es in ihrem Lächeln.

»Haltet Ihr diese Taverne für einen Ort, den eine Terrarch-Dame allein aufsuchen sollte?«

»Ich versichere dir, dass ich hier weniger gefährdet bin als du.«

»Ich muss gestehen, ich bin neugierig – warum genau seid Ihr hier?«

»Du glaubst, dass ich eine dieser hochstehenden Persönlichkeiten bin, die sich auf der Suche nach erotischen Abenteuern in die niederen Viertel der Stadt begeben.« In Drangsal hatte Rik von Terrarch-Frauen gehört, die genau das taten, und von männlichen Terrarch das Gleiche. Die Art, wie ihre Hand jetzt auf seinem Schenkel lag, schien seinen Eindruck nur zu bestätigen.

»Der Gedanke war mir gekommen.«

»Bietest du mir deine Dienste an?« Ihr Ton war eindeutig kokett. Wenn Asea Tamara wirklich umbringen lassen wollte, begriff Rik, dann würde er nie eine bessere Gelegenheit dazu bekommen. Doch unter diesen Umständen war er einfach nicht in der Lage dazu. Aus irgendeinem Grund fand er sie ganz sympathisch, und neugierig war er auf jeden Fall.

»Nein, aber …«

»Ein interessanter Gedanke. Ich muss gestehen, dass

ich dich kürzlich bemerkt habe, als wir uns von Asea verabschiedet haben, und dachte, wer mag dieser ansehnliche junge Mann sein …«

»Ihr habt mehr als das gedacht.«

»Tatsächlich? Dann gehört wohl das Lesen von Gedanken zu deinen zahlreichen Fähigkeiten?«

»Nein, aber ich spürte etwas, als ich Euch gesehen habe.«

»Wie außerordentlich romantisch.«

»Das hatte nichts mit Romantik zu tun. Ich hatte nur das Gefühl, Euch zu erkennen, und ich vermute, Ihr habt etwas Ähnliches empfunden.«

»Du könntest recht haben – was ist das deiner Ansicht nach gewesen?«

»Ich wünschte, ich wüsste es«, sagte Rik ehrlich. »Aber ich habe keine Ahnung. Ich habe Euch vor letzter Nacht noch nie gesehen. Warum seid Ihr hier?«

»Ich bin hier, weil ich wie dein Freund, der Wiesel, geschäftlich mit dem Schwarzen Tomar, dem Eigentümer dieses reizenden Lokals, zu tun habe.«

»Er ist der hiesige Pate, stimmt's?«

»Wenn du mit diesem malerischen Ausdruck meinst, dass er in dieser Stadt der größte Händler mit gestohlenen Waren, illegalen Nachrichten und verbotenen Dienstleistungen ist, dann hast du recht. Ihr habt nicht lange gebraucht, ihn zu finden. Ich muss gestehen, dass ich beeindruckt bin.«

»Warum wollt Ihr ihn sehen?«

»Ich glaube, ich habe deine Fragen jetzt hinlänglich beantwortet – es ist Zeit, dass du mir auch ein paar Antworten gibst.« Er erwiderte ihr Lächeln, und sie beugte sich zu ihm hinüber, so dass sich ihre Gesichter beinahe berührten. Ihre Augen waren groß, und die Pupillen sehr dunkel und erweitert. Er hatte das Gefühl, hineinstürzen und ertrinken zu können.

»Fragt nur.«

»Bist du Aseas Liebhaber? Jedermann scheint dich dafür zu halten.«

Er nickte. Es hatte wohl keinen Sinn, es abzustreiten. Dieser Schein musste unbedingt gewahrt bleiben.

»Wie ist es dazu gekommen?«

Er beschloss, so ehrlich wie möglich zu sein. Wenn man schon eine Lüge auftischte, dann war es immer das Beste, sich dabei so weit wie möglich an die Wahrheit zu halten.

»Ich habe ihr in der unterirdischen Stadt Achenar das Leben gerettet. Danach hat sie wohl Interesse an mir gefunden.«

»Du warst mit Asea in Achenar? Du gehörst zu denen, die gegen die Brut des Spinnengottes gekämpft haben?« Wieder nickte er. Offenbar war die Mission der Fourageure nicht so gut vertuscht worden, wie er gedacht hatte.

»Wie haben sie ausgesehen? … Beschreibe sie mir.«

Er berichtete ihr von den bizarren Wesen, halb Spinne, halb Dämon, gegen die er gekämpft hatte, und von dem Ritual, dessen Zeuge er gewesen war. Tamara war eine sehr gute Zuhörerin. Dann und wann nickte sie zustimmend, und außerdem wandte sie den Blick nicht ein einziges Mal von seinem Gesicht ab.

»Außerordentlich«, meinte sie schließlich. »So hat euer Leutnant Sardec also seine Hand verloren.«

Sosehr Rik den Terrarch persönlich verabscheute, so vermochte er Sardecs Tapferkeit doch nicht abzustreiten.

»Ich finde, du hast großes Glück, noch am Leben zu sein«, sagte Tamara. Sie klang beeindruckt. Rik fragte sich zwar, wie viel davon gespielt sein mochte, doch geschmeichelt fühlte er sich trotzdem. Immer noch lag ihre Hand auf seinem Schenkel und massierte ihn sanft. Er fragte sich, was hier eigentlich los war.

»Da kann ich Euch nicht widersprechen. Also, warum seid Ihr hier?« Sie zuckte die Achseln. Offenbar gehörte sie doch zu den Terrarch-Frauen, die sich in Tavernen Liebhaber aus den unteren Klassen auflasen.

»Was habt Ihr hier zu suchen?«, fragte er noch einmal. Seine Stimme klang belegt.

»Ich sammle Neuigkeiten«, erklärte sie.

»Habt Ihr dazu keine Dienstboten?«

»Ich ziehe es vor, meine Informationen selbst einzuziehen; so kann ich mir aus erster Hand eine Meinung über die Quelle bilden.«

»Das ist ein höchst gefährlicher Zeitvertreib.«

»Ich finde, dass er einem sonst langweiligen Leben Würze verleiht.«

Tamara vermittelte nicht den Eindruck, zu jenen überdrüssigen Terrarch-Aristokratinnen zu gehören, die in der Gefahr Ablenkung von ihrer gepflegten Langeweile suchten, ganz im Gegenteil. Sie erinnerte Rik eher an einige sehr erfolgreiche Diebe, die er gekannt hatte und die Freude an ihrem Können fanden und die Durchführung des Verbrechens selbst ebenso spannend fanden wie seinen Lohn.

»Wie kann es einem langweilig werden, reich und mächtig und schön zu sein?«

»Du wärest vielleicht erstaunt«, sagte sie. »Ein Palast kann einem manchmal wie ein Gefängnis vorkommen.«

»Ich war schon im Gefängnis, daher bezweifle ich das.«

»Du warst im Gefängnis? Du scheinst ein sehr bewegtes Leben geführt zu haben.«

»Viel zu bewegt für meinen Geschmack.«

»Erzähl mir davon – es macht mich neugierig.«

»Man hat gestohlene Waren bei mir gefunden. Mein Freund Leon hatte sie bei mir zurückgelassen, um sie später abzuholen. Und dann kam die Stadtwache. Ich war zu betrunken, um davonzulaufen, daher haben sie mich geschnappt. Ich hatte die Sachen nicht einmal selbst gestohlen, aber sie wollten mich trotzdem dafür hängen.«

»Wie bist du entkommen?«

»Leon hat die Wachen bestochen. Sie haben mich laufen lassen.«

»Kein waghalsiger Ausbruch, keine Flucht über die Dächer um Mitternacht? Das ist sehr enttäuschend.«

»So läuft das nun einmal in Drangsal. Wenn man sich die Bestechungsgelder leisten kann, kommt man ungeschoren davon. Wenn nicht, tanzt man mit des Henkers Braut. Also, warum seid Ihr hergekommen?«

»Vielleicht habe ich einfach nach einem gut aussehenden jungen Mann gesucht, um mir eine einsame Stunde zu vertreiben.«

»Das glaube ich nicht.«

»Du bist hartnäckig.«

»Das bin ich wirklich. Warum wollt Ihr mit dem Schwarzen Tomar sprechen?«

»Aus demselben Grund wie du. Ich will etwas, das er hat – unter anderem Informationen.« Rik schnappte nicht nach dem Köder.

»Ihr spioniert?«

»Wenn du es so ausdrücken willst. Ich bin mir sicher, dass du nur dasselbe für die Erzverräterin tust.«

»Prinzessin Asea wäre nicht begeistert, wenn sie hören würde, dass Ihr sie so bezeichnet.«

»Doch genau das ist sie.« Plötzlich klang Tamara sehr ernst. »Sie und Azarothe haben die Terrarchie gespalten, um ihre persönlichen Wünsche zu befriedigen. Sie haben das Imperium in einen Bürgerkrieg gestürzt, weil sie es nicht ertragen konnten, Arachne auf dem Thron zu sehen. Sie wollten jemanden, den sie leichter lenken konnten, und das war Königin Arielle – zumindest am Anfang.«

»Das ist nicht die Geschichte, wie man sie mich gelehrt hat.«

»Natürlich – bedenke, auf welcher Seite der Grenze du geboren bist.« Rik hielt inne, um über ihre Worte nachzudenken. Sie war eine Blaue. Doch das hieß nicht, dass sie nicht aufrichtig davon überzeugt war, im Recht zu sein. Vielleicht war sie es sogar. Jedenfalls wollte er ihre Fassung der Geschichte hören.

»Fahrt fort«, sagte er. »Ich höre zu.«

»Arachne war die älteste unter den Erben und stand nach dem Gesetz auf Platz eins in der Thronfolge. Unter normalen Umständen hätte ihr niemand das Recht abgesprochen, Königin und Kaiserin zu werden.«

»Unter normalen Umständen schon. Aber sie hat ihre eigene Mutter ermordet«, wandte Rik ein.

»Ich versichere dir, dass sie das nicht getan hat.«

»Habt Ihr Beweise dafür? Und wenn ja, warum habt Ihr sie nicht vorgelegt?«

»Natürlich habe ich keine Beweise, aber ich kenne die Königin und Kaiserin gut, und ich weiß, dass es ihr vollständig ernst damit ist, den Mörder ihrer Mutter zu finden.«

»Es läge natürlich auch in ihrem Interesse, das zu behaupten.«

»Ich kenne sie, Rik. Sie ist aufrichtig, und sie glaubt, dass deine Herrin dafür verantwortlich ist.«

Rik starrte sie an. »Das ist nur eine abscheuliche Lüge, die in die Welt gesetzt wurde, um Asea zu verleumden.«

»Ach ja? Wem unterstand denn die Sicherheit im Palast, als die alte Königin ermordet wurde? Fürst Azarothe. Wer war die Magierin, die verantwortlich dafür war, die Schutzzeichen des Palastes zu überwachen? Prinzessin Asea. Hat man je eine Spur von dem Mörder gefunden, oder hat irgendeiner der anderen Magier des Palastes festgestellt, dass seine Schutzzeichen verletzt wurden? Nein. Der Palast war in jener Nacht abgeriegelt. Niemand ging ein oder aus. Die Einzigen, die das

Verbrechen verüben konnten, befanden sich im Wohnflügel des Palastes. Arachne war nicht dort. Azarothe und Asea dagegen schon und deine Königin im Übrigen ebenfalls. Aus diesem Grund hatte mein Vater sie auch unter Hausarrest gestellt, bis er seine Untersuchung abgeschlossen hatte. Azarothe und seine Halbschwester jedoch befreiten sie aus ihren Gemächern und flohen, bevor ein Prozess stattfinden konnte. Ich frage dich, wessen Interessen durch diesen Ablauf der Ereignisse am besten gedient war? Wer hatte ein Motiv und die Gelegenheit, den Mord zu begehen?«

»Motiv?«

»Arielle wollte Kaiserin werden. Doch sie wusste, dass ihre Schwester den Thron besteigen würde, wenn alles mit rechten Dingen zuging. Asea und Azarothe sahen ihre Macht schwinden. Die alte Königin war im Begriff, sich gegen sie und ihre Rote Ideologie zu wenden.«

Rik befand sich nicht in der Position zu beurteilen, ob ihre Behauptungen zutrafen. Unter den Bewohnern von Drangsal gingen Hunderte von Theorien über den Mord um, der den blutigsten Bürgerkrieg der Historie ausgelöst hatte, aber dies war das erste Mal, dass er die Geschichte aus diesem Blickwinkel gehört hatte. »Warum erzählt Ihr mir das?«

»Weil ich dich mag, und weil ich möchte, dass du weißt, in wessen Schatten du stehst. Ich weiß, dass Asea in deinem Land eine Heldin ist und Fürst Azarothe ein berühmter General, aber sie sind beide Verräter an ihrem eigenen Volk – und sie sind Mörder. Sie werden dafür zur Verantwortung gezogen werden. Teilweise geht es in diesem Krieg darum.«

»Kriege werden um Land, um Gold oder um Macht geführt. Aber sie werden nicht um der Gerechtigkeit willen geführt. Glaubt mir, ich habe in ihnen gekämpft ...«

»Ich sage ja nicht, dass diese Motive nicht auf beiden Seiten eine Rolle spielen. Ich behaupte nur, dass sich andere Beweggründe mit ihnen mischen. Die Königin und Kaiserin will die Verräter vor Gericht stellen. Und sie würde diejenigen belohnen, die sie dabei unterstützen.«

Rik kämpfte gegen den Drang, laut aufzulachen. Kurz zuvor hatte ihm Asea noch angetragen, diese Frau zu töten. Und nun schien sein mögliches Opfer anzudeuten, er solle ihr helfen, Asea umzubringen. Offenbar war das der Grund dafür, dass sie sich ihm gegenüber plötzlich so vertraulich gab.

»Und wie viel würde sie dafür bezahlen?«, fragte er.

»Sehr viel. Ich kann mir vorstellen, dass der Mann, der ihr die Mörder ihrer Mutter bringt, mit Titeln und Ehren und Reichtümern überhäuft würde.«

»Ich dachte nicht, dass das Dunkle Imperium etwas davon hält, Menschen zu belohnen.«

»Sardea belohnt alle, die ihm dienen. Außerdem bist du nur zur Hälfte ein Mensch. Es gäbe Möglichkeiten, jemanden wie dich offiziell in eine Familie adoptieren zu lassen. Das würde Paläste, Gold und Ländereien bedeuten.«

»Wir sprechen jetzt natürlich ganz theoretisch.«

»Die Großzügigkeit der Kaiserin wäre durchaus real.«

»Ich glaube, jetzt verstehe ich, warum Ihr … mit mir reden wolltet.« Sie sah aus, als hätte sie ihn am liebsten geohrfeigt, doch dann lächelte sie.

»Das ist nicht der einzige Grund. Du hättest viel dabei zu gewinnen, Rik. Jeder, der uns in dieser Angelegenheit hilft, hätte das.«

»Ihr ebenfalls, nehme ich an.«

»Ich will kein Geheimnis daraus machen, dass sich meine Stellung dabei sehr verbessern würde, und die meines Vaters auch. Es würde ihm bei Hofe eine Hilfe sein. Es gibt Fraktionen, die um die Aufmerksamkeit der Kaiserin wetteifern. Er hat seine Rivalen.«

Rik lächelte. Diese Situation barg mehr Möglichkeiten, als er sich zuerst vorgestellt hatte. Er spürte, wie sich alte Vorhaben in ihm regten: der Wunsch, jemand zu sein, den Makel seiner unehelichen Herkunft hinter sich zu lassen, einen Platz in der Welt zu finden. Offenbar bot sich ihm sogar mehr als *ein* Weg in diese Zukunft, obwohl dieser letztere Verrat an einer Person bedeuten würde, die ihm geholfen hatte.

»Ihr habt mir eine Menge Stoff zum Nachdenken gegeben«, sagte er.

»Dann überlege sehr sorgfältig. Wir werden noch einmal darüber reden, und auch über andere Dinge.«

Am liebsten hätte er laut gelacht, so genau entsprachen ihre Worte und ihre Haltung denen von Prinzessin Asea. »Unterdessen«, sagte sie, »könnten wir etwas finden, mit dem wir uns ein wenig die Zeit vertreiben würden.«

»Und was könnte das sein?« Sie beugte sich zu ihm hinüber, bis ihre Lippen die seinen berührten. Ihr Atem duftete süß.

»Ich werde dafür sorgen, dass du deinen Lohn erhältst«, erklärte sie. Er fragte sich, was er Asea hierüber erzählen sollte. Ein Teil von ihm fand, dass es wahrscheinlich besser war, ihr nichts zu sagen.

Angewidert sah sich Jaderac in seinen Gemächern um. Er hasste es, so weit von der Zivilisation entfernt zu sein. Er verabscheute es, so fern von der Königin und Kaiserin zu weilen, während so viele Rivalen mit ihm um ihre Gunst und ihre Zuneigung wetteiferten. Aber Pflicht war Pflicht, sagte er sich, und wenn er hier erfolgreich war, würde er sich sicherlich wieder in Arachnes Gnaden wiederfinden, trotz aller Versuche von Fürst Torial, ihn bei ihr zu verleumden.

Er hatte keine Lust, sich hier aufzuhalten, und er konnte nicht schlafen, daher ging er hinunter in das Labor, das er im Kellergeschoss hatte einrichten lassen. Er rümpfte die Nase, als er den Gestank des verfaulenden Fleisches und der scharfen alchemistischen Substanzen, die von der Versuchsanordnung aufstiegen, wahrnahm. Das Wimmern der Menschen, die auf die Tische geschnallt waren, störte ihn allerdings wenig. Er sah zu, wie ihnen durch Schläuche, die in ihren Armen steckten, das Blut abgesogen wurde. Rot pulsierte es, im Takt zu dem Pochen der großen, durch Magie betriebenen Maschine, und alles floss auf den gewaltigen Sarkophag in der Mitte des Raumes zu, nährte seine Schöpfung und schenkte ihr das Leben, das sie brauchte. Die schwarzen Schriftzeichen, die auf den Seiten des Behältnisses eingraviert waren, glühten vor unheiliger Macht. Dieser gewaltige Sarg und das Ding, das sich darin befand, hatten Jaderac viel gekostet, aber er war sich sicher, dass sich seine Ausgabe in naher Zukunft auszahlen würde. In wenigen Tagen würde ihm der mächtigste mit Magie begabte Mörder, der je geschaffen worden war, zu Gebote stehen. Nun musste er nur noch eine Möglichkeit finden, ihn auch auf das richtige Ziel loszulassen. Noch vor wenigen Tagen war er sich sicher gewesen, dass Fürst Ilmarec dieses Ziel sein würde, doch jetzt bot sich ihm eine noch viel bessere Zielscheibe an: Prinzessin Asea. Nie hätte er davon geträumt, dass sich diese Gelegenheit so rasch ergeben würde.

Einige der Menschen hatten sich beschmutzt. Ein junger Mann war tot; er war vollständig ausgesaugt. Jaderac zog die Schläuche mit den Nadelspitzen, die in seinem Herz und seinen Armen steckten, heraus und stieß die Leiche auf den Boden. Hoffentlich brächten die Entführer heute Nacht einen frischen Körper. Wenn er den Grimoires Glauben schenkte, hatte er dem Nerghul bereits genug Blut zugeführt, aber Jaderacs lange Erfahrung hatte ihn gelehrt, dass man besser sicherging, als seine Nachlässigkeit später zu bedauern.

Plötzlich wurde ihm klar, dass ihn jemand beobachtete. Die Härchen in seinem Nacken stellten sich auf. Er drehte sich um und erblickte eine junge Terrarch-Frau in Männerkleidern. Jaderac fragte sich, wie lange sie wohl schon dort stand.

»Meine Güte, setzt Euch doch«, sagte Tamara. »Ihr lauft herum wie ein Leopard im Käfig. Es macht mich schon nervös, Euch nur anzusehen.«

Jaderac schenkte ihr eines seiner kühlsten Lächeln und musterte sie. Wie immer verwirrte ihn ihre Art. Ihr Vater war sein engster Verbündeter bei Hofe – und sie besaß Malkiors Geist und Bildung, doch einige ihrer Eigenschaften waren ausgesprochen ungewöhnlich, und beunruhigend fand er sie alle.

Da war zum Beispiel ihre Gewohnheit, sich zu den merkwürdigsten Nachtstunden davonzuschleichen, und das Geschick, mit dem sie sogar seine besten Wachhunde abschüttelte. Er machte sich Sorgen um sie. Wenn ihr etwas zustieß, während sie sich hier aufhielt, könnte das einen Bruch mit ihrem Vater verursachen, und das war das Letzte, das er sich im Augenblick erlauben konnte. Ein Krieg stand bevor, und Krieg bedeutete Beute. Das Imperium würde sich ausbreiten, neue Territorien würden annektiert und ganze Städte geplündert werden. Land und Reichtum an und für sich waren Jaderac gleichgültig, doch sie stellten bedeutende Statussymbole dar, Zeichen des Erfolgs in dem Spiel, das alle Terrarch spielten.

»Wo seid Ihr heute Nacht gewesen?«, fragte er.

»Ich habe mit dem jungen Mann gesprochen, von dem Eure Agenten Euch berichtet haben.«

Jaderac rang seinen Zorn nieder. »Ihr seid wieder allein ausgegangen.«

»Es ist so scheußlich langweilig, in dieser Villa eingesperrt zu sitzen.«

»Und daher habt Ihr beschlossen, einen Ausflug in den heruntergekommensten Teil der Stadt zu unternehmen?«

»Also wirklich, Fürst Jaderac, ich glaube fast, Ihr spioniert mir nach.«

»Ich sorge mich nur um Eure Sicherheit. Ich wünschte, Ihr würdet nicht immer auf diese nächtlichen Abenteuer ausziehen. Sicherlich könntet Ihr doch auch im Innern dieser Mauern etwas finden, um Euch zu unterhalten.«

»Bietet Ihr mir etwa Eure Dienste an, Fürst?«

»Wir sind allein«, sagte er. »Nicht nötig, hier Eure Rolle als liebeskranke Klosterschülerin zu spielen. Ich weiß ziemlich genau, in welche Richtung Euer Geschmack geht.«

Tamara wirkte belustigt. »Tatsächlich, mein Herr? Der Gedanke schmerzt mich, dass ich so leicht zu durchschauen bin.«

Tatsächlich war sie so undurchschaubar, wie man überhaupt sein konnte, und so ziemlich die rätselhafteste Frau, der er je begegnet war. Er hatte schon überlegt, seine magischen Kräfte einzusetzen, um ihr nachzuspüren, aber das wäre an diesem Punkt eine unzulässige Ablenkung dieser Kräfte gewesen, insbesondere da sich Prinzessin Asea in der Nähe aufhielt. Dann wurde ihm plötzlich klar, dass Tamara es irgendwie geschafft hatte, wieder das Thema zu wechseln.

»Wenn er ihr Liebhaber ist, hätte er Euch umbringen können. Sie hat sich schon öfter Killer als Liebhaber gehalten.«

»Ich glaube, zumindest für heute Nacht habe ich ihn davon abgebracht, mich zu töten.« Nicht nötig zu fragen, wie sie das angestellt hatte.

»Was habt Ihr herausgefunden?«, fragte er, um nicht weiter bei diesem Thema zu bleiben.

»Ich bin mir recht sicher, dass er Prinzessin Aseas Liebhaber ist.«

»Das wussten wir doch bereits. Er verbringt jeden Abend einige Zeit in ihrem Zelt oder in ihren Gemächern. Wenigstens ist sie so diskret, ihn vor dem Morgen hinauszuwerfen.«

»Ich habe auch etwas, das Ihr vielleicht gebrauchen könnt – eine Probe seines Samens.« Sie hielt ihm ein beflecktes Taschentuch entgegen. Er fühlte sich versucht, sie zu fragen, wie sie sich das verschafft hatte, doch er vermutete, dass er die Antwort bereits kannte.

»Vielleicht bin ich ja ein wenig begriffsstutzig, aber wozu genau könnte ich das verwenden?«

»Wir waren bis jetzt nicht in der Lage, uns etwas zu verschaffen, das mit Asea in Verbindung steht – kein Haar, kein Blut, keine abgeschnittenen Nägel, nicht einmal irgendeinen Gegenstand, den sie häufig benutzt.«

»Natürlich nicht – sie ist eine viel zu kenntnisreiche Magierin, um so etwas in feindliche Hände fallen zu lassen.«

»Aber jetzt haben wir etwas, das von ihm stammt, sogar was ganz Besonderes.«

Jaderac gestattete sich ein leises Lächeln. Er verstand allmählich, worauf sie hinauswollte. »Sprecht weiter.«

»Unser Spitzel kann uns ein Zeichen geben, wenn er sie besucht. Wir schicken ihm einfach das Monstrum, das Ihr da gerade schafft, auf den Hals und weisen es an, jeden zu töten, der sich in seiner Nähe befindet.«

Jaderac drehte und wendete die Idee. Vorausgesetzt, sie ließen seine Schöpfung zur richtigen Zeit los, könnte das gelingen. Asea würde mit ihrem Liebhaber zusammen sein, und zu dieser Stunde und unter diesen Umständen wäre sie sicherlich nicht darauf eingerichtet, sich zu verteidigen. Sein Mörder würde nur Sekunden brauchen, um die beiden zu erledigen.

»Gebt mir dieses Taschentuch!«, befahl er, nahm es und steckte es vorsichtig in ein Glas. Sobald er den Stöpsel daraufgesteckt hatte, sprach er Worte, die den Behälter versiegelten. Auf gewisse Weise war dies ein wertvoller Gegenstand, denn damit konnte er das große Raubtier, das er in Kürze von der Leine ließe, auf die Fährte des Halbbluts setzen. »Ich glaube, Ihr habt das Problem gelöst. Die Königin und Kaiserin wird uns beide reich dafür belohnen, dass wir Aseas Tod ins Werk gesetzt haben.«

Tamara erwiderte sein Lächeln, dann aber runzelte sie kurz die Stirn. »Schade eigentlich um den jungen Mann«, meinte sie. »Ich mochte ihn ganz gern. Er war ziemlich … rücksichtslos und unmoralisch, aber ich hatte ihn gern.«

Du mochtest ihn, weil er dich an dich selbst erinnert hat, ging es Jaderac durch den Kopf, doch er behielt den Gedanken für sich. Er war von dem Plan, den sie umrissen hatte, begeistert. Nur wenige Tage – und die größte

Feindin der Kaiserin wäre tot, und ihn würde man dafür feiern. Und Tamara natürlich, für die kleine und eher unappetitliche Rolle, die sie dabei gespielt hatte.

»Wenn Ihr mich jetzt entschuldigen würdet, ich habe zu arbeiten«, sagte er und trat näher an den großen Sarkophag, wo er begann, lang gezogene, tödliche Zaubersprüche in der alten Sprache der Terrarch zu murmeln.

14. KAPITEL

Wir beherzigen die Warnungen nicht, wir sehen
die Zeichen nicht, und so werden wir zu
Urhebern unserer eigenen Verdammung.

Araloth, Zeit und Dunkelheit

Sardec wachte aus einem weiteren Traum auf. Abermals war er in den dunklen Höhlen gewesen, in denen der Spinnengott lauerte. Er fuhr sich mit der Hand über das Gesicht und war wieder einmal erstaunt, als das kalte Metall des Hakens seine Wange berührte. Die Träume wurden zunehmend seltsam. Er hatte Bilder gesehen, in denen Schlangenmenschen und Uhltari unter einem grün gefärbten Himmel miteinander kämpften. Er hatte gesehen, wie der große Turm Strahlen aus zerstörerischem, smaragdfarbenem Licht schleuderte, während ihn Abkömmlinge Uran Uhltars, die Insektenflügel trugen, umkreisten. Vor seinen Augen hatten sich albtraumhafte Schlachten abgespielt, die in einer Zeit stattfanden, bevor irgendein Terrarch den Fuß auf dieses Land gesetzt hatte, und die mit aller Grausamkeit des Alten Zeitalters ausgefochten wurden.

Er fragte sich, ob er mit Asea über seine Träume sprechen sollte. Vielleicht war in der unterirdischen Stadt Achenar eine übersinnliche Verbindung zwischen ihm und dem Spinnengott entstanden. Oder er reagierte empfindsam auf die Gegenwart dieses gewaltigen Artefakts der Schlangenmenschen, das sich dort draußen erhob. Auch möglich, dass alles seiner eigenen Fantasie entsprang. In jener verlorenen Stadt tief unterhalb der Oberfläche von Gaiea hatte er genug erlebt, das jedem Albträume bereitet hätte.

Sardec erhob sich vom Bett und riss die Fenster auf. Im Hof saßen Männer um den Brunnen herum, reinigten ihre Waffen, flickten ihre Kleider, klatschten und plauderten. Durch die offen stehenden Türen kamen und gingen Dienstboten und brachten Nahrungsmittel und Wäsche. Ein fliegender Händler verkaufte Kuchen, die er in einem Korb mit sich trug. In der frühen Morgensonne unterhielt sich Sergeant Hef mit Korporal Toby. Alles wirkte ganz wie gewohnt und beruhigend und hatte nicht das Geringste mit seinen apokalyptischen Träumen zu tun.

Er rief einen Dienstboten, der ihm beim Anziehen helfen sollte. Bisher hatten sie noch keine Nachricht aus dem Turm erhalten und wussten nicht, ob Ilmarec sie überhaupt empfangen würde. Der alte Zauberer neigte zur Dramatik. Fürst Azarothe schäumte wahrscheinlich bereits vor Ungeduld. Im Augenblick war seine Hauptangriffsroute abgeschnitten, es sei denn er entschied sich, die Schlangenstraße entlangzumarschieren, die sich durch die Hügel wand und auf der er weit länger brauchen würde als auf dem Wasserweg über den Fluss.

Sardec fragte sich, wie es den anderen Armeen der Königin ergehen mochte. Inzwischen mussten sie weiter nördlich an den hoch gelegenen Pässen die Grenze überschritten haben. Ursprünglich hatten sie Teil einer Zangenbewegung sein sollen, mit der sie die Hauptstadt von Kharadrea einschließen wollten. Doch nun war zumindest ein Teil dieser groß angelegten Einkesselungsaktion aufgeschoben, möglicherweise auf unbegrenzte Zeit. Und die Armeen der Königin und Kaiserin würden keineswegs müßig zuschauen und versäumen, einen Vorteil daraus zu schlagen.

Er sah zu dem gewaltigen, massigen, grünen Turm auf. Er fing das Licht der Sonne ein und glitzerte wie ein Stachel aus farbigem Eis. Von dem eigenartigen Glühen, das er gestern Nacht gesehen hatte, war keine Spur mehr zu entdecken. Er meinte, Bewegungen auf den Balkonen zu erkennen, und fragte sich, ob von dort aus jemand auf ihn hinabsah. Kathea musste irgendwo dort oben sein, die Frau, von der sie gehofft hatten, sie auf den Thron dieses Staates setzen zu können. Sardec überlegte, ob sie überhaupt noch am Leben war.

Noch etwas anderes fiel ihm ein. Ilmarec war ein mächtiger Zauberer. Wenn er die Thronerbin ihrer Schutzzeichen und ihrer magischen Abschirmung beraubt hatte, dann war es zweifelhaft, ob sie in der Lage sein würde, der Magie, die er wirken konnte, zu widerstehen. Vielleicht vernebelte er ja ihren Geist. Er überlegte, ob er diese Möglichkeit Asea gegenüber überhaupt erwähnen sollte, und entschied dann, dass sie zweifellos schon selbst darauf gekommen war. Schließlich wusste *sie* hier in solchen Angelegenheiten am besten Bescheid.

Sardec erleichterte sich in einen Nachttopf. Es war schwierig, mit Hilfe nur einer Hand sein Wasser abzuschlagen, und das war nicht einmal die Hand, die er sein Leben lang dazu benutzt hatte. Der Diener trat ein und half ihm beim Ankleiden. Es war einer der Soldaten, der einen kleinen Bonus erhielt, weil er diese Pflicht erfüllte. Sardec erkundigte sich nach seinem Befinden, doch der froschgesichtige Mann antwortete ihm nicht so munter wie sonst. Er wirkte bedrückt, und als Sardec nachfragte, sprach er von dem Licht, das gestern Nacht den Turm umspielt hatte. Er habe danach schlecht geträumt, sagte der Mann, und viele seiner Kameraden ebenfalls.

»Was waren das für Träume?«, fragte Sardec.

»Von Schlangenmenschen und anderen Ungeheuern, ganz ähnlich denen, gegen die wir in den Minen gekämpft haben, Herr. Dämonen aus der Alten Welt.« Sardec beschloss, unbedingt mit Prinzessin Asea über diese Angelegenheit zu sprechen. Also litt nicht nur er unter diesen Albträumen.

Arglos plauderte der Soldat weiter und berichtete Sardec über allen Klatsch, den er gehört hatte: dass viele der adligen Terrarch der Stadt angeblich mit den Blauen sympathisierten und dass die meisten Menschen, insbesondere die Kaufleute, den Roten zuneigten. Diese

Stadt lag in der Nähe der taloreanischen Grenze – wahrscheinlich betrieben sie den größten Teil ihrer Geschäfte dort. Natürlich konnte man den Kaufleuten nicht trauen. Sie richteten ihre Loyalität nach dem politischen Wind, der gerade wehte, oder nach den Wechselfällen des Handels. Sollten die Blauen siegen, würden die meisten der jetzigen Sympathisanten der Roten mit einem Mal entdecken, dass sie im Grunde ihres Herzens schon immer für die Blauen gewesen waren. So ging das nun einmal.

Und mehr noch. Wenn man dem froschgesichtigen Mann glauben wollte, hing eine Wolke der Furcht über der Stadt. Die Einheimischen waren vollkommen eingeschüchtert. Diejenigen, die bereit waren, darüber zu reden, sprachen von seltsamen Lichtern, die über der Turmspitze tanzten. Offenbar wurde die ganze Stadt von bösen Träumen geplagt. Jedermann schien überzeugt davon, dass etwas Schreckliches geschehen würde. Zahlreiche Menschen hatten die Stadt verlassen. Und noch viel mehr sprachen davon zu flüchten, solange noch Zeit dazu war. Die meisten Kaufleute hielt bloß das Geld hier, das sie durch den Handel mit dem Turm verdienten; und die Terrarch harrten lediglich aus, weil sie sich vor der Flucht noch mehr fürchteten als vor dem Bleiben.

Sardec war fertig angekleidet und gab dem Mann ein paar Kupfermünzen als Trinkgeld für seine Mühe. Der Soldat dankte ihm, zog sich unter Verbeugungen zurück und nahm den Nachttopf mit. Nachdem er fort war, ging Sardec in seinem Zimmer auf und ab, immer hin und her wie ein zum Tode Verurteilter in seiner Zelle in der Nacht vor seiner Hinrichtung. Die Stadtbewohner waren nicht die Einzigen, die unruhig waren. Er hatte das Gefühl, hier in der Falle zu sitzen, im Schatten dieses gewaltigen Turms und in einer Stadt, in der er nicht wusste, wem er vertrauen konnte.

Ein weiterer Blick auf die Soldaten unten im Hof beruhigte ihn. Sie saßen alle im selben Boot. Auch sie waren fern der Heimat und von Fremden umgeben. Doch sie sahen nicht aus, als fühlten sie sich unwohl. Einige hatten ein Kartenspiel begonnen. Andere warfen an der Wand des ehemaligen Stalls Münzen. Ein paar hatten einen nicht ganz ernst gemeinten Ringkampf begonnen, während ihre Kameraden sie umstanden und Wetten auf den Ausgang der Rangelei abschlossen. Sie wirkten nicht besorgt; aber andererseits, sagte er sich, waren sie auch nicht für das Wohlergehen der ganzen Truppe verantwortlich, so wie er.

Er stellte sich vor, dass man sich als Soldat beinahe wie ein Kind fühlte. Die Entscheidungen lagen sämtlich in den Händen der Offiziere, genauso wie sie früher einmal bei den Eltern gelegen hatten. Allerdings bezweifelte er, dass die Männer dort unten ihm das gleiche blinde Vertrauen schenkten, das er einst seiner Mutter und seinem Vater entgegengebracht hatte.

Plötzlich polterte jemand gegen die Außentür, und Hörner schmetterten. Sergeant Hef schob die Abdeckung des kleinen Gucklochs beiseite und spähte nach draußen. Kurz darauf winkte er einen der Soldaten heran und schickte ihn im Laufschritt zum Hauptgebäude. Sardec, der schon ahnte, was jetzt käme, lief die Treppe hinunter und vertrat dem Mann den Weg.

»Ein Bote von Fürst Ilmarec, Herr«, meldete der Soldat.

»Sehr gut«, gab Sardec zurück und ging zu dem Sergeanten hinüber, der am Tor stand. Er schaute hinaus und erblickte eine Gruppe menschlicher Soldaten in grünen Uniformen. Über ihrem Herzen war eine rote Schlange vor einem weißen Hintergrund dargestellt. Einer der Männer war ein großer, schlanker alter Herr mit weißem Bart und kalt dreinblickenden grünen Augen. Er sah Sardecs Terrarch-Gesicht und sprach ihn an. »Ich bringe Euch Grüße von Ilmarec, dem Herrn des Schlangenturms und dem Wächter des Westens – von Gottes Gnaden.«

Letzteres war ein leiser Hinweis, dachte Sardec. Normalerweise wurde dieser Titel im Namen des Beherrschers des Reiches verliehen. Ilmarec behauptete, ihn durch die Gnade der obersten Macht zu führen. Wollte er ihnen damit mitteilen, dass er Katheas Anspruch auf den Thron nicht anerkannte, oder dass er selbst dank eigenem Recht hier die oberste Herrschaft ausübte?

»Bitte dankt Fürst Ilmarec im Namen von Azarothe, Oberkommandierender von Königin Arielles Armee des Südens, und Prinzessin Asea von den Ersten, seiner Gesandten.«

»Gewiss, edler Herr. Ich habe die Pflicht, Prinzessin Asea und so vielen ihrer Begleiter, wie sie zu ihrer Bequemlichkeit mitbringen möchte, demütigst die Einladung zu unterbreiten, meinen Herrn, Fürst Ilmarec, aufzusuchen, wann immer es ihr beliebt. Ich soll darauf warten, wie die Entscheidung Ihrer Hoheit ausfällt, und meinem Herrn die Antwort überbringen.«

»Ich werde dafür sorgen, dass die Einladung Eures Herrn an Prinzessin Asea übermittelt wird.« Sardec drehte sich um und winkte den Sergeanten heran. Hef nickte, um ihm zu bedeuten, dass er verstand. Da es unter der Würde eines Fürsten des Reiches lag, mit dem menschlichen Lakai selbst eines so hochstehenden Terrarch wie Fürst Ilmarec zu sprechen, wartete Sardec schweigend auf die Antwort. Der Kurier harrte offensichtlich völlig entspannt aus, was bewies, dass Ilmarec seine Diener gut ausbildete, wenn schon nichts anderes.

Der Sergeant kehrte zurück und brachte eine von Asea gesiegelte Notiz. Sardec öffnete sie. »Prinzessin Asea freut sich, Fürst Ilmarecs Einladung anzunehmen, und bittet, ihn gegen Mittag aufsuchen zu dürfen«, las er vor.

Der Diener verneigte sich. »Ich werde dafür sorgen, dass meinem Herrn von der Antwort Ihrer Hoheit berichtet wird. Mit Eurer Erlaubnis, Herr, werde ich mich jetzt meinen Pflichten widmen.«

»Lasst Euch auf keinen Fall aufhalten«, sagte Sardec und fragte sich, wie viele Männer genau Asea als Leibwache würde mitführen wollen.

Als sie sich dem Turm näherten, musste Rik gähnen, obwohl ihm beklommen zumute war. Er hatte gestern Nacht nicht viel geschlafen. Zuerst war da seine Begegnung mit Tamara gewesen, und dann hatte er gegenüber Wiesel und den Barbaren noch allerhand – notwendigerweise begrenzte – Erklärungen abgeben müssen. Dann waren sie durch Straßen, die in dem unheimlichen grünen Licht aus dem Schlangenturm lagen, ins *Haus der Drei Schwäne* zurückgekehrt. Doch er hatte einfach keinen Schlummer finden können.

Immer wieder hatte er in seinen Gedanken das, was Tamara und Asea gesagt hatten, hin- und hergewälzt, versucht, die Wahrheit aus ihren Geschichten herauszufiltern, und überlegt, ob er irgendetwas davon zu seinem Vorteil einsetzen konnte. Schließlich war er zu der Einschätzung gelangt, dass er keiner der beiden Frauen trauen konnte.

Und er hatte noch anderes zu bedenken. Letzte Nacht hatte er mit einer Frau der Älteren Rasse zusammengelegen – falls das die richtige Beschreibung für eine so raffinierte und zügellose Erfahrung war. Es gab Orte, an denen man ihn dafür immer noch aufhängen konnte, und das Dunkle Imperium gehörte dazu. Teile von Kharadrea ebenfalls. Dass ihre Begegnung verboten war, hatte den Reiz für ihn nur noch größer gemacht, und für Tamara ebenfalls, wie er vermutete. Sollte er Asea erzählen, was geschehen war?

Bisher hatte er noch keine Zeit dazu gehabt, und er war sich keineswegs sicher, ob er ihr seine Tat überhaupt beichten sollte. Andererseits, was würden wohl die Folgen sein, wenn er schwieg und sie es mit ihren übersinnlichen Fähigkeiten bereits herausgefunden hatte?

Die Zufahrtsstraße war schmal und kurvenreich und schlängelte sich wie eines der Wesen, die ihm seinen Namen gegeben hatten, auf den Turm zu. Sie war gerade so breit, dass ein Karren sie befahren konnte, doch dieser Karren hätte keinen Platz gehabt zu wenden, ohne über den Rand zu stürzen. Schon auf halber Höhe wäre das ein ziemlich tiefer Sturz gewesen.

Die Fourageure marschierten in Zweierreihen, zehn vor Aseas Sänfte und zehn dahinter. Sardec ging voran, und Korporal Toby bildete die Nachhut. Es überraschte ihn keineswegs, dass Asea darauf bestanden hatte, das Halbblut und seine zwei Freunde mitzunehmen. Sie schien an den dreien sehr zu hängen. Nun ja, wahrscheinlich hatten sie ihr in Achenar das Leben gerettet.

Er fragte sich, wie Rena, das Menschenmädchen, seine Nachricht aufgenommen hatte. Wahrscheinlich brannte sie geradezu darauf, ihn wiederzusehen. Der Schutz eines Offiziers wie Sardec war etwas, von dem die meisten Frauen aus dem Tross nur träumen konnten.

Er warf einen Blick über die Schulter und sah, dass unter ihnen zahlreiche Karren darauf warteten, auf die Zufahrtsstraße einbiegen zu können. Vom Schlangenturm aus konnte man sämtliche Zugangswege ausgezeichnet einsehen. Wenn es Ilmarec tatsächlich gelungen war, das grüne Licht zu beherrschen, wäre er unangreifbar.

Sämtlicher Verkehr auf der Straße war stillgelegt worden, während sich Prinzessin Asea nach oben bewegte, doch es schien eindeutig, dass Dutzende mit Vorräten beladene Karren am Fuß der Klippen warteten.

Fürst Ilmarec richtete sich auf eine Belagerung ein, und zwar auf eine sehr lange. In gewisser Weise war das ja beruhigend, denn es deutete darauf hin, dass er nicht vollständig auf seine Macht vertraute. Hätte er die Waffen aus dem Alten Zeitalter ganz und gar beherrscht, so hätte er nicht fürchten müssen, ausgehungert zu werden. Vielleicht war die Macht des grünen Lichts ja irgendwie begrenzt; möglicherweise verhielt es sich ähnlich wie bei einer Kanone – und ließ sich nur eine begrenzte Anzahl von Malen laden. Oder die Waffe war nicht ganz zuverlässig.

Der Turm selbst wirkte immer unbesiegbarer, je weiter sie sich näherten. Die Außenmauer war glatt wie Glas und wuchs aus steilen Klippen hervor, die zu erklettern selbst einem Affen schwergefallen wäre. Sie war dreimal so hoch wie ein Mann und bot nicht den geringsten Halt. Unmöglich, dort Leitern hinaufzubringen, und selbst wenn das gelang, wäre sehr wenig Platz zwischen der Mauer und dem Rand der Klippe gewesen, um sie aufzustellen. An jeder Ecke der Mauer befanden sich von Brustwehren umgebene Redouten, hinter denen die Verteidiger vor Drachenfeuer und Teufelswind geschützt waren und trotzdem zurückschießen konnten. Das Tor wies eine seltsame Form auf. Es sah wie ein am Boden abgeschnittenes Oval aus. Sardec hatte gehört, wenn es geschlossen wurde, hätte man den Eindruck, als wäre die Wand selbst versiegelt. Dann gab es keinen Weg hindurch.

Und es befanden sich Verteidiger auf der Mauer, weitere Soldaten in grünen Uniformen, die mit Musketen bewaffnet waren. Sie patrouillierten auf und ab, und Sardec bezweifelte nicht, dass ihn von den Wachtürmen aus noch mehr Augen beobachteten. Drachen könnten in der Lage sein, Soldaten in dem Hof hinter dem Tor abzusetzen, doch das würde sich schwierig gestalten. Sie konnten nur wenige zugleich tragen und würden unter einem ständigen Beschuss der Verteidiger stehen. Und durch die Eingänge des Gebäudes selbst konnte sich ein Drache auf keinen Fall zwängen. Dazu waren die Tiere zu groß und die Öffnungen zu klein.

Vielleicht würden ein oder zwei Männer in der Lage zu sein, das Tor zu halten und es auch zu öffnen, vorausgesetzt, sie würden mit dem Mechanismus fertig werden. Aber nicht, wenn das Tor heftig verteidigt würde – und darauf wies alles hin.

Magie könnte die Lösung sein: Elementarkräfte oder Dämonen wie die Scharlachroten Schatten; doch Magie würde nur gelingen, wenn sie die Schutzzauber des Turms überwand, und diese waren seit Jahrtausenden vervollkommnet worden. Nach allem, was man wusste, war Fürst Ilmarec ein ebenso begabter Zauberer wie Asea, daher würden sie praktisch undurchdringlich sein. Und zweifellos gehörten zu seinem Gefolge auch noch weitere Magier.

Sardec überlegte, ob man alchemistische Waffen einsetzen könnte. Man konnte mit Giftgas gefüllte Glaskugeln über die Mauern schleudern, doch der Umgang mit diesen Waffen war stets verzwickt. Gas war schwerer als die umgebende Luft, daher waren die Verteidiger auf den Wällen höchstwahrscheinlich sicher, solange die Sphären nicht genau auf den Plattformen landeten, wo sie standen, und auf diese Entfernung würde es sogar den besten Belagerungsspezialisten schwerfallen, so genau zu treffen. Und angenommen, der Schuss fand sein Ziel, dann konnte sich der Großteil der Verteidiger einfach ins Innere des Turms zurückziehen und warten, bis sich das Gas zerstreute.

Gas war die einzige wirkungsvolle Methode, die Sardec einfiel, doch sie löste nicht das Problem eines Angreifers, der diese hohen Außenmauern überwinden sollte. Falls das Tor nicht offen stand, mussten die Männer diese glatte, rutschige Barriere erklettern, um in den Hof zu gelangen, wo sie ihr eigenes Giftgas erwartete.

Wenn man das alles zusammennahm, war der beste Plan, der Sardec einfallen wollte, die Mauern mit alchemistischen Substanzen zu bombardieren, eine schnelle Einsatztruppe von Drachenreitern abzusetzen, damit sie das Tor einnahmen und öffneten. Wenn man am Fuß dieser Straße eine Kolonne Fußtruppen stationiert hatte, dann war dies der Augenblick, da sie eindringen konnten. Er überschlug alles rasch und kam zu dem Schluss, dass ein solcher Angriff gerade eben möglich war. Die Flügelschläge der Drachen würden das Giftgas zerstreuen. Ihre Reiter konnten sich durch Gasmasken schützen. Eine solche Elitetruppe wäre möglicherweise in der Lage, die Tore zu erobern, während die Drachen den Hof gegen einen eventuellen Ausfall aus dem Turm verteidigten.

Sardec lächelte selbstironisch. Der Plan könnte gelingen, falls er jeden einzelnen Drachen, den es im

Königreich Talorea gab, zur Verfügung bekam und ausreichend Drachenreiter und kampferfahrene Alchemisten, um sie zu unterstützen. Und selbst dann würden sie ein schreckliches Risiko eingehen. Wenn sich im Turm Wyrmjäger oder ausreichend starke Waffen befanden, konnten die Drachen verstümmelt oder getötet werden, und ihre Reiter würden abgeschlachtet, ehe sie die Tore erreicht hatten. Ein Scheitern würde katastrophale Ausmaße annehmen.

Und Fürst Ilmarec würde vorbereitet sein. Er war einer der Ersten und hatte Jahrhunderte Zeit gehabt, all diese Möglichkeiten abzuwägen. Und selbst wenn Sardecs Plan gelang, stünden seine Männer erst im Innenhof des Schlangenturms, der sich rasch in ein Schlachthaus verwandeln konnte. Und dann blieb immer noch die Aufgabe, den Turm selbst einzunehmen.

Sogar mit einer weit größeren Streitmacht, als Fürst Azarothe sie besaß, wäre das eine schwierige Aufgabe. Ein solcher Angriff konnte nur dann zum Erfolg führen, wenn sich alles gut entwickelte. Und die Erfahrung hatte Sardec gelehrt, dass beim Militär wie überhaupt im Leben niemals etwas genau nach Plan verlief.

Sie näherten sich dem Tor. Die Flügel waren in einen komplizierten Torbogen aus miteinander verschlungenen Schlangenleibern eingelassen. Über der Mitte des Bogens schaute ein gewaltiger, schlangenähnlicher Kopf mit glühenden, edelsteinähnlichen Augen nach unten. Sardec spürte, wie ein kalter Schauer seine Seele ergriff, als er hineinsah. In diesen glitzernden Augen wohnte ein bösartiger Geist. Eine Woge zauberischer Energie überspülte ihn und jagte ihm ein kaltes Prickeln über das Rückgrat. Soweit er erkennen konnte, geschah nichts; doch er hatte das Gefühl, von einer starken magischen Kraft angerührt worden zu sein. Kurz hatte er die Gegenwart einer boshaften Wesenheit gespürt, die ihn musterte. Er ließ sich ein Stück zurückfallen, um Asea darauf anzusprechen.

»Es handelt sich um eine Art Dämon, in Ketten geschlagen, höchstwahrscheinlich eine Kreatur aus dem Höllenschlund«, meinte sie. »Zweifellos hält das Wesen Ausschau nach Eindringlingen und wirft Bannzauber über unwillkommene Besucher.«

»Was für Zauber?«

»Bindezauber, nehme ich an, um sie festzuhalten.«

»Ein interessanter Torwächter.«

»Mit seinem dämonischen Blick spürt er Dinge auf, die sterbliche Augen nicht erkennen würden. Das Wesen würde jemanden entdecken, der sich auf magische Weise unsichtbar gemacht hat, oder jeden, der sich bei Nacht anschleicht, und dann Alarm geben. Gut vorstellbar, dass dieser Geist auch die Tore kontrolliert.«

»Die Erbauer des Turms haben offensichtlich an alles gedacht.«

»Sie hatten Jahrhunderte Zeit dazu, außerdem besaßen sie mächtige Feinde und damit einen Anreiz, gründlich vorzugehen.«

Das Gefühl, einer kalten, unerbittlichen Musterung unterzogen zu werden, nahm zu, als sie sich dem Tor näherten, und verschwand dann ebenso plötzlich wieder, als sie eintraten. Sardec sah sich aufmerksam um, als sie durch den Bogen schritten. Er war beinah fünf Ellen tief. Von den Torflügeln am Eingang und Ausgang war keine Spur zu sehen. Es war, als glitten sie einfach in die Wände hinein und verschwänden, wenn sie nicht gebraucht wurden.

Der Hof, der den Turm umgab, war so weitläufig, dass ein ganzes Regiment darauf hätte paradieren können, doch verglichen mit dem Bauwerk selbst erschien er klein. Im Schatten des Turms wirkte die Luft kalt. Die Fläche war von Gebäuden umgeben, die aus Ziegeln errichtet waren und offensichtlich Anbauten jüngeren Datums darstellten. Eine Gruppe von Karrenlenkern stand in der Nähe und beobachtete die Neuankömmlinge mit Interesse.

Überall waren grün gekleidete Soldaten zu sehen. Eine Ehrengarde erwartete sie und übertraf die Truppe, die Sardec mitgebracht hatte, zahlenmäßig um das Zehnfache. Als Prinzessin Asea eintrat, präsentierten sie die Waffen mit einer Präzision, auf die selbst die königlichen Garden neidisch gewesen wären. Fürst Ilmarec sparte keine Mühe, sie mit der Anzahl und dem Können seiner Gefolgsleute zu beeindrucken. Sardec musste zugeben, dass es wirkte.

Als der letzte seiner Männer eintrat, schlossen sich die Tore des Turms hinter ihnen. Lautlos glitten sie aus den Wänden, sodass der Eingang verschwand, als habe es ihn nie gegeben. Nun ja, dachte Sardec, wollen wir nur hoffen, dass Fürst Ilmarec heute freundlich gelaunt ist. Denn wenn nicht, dann saßen sie gründlich und unwiderruflich in der Falle.

15. KAPITEL

So etwas wie eine undurchdringliche Festung existiert nicht. Und so etwas wie ein unbesiegbarer Feind ebenso wenig. Manchmal sieht es nur so aus.

Armande Koth, Kriegsführung im Zeitalter der Muskete und des Drachen

Rik hörte, wie sich die Türen hinter ihm schlossen. Er hatte das Gefühl, in der Falle zu sitzen. Die alten, in seiner Zeit als Dieb geschärften Instinkte ließen ein zutiefst ungutes Gefühl in ihm entstehen. Von hier gab es keinen Ausweg, sagte er sich.

Ein Blick in die Runde verriet ihm, dass Ilmarecs Leute ihnen zahlen- und waffenmäßig überlegen waren. Wenn der Fürst beschloss, dass dies eine gute Gelegenheit war, eine rivalisierende Magierin auszuschalten, dann blieb ihm und seinen Freunden nichts anderes übrig, als heldenhaft zu sterben, und er hatte noch nie allzu viel von der Idee des Heldentodes gehalten.

Er fragte sich, warum Prinzessin Asea hergekommen war. Warum hatte sie sie alle der Macht eines verrückten Zauberers ausgeliefert, der von den Waffen der Alten Welt besessen war? Wollte sie unbedingt sterben?

Ihr schönes Gesicht wirkte gelassen; falls sie sich auch nur im Geringsten eingeschüchtert fühlte, so ließ sie nichts davon durchblicken. Ihre Züge leuchteten sogar zu einem bezaubernden Lächeln auf, dem herzlichsten, das er je an ihr gesehen hatte.

»Fürst Ilmarec«, sagte sie. »Wie schön, Euch wiederzusehen.«

Ein hochgewachsener, schlanker Terrarch mit silbernem Haar und von glatter Schönheit kam auf sie zu. Sein Schritt wirkte katzenhaft, seine Bewegungen vollständig beherrscht. Anders als die meisten männlichen Terrarch trug er einen Bart, einen kleinen Ziegenbart, der von seinem Kinn herabhing und so silbern wie sein Haar und seine Augenbrauen war. Über seiner Stirn bauschte sich sein Haar zu zwei Wellen, die auf eigenartige Weise wie Hörner wirkten und Rik an die Darstellungen von Dämonen erinnerten. Fürst Ilmarec verneigte sich. »Das Vergnügen ist ganz auf meiner Seite, Prinzessin Asea.«

Das Lächeln des Neuankömmlings war kühl, seine Zähne waren klein und wirkten scharf. Seine Kleidung war so kunstvoll, dass es beinahe geckenhaft wirkte, und dazu in einem Stil gehalten, den Rik zuvor nur an den alten Statuen auf den Plätzen von Drangsal gesehen hatte. Offenbar war dies kein Terrarch, der sich allzu sehr um die neueste Mode kümmerte.

Auf der Brust trug er ein großes Silberamulett, in das ein grün glühender Stein eingelassen war. Rik hatte diese Farbe schon zweimal gesehen, einmal in den Wäldern bei den Ruinen der Schlangenmenschen und dann bei Nacht an der Spitze des Turms. Der Anblick erfüllte ihn mit dunklen Vorahnungen.

Hinter Ilmarec befand sich eine vollständig durch weite Roben verhüllte Gestalt. Eine Kapuze verbarg ihren Kopf, weite Ärmel bedeckten die Hände, und die Gewänder reichten bis auf den Boden, sodass nicht einmal ihre Füße zu erkennen waren. Die Roben waren ständig in Bewegung und beulten sich an eigenartigen Stellen, als befände sich darunter ein Schlangennest. Das Ding schien nicht zu gehen, sondern eher zu gleiten. Wenn der Wind aus seiner Richtung wehte, drang ein eigenartig muffig-ledriger Geruch heran. Von der Gestalt ging etwas entsetzlich Bedrohliches aus, das Gefühl, dass sie sich in der Gegenwart von etwas Uraltem, Übernatürlichem und Bösem befanden.

Asea und Ilmarec machten sich an den langen Austausch offizieller Höflichkeiten, der selbstverständlich war, wenn sich zwei Terrarch ihres Alters und ihrer Stellung begegneten. Rik beobachtete Ilmarec genau. Wie Asea trug er seine Macht wie einen Mantel. Selbst wenn Rik nicht gewusst hätte, dass er ein äußerst fähiger Magier war, hätte er es erraten.

Als endlich genug Verbeugungen gemacht und alle Reden gehalten waren, wandte sich Ilmarec um und führte sie durch den Eingang seines Turms. Beim Eintreten bemerkte Rik, dass über dem Türbogen eine weitere dieser eigenartigen Schlangen aus dem Stein gehauen war. Ihre aus Edelsteinen gebildeten Augen glitzerten auf eine Art, die ihn an den Stein in Ilmarecs Medaillon erinnerte. Jedermann, der vor ihm hineinging, zuckte sichtbar zusammen, als er in das Dunkel trat, so als spüre er die Berührung einer dunklen, magischen Macht.

Rik fühlte nichts, als er unter dem Blick des Dings hindurchging, beschloss aber, so zu tun, nur für den Fall, dass er beobachtet wurde. Unter diesen Umständen war es wahrscheinlich besser, keine Aufmerksamkeit auf sich zu lenken.

Das Erste, was Sardec auffiel, als er in den Turm trat, waren die Lichter. Sie bestanden aus grünem Kristall, waren in die Decke eingelassen und verbreiteten ein sanftes Glühen, das eine unheimliche Atmosphäre schuf. Es war, als wären sie für Wesen geschaffen, deren Augen sich ein wenig von seinen unterschieden.

Als Nächstes bemerkte er, dass die Wände eigenartig gebogen waren. Wie die Tore draußen ähnelten sie einem an der Grundlinie abgeschnittenen Oval und wirkten seltsam organisch. Mauerwerk war nirgendwo zu sehen, und der Gesamteindruck war der, dass das Ganze irgendwie aus einem einzigen Stück geformt war. Der Boden unter seinen Füßen war nicht glitschig, obwohl er so glatt und glasartig wirkte wie der Rest des Materials. Mit seiner unversehrten Hand berührte er eine Wand. Sie fühlte sich kühl und glatt an. Wie ließ sich dieses Gebäude bloß im Winter heizen?

Sie betraten einen großen Saal. Auf einer Seite befand sich ein Thron, der nahtlos aus dem Boden wuchs, als wäre beides in einem Guss hergestellt. Davor waren rund um einen Bereich, der wie ein tiefer gelegtes Amphitheater aussah, niedrige, kühle und bequeme Bänke angeordnet. Ilmarec bedeutete Sardec und Asea mit einer Handbewegung, dort Platz zu nehmen. Die menschlichen Soldaten konnten hinter ihnen stehen bleiben. Der Magier nahm seinen Platz auf dem Thron ein und sah auf sie hinab wie ein König auf seine Untertanen, die als Bittsteller vor ihn getreten sind. Die verhüllte Gestalt bezog gleich hinter ihm Stellung. Dienstboten traten ein und brachten Tabletts mit Erfrischungen für die Terrarch. Sobald diese serviert waren, wandte sich Ilmarec den Staatsgeschäften zu. Die Terrarch unterhielten sich in ihrer alten Hochsprache, um von den anwesenden Menschen nicht verstanden zu werden.

»Es erfreut mein Herz, Euch wiederzusehen, Asea, aber ich vermute, dies ist mehr als ein Privatbesuch.«

»Fürst Azarothe schickt mich, damit ich mich nach dem Befinden von Königin Kathea erkundige. Er glaubt, dass sie hier im Turm festgehalten wird.« Für Terrach-Verhältnisse war das eine schockierend unverblümte Aussage. Asea hielt es offensichtlich nicht für nötig, die höflichen Gepflogenheiten diplomatischer Sprache zu beachten. Unter diesen Umständen konnte ihr Sardec das nicht verübeln. Zeit war in diesem Krieg von entscheidender Bedeutung. Falls Ilmarec verblüfft war, ließ er sich jedenfalls nichts davon anmerken.

»Meine Nichte befindet sich zu ihrem eigenen Schutz hier, Asea. Es gibt Kräfte, die sie töten würden, wenn sie könnten, und ich möchte nicht, dass sie so rasch zu ihrem Vater eingeht.«

»Mir scheint, dass man Eurer Nichte gestatten sollte, in dieser Angelegenheit selbst zu entscheiden.«

»Ich versichere Euch, dass sie sich aus freien Stücken hier aufhält.«

»Allerdings habe ich gehört, dass ein Teil ihrer Armee versucht hat, sie zu befreien.«

»Ein Missverständnis. In jeder Armee gibt es Heißsporne. Im Licht meiner Argumente haben sie dann rasch eingesehen, dass sie sich geirrt hatten.«

So wie er das Wort *Licht* aussprach, besaß es den Unterton eines anzüglichen Scherzes. Sardec dachte sofort an das grüne Licht, und das war zweifellos auch die Absicht gewesen.

»Ich bin hier, um mich zu vergewissern, dass sich Kathea freiwillig bei Euch aufhält und dass ihre Entscheidung, sagen wir … ohne fremden Einfluss zustande kam.«

Ilmarec lächelte kalt. »Durch ebenso wenig Einfluss, wie Ihr und mein alter Freund Azarothe auf sie ausübtet – solange ihre Entscheidungen Euren Zwecken dienen würden.«

Asea war hier nicht die Einzige, die unverblümt zu sprechen vermochte.

»Wir möchten sie auf dem Thron sehen, der ihr rechtmäßig zusteht.«

»So wie Ihr Arielle auf den ihren gehoben habt?« Ilmarecs Stimme hatte einen spöttischen Unterton bekommen.

Asea lächelte. »Eure Manieren haben sich zum Schlechteren verändert, seit ich Euch zuletzt sah.«

»Vergebung, edle Dame. Ich wollte Euch nicht zu nahe treten, aber, versteht Ihr, Ihr habt mich beleidigt, indem Ihr angedeutet habt, meine Beweggründe seien irgendwie weniger lauter, als dies die Euren zweifellos sind. Glaubt mir, ich habe nur den Wunsch, meine Nichte in Sicherheit zu sehen, und ich besitze die Macht, dafür zu sorgen.«

»Vielleicht überschätzt Ihr die Macht Eures Turmes.«

»Das ist geradezu unmöglich.«

»Ihr seid also zuversichtlich, dass Ihr ohne Verbündete allen Armeen des Ostens standhalten könnt?«

»Um ehrlich zu sein, ja – sollte sich das als notwendig erweisen.«

»Dann habt Ihr wahrhaftig an Macht zugenommen, Fürst.«

»Ich bin mächtig geworden, Asea. Mächtiger, als Ihr Euch das jemals vorstellen könnt.«

»Ach, tatsächlich«, sagte Asea. In ihrem Lächeln lag der leise Spott, den Frauen angesichts von männlicher Eitelkeit an den Tag legen. Falls das Ilmarec anfocht, so ließ er sich jedenfalls nichts anmerken.

»Begleitet mich, Asea, und Ihr ebenfalls, Leutnant. Ich will Euch etwas zeigen, von dem ich glaube, dass Ihr es interessant finden werdet.«

»Ich möchte mit Kathea sprechen«, sagte Asea.

»Ihr werdet noch Gelegenheit dazu haben.«

Ilmarec erhob sich von dem Thron und begab sich, begleitet von seinem verhüllten Schatten, zum Ausgang.

Kurz hielt er inne, um den beiden zu bedeuten, ihm zu folgen. Sardec war sich nicht sicher, ob das klug war, denn es bedeutete, dass er die Fourageure zurücklassen musste. Allzu viel Schutz würden sie ihm innerhalb des Turmes wahrscheinlich nicht bieten können, doch sie waren die einzigen Soldaten, die ihm zur Verfügung standen, und es gefiel ihm gar nicht, sie hierzulassen. Er warf Asea einen Blick zu. Sie nickte kaum wahrnehmbar und erhob sich, um Ilmarec zu folgen.

Sardec konnte nichts anderes tun, als sie zu begleiten.

»Das gefällt mir alles gar nicht, Halbblut«, meinte der Barbar. Rik musste ihm beipflichten. Dies war ein unheimlicher Ort. Die Beleuchtung und die fremdartige Architektur der Alten Welt erinnerten ihn an die verlorene Stadt Uran Uhltars.

»Wirklich?«, murmelte Wiesel leise. »Was gibt es, das einem nicht gefallen könnte – Magie aus der Älteren Welt, alle Tore verschlossen, und wir sind von einer kleinen Armee umstellt? Ich verstehe wirklich nicht, worüber du dich beschwerst.«

»Was ist mit diesem Ding am Tor?«, fragte der Barbar. »Ich hatte richtig Gänsehaut. Es hat sich angefühlt, als würde ein Dämon geradewegs in meine Seele schauen.«

Rik wollte ihn schon fragen, wovon er überhaupt redete, aber da fiel schon Wiesel ein: »Jawoll, das war richtig gruselig, kein Vertun.«

Wiesel war kein Mann, der jemals freiwillig zugegeben hätte, dass er sich fürchtete, daher musste er wahrhaftig ein überwältigendes Erlebnis gehabt haben. Rik hörte, wie sich auch andere im Flüsterton darüber austauschten, und sah, wie sie mit den Fingern Schutzzeichen in die Luft schlugen. Er schien der Einzige in der ganzen Einheit zu sein, der überhaupt nichts gespürt hatte.

»Und was war dieses verhüllte Ding, das sich bei Ilmarec herumgedrückt hat?«

»Bestimmt irgendetwas Uraltes und Böses, das durch dunkle Magie zum Leben erweckt worden ist«, meinte Rik.

»Es hat ziemlich seltsam gerochen«, warf der Barbar ein.

»Wahrscheinlich würde es dasselbe von dir behaupten«, stichelte Wiesel.

»Meint ihr, der alte Ilmarec hat vor, den Leutnant und die Prinzessin einzusperren?«, wollte der Barbar wissen.

»Keine Ahnung – warum fragst du ihn nicht?«, gab Wiesel zurück.

»Hoffentlich nicht«, sagte Rik. »Wenn er sie schon gefangen nimmt, dann überlege einmal, was er vielleicht mit uns anfängt. Wir sind keine Terrarch. Wie ich gehört habe, wirft er aufmüpfige Menschen gerne von den Mauern. Das könnte für euch beide einen ziemlich langen Flug bedeuten.«

»Na, du wärest jedenfalls nicht in Gefahr, Halbblut«, sagte Wiesel. »Allzu viel Menschliches hast du nicht an dir.«

Über eine Rampe, die sich spiralförmig durch die Mitte des Turms wand, bis Sardec sich schwindlig zu fühlen begann, stiegen sie nach oben. Als er sich schon fragte, ob sie wohl jemals endete, traten sie auf einen Absatz hinaus. Sie befanden sich nicht ganz an der Spitze, aber beinahe. Über ihnen erhob sich nur noch ein kurzer Sporn aus der grünen, glasähnlichen Substanz. Sardec konnte nicht umhin, das gewaltige, grünlich glühende Juwel zu bemerken, das auf die Spitze gesetzt worden war.

»Der Fang der Schlange«, erklärte Ilmarec und wies auf den Stein.

»Ist dies die Quelle Eurer neu entdeckten Macht?«, fragte Asea.

»Wie Ihr wisst, bin ich schon immer der Meinung gewesen, dass wir Terrarch uns der Überlegenheit unseres Wissens zu sicher sind. Doch die Sathur haben Geheimnisse der Magie besessen, die die unseren wie Kinderspielzeug aussehen lassen.«

»Und ich nehme an, die wollt Ihr uns gleich vorführen.«

»Während Ihr Politik gespielt habt, Asea, bin ich tätig gewesen. Ich habe mich damit beschäftigt, unser Handwerk zu lernen, etwas, das Ihr in letzter Zeit offenbar stark vernachlässigt habt.«

Ein gefährlicher Unterton hatte sich in Ilmarecs Stimme geschlichen, und ein irres Glitzern stand in seinen Augen. Sardec überlegte, ob er eine Chance hatte, den Magier von der Turmspitze zu stoßen. Er war sich ziemlich sicher, dass ihm das gelingen würde, bevor

Ilmarec etwas tun konnte. Die einzige Frage war, was dann die verhüllte Gestalt und Ilmarecs Gefolgsleute im Turm täten. Er mochte vielleicht in der Lage sein, den Herren des Turms zu töten, doch er war sich sicher, dass er ihm dann höchstens Minuten später folgen würde.

Als hätte sie seine Gedanken aufgefangen, glitt die maskierte Gestalt näher heran und stellte sich zwischen ihm und dem Magier auf. Als der Wind in ihre Gewänder fuhr, bemerkte er, dass dieses Wesen keine Füße besaß und den Boden nicht berührte. Was immer sich im Inneren dieser Stoffbündel befand, es schwebte, statt zu gehen. Sardec erschauerte und versuchte, unter die Kapuze zu spähen. Er meinte, darin ein schwaches Glühen zu erhaschen, doch hätte er sich auch irren können. Seine Nackenhärchen stellten sich auf. Ilmarecs Leibwächter war offensichtlich ein Erzeugnis dunkler, böser Hexerei.

»Da könntet Ihr recht haben«, sagte Asea, die ungewöhnlich erschöpft und freimütig klang. »Warum zeigt Ihr uns nicht einfach, was Ihr uns vorführen wolltet?«

Ilmarec bewegte kaum wahrnehmbar den Kopf. »Seht Ihr dieses Gebäude dort – inmitten der zerschmetterten Ruinen?«

Asea nickte.

»Schaut gut hin.«

Er schloss die Augen, hob die Hände in die Luft und intonierte etwas in einer fremdartigen Sprache, die zum Teil aus Zischlauten und zum anderen Teil aus gutturalem Knurren bestand. Das Juwel über ihnen glühte leise auf und spuckte dann einen Lichtstrahl aus. Kurz spürte Sardec eine fast unerträgliche Hitze. Dann traf das Licht auf das gewaltige steinerne Bauwerk, und der Stein flog in Stücke. Sekunden später drang ein Donnergrollen zu ihnen.

Sardec war erschüttert. Überall lagen glühende Steinsplitter. Über dem Zerstörungswerk stand eine Wolke, möglicherweise Staub. Noch nie hatte er eine Waffe von solcher Durchschlagskraft gesehen. Der Atem eines Drachen hätte ein Gebäude von dieser Größe höchstens erhitzt, und eine Kanonenkugel hätte ein Loch hineingerissen. Aber dies war etwas ganz anderes.

Es war, als hätte Gott selbst mit seinem Hammer hineingeschlagen. Eine solche Waffe konnte eine Belagerungsmaschine zerstören, lange bevor sie sich dem Turm bis auf Schussweite genähert hatte. Sie konnte einen Drachen vom Himmel holen. Vielleicht konnte sie sogar einen Magier in der Mitte einer Armee entdecken. Der feindliche Zauberer wäre möglicherweise nicht einmal in der Lage, seine Rituale zu beenden, bevor ihn dieses Licht schreiend geradewegs in die Hölle beförderte. Ilmarec war in seinem Turm tatsächlich sicher.

Aseas Gesicht zeigte eine maskenhafte, beherrschte Starre. »Das ist die Waffe, die die Sathur in Ssaharoc gegen unsere Flotte eingesetzt haben. Ihr habt ihre Geheimnisse enträtselt.«

»Tatsächlich.«

»Wie ist Euch das gelungen?«

»Durch jahrhundertelanges Studium natürlich.« Sogar Sardec hörte, dass er log. Vielleicht war das auch Ilmarecs Absicht. Oder die Macht war ihm zu Kopfe gestiegen und hatte sein Urteilsvermögen vernebelt.

»Ihr habt endlich Zugang zu den versiegelten Regionen des Turms gefunden.«

»Ja, Asea. Es war nicht einfach, aber es ist mir gelungen.«

»Es gibt Leute, die Euch für das Geheimnis einer solchen Waffe ein Vermögen bezahlen würden«, sagte Sardec.

»Ich besitze bereits ein Vermögen. Ein weiteres brauche ich nicht.«

»Was wollt Ihr dann?«, fragte Asea.

»Ich möchte, dass mich beide Seiten, die sich diese lächerlichen Zänkereien um den Thron liefern, in Ruhe lassen. Meinem Land die Qual ersparen, noch jahrhundertelang das Schlachtfeld zu sein, auf dem sie ausgetragen werden.«

»Wenn es nach mir ginge, würde Euch dieser Wunsch erfüllt werden«, erklärte Asea.

»Merkwürdigerweise behauptet Euer Freund Fürst Jaderac dasselbe.«

»Jaderac will, dass die alten Herrschaftsverhältnisse wiederhergestellt werden. Er möchte alle Menschen zu Leibeigenen machen. Doch die Welt hat sich verändert. Er stemmt sich gegen die Geschichte.«

»Er glaubt, dass er gegen Euch kämpft. Und Azarothe und diejenigen, die Euch beide unterstützen.« Er lächelte. »Und Königin Arielle natürlich«, setzte er hinzu, als sei ihm das gerade eben erst eingefallen.

»Darüber haben wir beide schon einmal gesprochen. Wir können die Menschen nicht in alle Ewigkeit versklaven. Sie haben zu viel gelernt. Es sind zu viele, und sie sind zu stark.«

»Jaderac und seinesgleichen sind ebenfalls stark.«

»Nicht stark genug.«

»Vielleicht habt Ihr recht und vielleicht auch nicht. Ich fürchte, Fürst Jaderac hat sich in verbotenen Künsten versucht«, gab Ilmarec zurück. »Tatsächlich fürchte ich, dass viele Terrarch im Osten ebenso handeln, um sich auf den Kampf gegen unsere ehemalige Sklavenrasse vorzubereiten.«

»Was meint Ihr damit?«, fragte Asea.

»Ich habe mit Fürst Jaderac gesprochen. Er hat versucht, mich mit den Tiefen seines Wissens und dem Ausmaß seiner Macht zu beeindrucken. Eine verhüllte Drohung natürlich; und er hat mir tatsächlich Eindruck gemacht, allerdings wohl nicht auf die Art, wie das seine Absicht war.«

»Er hat Euch also bedroht.«

»Im Osten hat man alte Geheimnisse wiederentdeckt, Asea. Dinge, die man besser hätte ruhen lassen. Die allerdunkelste Hexerei, die Art von Magie, der wir alle abgeschworen haben, als wir Al'Terra verließen. Er hat es nicht so ausdrücklich gesagt, aber wenn der nächste Krieg kommt, wird diese Macht gegen Euch – und natürlich auch gegen mich – losgelassen werden, wenn ich nicht tue, was Jaderac und die Königin und Kaiserin wollen. Das Schaf hat sich offenbar zum Wolf gemausert.«

»Verbündet Euch mit uns«, sagte Asea. »Dann habt Ihr nichts von ihm zu befürchten.«

»Ich habe auch jetzt keinen Grund, ihn zu fürchten.«

»Sogar mit Euren übermächtigen Waffen könnte man Euch in diesem Turm aushungern. Eine Armee brauchte nur außerhalb der Reichweite des grünen Lichtes zu warten und dann bei Nacht Eure Felder zu vergiften.«

»Ich sehe, dass Ihr eingehend darüber nachgedacht habt, Asea, doch Ihr irrt Euch. Die Macht, die ich besitze, macht mich gegen jede Belagerung unverwundbar. Ihr spürt es doch, oder? Ihr könnt es in der Luft, die uns umgibt, fühlen.«

»Ich spüre, dass sich Energien aus der Magie des Älteren Zeitalters sammeln.«

»Und habt Ihr schon einmal eine solche Macht gespürt, seit Ihr den Fuß auf diese jämmerliche Schlammkugel von einem Planeten gesetzt habt?«

Asea sah ihm unverwandt in die Augen. »Nein.«

»Ich habe ausreichend magische Energie angehäuft, um die Welt zu verändern«, erklärte Ilmarec. »Und das werde ich bald unter Beweis stellen.«

»Dann wollt Ihr nicht mit uns verhandeln?«

»Das habe ich nicht nötig, Asea. Ich werde der Welt zeigen, dass Kharadrea für sich allein einstehen kann. Eure Armeen werden unseren Boden verlassen.«

»Fürst Azarothe wird möglicherweise nicht Eurer Meinung sein.«

»In wenigen Tagen wird Fürst Azarothe nicht mehr

in der Position sein, mir zuzustimmen oder nicht. Wenn er mein Land nicht verlässt.«

»Dies ist nicht Euer Land«, entgegnete Asea. »Es gehört Königin Kathea.«

»Sobald wir verheiratet sind, werde ich gemeinsam mit ihr regieren.«

»Verheiratet?«, fiel Sardec ein.

»Ja, Leutnant, verheiratet.«

»Kathea würde sich niemals freiwillig mit Euch vermählen«, sagte Asea.

»Da befindet Ihr Euch im Irrtum. Sie ist durchaus einverstanden damit, denn sie glaubt an die Macht, die ich besitze. Ich will Euch zugestehen, dass dies vielleicht nicht die romantischste Grundlage für eine Ehe ist, doch es ist eine Vernunftheirat, die beiden Seiten Nutzen bringt.«

»Das würde ich gern von Königin Kathea selbst hören«, erklärte Asea.

»Selbstverständlich, warum nicht?«, gab Ilmarec zurück. »Dann lasst uns meine zukünftige Braut aufsuchen und mit ihr sprechen.«

Kathea gehörte zu den hübschesten Terrarch-Frauen, die Sardec je gesehen hatte. Sie war groß, wenngleich nicht ganz so hochgewachsen wie Asea, mit honigblondem Haar und kornblumenblauen Augen. Ihr blaues Gewand spiegelte die Farbe ihrer Augen, und ihr goldener Besatz passte zu ihrem Haar.

Sogar nach den Maßstäben des Terrarch-Adels war ihr Gemach luxuriös ausgestattet. Seidene Wandbehänge aus dem Land der Purpurnen Masken schmückten den ganzen Raum. Neben der Tür hing ein großer Spiegel mit Silberrahmen, der so hoch war, dass sie sich darin in voller Gestalt ansehen konnte. Das Bett war rundum mit Tüll verhängt; auf Regalen standen geschnitzte Schutzzeichen. Als Asea eintrat, sah sie halb ängstlich und halb trotzig zu ihr auf.

»Fürst Azarothe schickt mich«, erklärte Asea, »um sich zu vergewissern, dass Ihr bei guter Gesundheit seid.«

»Es ging mir nie besser, Prinzessin Asea«, antwortete Kathea. Ihre Stimme zitterte nur leicht.

»Fürst Ilmarec hat mir berichtet, Ihr seiet verlobt.«

»Diese Ehe dient dem Wohl unseres Landes. Der Fürst hat mir erklärt, dass es das Beste sei, und ich bin ganz seiner Meinung.«

»Königin Arielle hat bereits ihre Armeen in Marsch gesetzt, um Euch zu helfen.«

»Ich habe eine Botschaft für meine königliche Cousine«, gab Kathea zurück. »Darin bitte ich sie, ihre Armeen vom Boden meines Landes zurückzuziehen. Mein zukünftiger Gatte ist durchaus in der Lage, mein Land ohne fremde Hilfe zu schützen.«

»Deswegen hat er wohl auch die Überreste Eurer Armee unter Fürst Esteril gegen Azarothe ins Feld geschickt, nämlich mit der Absicht, sie so zu vernichten.«

Natürlich, dachte Sardec. Er kam sich plötzlich dumm und begriffsstutzig vor. Endlich begriff er, was hinter der Schlacht, die sie geschlagen hatten, wirklich steckte. Wenn Ilmarec tatsächlich so viel Macht besaß, wie er behauptete, dann war es dabei nicht auf das Ergebnis angekommen. Hätte Esteril gesiegt, wäre damit jede Bedrohung durch Azarothe ausgeschaltet gewesen. Falls Azarothe triumphierte, was von vornherein wahrscheinlicher gewesen war, dann war Kathea der Überreste ihrer eigenen Armee beraubt und ihrem Onkel auf Gedeih und Verderb ausgeliefert.

»Ich fürchte, Fürst Esteril hat eigenmächtig gehandelt«, versetzte Ilmarec schlagfertig. »Er war schon immer ruhmsüchtig, und wie hätte er mehr Ruhm gewinnen können als durch einen Sieg über Fürst Azarothe?«

Kurz huschte Verzweiflung über Katheas Miene. Sie wusste, dass sie in der Falle saß. Sardec begriff, dass Ilmarec ein raffiniertes Spiel betrieb. Kathea hatte ihnen übermittelt, was sie nach seinem Willen hatte sagen sollen – und zugleich hatte Ilmarec Asea und ihn benutzt, um der Königin mitzuteilen, dass sie keine Armee mehr besaß. Die einzige Frage war jetzt, ob der Herr des Schlangenturms tatsächlich so viel Macht besaß, wie er glaubte. Natürlich hätte das alles auch ein gewaltiger Bluff von Ilmarec sein können, doch Sardec zweifelte daran. Inzwischen stand viel zu viel auf dem Spiel, um ein solches Risiko einzugehen.

»Wenn dann also Eure Neugierde bezüglich der Gesundheit und des Wohlbefindens meiner Verlobten befriedigt ist, Asea, würde ich Euch gern verabschieden.« Seine Worte waren knapp und beinahe unhöflich; so sprach jemand, der wusste, dass er alle Trümpfe in der Hand hielt.

»Sagt Azarothe, dass er drei Tage Zeit hat, mit dem Rückzug seiner Truppen zu beginnen. Sonst werde ich ihn vernichten.«

16. KAPITEL

In der Magie kommt es ebenso sehr darauf an, unseren eigenen Geist zu beherrschen, wie darauf, Dämonen zu zähmen.

Aernis, Grundprinzipien der Magie

Sardec trieb die Fourageure zur Eile an, bis sie die Tore des *Hauses der Drei Schwäne* erreichten. Das unangenehme Gefühl zwischen seinen Schulterblättern ließ nach. Während sie durch die Straßen marschiert waren, hatte er ständig gefürchtet, sie könnten angegriffen werden. Seit ihrer Begegnung mit Fürst Ilmarec hatte ihn dieses tiefe Unbehagen nicht mehr verlassen.

»Ich danke Euch für Eure Bemühungen, mich sicher hierher zu geleiten«, sagte Prinzessin Asea.

»Das war meine Pflicht und zugleich auch ein Vergnügen, edle Dame«, gab Sardec zurück. Sie schenkte ihm ein herzliches Lächeln, das Sardec erwiderte, während es ihm klarmachte, unter welchem Druck sie beide gestanden hatten.

»Ich muss mich kurz ausruhen«, erklärte Asea. »Wenn Ihr mich danach in meinem Gemach aufsuchen würdet? Wir haben viel zu besprechen und wenig Zeit dazu.«

Sardec klopfte an die Tür zu Aseas Gemächern. Er hatte die Zwischenzeit damit verbracht, sich davon zu überzeugen, dass seine Soldaten von den Fenstern aus ein gutes Schussfeld auf die Straße hatten. Also fühlte er sich zufrieden, weil er alles so gut wie möglich geregelt hatte.

»Herein!«, rief Asea.

Er vergewisserte sich, dass die Tür hinter ihm geschlossen war. In einem Haus wie diesem wusste man nie, wer vielleicht lauschte. Sie folgte seinem Blick. »Keine Sorge, ich habe einen Schutzzauber über diese Räume gelegt«, sagte sie.

»Gibt es dafür einen Anlass?«

»Ich fürchte, Fürst Ilmarec plant ein bedeutendes magisches Ritual. Seine verfluchte Festung ist mit mehr Macht vollgesogen, als ich auf diesem jämmerlichen, an magischen Energien armen Planeten je für möglich gehalten hätte. Sogar hier, hinter meinem eigenen Schutzzauber, platzt mir davon fast der Kopf.«

»Ich fürchte, meine Kenntnisse der Magie sind ziemlich beschränkt, edle Dame.«

»Die magischen Energieströme hier sind die gewaltigsten, die ich je gespürt habe, seid wir Al'Terra verlassen haben. Fürst Ilmarec besitzt nicht nur eine undurchdringliche Festung, sondern verfügt auch über die größte Konzentration magischer Macht auf dieser Welt.«

»Dann hat er keine leere Drohung ausgesprochen, als er behauptete, er werde Fürst Azarothes Armee vernichten.«

»Nein, das glaube ich nicht.«

»Dann geht Ihr also davon aus, dass er etwas vorhat?«

»Ich habe keine Ahnung. Ich weiß nur, dass innerhalb der Mauern des Turms mehr magische Energie gebunden ist als jemals zuvor in unserer Geschichte.«

»Gebunden …«

»In diesem Turm befindet sich etwas, das magische Energie in riesigen Mengen erzeugt; in einem Maße, wie ich es nicht mehr gespürt habe, seit wir unseren Heimatplaneten verlassen haben.«

»Von so etwas habe ich noch nie gehört.«

»Ich auch nicht. Und es war noch nicht da, als ich Ilmarec zum letzten Mal aufgesucht habe. Zumindest war es nicht tätig.«

Sardec dachte über ihre Worte nach. Nur eines konnte die Quelle solcher Macht sein.

»Ihr vermutet, dass Ilmarec irgendeine alte Apparatur der Schlangenmenschen zum Leben erweckt hat.«

»Das ist wohl die wahrscheinlichste Erklärung. Diese Energie ist fremdartig und verunreinigt.«

»Auf welche Weise verunreinigt?«

»Sie weist Spuren einer eigenartigen Beimischung auf. Das ist kein reines *Tau*. Auf Al'Terra gab es auch solche Energien, und der Umgang damit hat manche Magier in den Wahnsinn getrieben.«

»Ihr glaubt, er hat sich in verbotener Magie versucht und ist verrückt geworden.«

»Ilmarec hat Zugang zu der verunreinigten Energie. Er lenkt sie durch das Juwel in seinem Amulett und macht sich große Mengen dieser Magie zu seinem eigenen Zwecken zunutze. Gut möglich, dass sogar ein Magier von seiner großen Erfahrung darüber den Verstand verloren hat.«

»Dann befinden sich der Schlangenturm und all seine fremdartigen Waffen in den Händen eines Wahnsinnigen?«

»Gut möglich, und ich fürchte, dass selbst Ilmarec nicht in der Lage sein könnte, diese große Macht zu beherrschen. Ich zittere bei dem Gedanken, was geschehen könnte, wenn sie außer Kontrolle gerät.«

»Was war das für ein Wesen, das sich bei ihm befand, meine Dame? Sein Leibwächter.«

»Ein Dämon von uralter Art. Dass er ihn überhaupt herbeirufen konnte, spricht schon dafür, wie stark seine Macht in den letzten Jahren angewachsen ist. Ich hätte nicht gedacht, dass jemand von diesem Planeten aus Kontakt zu den Ebenen von Ahenna aufnehmen könnte. Ich selbst wäre dazu jedenfalls nicht in der Lage.«

»Und was glaubt Ihr, was für ein Ritual Ilmarec durchführen will?«

»Ich wünschte, ich wüsste es. Mit der Energie des Turms könnte er eine ganze Armee von Dämonen heraufbeschwören.«

»Nicht gerade ein beruhigender Gedanke. Aber das wäre Wahnsinn.«

»Ilmarec scheint auch nicht mehr vollständig bei Verstand zu sein.«

»Meint Ihr, er will uns angreifen?«

»Ilmarec hat die zukünftige Königin von Kharadrea in seiner Gewalt. Er hat Zugang zur Magie und den Waffen der Alten Welt. Von seinem Standpunkt aus befindet er sich in einer sehr starken Position. Daher ist das gut möglich.«

»Glaubt Ihr, man könnte ihn überreden, sich mit uns gegen das Dunkle Imperium zu verbünden?«

»Was könnten wir ihm anbieten, das er nicht bereits besitzt? Wie könnten wir ihn zwingen, unserer Armee freies Geleit zu gewähren? Er wird doch nur dort oben in seiner uneinnehmbaren Festung sitzen und uns auslachen.«

»Dann können wir nur sehr wenig unternehmen.«

»Ich habe vielleicht die Möglichkeit, einen Mann in den Turm einzuschleusen.«

»Was könnte ein einzelner Mann schon ausrichten? Außer vielleicht uns die Tore öffnen. Aber selbst dann müssten wir unter dem Blick des Schlangenauges und seinem grünen Licht diesen Damm erklettern.«

»Vielleicht sollten wir nicht darüber nachdenken, wie wir dort eindringen, sondern eher, wie wir etwas aus dem Turm herausholen können.«

»Ihr wollt Kathea retten? Dann müssten wir sie aber immer noch von hier fortbringen, und das könnte sich als schwierig herausstellen. Mit diesem verfluchten Licht kann Ilmarec alles zerschmettern, das sich in der Umgebung bewegt.«

»Wenn Ihr einen besseren Plan habt, dürft Ihr ihn mir gern unterbreiten; ansonsten schlage ich vor, dass Ihr mich ausreden lasst.«

»Sprecht bitte weiter, edle Dame, und vergebt mir meinen Mangel an Höflichkeit.«

»Ich werde einige Eurer Männer benötigen, insbesondere denjenigen, den man das Halbblut nennt.«

»Warum ausgerechnet ihn, meine Dame?«

»Er besitzt die Talente, derer ich bedarf, und als Mischling wird er empfänglicher für einige der Zaubersprüche sein, die ich wirken muss.«

»Ich werde Euch natürlich alles zur Verfügung stellen, was in meiner Macht steht, wenn Ihr es braucht, aber wie habt Ihr vor, ihn nach drinnen zu schmuggeln?«

»Es gibt da gewisse magische Mittel. Sie bergen zwar ein großes Risiko, aber wir müssen es versuchen. Sobald ich diesen Zauber über einen Mann werfe, ist er möglicherweise in der Lage, an dem Torwächter vorbeizukommen.«

»Und was soll er dort drinnen tun?«

»Die Königin finden und sie herausholen.«

»Glaubt Ihr wirklich, dass so etwas möglich wäre? Würden wir nicht Katheas Leben in Gefahr bringen?«

»Wenn Ilmarec tatsächlich vorhätte, sie zu töten, hätte er es bereits getan.«

»Es ist aber ein Unterschied, ob man jemanden tötet, den man gefangen hält und der einem von Nutzen ist, oder jemanden, der sich auf der Flucht befindet und zu Ilmarecs geschworenem Feind werden wird, wenn sie gelingt«, wandte Sardec ein.

»Danke, dass Ihr mich auf das Offensichtliche hinweist, Leutnant.«

»Ist mir ein Vergnügen, edle Dame«, sagte Sardec und grinste. Sie erwiderte sein Lächeln.

»Wir müssen noch weitere Möglichkeiten in Betracht ziehen.« Der Ton, in dem sie das sagte, gefiel Sardec nicht.

»Was Ihr über Kathea gesagt hat, trifft ebenso auf uns zu wie auf Ilmarec.«

»Was meint Ihr damit?«

»Damit will ich sagen, dass es besser wäre, Kathea wäre tot als gegen uns.«

»Ich bin mir nicht sicher, ob ich einen Mord billigen kann, Prinzessin Asea.«

»Selbst wenn das bedeuten würde, dass unser Land eine Niederlage erleidet und an das Dunkle Imperium fällt?« Darüber dachte Sardec nach. Asea hatte natürlich recht. Wenn sich Kathea gegen sie wandte, dann würden ihr alle ihre Untertanen folgen.

»Aber Ilmarec scheint ebenso stark gegen das Dunkle Imperium eingestellt zu sein wie wir«, sagte er, um mehr Zeit zum Nachdenken zu gewinnen.

»Wisst Ihr das so genau, Leutnant? Und seid Ihr Euch vollkommen sicher, dass es auch so bleiben wird? Im Augenblick haben wir nur sein Wort darauf, und ich erinnere Euch daran, dass er nicht ganz bei Verstand zu sein scheint.«

»Am besten wäre es natürlich, wenn wir Königin Kathea lebend in unsere Hand bekämen«, sagte er.

»Einverstanden, aber wenn nicht?«

»Dann, aber nur dann sollte sie getötet werden, wenn es keinen anderen Ausweg gibt. Doch es gibt noch eine andere Möglichkeit, und ich bin erstaunt, dass Ihr sie bislang nicht erwähnt habt.«

»Und worin bestünde die?«

»Wir könnten Eurem Mann befehlen, Fürst Ilmarec zu töten.«

»Ich bin mir nicht sicher, ob das möglich ist. Sein Leibwächter ist so gut wie unüberwindbar.«

»Aber wenn es möglich wäre?«

»Ich stimme Euch zu, dass es das Beste wäre, falls sich die Gelegenheit dazu ergibt.«

»Das ist also etwas, das wir in unsere Pläne einbeziehen sollten.«

»Ja«, sagte sie. »Das sollten wir wohl.«

»Wahrscheinlich wird es gar nicht dazu kommen. Außerdem stehen unsere Chancen nicht besonders gut.«

»Ich weiß, dass dies ein verzweifelter Schachzug ist, Leutnant, aber was wäre die Alternative – uns zurückzulehnen, nichts zu tun und darauf zu warten, dass die Katastrophe über unsere Armee und unser Land hereinbricht? Ihr wisst genau, dass alle militärischen Möglichkeiten in Wahrheit Unmöglichkeiten sind. Nicht einmal mit einem Dutzend Drachen und einer Armee, die zehnmal größer wäre als die von Azarothe, könnten wir Ilmarec aus seinem Turm holen. Jedenfalls nicht in den nächsten paar Jahren.«

»Was brauchen wir?«

»Einen Grundriss des Turms. Glücklicherweise verfüge ich über einen.«

»Ihr besitzt einen Plan des Turms?«

»Wenn man so lange lebt wie ich, lernt man, sich auf alles nur Denkbare vorzubereiten, Leutnant. Als sich Ilmarec den Turm zur Wohnstatt erwählt hat, rückte es in den Bereich des Möglichen, dass wir ihn dort wieder herausholen müssten.«

Sardec sah sie nur an. Diese List musste sie sich vor fast fünfhundert Jahren ausgedacht haben. Er überlegte, wozu eine solche Karte nützlich sein könnte. Um einen Mörder in den Turm zu schmuggeln, zum Beispiel.

»Wir müssen auch überlegen, wie wir unbemerkt die Stadt verlassen können, ohne uns dabei zu gefährden.«

»Für all das kann gesorgt werden. Vor allem müssen wir einen Weg finden, Euren Mann in den Turm zu schaffen.«

»Darüber habe ich bereits nachgedacht. Wir werden in Verbindung zu den hiesigen Dieben treten müssen. Ich werde ein paar Männer schicken, die uns besorgen werden, was wir brauchen.«

»Was bringt Euch zu der Ansicht, dass sie uns helfen werden?«

»Ich habe schon früher Geschäfte mit ihnen gemacht«, erklärte Asea. Irgendwie überraschte diese Mitteilung Sardec nicht. »Wenn Ihr mich jetzt entschuldigen würdet, Leutnant, ich möchte gern mit meinem Agenten sprechen.«

»Wie Ihr wünscht.« Sardec verneigte sich und ging.

»Ich habe eine Aufgabe für dich, und zwar eine sehr gefährliche«, begann Asea. Rik sah sie fragend an und dachte an ihre letzte Unterredung. Nach seiner Begegnung mit Tamara war er sich nicht sicher, ob er sie würde töten können. Dies schien jedoch nicht der richtige Zeitpunkt zu sein, solche Einwände zu erheben.

»Ihr wollt, dass ich Tamara und Jaderac umbringe?«

»Nein, im Augenblick nicht. Ich möchte, dass du in den Schlangenturm eindringst und die zukünftige Königin Kathea befreist.«

Rik atmete erleichtert auf, doch als ihm die Bedeutung ihrer Worte klar wurde, lachte er laut heraus. »Vielleicht hättet Ihr auch gern, dass ich mir Flügel wachsen lasse und Euch zum Mond fliege. Es ist unmöglich, in den Turm einzubrechen. Glaubt mir, darin bin ich Fachmann.«

»Ich kann dir Zugang verschaffen.«

»Dann seid Ihr wahrhaftig eine Zauberin.«

»Zauberei wird nicht notwendig sein, zumindest nicht auf meiner Seite.«

Rik sah sie aufmerksam an. Es war ihr ernst. Vielleicht hatte sie tatsächlich eine Möglichkeit gefunden, ihn in den Turm zu bringen. Trotzdem war dieses Unternehmen der reine Wahnsinn. Selbst wenn es ihm gelang, in den Turm einzudringen, wäre er ein einziger Mann an einem fremden Ort, der voll von bösem Zauberwerk war. Kathea würde mit Sicherheit bewacht werden. Wie sollte er sie finden und lebend nach draußen führen? Es war unmöglich, und das sagte er Asea auch.

»Dennoch fürchte ich, wir werden es versuchen müssen.«

Er lachte freudlos. »Was meint Ihr mit *wir*? Ich bin derjenige, der hineingehen soll.«

»Rik, wenn es uns nicht gelingt, Kathea zu befreien und Ilmarec unschädlich zu machen, wird dieser Krieg verloren sein, ehe er auch nur begonnen hat. Dann können wir ebenso gut nach Hause gehen und darauf warten, dass die Legionen des Dunklen Imperiums unsere Grenzen überrollen, denn das wird letztlich geschehen, wenn wir ihnen gestatten, Kharadrea unter ihre Kontrolle zu bringen.«

»Ich bin mir nur nicht sicher, ob es Eurer Sache hilfreich ist, wenn ich Selbstmord begehe.«

»Zugegeben, die Erfolgschancen sind gering, aber wir haben keine andere Wahl.«

»Und wieder vernehme ich dieses interessante Wörtchen *wir*. Werdet Ihr mich denn begleiten?«

»Leider nein. Die Wächter des Turms würden mich sofort entdecken. Dich aber nicht – aus Gründen, die ich dir bereits erklärt habe.«

»Weil ich ein Schattenblut bin?«

»Möchtest du das noch lauter herausschreien? Dieses Mal haben dich die hiesigen Inquisitoren vielleicht nicht gehört.«

»Ich finde nicht, dass es einen großen Unterschied macht, wer mich umbringt. Ihr vielleicht? Ilmarecs Wachen oder die Inquisition, das läuft doch wohl auf dasselbe hinaus.«

Sie schien ernsthaft über die Frage nachzudenken.

»Die Inquisition wird dafür sorgen, dass du leidest, ehe du stirbst. Sie werden dir das Fell abziehen, und dabei werden sie viel Fantasie walten lassen.«

Rik hörte die verhüllte Drohung darin. Ohne dass er zu fragen brauchte, wusste er, dass sie ihn den Inquisitoren übergeben würde, wenn er nicht tat, was sie von ihm wollte. »Das würdet Ihr tun?«

»Ich verspüre nicht den Wunsch dazu, Rik, aber du solltest auch nicht vergessen, dass du und deine Freunde unmittelbar dafür verantwortlich wart, dass Uran Uhltar losgelassen wurde. Dies ist eine Angelegenheit, an der die Herren der Inquisition sehr interessiert wären.«

Das war eine weitere Drohung – nicht nur er würde leiden, sondern seine Freunde ebenfalls. Rik war beinahe erstaunt darüber, dass ihm dies etwas ausmachte. Er hatte sich selbst immer für einen ausgesprochen selbstsüchtigen Menschen gehalten, aber er wollte nicht, dass Wiesel und dem Barbaren etwas zustieß, wenn er es verhindern konnte.

»Das ist nicht gerecht«, wandte er ein, doch noch während er sprach, wurde ihm klar, wie kindisch er sich anhörte.

»Das Leben ist nicht gerecht, Rik. Du weißt das, und ich weiß es auch. Nur Kinder widersprechen und behaupteten, es müsse anders sein.«

»Ich finde allerdings, dass es mit mir weit ungerechter umspringt als mit Euch.«

»Ich verstehe schon, was dich zu dieser Einschätzung bewegt, aber andererseits bist du wohl kaum in der Lage, ein Urteil über mein Leben abzugeben.«

»Der Himmel bewahre mich davor, so etwas zu tun.«

»Ich kann deine Verbitterung verstehen, Rik, doch all dies hat auch eine gute Seite.«

»Es würde mich freuen, wenn Ihr mich darüber aufklären würdet.«

»Wenn du Erfolg hast, wirst du über alle Maßen reich belohnt werden.«

»Wie viel genau ist ›über alle Maßen‹?« Rik vermochte sich die Frage nicht zu verkneifen. Er war ein Straßenjunge aus Drangsal, und ihre Worte hatten seine Gier und seine Neugierde erweckt.

»Sowohl die Königin als auch ich werden dir dankbar sein.«

»Mit Dankbarkeit kann ich mir kein Huhn kaufen.«

»Du wirst belohnt werden – und du wirst ein Held sein. Du wirst der Mann sein, der den Verlauf dieses Krieges ganz allein geändert hat. Man wird dich mit Gold und Landbesitz überhäufen, und ich könnte sogar dafür sorgen, dass du in meine Familie aufgenommen wirst. In dir fließt Terrarch-Blut, und du siehst auch so aus, und wenn du erfolgreich bist, dann würdest du ein solches Ansehen genießen, dass niemand dir das Recht darauf streitig machen könnte. Die Terrarch würden viel lieber glauben, dass einer der Ihren diese Tat vollbracht hat und kein Mensch.«

Ihr Angebot hatte tatsächlich eine gute Seite. Es öffnete ihm die Tür zu einer Welt von immensen Reichtümern und Privilegien, zu einem Leben in einer Art von Luxus, von dem nicht einmal der reichste Mensch träumen konnte. Sie packte ihn an seiner Eitelkeit und an seinem Bedürfnis, sich einen Platz in der Welt zu schaffen.

Er wusste, dass sie die Wahrheit sprach. Ein Erfolg würde allen zeigen, dass er würdig war, ein Terrarch zu sein. Mehr noch, er würde beweisen, dass er etwas tun konnte, zu dem keiner von ihnen in der Lage war; dass er nicht nur ebenso gut war wie die Terrarch, sondern sogar besser. Das war eine unwiderstehliche Vorstellung, und sie setzte sich auch schon in seinen Gedanken fest. Doch um all das zu erreichen, würde er natürlich zuerst überleben müssen. Dann kam ihm ein weiterer Einwand in den Sinn.

»Wird man denn keine Fragen darüber stellen, wie ich das fertiggebracht habe? Werden sich die Leute nicht wundern, wie ich in die Lage kam, Ilmarecs Schutzzauber und seine Dämonen zu überwinden?«

Sie lächelte, denn sie spürte ihren Triumph, seine veränderte Haltung. »Ich werde ihnen sagen, dass ich dich mit meinen Zauberkräften abgeschirmt habe. Ich habe bereits begonnen, Leutnant Sardec in dieser Richtung zu beeinflussen.«

»Und wenn ich das überlebe, werdet Ihr mich die Magie lehren.«

»Wenn du es dann noch möchtest.«

»Ich habe Euer Wort als das von einer der Ersten.«

»Du hast mein Wort.« Wenn er überlebte, würde er vielleicht reich und berühmt werden und in den Adel aufsteigen. Außerdem würde er Zutritt zu der Welt geheimen Wissens erlangen, nach der er sich immer verzehrt hatte. Er wog seine Position ab. Wenn er Asea nicht gehorchte, war ihm der Tod sicher. Er könnte versuchen, sie jetzt zu töten und zu fliehen, doch er bezweifelte, dass er sehr weit käme. Damit würde er nur einen anderen Weg aufs Schafott wählen. Trotz aller Versprechungen, die ihm Tamara gemacht hatte, bezweifelte er, dass sie ihm helfen würde, sobald die Tat vollbracht war.

Wenn er Erfolg hatte, konnte er reicher werden als in seinen kühnsten Träumen – und mächtig. Konnte aus dem Schatten ins helle Sonnenlicht treten.

»Lasst mich Euren Plan hören«, sagte er.

»Er ist recht einfach«, gab sie zurück.

»Das sind alle guten Pläne.«

»Wir müssen dich in einem der Karren verstecken, die zum Turm fahren.«

Ihm sank der Mut. Er hatte etwas viel Klügeres und Vielschichtigeres erwartet. Sie bemerkte seine Miene.

»Du hast selbst gesehen, was geschehen ist, als wir durch die Tore des Turms traten. Die Wächter sind sich ihrer Sache viel zu sicher. Sie überprüfen die Karren nicht, weil sie wissen, dass der Dämon jeden, der sich darin verbirgt, an seiner Lebenskraft erkennen und Alarm schlagen würde.«

Damit hatte sie sein Interesse erweckt. »Lebenskraft?«

»Ja. Dämonen sehen nicht so wie die Menschen, es sei denn, sie sind an einen sterblichen Körper gebunden. Sie nehmen eher die Seelen wahr, die Lebensenergie. Das Wesen, das sich im Inneren dieser Wasserspeier verbirgt, besitzt keine Augen, so wie du sie hast. Es braucht sie nicht, denn es nimmt Seelen in Form von

Energiemustern wahr, so wie mächtige Zauberer, wenn sie ihre magische Wahrnehmungskraft einsetzen. Sie spüren die Aura – ein Mann, der unter einem Stapel Säcke versteckt ist, wäre für sie immer noch sichtbar, weil seine Lebenskraft charakteristisch und einzigartig wäre. Aber dich wird der Dämon nicht sehen.«

Das war neu für Rik. Eine Frage schoss ihm durch den Kopf, die damit zu tun hatte, was sie ihm schon früher erzählt hatte. »Wenn das der Fall ist, warum kann Euer Volk dann die magische Wahrnehmungsfähigkeit nicht einsetzen, um die Schattenblut-Krieger zu entdecken? Die Abwesenheit von etwas ist doch ebenso auffällig wie seine Gegenwart. Wenn Ihr einen lebenden Mann ohne Aura seht, dann müsstet Ihr doch gleich wissen, dass etwas nicht stimmt.«

»So einfach ist das nicht, Rik. Die Schattenblut-Krieger waren in der Lage, ihre Aura nach Belieben zu verändern. Du besitzt nicht ihre Fertigkeiten, sondern nur die Anlagen dazu. Doch hoffentlich wird das für dieses Unternehmen ausreichen.«

»Woher wisst Ihr so genau, dass mich der Wächter des Turms nicht entdecken wird?«

»Sag mir, Rik, was hast du gespürt, als du durch das Tor in den Turm getreten bist?«

Er überlegte, ob er lügen sollte, doch die Wahrheit entschlüpfte ihm trotzdem. »Nichts.«

»Jeder andere, der durch diese Tore trat, hat etwas gespürt. Sie haben die Anwesenheit des Dämons, der sie beobachtete, gefühlt. Du hast nichts empfunden, weil das Wesen dich nicht wahrgenommen hat.«

»Das kommt mir bestenfalls wie ein schwacher Hinweis vor.«

»Rik, einer von uns hier ist ein Magier, der über zweitausend Jahre Erfahrung verfügt, und diese Person bist nicht du. Ich schlage vor, dass du auf mich hörst. Dies ist mein Fachgebiet.«

Darauf gab es nichts zu entgegnen, und so starrte er sie nur verdrossen an. Asea sprach weiter. »Auf Al'Terra hat es solche Wächter gegeben, und die Schattenblut-Krieger sind unbemerkt an ihnen vorbeigekommen; daher lohnt es sich, dieses Risiko einzugehen.«

»*Ich* werde dieses Risiko eingehen«, murrte er. Sie tat, als hätte sie nichts gehört. »Was soll ich anfangen, sobald ich drinnen bin?«, fragte er daher. »Die Männer werden mich doch sicher entdecken, sobald der Karren ausgeladen wird.«

»Du wirst einfach so tun, als wärest du einer der Karrenlenker. Die Leute sehen, was sie zu sehen erwarten, und jeder weiß, dass Außenseiter die Tore nicht durchschreiten können. Such dir ein Versteck, warte, bis es Nacht wird, und schleich dich dann in den Turm.«

»Und was, wenn mir das nicht gelingt?«

»Ich verlasse mich auf deinen Einfallsreichtum, Rik. Du hast ihn schon früher bewiesen.«

»Das ist aber kein besonders raffinierter Plan, wenn Ihr mir verzeiht, dass ich das sage.«

»Nein, das ist er nicht, aber er ist das Beste, das ich unter diesen Umständen bewerkstelligen kann.« Der Blick, den sie ihm zuwarf, war voller Kummer, Mitleid und Entsetzen. Für einen kurzen Augenblick war ihre

Maske verrutscht, und er nahm wahr, wie verzweifelt sie sein musste, um einen solchen Plan in Betracht zu ziehen. Sie hatte dazu beigetragen, ein Imperium zu spalten, doch jetzt war sie gezwungen, sich auf einen halbblütigen Jungen zu verlassen, um alles zu retten, was sie mitaufgebaut hatte. Wenn sie scheiterte, würde sie mehr als ihr Lebenswerk verlieren, nämlich ihr Leben selbst.

Andererseits, dachte er, setzte sie im Augenblick nicht sehr viel aufs Spiel, nur *sein* Leben. Und er hatte schon oft genug bewiesen bekommen, dass die Terrarch, die Herren dieser Welt, das nicht als sehr wertvoll erachteten.

Wieder dachte er an Flucht. Wenn zutraf, was sie über sein Schattenblut-Erbe behauptete, würde es den Terrarch sehr schwerfallen, ihn zu finden, sobald er sich einmal aus ihrer unmittelbaren Umgebung abgesetzt hatte. Auf der anderen Seite wäre er dann ein Fremder in einem vom Krieg zerrissenen Land, von beiden Parteien gejagt, ohne Freunde oder irgendeinen Rückhalt. Er sagte sich, dass er schon früher in dieser Lage gewesen war, aber das machte die Aussicht auch nicht verlockender.

»Erzählt mir mehr von diesen Schattenblut-Kriegern – konnte man sie wirklich nicht aufspüren? Gab es keine Möglichkeit, sie durch Magie zu finden?« Sie lächelte, beinahe als hätte sie seine Gedanken gelesen.

»Es gibt immer Möglichkeiten, wenn man die richtigen Mittel besitzt.«

»Was meint Ihr?«

»Wenn ich eine Locke von deinem Haar besitze, eine Probe deines Blutes oder etwas anderes, das eng mit dir verbunden ist, dann kann ich dich finden.«

»Wie?«

»Im Äther existieren Wesen, Dämonen, wenn du so willst, die über uns unbekannte Sinne verfügen. In Ermangelung des richtigen Begriffs könnte man sich einen Geruchssinn vorstellen, der tausendmal schärfer ist als der eines Bluthundes. Sobald sie einmal Witterung aufgenommen haben, können sie alles finden.«

»Warum habt Ihr diese Wesen nicht auf Al'Terra eingesetzt?«

»Das haben wir ja. Manchmal ist das auch gelungen, doch bei anderen Gelegenheiten wurden sie durch stärkere Magie ausgeschaltet. Wir waren nicht die Einzigen, die sich übersinnlicher Kräfte bedient haben, Rik. Doch sei versichert, dass ich dich finden kann, wo immer du jetzt auch hingehst.«

Er dachte an die Haarsträhne, die sie sich damals in dem Zelt von ihm erbeten hatte. »Ihr habt mich angelogen«, warf er ihr vor.

»Nein, Rik, ich habe dir nur nicht die ganze Wahrheit gesagt. Ich werde die Locke vernichten, wenn sie nicht mehr gebraucht wird.« Er fühlte sich zornig und töricht, doch dann erkannte er, dass ihm seine Wut jetzt und hier nicht weiterhelfen würde. Wenn er überleben wollte, musste er sich zusammennehmen. »Was könnt Ihr tun, um mir bei dieser Mission zu helfen?«

»Ich kann dir Karten besorgen, die das Innere des Turms zeigen. Auch die Uniform eines Wachpostens kann ich dir beschaffen, und außerdem einige ungewöhnliche Waffen.«

Das klang schon eher vielversprechend. »Was habt Ihr? Magische Waffen?«

»Nein – die würde der Torwächter bemerken. Solche Waffen besitzen eine Aura wie jedes lebende Wesen, da sie von magischer Energie gespeist werden. Aber ich kann dir Gift verschaffen …«

»Was soll ich damit anfangen – etwa ihre Wasservorräte vergiften?«

»Nein, ich werde dir etwas geben, das man ›Magierfluch‹ nennt und das jedem, der Magie einsetzt, große Schmerzen bereitet. Und ich werde dir Drogen zur Verfügung stellen, die deine Schnelligkeit und Kraft erhöhen.«

»Die kann ich gut gebrauchen.«

»Eines noch, Rik. Falls sich die Gelegenheit ergibt, Ilmarec das glühende Amulett, das er um den Hals trägt, abzunehmen, solltest du es tun. Alle magischen Verteidigungsanlagen des Turms sind daran gebunden. Das Schmuckstück könnte mir von großem Nutzen sein.«

»Er wird es aber bestimmt bemerken, wenn ich ihm sein Amulett abnehme.«

»Nicht, wenn er tot ist. Das würde eine ganze Reihe unserer Probleme lösen.«

»Mit anderen Worten, ich soll Ilmarec töten, wenn ich eben kann.«

»Du bist Soldat. Er ist der Feind.«

»Er ist ein Fürst der Terrarch. Ich bin ein Mensch. Auf solch eine Tat steht der Scheiterhaufen.«

»Nicht unter diesen Umständen. Schließlich befinden wir uns im Krieg.«

»Seine Gefolgsleute könnten das anders sehen, wenn sie mich fangen.«

»Dann sieh besser zu, dass du nicht gefangen wirst.«

Rik starrte sie wütend an. Er konnte sich des Gefühls nicht erwehren, ohne weitere Umstände auf eine Selbstmordmission geschickt zu werden. Wenn er Erfolg hatte, würde Asea den größten Teil des Ruhmes einheimsen, denn es wären ihre Zaubersprüche gewesen, die ihn geschützt hatten. Zumindest würde sie das behaupten, und er befand sich nicht in der Position, ihr zu widersprechen. Sollte er scheitern, würde sie immer noch sicher in dieser Villa sitzen, eine reiche, verhätschelte Terrarch-Dame. Und er befand sich genau da, wo er sein ganzes Leben gewesen war: hilflos der Macht der Herren dieser Welt ausgeliefert. Bei dieser Sache hatte er nicht wirklich etwas mitzureden. Bestenfalls konnte er hoffen, dass es ihm gelang, sich heimlich davonzumachen, doch er wusste auch, dass die Strafe entsetzlich sein würde, wenn ihn die Terrarch fingen.

»Du wirkst sehr nachdenklich«, bemerkte Asea.

»Ich denke nur über meine Erfolgschancen nach«, erklärte er. »Sie stehen nicht gut, oder?«

»Nein«, pflichtete sie ihm bei.

»Kann ich irgendetwas unternehmen, um sie zu verbessern?«

»Du könntest es mit Beten versuchen.«

Er sah sie an, denn er war sich nicht sicher, ob sie tatsächlich im Ernst sprach.

»Wie verschaffen wir uns einen solchen Karren?«, fragte er dann lieber.

»Da ist ein Mann, der dir helfen wird. Unter den Dieben in dieser Stadt hat er große Macht. Ich glaube, du hast seine Bekanntschaft schon gemacht. Man nennt ihn den Schwarzen Tomar.«

Rik wahrte eine gleichmütige Miene. Worin bestand die Verbindung zwischen Asea und dem hiesigen Verbrecherkönig? »Warum sollte er uns helfen?«

»Er wird es tun, glaube mir«, sagte sie. Rik unterdrückte einen Schauder. Er fragte sich, wie eng Aseas Verbindung mit Tomar wirklich war und ob er wusste, was kürzlich nachts zwischen ihm und Tamara geschehen war – und worüber sie gesprochen hatten.

Asea lächelte, als läse sie seine Gedanken. »Gib ihm diese Münze. Dann wird er wissen, dass du in meinem Auftrag handelst.«

Sie legte eine alte Goldmünze auf den Tisch. Rik hob sie auf und untersuchte sie. Die Münze war sehr alt und so abgegriffen, dass die Prägung kaum noch zu erkennen war. Jemand hatte ein eigentümliches Muster in den Rand geritzt, das er mit dem Finger ertasten konnte. Er steckte sie in die Tasche.

»Sonst noch etwas?«, fragte er.

»Du solltest dich sehr vorsehen, Rik«, sagte Asea. Ihr Lächeln wirkte ein wenig schief, und er fragte sich, wie viel genau sie wusste.

Rik stampfte auf, um den Schlamm von seinen Stiefeln zu entfernen, wischte sich den Regen von der Stirn und folgte Wiesel und dem Barbaren in die Taverne *Zum Schlangenhaupt*. Er verfluchte das Wetter und das seltsame Licht, das der Turm aussandte, obwohl es die düsteren Straßen erhellte. Dieses höllische Glühen hatte etwas, das ihm Schauer über den Rücken jagte.

Die Gäste in der Taverne wirkten beunruhigt, und es herrschte die Art von hektischer Betriebsamkeit, wie sie für ein Diebesnest in unruhigen Zeiten typisch ist. Da draußen gab es jetzt jede Menge Gelegenheit, reiche Beute zu machen. Bei dem Gedanken juckte es Rik in den Fingern, und er fühlte sich beinahe versucht, hinauszugehen und sich an den Plünderungen zu beteiligen.

Doch stattdessen drängte er sich hinter Wiesel und dem Barbaren zur Theke durch. Ein stämmiger Mann mit zerklüftetem Gesicht begrüßte sie und gab dem Mann hinter dem Tresen ein Zeichen. Rasch schenkte dieser drei Gläser ein und stellte sie vor die Freunde hin. Daraus schloss Rik, dass dieser Mann der Schwarze Tomar war, der Besitzer, mit dem Wiesel kürzlich abends Geschäfte gemacht hatte. Er blickte sich um und hoffte schon, Tamara zu sehen, doch er entdeckte nicht die geringste Spur von ihr. Ob er sie wohl je wiedersehen würde? Er schob den Gedanken beiseite; jetzt hatte er erst einmal Aseas Auftrag zu erledigen.

»Guten Abend«, begrüßte Tomar sie. In dem Blick, mit dem er Rik blitzschnell maß, lag mehr als beiläufiges Interesse. Er war kurz, doch war er sich der Musterung dennoch bewusst.

»N' Abend, Kumpel«, antwortete Wiesel in seinem

arglosesten, bäuerlichsten Tonfall, was immer ein Zeichen dafür war, dass er besonders auf der Hut war.

»Ich bin überrascht, euch an so einem Abend zu sehen«, sagte Tomar. »Ich hätte gedacht, ihr wäret im *Haus der Drei Schwäne*, oder vielleicht sogar noch oben im Turm bei Fürst Ilmarec.«

»Du weißt darüber Bescheid?«, wunderte sich Wiesel.

»Schon schwierig, nicht mitzubekommen, wie eine Kompanie ausländischer Soldaten die Schlangenstraße hinaufmarschiert.«

»Wahrscheinlich«, meinte Wiesel. »Hast du noch einmal über unser Gespräch von neulich abends nachgedacht?«

»Ja. Kannst dem Quartiermeister sagen, dass ihm sein Ruf vorausgeeilt ist und ich mich freuen würde, Geschäfte mit ihm zu machen.«

»Schön, das zu hören«, antwortete Wiesel. Tomar bedeutete ihnen mit einer Handbewegung, sich in eine ruhige Nische zu setzen, auf einen Platz, von dem aus er alles um sich herum beobachten konnte, ohne selber gesehen oder belauscht zu werden.

»Um die Wahrheit zu sagen«, begann er – Rik war schon immer der Ansicht gewesen, dass eine solche Bemerkung darauf hinwies, dass der Sprecher vorhatte, alles andere als die Wahrheit zu sagen –, »ich bin froh, euch behilflich sein zu können. Ich habe noch nie viel von den Blauen gehalten – welcher Mensch könnte das auch? Unter den Roten ist es unseren Leuten schon immer besser ergangen, wenn auch nicht sehr.«

Rik änderte seine Meinung. Das schien ihm ein äußerst vernünftiger Standpunkt zu sein. Vielleicht hatte Asea ja doch recht, was diesen Mann anging. Er hoffte es jedenfalls. Wiesel nickte. »Jawoll, nicht viel, aber immerhin.«

»Eure Herren sind nicht die Einzigen, mit denen Ilmarec gesprochen hat. Dieser eingebildete Geck Jaderac ist im Schlangenturm gewesen – und seine kleine Freundin auch, diejenige, die sich gern in Tavernen rumtreibt und Soldaten aufliest.« An diesem Punkt nickte er Rik zu.

»Hat es wohl gern ein bisschen heftiger, was?«, fragte der Barbar anzüglich grinsend. »Hatte mich schon gefragt, wo du kürzlich abends geblieben warst, Halbblut.«

Er warf Rik einen Blick zu, halb abschätzig und zur Hälfte bewundernd. »Ich wünschte, ich wüsste, was dein Geheimnis bei den Damen ist.«

»Charme«, erklärte Rik. »Aber das ist etwas, von dem du nichts verstehst.«

»Was war das nun mit den Blauen, die sich im Turm herumtreiben?«, fragte Wiesel.

»Sie kommen und gehen etwas weniger bombastisch als eure Prinzessin Asea, aber sie sind schon ein paar Mal dort oben gewesen.«

»Sicher?«, hakte Wiesel nach.

»So sicher, wie dies die Taverne *Zum Schlangenhaupt* ist.« Rik war nicht überrascht. Die Terrarch waren alle Vollblutpolitiker, da erschien es nur nahe liegend, dass Ilmarec beide Seiten gegeneinander ausspielte.

»Irgendeine Vorstellung, worüber sie reden?«

»Nicht die geringste. Es ist schwierig, regelmäßig Männer in den Schlangenturm einzuschmuggeln. Sie neigen dazu, sich in Luft aufzulösen. Der alte Ilmarec ist ein Zauberer – wer weiß schon, wozu er in der Lage ist? Und dann diese Wasserspeier in den Mauern. Ich kann euch sagen, ich bekomme schon Angst vor dem Schatten, wenn ich sie nur ansehe.«

»Du meinst diese Dinge über den Toren?«, fragte Rik.

»Ja, mein Junge. Hab noch nie einen Mann getroffen, den sie nicht das Gruseln gelehrt hätten.« Die Gesichter von Wiesel und dem Barbaren verrieten ihm, dass sie derselben Meinung waren. Er fragte sich, was ihm da entgangen war und weshalb. Vielleicht hatte Asea ja recht, was seine Abstammung betraf, oder der Grund war ein vollständig anderer. Er hatte keine Möglichkeit, es herauszufinden.

»Mal angenommen, wir wollten jemanden durch diese Tore bringen«, sagte Wiesel.

»Unmöglich. Die Wächter spüren jeden auf.«

»Was ist mit den Karrenlenkern?«

»Werden beim Rein- und Rausfahren gezählt. Außerdem sind das alles Leute, die den Turm regelmäßig beliefern: Die Wachen kennen sie. Das kann unmöglich euer Ernst sein.«

»Prinzessin Asea hat gesagt, ich solle dir das geben«, erklärte Rik auf einmal. Er zog die Goldmünze aus der Tasche. Tomar lächelte, als er das Gold aufglitzern sah, doch als er sich die Münze dann genauer betrachtete, trat ein seltsamer Ausdruck auf sein Gesicht. Rik bemerkte, dass er mit dem Daumen über den Rand strich, dort, wo die Kerben saßen. Ein Blick verriet ihm, dass Wiesel und der Barbar alles beobachtet hatten.

»Dann ist die Zeit also gekommen, nicht wahr?«, fragte Tomar.

»Ja«, gab Rik zurück, obwohl er sich nicht ganz sicher war, was der große Mann damit meinte.

»Mit dieser Münze ist alles abgegolten«, sagte Tomar. »Alle alten Schulden sind beglichen. Richtet das der Prinzessin aus.«

»Das werde ich. Also … angenommen, man kommt an den Torwächtern vorbei, gibt es einen Weg in den Turm?«

»Es gibt immer einen Weg, wenn man etwas irgendwo hinein- oder herausschmuggeln will«, versicherte Tomar. »Sogar bei diesem Turm.«

»Freut mich zu hören«, sagte Rik.

»Die Sache hat aber einen Haken«, erklärte Tomar.

»Und welchen?«

»Gegenstände lassen sich schon hineinschmuggeln, aber nichts Lebendiges.«

»Na, großartig«, versetzte Rik sardonisch. »Erzähl mir mehr davon.«

»Vorher möchte ich dir lieber noch etwas über Fürst Jaderac sagen.«

»Was ist mit seiner Großmächtigkeit?«, fragte Wiesel.

»Seine Dienstboten reden – na ja, das tun sie ja immer, oder? Ich vermute, dass er in allernächster Zukunft etwas gegen eure Leute plant. Die Dienstboten fürchten um ihr Leben, und Gerüchte wollen wissen, dass in dieser Villa alle möglichen unheimlichen Dinge vor sich gehen.«

»Und weiter?«

»Es heißt, er hätte dort Särge – diese Art, wie man sie im Osten benutzt, ich glaube, man nennt sie Sarkophage. Angeblich schläft er in einem davon, aber ich schätze, das ist nur Gerede – obwohl man bei diesen Leuten aus dem Osten ja nie weiß.«

»Und was hat das nun mit Prinzessin Asea zu tun?«, fragte Rik.

»Eines der Dienstmädchen hat sie belauscht, Jaderac und seine kleine Schlampe, und er sagte, er hätte in einem seiner Särge was ganz Besonderes, das sogar mit der großen Asea fertig würde. So, wie sie redeten, hat sich das Mädchen fast zu Tode gefürchtet – sie weigert sich, das Haus noch einmal zu betreten.«

»Alles nur Weibergeschwätz«, bemerkte Wiesel.

»Schon möglich«, gab Tomar zurück. »Ich gebe euch ja auch nur weiter, was ich gehört habe; aber Kara ist ein Mädchen aus den Bergen und lässt sich eigentlich nicht so leicht ins Bockshorn jagen.«

»Wenn du das sagst«, meinte Wiesel. Er wirkte verwirrt und sah Rik fragend an.

»So, sollen wir jetzt darüber reden, wie ihr in den Turm hineinkommt?«, fragte Tomar. »Ich kann euch Kutscher besorgen, und wir haben einen besonderen Karren, den wir manchmal benutzen, um Sachen reinzuschmuggeln. Aber es ist unmöglich, Menschen durch das Tor zu bringen. Der Dämon spürt sie immer auf.«

»Dagegen können wir vielleicht etwas unternehmen.«

»Kannst du mir auch sagen, was?«

Rik schüttelte den Kopf. »Morgen vielleicht. Wir sollten jetzt lieber zurückgehen und die Prinzessin vor diesem Zauberer warnen.«

»Vielleicht hat es ja alles gar nichts zu bedeuten«, erwiderte Tomar.

»Es könnte aber auch gerade von entscheidender Wichtigkeit sein«, sagte Rik. »Wir machen uns besser auf den Weg.«

Schon jetzt fühlte er sich beklommen, als ob draußen im Dunkeln etwas auf sie lauern könnte.

17. KAPITEL

Sei jeden Tag darauf vorbereitet, dem Tod zu begegnen, denn eines Tages wird es so weit sein.

Moravek, Das Schlachthaus

Rik trat in Fürstin Aseas Zimmer.

»Was ist?«, fragte sie, als sie seine finstere Miene sah. Er berichtete ihr, was ihm der Verbrecherkönig über Jaderacs magische Tätigkeiten erzählt hatte. Sie lauschte aufmerksam. »So etwas war wohl zu erwarten«, sagte sie dann.

»Was wollt Ihr dagegen unternehmen?«

»Ich kann nicht viel mehr tun, als es jetzt schon der Fall ist«, sagte sie. »Es sind Schutzzeichen aufgestellt und Wachen postiert. Meine Waffen und meine Rüstung halte ich bereit.« Sie wies auf ihre Reisetruhen.

Rik fiel auf, dass sie müde aussah und ein wenig verzagt wirkte. Was sie wohl hatte? So hatte er sie noch nie gesehen, und daher fragte er sie danach.

»Es ist der Turm, Rik«, erklärte sie. »Von ihm strahlt eine dunkle Magie aus, die mich niederdrückt.«

»Ihr könntet von hier fortgehen.«

»Und zur Armee zurückkehren?«

»Ja.«

»Damit würde ich Jaderac das Feld überlassen, und er könnte tun, was er will, ohne dass ihm jemand einen Widerstand entgegensetzt. Außerdem habe ich selbst auch noch einiges an Magie aufzubieten.«

»All dieses Gerede über mörderische Magie macht mich nervös«, sagte Rik.

»Verständlich. Ich möchte aber, dass du dich mit etwas anderem beschäftigst.«

»Und das wäre?«

Sie nahm einen Stapel Pläne aus einer ihrer Reisetruhen. »Dies sind Karten, die das Innere des Schlangenturms zeigen. Kannst du sie dir einprägen?«

Als Einbrecher in Drangsal hatte Rik die Pläne vieler Villen auswendig gelernt. Diese Karten waren allerdings komplexer als alles andere, was er sich damals eingeprägt hatte, doch er wusste: Wenn er eine Überlebenschance haben wollte, würde er lernen müssen, sich mit ihnen zurechtzufinden.

»Ich kann es versuchen«, sagte er.

Sie machte eine Handbewegung. »Du kannst sofort damit beginnen.«

Er nahm die Pläne in Augenschein. An manchen Stellen waren Durchgänge eingezeichnet, doch dahinter befand sich auf der Karte nichts.

»Was ist das?«, fragte er.

»Diese Wege waren einmal versiegelt. Uralte Runen mit Schriftzeichen der Schlangenmenschen versperrten den Durchgang. Es hieß, diese Räume könnten nicht geöffnet werden …«

»Es hieß?«

»Ich vermute, Ilmarec hat den Schlüssel dazu entdeckt. Möglicherweise hat seine neue Macht etwas damit zu tun.«

»Aber Ihr habt keine Ahnung, was sich dort befand?«

»Wir hatten immer den Verdacht, dort sei etwas begraben.«

Rik dachte an Uran Uhltar und sein Volk, die beide tief in der Dunkelheit unterhalb von Achenar geschlummert hatten.

»Was für ein merkwürdiger Zufall, dass Ilmarec diesen Schlüssel zur gleichen Zeit gefunden hat, als der Spinnengott erwacht ist«, meinte Rik.

»Möglicherweise war das kein Zufall.«

»Was meint Ihr?«

»Ich glaube, dass wir am Beginn eines neuen Zeitalters auf dieser Welt stehen, Rik. Ich habe den Eindruck, dass sich uralte Mächte rühren und erwachen.«

»Aber warum ausgerechnet jetzt?«

»Ich würde viel darum geben, die Antwort darauf zu wissen.«

Heute Nacht war es so weit, dachte Jaderac. Sein Spitzel im *Haus der Drei Schwäne* hatte ihm das Zeichen gegeben. Der halbblütige junge Mann war aus der Taverne zurückgekehrt und hielt sich in Aseas Gemächern auf.

Ein Irrtum war nicht möglich; dazu wusste sein Spion zu genau, welchen Preis er für einen Fehler zu bezahlen hätte. Heute Nacht würde er das Imperium ein für alle Mal von seiner gefährlichsten Feindin befreien, und er würde sie mit ihren eigenen Waffen schlagen, mit Magie. Heute würde Prinzessin Asea von Rotturm und von den Ersten sterben.

Einfach würde das nicht werden. Jaderac war zu klug, um sich diesbezüglich etwas vorzumachen. Die Hexe des Westens war in der Magie noch besser bewandert als der alte Ilmarec, und das bedeutete schon einiges. Die meisten jüngeren Terrarch waren der Ansicht, die Ersten seien einfach bloß zweitrangige Magier mit einem erstklassigen Ruf. Doch Jaderac gehörte nicht zu denen, die diesen Fehler machten. Er wusste genau, wozu Asea in der Lage war. Glücklicherweise hatte sie nicht bemerkt, wie eifrig er seit ihrer letzten Begegnung seine eigenen Studien vorangetrieben hatte. Er war sich sicher, dass er jetzt mit ihr gleichziehen konnte oder ihr vielleicht sogar überlegen war – die heutige Nacht würde das beweisen.

Er sah sich in dem Laboratorium um. Tamara beobachtete ihn wie eine Katze, äußerlich entspannt und doch gefährlich und jederzeit zum Angriff bereit.

»An Eurer Stelle würde ich heute Nacht nicht ausgehen. Auf den Straßen wird es gefährlich sein.«

»Ihr seid also bereit, Euer Ritual durchzuführen. Es wird heute Nacht geschehen.«

»Das Zeichen ist gekommen. Heute Nacht wird Prinzessin Asea sterben.«

»Ihr scheint Euch da sehr sicher zu sein.«

»Ich habe auch allen Grund dazu.« Er wies auf die komplizierte Apparatur aus Rohren und nekromechanischer Maschinerie hin, die teils aus Fleisch, teils aus Glas und teils aus Metall bestand. Rotes Blut wurde durch die Schläuche gepumpt, die die erschlafften, aber immer noch lebendigen Körper mit dem großen Sarkophag verbanden. Im Inneren des Sarges rührte sich seine Schöpfung. Er spürte es.

Tamara lächelte ihm zu. »Ihr habt es wirklich geschafft?«

Er nickte. »Es ist bereit, aus seinem Chrysophag zu steigen.«

Er löste die Schrauben, die den metallenen Deckel festhielten, und schob ihn beiseite, sodass die Kreatur darin sichtbar wurde. Das Wesen sah wie ein sehr großer, haarloser Mann mit grauer Haut aus. Sein Gesicht hatte keine Nase und wirkte wie ein Schädel, und anstelle von Fingernägeln besaß es Klauen. Als es jetzt die Augen aufschlug, waren sie von einem verblüffenden Blutrot. Die Kreatur warf sich nach vorn, doch die Bindezauber und die Metallklammern hielten es fest – mit knapper Not. Das Ding öffnete den Mund, stieß ein Zischen aus, und lange Fänge wurden sichtbar. Das Blut der entführten Männer wurde weiter in seinen Körper gepumpt, und es schien dadurch noch immer größer und stärker zu werden, wie ein Weinschlauch, der sich langsam mit Flüssigkeit füllt.

»Ein Nerghul«, flüsterte sie.

»In der Tat, ein Nerghul«, gab er zurück und ließ das

Wort genießerisch auf der Zunge zergehen. Das Wesen war so stark wie zehn Männer und praktisch unverwundbar gegenüber magischen oder gewöhnlichen Waffen. Mit diesen Klauen vermochte es einen Mann in Stücke zu reißen oder ihm mit bloßen Händen den Kopf abzutrennen. Es konnte rascher laufen als das schnellste Pferd und einen Reißzahn-Wyrm erwürgen. Die Kreatur konnte im Dunkeln sehen und sich so leise bewegen, dass eine Katze sie nicht zu hören vermochte. Der Nerghul war eine unheilige Mischung aus Dämon und wandelnder Leiche, ein Homunkulus, dem Jaderac mit einer kleinen Menge seines eigenen Bluts und höllischen Riten, die er bei Neumond durchgeführt hatte, Leben eingehaucht hatte.

»Ich muss gestehen, dass ich mir nicht sicher war, ob Ihr das vollbringen würdet«, sagte sie. »Nur ein Meister der dunklen Künste kann diese Wesen schaffen.«

Jaderac war sich seines Könnens selbst nicht ganz sicher gewesen, als er dieses Unternehmen begonnen hatte. Die Erschaffung der Kreatur, die sich in diesem Sarg befand, erforderte die allergrößte Meisterschaft. Und dann stand noch die Frage aus, ob er auch in der Lage war, sie zu kontrollieren, wenn sie herausstieg. Ein solches Wesen war selbst für denjenigen, der es heraufbeschworen hatte, äußerst gefährlich – was umso besser war, da es bedeutete, dass es für die Person, gegen die es eingesetzt wurde, noch gefährlicher werden konnte.

»Prinzessin Asea wird heute Nacht sterben«, erklärte er. »Und all ihre Magie wird sie nicht retten können.«

Er griff nach dem Glas, in dem das mit Samen befleckte Taschentuch steckte, nahm es heraus und schwenkte es vor dem offenen Loch, das dort prangte, wo die Nase des Nerghuls hätte sitzen müssen, damit er den Geruch seiner Beute aufnehmen konnte. Das Wesen leckte über das Tuch und schlürfte den fleckigen Stoff ein. Es war bereit. Das Knurren der Kreatur wurde leiser, und so etwas wie ein Lächeln huschte über ihr Gesicht. Jetzt kannte das Wesen sein Ziel. Bald würde die Zeit gekommen sein, es freizulassen.

»Ich würde Euch raten, diese Kammer zu verlassen, Tamara«, sagte Jaderac.

»Nein«, erwiderte sie. »Ich möchte dabei zusehen. Mir war ja nie klar, dass irgendetwas so schön sein könnte.«

Dann bist du noch gestörter, als ich vermutet hatte, dachte Jaderac. Er schenkte nun den Unterwerfungszaubern, die er in das Hirn der Kreatur gewoben hatte, seine volle Aufmerksamkeit. Es würde seine ganze Willenskraft beanspruchen, das Wesen an sich zu binden und dann wie einen Jagdfalken auf die Suche nach seiner Beute zu schicken.

Ein Wesen aus der Dunkelheit ging durch die illuminierte Nacht. Es bewegte sich wie ein Mensch, doch an ihm war nichts Menschliches mehr. Die Kreatur war tot, doch sie war mehr als eine wandelnde Leiche. Sie war von dunkler Energie erfüllt und besaß einen eigenen Willen, einen machtvollen Drang. Sie wollte töten. Der Duft – und noch etwas mehr als der Duft – des Menschen, den sie töten sollte, erfüllte das, was von ihrem Verstand noch übrig war. Diese Begierde ersetzte das, was für einen Lebenden Hunger und Durst, Lust und Liebe bedeutet hätten. Sie verlieh ihrer Existenz einen Sinn, war ihre Religion. Ihre Beute sollte sterben und alle, die sich bei ihr befanden. Dies war ihr Gebot, das sie von ihrem dunklen Gott erhalten hatte.

Rasch bewegte sich das Wesen durch die Schatten, sprang über Mauern, strich in Gärten an Baumästen entlang und überquerte die Straßen so schnell, dass diejenigen, die es sahen, ihren Sinnen misstrauten. Das Wesen war in Schwarz und Grau gekleidet, und so wurde es leicht, sich vorzustellen, dass es nur ein Schatten war.

Es passierte die Feuer, an denen müde Männer von der Stadtwache auf ihren Posten saßen, und niemand bemerkte es. Es lief an Hundezwingern vorüber, deren Insassen seinen Geruch auffingen und im Schlaf winselten.

Einmal erblickte ein großer Hund, der hungrig und von der Witterung einer vorbeilaufenden Katze unruhig war, das Wesen und sprang es an. Doch die dunkle Gestalt packte das Tier mitten im Sprung, drehte ihm den Hals um, ohne langsamer zu werden, und rannte weiter.

Der Nerghul näherte sich seinem Ziel. Er spürte es. Sowohl auf übersinnlicher wie auf körperlicher Ebene wurde der Geruch stärker. So einfach und instinktiv wie ein Wolf, der weiß, dass er einem Hirsch auf der Spur ist, wusste er, dass dies die Fährte seiner Beute war. Er spürte, dass da vor ihm Magie am Werke war.

Das Wesen drückte sich in die Schatten eines Tores und betrachtete die dicken Mauern des *Hauses der Drei Schwäne*. Die Tore waren geschlossen, aber das machte nichts, es würde schon einen Weg nach drinnen finden. Mit Ohren, feiner als die eines Sterblichen, hörte es hinter den dicken Holztoren die Stimmen von Wachposten.

Die Kreatur war nicht dumm. Sie wusste, dass ein blinder, überstürzter Ansturm nicht der beste Weg war, ihre Beute zu erreichen. Das Wesen verfolgte sein Opfer mit einem unbeirrbaren Zielbewusstsein, in dem sich jeder Liebende wiedererkannt und um das er es vielleicht beneidet hätte. Es untersuchte alle Zugänge zum Haus und entdeckte Abflussrohre, die sich über die Wand schlängelten wie Efeu über einen Eichenstamm. Auf der Straße stand ein Karren. Das würde das Einfachste sein.

Für den Nerghul war Denken das Gleiche wie Handeln. Lautlos wie ein Panther auf der Jagd und so rasch wie die kalte Brise, die von Norden kam, rannte er über die Straße. Er kletterte auf die Ladefläche des Wagens, sprang von dort aus ab, weit höher als dies ein Sterblicher vermocht hätte, und erreichte mit Leichtigkeit die Gitter vor einem der Fenster im zweiten Stock. Einen Augenblick lang hing er dort und bog das Eisen auseinander, dann schlug er die Fensterläden ein. Holz splitterte. Der Stoß war so kräftig, dass die Läden nachgaben, obwohl sie von innen verriegelt waren.

Mit einer grauenhaft fließenden Bewegung zog sich die Kreatur hoch und durch das Fenster. Als sie das

Sims passierte, wurde sie von Schmerz ergriffen oder doch von dem, was in ihrer Welt der Schmerzempfindung entsprach. Ihre Haut brannte, und ihre Sinne rebellierten, als sie auf eine starke magische Barriere traf. Einen Augenblick lang schien der Kopf des Nerghuls in Flammen zu stehen, und seine Nervenbahnen wurden überladen, doch dann stürzte er nach vorn und überwand die Magie, die ihn aufzuhalten drohte. Er befand sich im Haus.

Und er war nicht allein. In einem großen Himmelbett lagen nackt und eng umschlungen zwei Soldaten und drei Dienstmädchen. Einer der Männer stieß einen Schrei aus und griff nach etwas, das neben dem Bett lag. Das Wesen sprang heran und brach einer der Frauen mit einem schnellen Schlag das Genick. Dann ergriff er eine andere und schleuderte sie quer durch den Raum und durch das Fenster. Ihr Schrei brach jäh ab, und man hörte ihre Knochen brechen, als sie unten auf den Boden auftraf.

Einer der Männer hielt jetzt ein Bajonett in der Hand und stach zu. Die Kreatur ergriff die Waffe, wobei sie völlig unbeachtet ließ, dass ihr die Klinge die Haut aufschlitzte. Mit einem Schlag brach sie auch ihm das Genick. Der zweite Soldat zückte eine Pistole und drückte den Abzug. Eine Rauchwolke quoll hervor, Funken stoben, und eine Kugel bohrte sich in den Körper des Nerghuls. Die Wucht des Einschlags riss ihn beinah von den Füßen, doch es gelang ihm dank seiner übermenschlichen Geschmeidigkeit, das Gleichgewicht zu wahren.

Das Wesen holte mit dem Bajonett aus und schlug dem Mann den Griff ins Gesicht. Er fiel wie von einem Vorschlaghammer getroffen. Die letzte Frau, die noch übrig war, hatte sich vom Bett fallen lassen und versuchte, darunterzukriechen. Doch die Kreatur trat zu, brach ihr das Rückgrat und lief weiter.

Der Nerghul spürte, dass sich seine Beute ganz in der Nähe befinden musste. Die Witterung war jetzt viel stärker, und noch hatte er das Überraschungsmoment auf seiner Seite. Er würde sich schnell bewegen müssen, um sein Ziel zu erreichen, doch er spürte jetzt keine Dringlichkeit, keine Furcht und keine Panik. Er war seinem Ziel nahe und brauchte nur einfach weiterzuziehen. Es roch verbrannt, eine Öllampe war umgefallen und hatte die Bettvorhänge angezündet. Dem Wesen machte das nichts aus. In dem kleinen Winkel seines Bewusstseins, der vernünftige Überlegungen anstellte, war ihm klar, dass ihm das Feuer nützlich sein könnte, indem es Panik und Verwirrung verbreitete.

Es drehte den Türknauf und trat in den leeren Korridor hinaus. Der Geruch wurde immer stärker.

18. KAPITEL

Greife an, wo es dein Gegner am wenigsten erwartet,
zu einem Zeitpunkt, mit dem er nicht rechnet,
und auf eine Weise, auf die er nicht eingestellt ist;
dann hast du schon mehr als die Hälfte des
Sieges errungen.

Armande Koth, Kriegsführung im Zeitalter der Muskete und des Drachen

»Was war das?«, fragte Asea. Für Riks Ohren war das Geräusch eindeutig: Läden wurden eingeschlagen, und eine Fensterscheibe zerbrach klirrend.

»Wir werden angegriffen«, erklärte Rik. »Jemand versucht, in das Haus einzubrechen.« Dann folgten die Schreie, und ein Schuss ging los. Rik fragte sich, wer in aller Welt verrückt genug sein mochte, in ein solches Haus einzubrechen, denn das musste es sein: irgendein Fassadenkletterer, der einzudringen versuchte.

»Tritt von der Tür zurück«, sagte Asea. Rik gehorchte, und sie trat vor und murmelte einen Zauberspruch. Auf den ersten Blick veränderte sich nichts, doch Rik spürte, wie sich die Härchen in seinem Nacken aufstellten. Sie beendete ihren Zauber, machte einen Schritt zurück und betrachtete die Tür wie ein Künstler, der sein Werk bewundert.

»Was habt ihr da gewirkt?«

»Einen Bindezauber. Etwas hat soeben die Schutzzeichen auf diesem Stockwerk durchbrochen, etwas sehr Mächtiges.«

»Ein Dämon?«

»Möglicherweise ein Dämon, der an eine sterbliche Gestalt gefesselt ist. Falls Jaderac dahintersteckt, hat sich seine Technik sehr verbessert.«

»Könnte Ilmarec der Urheber sein?«, fragte Rik.

»Wenn er mich töten wollte, würde er einfach das grüne Licht auf diese Villa richten. Er weiß ja, wo wir uns aufhalten.«

»Vielleicht möchte er es ja aussehen lassen, als steckte jemand anders dahinter.«

»Ich sehe, dass du beginnst, wie ein Terrarch zu denken«, meinte sie.

»Wie ein Dieb aus Drangsal«, verbesserte er sie. »Der Unterschied ist möglicherweise geringer, als Ihr glaubt.«

Rik überprüfte seine Waffen. Er trug seine Pistole und sein Bajonett immer noch ans Bein geschnallt, doch angesichts der Größe der Bedrohung, die dort draußen lauern mochte, kamen sie ihm unzulänglich vor. Das hatte ihn seine Erfahrung mit den Dämonen im unterirdischen Achenar gelehrt.

Asea berührte das Schloss einer ihrer Truhen, und es

flog auf und enthüllte etwas Ledriges. Sie zog es heraus, und Rik erkannte ihren Schutzanzug wieder. Er erinnerte sich an die Beschaffenheit des Kleidungsstücks und fragte sich, wie sie es so rasch anziehen wollte. Doch sie trat einfach nur in den einteiligen Lederanzug hinein, zog ihn hoch, steckte die Hände in die Ärmel und sprach einen Befehl. Die Rüstung schloss sich um sie, und alles glitt an seinen Platz, ohne dass Köpfe oder Verschlüsse sichtbar wurden. Ein sehr nützliches Stück, dachte er.

Sie zog auch ihr Schwert mit der mit Runen eingelegten Klinge aus der Truhe und schnallte es um. Schließlich nahm sie eine Kristallkugel heraus. Sie leuchtete bläulich, und unter der durchsichtigen Außenhaut glitzerte etwas, als wäre ein Blitz darin gefangen.

»Pass auf, dass du nicht zwischen mich und die Tür kommst«, befahl sie. Rik lief auf die andere Seite des Zimmers und überprüfte seine Pistole.

»Ich werde mein Bestes tun«, sagte er.

Der Nerghul trat auf den Korridor hinaus und traf auf zwei mit Musketen bewaffnete Soldaten. Einer von ihnen hob seine Waffe und wollte feuern. Doch bevor er den Abzug drücken konnte, hatte die untote Kreatur schon den Lauf ergriffen, entriss ihm die Flinte und stieß ihm den Kolben ins Gesicht. Der Soldat schrie auf, als seine Nase brach und seine Zähne splitterten.

Sein Kamerad feuerte, doch der Nerghul sprang zur Seite, und die Kugel flog den Flur hinunter. Die Kreatur bemächtigte sich der Muskete und stieß mit dem

Lauf auf den Mann ein. Das Metall drang durch die Haut und durchbohrte innere Organe, bis es auf der anderen Seite wieder heraustrat. Blut und Fleischfetzen troffen von der Mündung.

Der Nerghul spürte, wie in seiner Nähe eine starke magische Energie aufflammte, und er wusste tief im Inneren seines Wesens, dass sich das Ziel, das er suchte, in seiner Reichweite befand. Die Magie kam aus derselben Richtung wie der Duft seiner Beute. Das machte ihm nichts aus. Jetzt konnte sich nichts und niemand mehr zwischen den Nerghul und sein Opfer stellen.

Sardec hörte Schüsse und ließ sein Buch fallen. Ein Angriff? Jetzt? Die Schüsse waren aus dem Inneren des Gebäudes gekommen. Er griff nach seiner Pistole. Die wahrscheinlichste Erklärung war Verrat; entweder hatte sich jemand bestechen lassen und Fremden Einlass ins Haus gewährt. Oder aber die Angreifer hatten sich als Dienstboten verkleidet eingeschlichen.

Er öffnete seine Tür und trat auf den Korridor hinaus. Schon rannten mehrere Fourageure an ihm vorbei. Sergeant Hef, der Barbar und Wiesel waren da. Der Barbar hatte sein langes Messer gezogen. Wiesel hielt ein Wurfmesser in der einen Hand und eine Pistole in der anderen.

»Was geht hier vor, Sergeant?«, verlangte Sardec zu wissen.

»Keine Ahnung, Herr, aber was immer es ist, es befindet sich in diesem Stockwerk.«

Sardec überlegte rasch. Er selbst wurde nicht angegriffen, und er war ohnehin nicht das wahrscheinlichste Ziel.

»Zu Prinzessin Aseas Gemächern«, befahl er. »Ich glaube, wir haben einen Mörder in unserer Mitte.«

Keiner der Soldaten stellte Fragen, sondern sie rannten ihm einfach nach. Plötzlich war er sehr froh, solche Männer bei sich zu haben.

Rik hörte nichts, bis sich die Tür nach innen zu wölbte. Das machte ihm Angst. Er wusste, dass er ein gutes Gehör besaß und dass jemand äußerst leise sein musste, damit ihm etwas entging. Er zielte mit der Pistole auf die Tür und ließ seinen Finger auf dem Abzug liegen.

Es war befremdlich, wie sich die Tür bog. Holz hätte sich eigentlich nicht so verformen und dabei immer noch zusammenhalten dürfen. Es hätte schon lange splittern müssen. Was auch immer da gegen die Tür drückte, musste unglaublich stark sein. Ein Mensch wäre dazu nicht in der Lage gewesen. Bilder von Dämonen huschten Rik durch den Kopf, und er versuchte erfolglos, sie zu vertreiben.

Asea hatte sich die Kapuze ihres Schutzanzugs über den Kopf gezogen, und ein Teil davon bedeckte auch die untere Hälfte ihres Gesichts. Nur die obere Hälfte war sichtbar, aber von einer silbernen Maske bedeckt und wirkte beinahe so dämonisch wie die Wesen, die er sich soeben vorgestellt hatte. Die Kristallsphäre schien in ihrer Hand zu rotieren.

»Ich glaube nicht, dass mein Zauber noch lange vorhalten wird. Bei Azellas Tränen! Dieses Ding ist stark.«

Der furchtsame Unterton in ihrer Stimme jagte Rik größere Angst ein als die Bilder in seinem Kopf.

Der Nerghul stemmte sich gegen die Tür und den Zauber, der ihn aufhielt. Die Magie stellte eine viel stärkere Barriere dar als das dünne Holz selbst. Aber dennoch bedurfte es nur noch eines weiteren Stoßes. Seine Handflächen prickelten, wo er den Energiefluss spürte, doch das stachelte ihn nur zu noch größeren Anstrengungen an. Die Tür gab nach.

Sardec bog um die Ecke und blieb wie angewurzelt stehen. Er erblickte eine hochgewachsene, humanoide Gestalt, die in Schwarz und Grau gekleidet war. Zum Teil waren ihre Gewänder blutdurchtränkt. Lose Fleischbrocken klebten an der Gestalt, und ein seltsamer Gestank nach Blut und Tod erfüllte die Luft. Das Wesen warf sich gegen die Tür. Hinter dem Monster sprang Karim in den Korridor. In seiner Hand schimmerte eine helle Klinge.

Rik sah zu, wie die Tür zersprang. Sie splitterte in tausend Teile, die alle nach außen hin explodierten. Eine große, dunkle Gestalt stand im Rahmen, und bevor er noch reagieren konnte, war sie schon ins Zimmer gestürzt und bewegte sich so rasch auf Asea zu, dass sie vor den Augen zu verschwimmen schien. Rasch riss er die Pistole hoch und eröffnete das Feuer. Mehr durch Glück als durch Zielsicherheit erwischte die Kugel das Wesen im Sprung.

Asea schleuderte den glitzernden Kristall, den sie in der Hand hielt, und traf die Kreatur auf der Brust. Die Sphäre explodierte in einer Wolke aus Ozon und grellen, tobenden Energien. Flackernd schlossen sie den Angreifer ein und durchdrangen seinen Körper. Die entfesselte Energie schleuderte den Nerghul wie auf einer Leiter aus Blitzen zur Decke hoch. Dann krachte der Eindringling auf den Boden. Es stank nach brennendem Fleisch.

Einen Augenblick lang dachte Rik, damit sei alles vorüber, aber dann bewegte sich das Ding wieder wie eine Kreatur aus einem Albtraum, stemmte sich auf die Hände hoch, rappelte sich auf die Füße und kam erneut auf Asea zu. Es besaß ein skelettartiges Gesicht ohne Nase, das sich hin- und herbewegte, während er es schnüffeln hörte, als versuche es, eine Witterung aufzunehmen.

An einigen Stellen waren seine Kleidung und die Haut darunter weggebrannt. Dort sah er jedoch kein Fleisch, sondern eine seltsame Mischung aus Knochen und verkohltem, geschwärztem Gewebe, und noch etwas anderes. Es ähnelte nichts, das er je gesehen hatte, sah höchstens ein wenig wie Fleisch aus und ein wenig wie die Innereien einer Maschine, einer Uhr vielleicht, wenn deren Apparatur aus Knochen geformt und mit Ventilen und Bändern aus verwesendem Fleisch verbunden gewesen wäre. Aus den Wunden sickerte kein Blut, sondern nur ein merkwürdig schwärzlicher Schleim.

Als sich das Wesen wieder erhob, stürzte Karim ins Zimmer. Er bewegte sich so unglaublich schnell, dass auch seine Gestalt zu verschwimmen schien. Seine Klinge durchdrang den Körper der Kreatur und nagelte sie auf dem Boden fest. Doch mit einem entsetzlichen Pfeifen, so als würde Luft aus toten Lungen gepresst, schob sich das Ding wieder hoch und schlug nach dem Leibwächter. Karim duckte sich, riss seine Klinge an sich und stach noch einmal zu. Jetzt traf er die Kreatur in die Brust, doch sie beachtete seinen Hieb nicht und schlug erneut zu. So rasch wurden die Hiebe zwischen ihnen ausgetauscht, dass Rik ihnen kaum zu folgen vermochte. Und dann war es plötzlich vorüber. Eine Klaue fand ihr Ziel – und Karim krachte wie ein gefällter Baum zu Boden.

Asea stürzte heran und rammte dem Wesen ihr runenbesetztes Schwert in die Brust. Die rasiermesserscharfe Klinge durchtrennte das verfaulende Fleisch. Der Eindringling streckte die Arme nach Asea aus und schaffte es sogar, die Hände um ihren Hals zu legen. Ihr Panzer erstarrte an dieser Stelle, als stünde er unter einer furchtbaren Beanspruchung. Die Schutzzeichen an ihrer Kehle erwachten pulsierend zum Leben. Rauch stieg zwischen den Fingern des Wesens auf. Rik warf sich auf die Kreatur und zielte mit dem Bajonett auf die Stelle in seinem Rücken, durch die seine Klinge in das Herz dringen würde, falls diese Kreatur denn eines besaß. Er war sich nur nicht sicher, ob er damit irgendeine Wirkung erzielen würde, da er vermutete, dass dieses Ding bereits tot war.

Der Nerghul spürte, wie etwas Schweres auf seinem Rücken landete und ihn aus dem Gleichgewicht brachte. Die Witterung seiner Beute überwältigte ihn fast. Er löste eine Hand von der Kehle der Hexe und griff nach hinten, wo er auf einen eigenartigen Widerstand traf. Instinktiv wandte das Wesen seinen Kopf, doch es konnte nichts sehen. Immer noch war es von dem grellen Licht geblendet, das die Glaskugel der Hexe ausgestrahlt hatte.

Doch noch etwas anderes störte seine Wahrnehmung, die ähnlich wie die eines Dämons auf die Aura anderer Wesen reagierte. Sie teilte ihm mit, dass da nichts war, obwohl seine Finger den Beweis für das Gegenteil ertasteten. Etwas Scharfes schnitt in seine Hand, und er fühlte, wie Finger abgetrennt wurden und das Gewicht von seinem Rücken gleichzeitig abfiel. Der Geruch der Beute wurde noch stärker.

Hier ging etwas Merkwürdiges vor. Das Wesen wurde angegriffen, konnte aber den Urheber nicht entdecken. Es schwang seinen Arm wie eine Keule und schlug dort, wo der andere sein musste, auf die leere Luft ein. Wieder spürte es einen Widerstand, als seine Faust auf etwas traf.

Es hob die Klauen an sein eigenes Nasenloch und schnüffelte. Kein Zweifel. Der Gestank seines Opfers haftete daran. Da wusste es, dass sein Ziel hier irgendwo sein musste. Es witterte wieder, denn es wusste, dass der Geruch es zu seinem Ziel führen würde. Es würde seine Beute töten und sich anschließend weiter mit der Hexe beschäftigen.

Die Wucht des Schlages schleuderte Rik quer durch den Raum, sodass er gegen die Wand krachte. Die Kreatur hatte ihn so hart getroffen, dass er meinte, von einem Schlachtross getreten worden zu sein. Kurz wurde es ihm schwarz vor den Augen, und Sterne tanzten in seinem Blickfeld. Stechender Schmerz erfüllte Lungen und Brust. Das Messer war ihm aus der Hand gefallen, er tastete hektisch danach. Das Wesen hatte wieder zu wittern begonnen und wandte den Kopf hin und her, während es langsam auf ihn zukam.

Panisch zeichnete Asea mit den Fingern ein Muster in die Luft, ein Symbol des Lichts. Kleine Blitze lösten sich aus dem Zeichen und fuhren in den Angreifer. Er zuckte zusammen, und sie trat mit einem Fuß aus. Die seltsame Magie ihres Schutzanzugs verstärkte ihre Kraft, und mit einem Krachen von Knochen sackte das Knie des Eindringlings weg.

Lautes Wutgebrüll verriet Rik, dass seine Kameraden eingetroffen waren. Der Barbar stürzte wie ein Geschoss durch die Tür, fegte durch den Raum und hieb dem Wesen seine Klinge so kräftig in den Rücken, dass sie durch seine Brust fuhr und auf der anderen Seite wieder herauskam. Der Angreifer versuchte ihn nicht zu beachten und weiter zu Rik vorzudringen, doch der Barbar riss sein Schwert zurück und hieb nun auf seinen Hals ein.

»Stirb, du Missgeburt aus der Hölle«, donnerte er.

Die Kreatur fuhr herum, um ihre neuen Gegner in Augenschein zu nehmen.

Ein Messer flog quer durchs Zimmer und traf das

Ding ins Auge. Wiesel warf so gut wie immer, doch sein Treffer, der einen gewöhnlichen Menschen getötet hätte, verlangsamte den Ansturm dieses Wesens nicht einmal.

Der Barbar schlug weiter auf seinen Hals ein. Die Klinge durchtrennte Fleisch und Muskelstränge. Der Eindringling holte aus. Einen durchschnittlichen Menschen hätte dieser Hieb mit der Wucht eines Vorschlaghammers ins Gesicht getroffen und wahrscheinlich getötet, doch der Barbar warf sich im letzten Moment zur Seite und fing ihn mit der Schulter ab. Trotzdem brachte ihn der Schlag ins Taumeln.

Sardec feuerte seine Pistole ab und traf. Die Kreatur torkelte zur Seite. Asea rappelte sich auf die Beine und schlug mit dem Schwert auf ihren Kopf ein. Doch irgendwie bewegte sich das Ding immer noch, streckte seine verstümmelte, fingerlose Hand aus und hielt die Klinge auf. Mit der anderen riss es Asea von den Füßen.

Der Leutnant sprang herbei, vergrub seinen Haken im Hals der Kreatur und zerrte mit aller Macht daran. Mit einem ekelerregenden Geräusch riss das Fleisch auf.

Der Nerghul wusste, dass er bereits schwer beschädigt war. Noch wenige Augenblicke, dann wäre er vielleicht geschlagen und seine Mission gescheitert. Das durfte er nicht zulassen. Er musste fliehen. Das Wesen musste sich einen dunklen Ort suchen, an dem es sich verbergen und seine Verletzungen heilen konnte. Es schüttelte den Gegner mit der metallenen Hand ab und sprang zur Tür. Die Männer, die dort standen, fuhren zurück und ließen es durch. So schnell, wie sein zerschmetterter Körper es tragen wollte, rannte das Ding auf demselben Weg, auf dem es gekommen war, den Korridor entlang, auf der Suche nach dem offenen Fenster, durch das es in die Nacht verschwinden würde.

»Was war das für eine Kreatur?«, fragte Sardec.

»Ein Nerghul«, erklärte Asea. »Eine nekromantische Schöpfung, in einem Tank aus wiederbelebten Leichen gezüchtet.«

»Und was hat er hier gesucht?«

»Höchstwahrscheinlich wollte er mich umbringen«, sagte sie.

»Auf jeden Fall wollte Euch jemand töten«, erklärte Sardec. »Und ich glaube, wir brauchen nicht lange nach dem Urheber zu suchen. Die Frage ist nur, was wir jetzt tun sollen.«

Rik warf Asea einen Blick zu. Würde sie ihn jetzt auf Jaderac und Tamara ansetzen? Sie schüttelte kaum wahrnehmbar den Kopf. Offenbar war es ihr im Augenblick wichtiger, dass er ihren Plan weiterverfolgte.

»Wird dieses Ding zurückkommen, edle Dame?«, fragte Wiesel.

»Heute Nacht hoffentlich nicht mehr«, gab sie zurück. »Aber ich glaube schon, dass es bald zurückkehrt.«

»Ob es wohl noch mehr von diesen Wesen gibt, Prinzessin?«, erkundigte sich der Barbar. Die Frage klang viel zu vernünftig, um ausgerechnet von ihm zu stammen.

»Ich weiß es nicht«, sagte Asea. »Aber ich glaube es nicht, jedenfalls nicht so bald. Eine solche Kreatur zu schaffen und ihr Leben einzuhauchen ist äußerst aufwendig, und damit meine ich nicht nur die Kosten für die alchemistischen Materialien, sondern auch die große Kraft, die ein solcher Akt ihrem Schöpfer abverlangt. Ich bezweifle, dass wir so bald noch mehr davon sehen werden.«

»Möge das Licht es geben«, antwortete Sardec. »Es konnte bis in Eure Gemächer vordringen, bevor wir imstande waren, ihm Einhalt zu bieten.«

Rik fragte sich, ob er da einen vorwurfsvollen Unterton in seiner Stimme hörte. Wahrscheinlich hatte Sardec recht, wenn er sich wunderte – Asea schien sich sehr sicher gewesen zu sein, dass ihre Schutzzauber dieses Haus behüten würden. Wenn sie sich in diesem Punkt geirrt hatte, wo mochte sie sonst noch falsch liegen?

»Zumindest wurde es aufgehalten«, sagte Asea. »Und dafür bin ich euch allen dankbar.«

»Selbstverständlich könnt Ihr mein Zimmer bekommen, edle Dame. Ich werde einige Männer schicken, die mein Gepäck entfernen und Eures hinübertragen sollen.«

»Würdet ihr mich jetzt bitte allein lassen?«, bat sie. »Ich bin euch sehr dankbar für eure Hilfe.«

»Ich werde die Wachen verdoppeln«, erklärte Sardec.

»Rik!« Sie sprach ihn an, als er gerade an der Tür war. »Ich möchte dich sehen, nachdem mein Gepäck in das Zimmer des Leutnants gebracht worden ist.« Der Barbar warf ihm einen Blick voller Neid zu.

»Wie Ihr wünscht, meine Dame«, sagte er.

Karim, der immer noch am Boden lag, regte sich. Asea bückte sich, um seine Verletzungen zu untersuchen.

»Worüber wollt Ihr sprechen, Prinzessin Asea?«, fragte Rik. Der Austausch der Zimmer hatte stattgefunden, und das Feuer im zweiten Stock war unter Kontrolle. Vor der Tür stand der schwer angeschlagene Karim Wache.

Er bemerkte die Karten des Turms, die auf dem Tisch lagen, und glaubte zu verstehen. Doch sie schüttelte andeutungsweise den Kopf.

»Dieses Wesen hat uns heute Nacht beinahe getötet, Rik«, sagte sie.

»Beinahe«, gab er zurück. »Doch jetzt seid Ihr in Sicherheit.«

Sie hielt inne. »Da war ein Augenblick, in dem es mich hätte umbringen können«, gestand sie. »Ich war erschrocken und hilflos. Doch es hat mich nicht angegriffen. Es hat die Luft eingesogen, als wittere es eine Beute.«

»Ihr meint, dass mich meine Abstammung erneut geschützt hat«, vermutete Rik.

»Vielleicht, aber darauf will ich gar nicht hinaus.« Rik dachte einen Augenblick lang über ihre Worte nach und überlegte, was sie bedeuten mochten. Und dann, mit einem Mal, traf ihn die Erkenntnis wie ein Schlag.

»Ihr glaubt, dass es nach mir gesucht hat«, sagte er.

»Ja, Rik, das glaube ich.«

»Aber warum?«

»Ich weiß es nicht«, sagte sie. »Aber irgendwie hatte es deine Witterung aufgenommen.«

Ihm kam ein neuer, schrecklicher Gedanke. Blickte ihn Asea da vielleicht misstrauisch an? Ihr Argwohn konnte sich als ebenso gefährlich erweisen wie der Nerghul.

»Wie könnte es an meinen Geruch gekommen sein? Ich habe keinen Umgang mit irgendwelchen Zauberern gehabt.«

»Ich weiß es nicht. Etwas abgeschnittenes Haar von dir, eine Probe von deinem Blut … Irgendein Gegenstand, der eng mit dir verbunden ist. Es gibt eine Menge Dinge, die es auf deine Spur gesetzt haben können.«

Rik dachte an den Abend, den er mit Tamara verbracht hatte. Das Entsetzen stand ihm offensichtlich ins Gesicht geschrieben.

»Was hast du, Rik?«, fragte Asea.

Dies schien kein guter Zeitpunkt zu sein, ihr zu beichten, worüber sie während dieses besonderen Abenteuers gesprochen hatten.

»Nichts«, antwortete er. »Ich bin nur einfach nicht allzu begeistert von dem Gedanken, dass ein solches Wesen Jagd auf mich macht.«

»Das solltest du auch nicht, Rik. Wenn es hinter dir her ist, wird es nicht aufgeben, bis du tot bist.«

»Was kann es mir denn jetzt noch anhaben?«, wollte er wissen. »Wir haben es heute Nacht fast totgeschlagen.«

»Es ist eine durch Hexerei geschaffene Kreatur, Rik. Sein Körper wird sehr schnell heilen, und es wird aus seinen Fehlern lernen. Beim nächsten Mal hast du vielleicht nicht so viel Glück.«

»Beim nächsten Mal?«

»Es wird ein nächstes Mal geben, Rik, da solltest du dich keinen Illusionen hingeben.«

Rik nickte. »Dann studiere ich wohl besser diese Pläne«, meinte er. »So langsam will mir scheinen, dass ich im Innern des Schlangenturms möglicherweise sicherer bin als außerhalb.«

»Darüber solltest du nicht scherzen, Rik.«

»Wer sagt denn, dass ich scherze?«

19. KAPITEL

Magier tasten im Dunkel herum und legen anschließend Erkenntnisse, die bestenfalls Theorien sind, als Gewissheiten nieder.

Aernis, Grundprinzipien der Magie

Rik lag auf seiner Pritsche im Quartier und starrte an die Decke, doch er war nicht in der Lage, sich auf die Karten, die er sich eingeprägt hatte, zu konzentrieren. Er hatte eine unruhige Nacht verbracht; ständig hatten sich die Bilder von dem aufgeschlitzten Körper des Nerghul in seine Gedanken geschoben. So, als schneide man einen Apfel auf und sehe Würmer und Fäulnis im Inneren. Das Ding hatte menschlich ausgesehen, aber es war kein Mensch gewesen, und das hatte ihm zu denken gegeben. Manchmal hatte er das Gefühl, dass die Wirklichkeit nur eine dünne Haut über der entsetzlichen Wahrheit des Universums darstellte, und irgendwie hatte die Begegnung in dieser Nacht dieser Vorstellung noch Nachdruck verliehen.

Das Erschreckendste an dieser Idee war, dass sie auch auf ihn zutreffen konnte. Er hatte sich immer in allem, worauf es ankam, für menschlich – oder zumindest für halb-menschlich – gehalten, aber wenn es stimmte, was Asea ihm erzählt hatte, dann war dem nicht so. Auch er war etwas, das menschlich aussah, aber kein Mensch war. Er war ein Mörder, der von einem Volk von Mördern abstammte.

Und das Schlimmste war, dass es ihm nicht einmal schwer fiel, daran zu glauben. Er hatte sich immer anders als die anderen Menschen gefühlt, hatte immer gewusst, dass er kälter und berechnender war. Und jetzt sah es aus, als gäbe es auch einen Grund dafür. Er war anders. Es war ihm bestimmt, ein Monster zu sein.

Er sagte sich, dass er nur versuchte, sich von seinen ernsteren Sorgen abzulenken. Heute Nacht war er dem Tod um Haaresbreite entkommen; das verrieten ihm schon seine geprellten Rippen. Andere waren in der Nacht gestorben, und wenn er nur ein winziges bisschen langsamer reagiert hätte, wäre es ihm ebenso ergangen. Asea hätte sterben können, und seine Freunde ebenfalls.

Und das Ding, das sie angegriffen hatte, lief immer noch frei herum. Vielleicht würde es bald zurückkommen und nach ihm suchen. Oder es lauerte ihm schon dort draußen auf. Nein. Asea hatte ihm erklärt, dass er bei Tageslicht sicher war – solche Kreaturen vertrugen das Sonnenlicht nicht. Doch nach Einbruch der Dunkelheit sah die Sache wahrscheinlich anders aus.

Er fragte sich, was für eine Art von Person ein Wesen

wie den Nerghul schaffen würde. Wer wäre in der Lage, in aller Ruhe zuzusehen, wie ein solches Ding entstand? Wer würde mit Absicht eine solche Kreatur erzeugen?

Auf eine Weise war die Antwort offensichtlich – die Zauberer des Dunklen Imperiums. Aber es war eine Sache, so etwas zu denken, und eine vollständig andere, dem tödlichen Beweis dafür von Angesicht zu Angesicht gegenüberzustehen. Nerghule gab es wirklich. Sie waren keine Erzeugnisse einer kranken Fantasie oder Gestalten aus einem billigen Roman. Nein, sie wandelten über diesen Planeten.

Und irgendwo dort draußen befand sich die Person, die das Wesen geschaffen hatte und es ausschickte, um Asea, ihn selbst und andere Menschen, die er kannte, zu töten. Er hatte den Verdacht, dass Tamara in diese Sache verwickelt war. Der Gedanke, dass er so dumm gewesen sein konnte, sich ein drittes Mal von einem hübschen Gesicht übertölpeln zu lassen, gefiel ihm nicht – aber andererseits, warum eigentlich nicht? Sabena hatte ihn zum Narren gehalten, Rena hatte ihn zum Trottel gemacht. Da mochte Tamara leicht die Dritte im Bunde sein. Wenigstens hatte Rena keine Verschwörung angezettelt, um ihn zu töten, wie es die anderen beiden offensichtlich getan hatten.

Wenn er darüber nachdachte, drehte sich ihm der Kopf. Tamara hatte ihm erklärt, Asea sei eine Verräterin an ihrem Volk. Sie hatte von ihm verlangt, Asea zu töten. Asea hatte ihm auf der anderen Seite gesagt, Tamara sei eine Todfeindin des Königreichs, in dem er aufgewachsen war, jemand, der seine Artgenossen unterdrückte, und sie hatte gewollt, dass er Tamara umbrachte.

Vielleicht lag ja in den Worten beider Frauen ein Körnchen Wahrheit, oder alles war erlogen. Die Frage, die er sich selbst beantworten musste, war nicht, wem er glauben sollte – denn er war der Überzeugung, dass sie ihn beide hinters Licht führten –, sondern wie er sich dazu verhalten sollte. Er musste es schaffen, ein gewisses Maß an Kontrolle über sein Leben zu erlangen, und das würde ebenso schwierig werden wie das Erklettern der glatten Wände des Schlangenturms.

Jetzt sah es aus, als hätte Tamara seinen Tod von Anfang an geplant. Warum? Es ergab keinen Sinn. Wenn sie ihn hätte umbringen wollen, so hätte sie das wahrscheinlich schon im *Schlangenhaupt* tun können. Aber dann hätte es möglicherweise Zeugen gegeben; sie hätte entdeckt werden können, oder er wäre vielleicht in der Lage gewesen, sie aufzuhalten. Auf diese Weise brachte sie sich nicht in Gefahr.

Wie so oft bei ihm stieg neben seiner Angst auch Zorn in ihm auf. Er spürte den Drang, den Zauberer aufzuspüren und zu töten, bevor er noch einmal zuschlagen konnte. Er sagte sich, dass solche Gedanken Wahnsinn waren und eine solche Handlungsweise zu seiner eigenen Vernichtung führen würde, aber er vermochte nichts gegen diese Gefühle zu tun oder gegen den nagenden Verdacht, dass er vielleicht auf gewisse Weise nicht bei Verstand war. Möglicherweise hatte er ja eine Art mörderischen Wahn ererbt.

Was für eine Welt, dachte er. Welcher Gott würde

einen solchen Ort schaffen? Sicherlich nicht der Gott, an den zu glauben man ihn im Waisenhaus gelehrt hatte. Dieser strenge, gerechte, liebende Gott konnte nicht der Schöpfer dieses merkwürdigen, kranken Ortes sein. Der Gedanke allein machte ihn wütend. Sein ganzes Leben lang hatte man ihn angelogen, schon seit einer Zeit, als er noch nicht in der Lage gewesen war, die Unwahrheit zu erkennen. Und heute wurde er immer noch angelogen, von Personen, die ihre eigenen Beweggründe hatten, ihm die Wahrheit vorzuenthalten.

Vielleicht war es doch am besten, er desertierte, schlich sich in die Nacht davon und entfernte sich so weit wie möglich von diesem Ort. Aber andererseits würde ihm der Nerghul auflauern, und er hegte nicht den Wunsch, sich dieser Bedrohung allein zu stellen. Heute Nacht hatte er die ganze Kompanie und Prinzessin Asea an seiner Seite gehabt – und nur mit knapper Not überlebt. Allein gäbe es keine Chance für ihn. Offenbar hatte er keine andere Wahl, als zu bleiben, doch das bedeutete, dass er tun musste, was Asea wollte, und sich in den Schlangenturm einschleichen.

Zynisch lachte er auf. Unter diesen Umständen mochte das tatsächlich der sicherste Aufenthaltsort für ihn sein. Zumindest würde ihn der Nerghul dort nicht schnappen können. Er spürte ein solches Grauen vor dem Wesen, dass ihm der Gedanke beinahe vernünftig vorkam. Der sichere Tod im Turm war ihm fast lieber als die Aussicht, diesem Ding noch einmal gegenüberzutreten.

Und er musste noch anderes bedenken. Wenn er sich

in den Turm stahl und tat, was Asea verlangte, dann bestand immerhin die Möglichkeit, dass ihm seine Tat eine große Belohnung einbrächte. Das war ein Spiel, in dem seine Gewinnchancen verschwindend gering standen, doch er stellte fest, dass er zunehmend bereit war, dieses Risiko einzugehen.

Denn was war sein jetziges Leben schon wert, für andere wie für ihn selbst? Als Soldat konnte er nur mit einer kurzen Laufbahn rechnen, an deren Ende er höchstwahrscheinlich als verkrüppelter Bettler dahinvegetieren würde. Lief er weg und wurde wieder ein Dieb, würde er im besten Fall genauso enden und im schlimmsten am Ende eines Stricks. Niemand würde ihn länger vermissen, als es dauerte, bei seiner Totenwache einen Trinkspruch auf ihn auszubringen. Er wusste, dass er begann, sich in Selbstmitleid zu ergehen, und das hasste er wirklich. Daher schob er diese Gedanken beiseite.

Er dachte an den Turm. Der Auftrag war eine Herausforderung, wenngleich eine, der er nicht gewachsen war; aber das appellierte auch auf eine seltsame Weise an seine Eitelkeit. Wenn er jetzt flüchtete, würde er nie erfahren, was er vollbringen konnte: ob er in der Lage war, die Macht einer uralten Rasse und einen der größten Magier der Terrarch herauszufordern. Dies war seine Chance, reich und ein Held zu werden. Er würde sein Leben riskieren, aber andererseits tat er das auf dem Schlachtfeld auch, wenn das Regiment in den Krieg zog. Ebenso gut konnte er morgen auf der Straße von einer verirrten Kugel getötet oder heute Nacht im Bett von einem Nerghul zerrissen werden, falls es hier noch mehr von diesen Kreaturen gab.

Als sich dieser Gedanke in seinen Kopf schlich, wusste er, dass er seine Entscheidung getroffen hatte. Er würde das Risiko eingehen, in den Turm einzudringen, und die Prinzessin retten, wenn es ihm möglich war. Dann beugten sich plötzlich Wiesel und der Barbar über ihn.

»Wir brechen jetzt auf, um unseren freundlichen Hehler zu besuchen«, erklärte Wiesel. »Wir sollen uns vergewissern, dass alles, was du brauchst, bereit ist. Die Prinzessin will dich sehen. Es sieht aus, als wolle sie heute Nacht zur Tat schreiten, was immer sie da auch vorhat.«

Riks Herz setzte einen Schlag lang aus. Zu früh, dachte er. Das geht alles viel zu schnell.

Sardec trank seinen morgendlichen Tee. Er war zornig und stand noch immer unter Schock. Jaderac – er war sich ganz sicher, dass Jaderac dahintersteckte – hatte es gewagt, die übelste Hexerei gegen die Person einzusetzen, die er schützen sollte. Der Nerghul war eine abscheuliche Kreatur, geschaffen durch die dunkelste Magie. Um das zu erkennen, hatte er Aseas Erklärungen nicht gebraucht. Er hatte das Wesen mit eigenen Augen gesehen.

Es hatte zwei seiner Männer und einige der Frauen aus dem Tross innerhalb der Mauern dieses Stadthauses abgeschlachtet. Es hatte ihn, Asea und die anderen beinah getötet. Er hätte nicht übel Lust gehabt, in Jaderacs

Villa zu stürmen, ihm ins Gesicht zu spucken und ihn zum Duell zu fordern. Doch ihm war klar, dass er keinen Beweis hatte. Jaderac konnte den Vorwurf einfach zurückweisen, und es gab nichts, was er tun konnte, außer sich in einem Duell, in dem der Terrarch aus dem Osten die Wahl der Waffen haben würde, umbringen zu lassen. Dadurch beschützte er weder Asea, noch tat er seine Pflicht. Doch er schwor zum Licht, dass er Jaderac dafür büßen lassen würde, falls er je die Möglichkeit dazu bekäme.

Er fragte sich, ob Fürst Azarothe seinem Brief, in dem er über die Macht des grünen Lichts berichtete, schon erhalten hatte. Zweifellos würde die Nachricht im Lager für Aufregung sorgen. Und seine nächste Botschaft über den Nerghul würde noch größeren Aufruhr hervorrufen. Dies war der erste Beweis für das, was sie alle vermutet hatten, nämlich dass die Terrarch aus dem Osten bereit waren, die abscheulichste Magie einzusetzen, um ihre Ziele zu erreichen.

Zum ersten Mal dachte er ernstlich darüber nach, dass Talorea diesen Krieg verlieren könnte. Er war sich ziemlich sicher, dass die Armeen der Roten gründlicher ausgebildet, entschlossener und besser ausgerüstet waren als ihre Gegner von den Blauen. Doch das war nur ein Teil der Geschichte. Die Magie, die die Terrarch aus dem Osten besaßen, könnte durchaus in der Lage sein, den Kampf zu ihren Gunsten zu entscheiden. Wenn sie bereit waren, Nekromantie einzusetzen, waren sie auch in der Lage, Nerghul-Meuchelmörder und ganze Regimenter lebender Toter gegen die Armeen des Westens ins Feld zu schicken. Würden seine eigenen Männer angesichts solcher Gräuel standhalten?

Sardec glaubte, dass die Antwort ja lautete. Sie hatten im unterirdischen Achenar angesichts der entsetzlichen Wesen aus dem Älteren Zeitalter ihre Position gehalten. Sie hatten sich gestern Nacht dem Nerghul gestellt. In beiden Fällen hatten die Männer den Sieg mit ihrem eigenen Blut erkauft; und außerdem verfügte sein eigenes Volk auch über Magie. Wer wusste, wozu Asea imstande war, wenn sie es wirklich wollte?

Doch alles Grübeln brachte ihn nicht weiter, und es standen Aufgaben an, die seine ganze Aufmerksamkeit erforderten. Er musste sich vergewissern, dass die Schutzzeichen verstärkt und die Wachen verdoppelt wurden. Außerdem hatte er Korporal Toby den Auftrag erteilt, einen Vorrat an Feensilber-Kugeln aufzutreiben, die an jeden Mann ausgegeben werden sollten. Das Geld dafür würde er aus eigener Tasche aufbringen müssen, aber das war es wert. Er hatte vor, dafür zu sorgen, dass sie richtig vorbereitet waren, falls eine weitere Kreatur, die aus dunkler Hexerei hervorgegangen war, sie aus der Nacht heraus angriff.

Er sah zum Turm auf. Ein grünliches Leuchten drang durch seine Wände und war sogar bei Tageslicht zu erahnen. Seine Verderben bringende Spitze schien auf sie herunterzustarren und erinnerte ihn daran, dass er nicht das Geringste dagegen tun konnte, falls Ilmarec beschloss, sie von der Oberfläche dieses Planeten zu radieren. Sie mussten etwas dagegen unternehmen, dachte er, doch er wusste um alles in der Welt nicht, was.

Rik blickte von den Karten auf. Er war es leid, sie zu studieren und immer wieder alle Einzelheiten seines Auftrags im Turm durchzugehen. Und er war nervös, nun, da es bald so weit war. Wiesel und der Barbar waren zum Schwarzen Tomar geschickt worden, um die Vorbereitungen abzuschließen. Wenn alles gut ging, würde er heute versuchen, sich in den Turm zu schmuggeln. Er hatte das Gefühl, dass es zu früh war, aber die Zeit drängte. Keines seiner Argumente hatte Asea beirren können. Sie fürchtete ein weiteres Anwachsen der magischen Energien im Inneren des Turms. Sie mussten es jetzt versuchen, bevor Ilmarec die Möglichkeit hatte, seine Drohung gegen Azarothes Armee wahrzumachen.

Asea hatte sich sogar entschlossen, Wiesel und dem Barbaren einige Geheimnisse der Mission anzuvertrauen. Doch obwohl sie ihnen offensichtlich klargemacht hatte, dass auch über ihren Köpfen das Schwert der Inquisition hing, war sich Rik nicht sicher, ob ihm das gefiel. Er sagte sich, dass auf die beiden Verlass war, dass ihn nur sein aus langer Erfahrung entstandenes Bedürfnis, sich so wenig Mitwisser wie möglich zu schaffen, beunruhigte. Doch das nützte nichts. Seine Nerven waren zum Zerreißen angespannt, und er sehnte sich nach einer Ablenkung – irgendeiner.

»Was war dieses Ding von gestern Nacht wirklich?«, fragte Rik Asea. Was er gesehen hatte, wühlte ihn noch immer auf und reizte seine Neugierde.

»Das war ein Nerghul«, erklärte sie und betrachtete eine Anzahl von Gegenständen, die sie vor sich auf einem seidenen Tuch ausgebreitet hatte.

»Das hilft mir jetzt nicht weiter«, sagte er. »Den Namen wusste ich schon. Ich würde mich allerdings besser fühlen, wenn ich auch nur eine Ahnung hätte, was so ein Nerghul genau ist.«

»Neugierde ist bei solchen Dingen ein Fehler«, bemerkte sie. Rik dachte über ihre Antwort nach. Er war müde und schlecht gelaunt, doch es sollte nicht sein, dass er in ihrer Gegenwart die Beherrschung verlor.

»Bitte tut mir den Gefallen, edle Dame. Ich würde gern ein wenig über das Wesen wissen, das mich beinahe umgebracht hätte.«

»Es wäre besser, du würdest dich auf diese Karten konzentrieren und auf die Materialien, die ich dir gegeben habe.«

»Wenn ich das alles bis jetzt nicht weiß, werde ich es nie mehr lernen.«

Sie seufzte. »Nerghule sind Schöpfungen der allerdunkelsten Nekromantie. Sie werden aus Leichengewebe gezüchtet, das man mit Essenzen, die bestimmten Dämonen abgezapft werden, sowie dem Blut von Menschen und Terrarch vermischt. Sie wachsen in Becken voller alchemistischer Lösungen heran und werden mit Energien, die von hexerischen Apparaturen erzeugt werden, gesättigt.«

Er stellte die Frage, die ihn am meisten umtrieb. »Wie kann man ein solches Wesen töten?«

»Das kann man nicht, da es bereits tot ist.«

»Wie könnte ich es dann aufhalten oder seine Existenz beenden?«

»Durch sehr starke Magie, oder indem man ihm

erheblichen körperlichen Schaden zufügt. Für gewöhnlich kann man Kreaturen der Dunkelheit durch Feuer verletzen, insbesondere diejenigen, die kein Licht vertragen. Feensilber wäre ebenfalls hilfreich. Es würde den Fluss nekromantischer Energie in seinem Körper unterbrechen. Aber die Wahrheit ist, dass Nerghule nur sehr schwer aufzuhalten sind.«

»Es muss doch eine Möglichkeit geben.«

»Einige Grimoires, beispielsweise Pusads Traktat über die Bluthunde des Schattens, behaupten, man könne sie aufhalten, indem man ihnen den Kopf absägt. Den Zauber würde das zwar nicht brechen, aber da die Intelligenz im Gehirn sitzt, wäre der Körper danach nur noch ein sich bewegendes Ding ohne Verstand.«

»Ich brauche den Nerghul also nur zu bitten, sich hinzulegen, während ich ihm den Kopf absäge? Klingt einfach.«

»Wenn man das weiter bedenkt, könnte eine massive Schädigung des Kopfes eine ähnliche Auswirkung haben. Aber ich vermute, dass man den Schädel beinahe zerstören müsste, und möglicherweise bleibt die Wirkung dennoch aus.«

»Warum?«

»Andere Grimoires behaupten, der Nerghul werde belebt, indem man einen dunklen Geist in den Körper sperrt. Wenn das zutrifft, würde es nicht allzu viel ausmachen, wenn man das Wesen köpft.«

»Na, wunderbar«, rief Rik. »Besonders hilfreich scheinen diese alten Bücher aber nicht zu sein.«

Sie lächelte. »So ist das oft in solchen Dingen. Magier

tasten im Dunkel herum und legen anschließend Erkenntnisse, die bestenfalls Theorien sind, als Gewissheiten nieder.«

»Ihr meint also, dass es vielleicht überhaupt keine Wirkung hat, wenn man ihm den Kopf abhackt?«

Sie überlegte. »Der Geist, der es belebt, wäre immer noch da, aber er würde alle sterblichen Sinneseindrücke verlieren, die über den Kopf vermittelt werden.«

»Er wäre blind.«

»Gewissermaßen ja.«

»Auf andere Weise aber nicht, stimmt's?«

»Ich habe dir bereits erklärt, Rik, dass Dämonen mit anderen als mit körperlichen Sinnen sehen. Sie nehmen den Geist und die Energienströme wahr.«

»Aber wenn alles andere, was Ihr mir erzählt habt, wahr ist, dann bin ich dem gegenüber vielleicht unsichtbar.«

»Sehr gut, Rik. Ich sehe, dass du eine Lösung gefunden hast.«

»Nur, wenn ich einen beinahe unverwundbaren Dämon dazu überreden kann, sich hinzulegen und von mir operieren zu lassen. Klingt nicht sehr wahrscheinlich, oder?«

»Nein.«

»Wer würde solch ein Wesen schaffen? Und wo kommen sie überhaupt her? Eigentlich müsste die Inquisition so etwas doch verbieten.«

»Sie sind auch verboten, Rik, zumindest im Westen. Ursprünglich wurden sie während der dunkelsten Periode der Terrarch-Geschichte geschaffen, während der letzten Tage unserer Zivilisation auf Al'Terra, als einige unserer Magier versuchten, die Methoden der Fürsten der Schatten gegen sie einzusetzen.«

Rik dachte darüber nach. Das waren Mitteilungen, die nicht in den heiligen Schriften erwähnt, in den Schulen gelehrt oder in Büchern beschrieben wurden, doch er sah keinen Grund, an Aseas Worten zu zweifeln. Schließlich war sie die Expertin in solchen Dingen.

»Sogar mir kommt das nicht wie ein besonders schlauer Plan vor«, sagte er in der Hoffnung, sie aus der Reserve zu locken. Ihre Hand spielte mit einem der kleinen Gegenstände, die vor ihr lagen. Ausdruckslosen Blickes sah sie vor sich hin und schien in ihre Erinnerungen verloren.

»Das war es auch nicht, aber einige der Terrarch, die es versuchten, waren verzweifelt; andere strebten nur nach Macht und hätten alles getan, um danach zu greifen. Solche Leute gibt es zu jeder Zeit, aber Perioden des Chaos liefern ihnen häufig die Vorwände, die sie brauchen, und Beweggründe, die sie in weniger dunklen Zeiten nicht anführen könnten.«

Rik fand, wenn dem so wäre, dann müssten heutzutage jede Menge Menschen von dieser Art auftauchen. Wahrscheinlich taten sie das ja auch. Doch er behielt seine Gedanken für sich, und Asea sprach weiter.

»In dem Versuch, die Fürsten des Schattens zu besiegen, experimentierten viele Magier mit sehr dunklen Methoden. Sie schufen Wesen wie die Nerghul oder Armeen aus wandelnden Toten, die in ihren Kriegen für sie kämpfen sollten. Einige von ihnen schlugen sich schließlich auf die Seite ihrer Feinde und wurden selbst zu Fürsten des Schattens. Doch es gab auch viele, die der Königin und Kaiserin gegenüber loyal blieben und trotzdem ihr Wissen zum Bösen einsetzten: um den Feind mit seinen eigenen Waffen zu schlagen, wie sie behaupteten. Diese Kenntnisse wurden von ihnen und ihren Schülern bewahrt und fanden ihren Weg auf diesen Planeten, als wir das Auge des Drachen durchschritten. Im Osten gibt es viele entlegene Güter, deren Herren sich in aller Ruhe der Hexerei widmen können, ohne dass jemand Fragen stellt. Auch Jaderac besitzt solche Ländereien. Ich fürchte, dass diese und noch weitere verbotene Kenntnisse in unserer Epoche den Weg auf das Schlachtfeld finden werden.«

»Warum?«, fragte Rik.

»Weil sich die Welt verändert hat. Schießpulver und Alchemie haben das alte Machtgleichgewicht zwischen Menschen und Terrarch verschoben. Um in dem neuen Zeitalter ihre Herrschaft zu sichern, werden einige Terrarch aus der mächtigen Quelle verbotenen Wissens schöpfen. Selbst im Westen habe ich Stimmen gehört, die nach einem solchen Vorgehen rufen. Im Osten … Ich nehme an, dort wird man nicht die geringsten Vorbehalte dagegen hegen, jedes Mittel einzusetzen, das zur Erhaltung der Macht notwendig erscheint.«

Rik dachte über ihre Worte nach. Er begriff, dass sie zumindest einen Teil der Wahrheit enthielten, aber er hätte sich nie vorstellen können, dass ein Terrarch sie aussprach. Und das sagte er Asea auch.

»Wir sind nicht dumm, Rik. Wir sind überheblich

und an die Macht gewöhnt. Aber wir können schon erkennen, aus welcher Richtung der Wind weht. Einige von uns haben verstanden, dass wir früher oder später zu einer neuen Übereinkunft mit den Menschen kommen müssen, einer Übereinkunft, die anerkennt, dass sich die Kräfte verschoben haben. Gut möglich, dass ein neues, demokratischeres Zeitalter heraufzieht, ob es uns gefällt oder nicht. Und es ist das Beste, sich diesen Umstand einzugestehen.«

»Offenbar teilen die Blauen diese Einschätzung aber nicht.«

»Du wärest überrascht, Rik. Sehr erstaunt. Viele von ihnen stimmen mir in jedem Punkt zu.«

»Was meint Ihr damit?«

»Sie teilen meine Meinung über die Art der Krankheit, aber nicht über das Heilmittel. Ihrer Ansicht nach werden wir am besten mit der Bedrohung durch die Menschen fertig, indem wir all unsere Macht und unser verbotenes Wissen einsetzen, um sie jetzt zu versklaven. Ich glaube, bevor diese Sache vorüber ist, werden die Blauen beschließen, dass der Erhalt der Terrarch-Kultur den Gebrauch von Mitteln rechtfertigt, die einzusetzen wir sonst nicht wagen würden.«

Rik musterte sie aufmerksam und versuchte festzustellen, in welchem Ausmaß sie ihn zu beeinflussen versuchte, aber wie immer war er sich nicht sicher. Sie schien zu glauben, was sie sagte, und die Logik dahinter leuchtete ihm ein.

Natürlich würden die Reichen und Mächtigen versuchen, ihre Stellungen zu halten, und sich dazu aller

Mittel bedienen, die sie für notwendig hielten. An ihrer Stelle würde er dasselbe tun. Die Frage war nur, ob er bereit wäre, dazu etwas wie die Nerghul einzusetzen. Allerdings fehlte ihm die Erfahrung, um sie zu beantworten. Er hatte nicht jahrhundertelang ein privilegiertes Leben genossen und befand sich nicht in der großen Gefahr, einen Status zu verlieren, den er nie besessen hatte. Doch es fiel ihm nicht schwer zu glauben, dass die Terrarch versuchen würden, ihre Macht mit allen Mitteln zu bewahren. Das hatten sie in der Vergangenheit bereits bewiesen. Was ihn wirklich erstaunte, war, dass Asea ihre Position für so verwundbar hielt.

Sein ganzes Leben lang war die Herrschaft der Terrarch einfach da gewesen, eine Tatsache – und etwas, das so allgegenwärtig war wie die Luft, die er atmete. Überall um ihn herum waren ihre Zeichen zu sehen, ihre monumentalen Paläste, ihre mächtigen Festungen und die Denkmäler ihrer Helden, Magier und Drachen.

Doch vielleicht war das alles ja nur ein Zeichen ihrer Schwäche und nicht ihrer Stärke, ein Versuch, die Menschen sowohl durch symbolische wie durch reale Macht einzuschüchtern. Ein Teil von ihm fand diese Vorstellung lächerlich, doch ein anderer wurde bei der Idee, sie könne der Wahrheit entsprechen, ganz aufgeregt. Er dachte an die gewaltigen Militärparaden, an die Demonstrationen ihrer Magie, die Predigten der Priester, die fliegenden Drachen. All das diente dazu, die Menschen daran zu erinnern, woher die Terrarch ihre Macht bezogen – und doch, warum war es notwendig, ihnen das ständig vor Augen zu führen?

Vielleicht, weil die Terrarch auf diese Weise dafür sorgten, dass sie ihre Macht nicht einzusetzen brauchten. Ihre Untertanen waren doch zu eingeschüchtert, um zu rebellieren. Und dennoch kam es immer wieder zu Aufständen. Rik hatte gegen den Uhrmacher und seine Gefolgsleute gekämpft. War es möglich, dass die Welt, wie Asea das andeutete, an der Schwelle einer gewaltigen Veränderung stand, durch die sich das Verhältnis zwischen Menschen und Terrarch tatsächlich grundsätzlich wandeln könnte? Sie sah ihn leise lächelnd an, als könne sie die Gedanken lesen, die sich in ihm überschlugen.

»Da ist noch etwas anderes, über das du nachdenken solltest, Rik.«

»Und was?«

»Das Dunkle Imperium könnte tatsächlich die Macht besitzen, dein Volk zu versklaven. Der Preis wäre entsetzlich hoch, doch es könnte gelingen.«

»Ihr glaubt wirklich, dass sie es versuchen werden?«

»Wer verzweifelt ist, greift auch zu verzweifelten Maßnahmen, Rik.« Er hatte genug Erfahrung mit den Wechselfällen des Lebens, um zu wissen, wie recht sie damit hatte. Und sie wusste dies offenbar ebenfalls.

»Wo bleiben eigentlich deine Freunde?«, fragte sie. »Sollten sie nicht längst von ihrem Besuch beim König der Diebe zurück sein?«

20. KAPITEL

Eine Festung, die nicht durch Belagerung fällt,
wird durch Verrat fallen.

Surius, Maximen der Politik

»Wir sollten uns lieber unserer Aufgabe widmen, Rik«, sagte Asea. Sie wies auf die Gegenstände, die vor ihr auf dem seidenen Tuch lagen, nahm dann einen auf und reichte ihn ihm. Er betrachtete ihn genau. Es war ein kleiner Stein, der sich in seiner Hand kühl anfühlte und nur mit dem Terrarch-Schriftzeichen für Schutz geschmückt war. Er sah aus wie jedes kleine, billige Amulett, das man auf dem Markt kaufen konnte.

»Was ist das?«, fragte er.

»Behalte es in der Hand«, wies sie ihn an und zog ein kleines, scharfes Messer hervor. Er betrachtete es, wobei sich das Unbehagen auf seiner Miene ausgedrückt haben musste. »Keine Sorge, es wird nicht wehtun. Jedenfalls nicht sehr. Gib mir deine andere Hand.«

Zögernd tat er, wie ihm geheißen. Sie nahm seine

Hand mit der Rechten und hielt das Messer in ihrer Linken. Ihre Haut fühlte sich beinahe so kalt an wie der Stein. Der auf zarte Weise berauschende Duft ihres Parfüms stieg ihm in die Nase. Dann ergriff sie seine Hand und ritzte sie leicht mit dem Messer. Blut floss.

»Schließe beide Hände um den Stein, damit er in Berührung mit deinem Blut kommt.« Erneut befolgte er widerstrebend ihre Anweisung. Er hatte keine Ahnung, was da geschah, und das Ganze gefiel ihm gar nicht. In dem Zimmer war es kühl geworden, und ihm fiel auf, dass er von draußen keinen Laut hören konnte. Asea hatte heute viel stärkere Schutzzauber gewoben als sonst. Sie legte beide Hände um die seinen, die ihrerseits den Stein hielten, und beugte sich nach vorn, bis ihre Köpfe sich beinahe berührten. Ihm wurde klar, dass sie leise etwas in einer der alten Sprachen vor sich hin murmelte. Die Worte verstand er nicht, und doch schienen sie eine düstere Bedeutung zu bergen.

Ströme von Energie umflossen ihn, drangen durch ihre Hände in seine und von dort aus in den Stein. Das kleine Schmuckstück schien jetzt kühler geworden zu sein, und Rik hatte das Gefühl, als gliche sein Blut einer Nervenbahn, die ihn damit verband. Er begann eine andere Anwesenheit im Inneren des Steins zu spüren, etwas Altes, Kaltes und Böses. Rik wollte seine Hände zurückziehen, doch sie ließen sich nicht bewegen, und er fragte sich, was Asea mit ihm anstellte. Er versuchte, sie danach zu fragen, stellte aber fest, dass seine Lippen wie versiegelt waren.

Erfolglos kämpfte er dagegen an. Sein Körper reagierte nicht auf seine Anweisungen. Er konnte sich nicht rühren. Jetzt spürte er Aseas Anwesenheit wie einen leuchtenden Punkt in seinem Bewusstsein und die Gegenwart in dem Stein als einen weiteren. Er hatte das Gefühl, zwischen zwei magnetischen Kraftpolen zu schweben. Ein Spannungsbogen baute sich dazwischen auf, und *er* war die Verbindung, ein Kanal, durch den die Energie von ihr aus in den Stein floss. In seinem Schädel baute sich Druck auf. Glühender Schmerz lief seine Nervenbahnen entlang. Er wollte rufen, schreien, brachte jedoch keinen Ton hervor. Der Schatten im Inneren des Steins wurde dunkler, und er hatte das Gefühl, von ihm verschluckt zu werden. Er stürzte in eine brennende Dunkelheit.

Ruckartig öffneten sich Riks Augen. Asea blickte auf ihn herunter. Sie nickte, als sähe sie etwas, das sie erwartet hatte, und wäre damit zufrieden.

»Was habt Ihr getan?«, fragte Rik. Seine Stimme klang schwach, wie bei jemandem, der sich von einer langen Krankheit erholt.

»Trink das«, sagte sie und reichte ihm eine Tasse, in der sich eine dampfende Flüssigkeit befand. »Dann wirst du dich besser fühlen.«

Tatsächlich ging es ihm ein wenig besser, nachdem er von dem bitteren, kochend heißen Gebräu getrunken hatte. Seine Glieder aber fühlten sich noch immer schwach und gummiartig an, und sein Schädel war taub. »Was habt Ihr mit mir getan?«, fragte er noch einmal.

»Ich habe dich auf den Stein eingestimmt.«

»Was bedeutet das?«

»Du bist jetzt mit dem Amulett an deinem Hals verbunden.« Er sah an sich herunter und stellte fest, dass das Amulett an einer billigen Kupferkette um seinen Hals hing. Er war sich sicher, dass es derselbe Stein war, den er in seiner blutigen Hand gehalten hatte. Doch als er sie jetzt ansah, entdeckte er keine Spur des Schnitts. Es war, als hätte er dort nie eine Verletzung gehabt.

»Warum ist das so wichtig?« Das musste er wissen, weil er spürte, dass es von großer Bedeutung war. Das Amulett mochte zwar harmlos wirken, aber er hatte die Macht gespürt, die darin wohnte.

»Das Amulett hat einmal einem Schattenblut gehört. Ich habe es vor langer Zeit auf Al'Terra, im Garten der Raben, seiner Leiche abgenommen. Es sieht nach nichts aus, stimmt's? Und doch hat es mich fast ein Jahrhundert der kompliziertesten und anspruchsvollsten Tests gekostet, ehe ich verstehen konnte, was es darstellt.«

»Und was ist es nun?«

»Ein Fokus für die besonderen Kräfte eines Schattenbluts. Es vergrößert sie.«

»Was ist ein Fokus?«

»Ein Hilfsmittel, das Magier benutzen, um ihre Konzentration zu verstärken. Damit fällt es leichter, Zauber zu wirken, und manchmal wird es auch als eine Art Auslöser benutzt.«

»Und dieser Stein wird bei mir etwas auslösen?«

»Das bezweifle ich, solange du nicht weißt, wie du ihn zu gebrauchen hast; aber er hat deine Fähigkeiten bereits verstärkt. Während du … geruht hast, habe ich dich mit den stärksten Sehzaubern, die ich kenne, geprüft. Hätte ich es nicht besser gewusst, ich hätte geschworen, dass du nichts anderes bist als ein gemeiner Soldat. Etwas vereitelt meine mächtigsten hellseherischen Sprüche, eine Mischung aus deinen angeborenen Kräften und denen des Amuletts.«

»Ihr wollt sagen, dass es magisch ist, ein Schutz gegen hellseherische Kräfte?«

»Wenn du es so ausdrücken willst, ja. Doch es ist auch noch sehr viel mehr. Es müsste dich gegen die meisten Zauber schützen, die Einfluss auf deinen Geist nehmen, und ich vermute, gegen die meisten anderen ebenfalls.«

»Wenn es so nützlich ist, warum habt Ihr es nicht für Euch selbst behalten?« Er hatte das Gefühl, besonders langsam zu denken, so als arbeite sein Verstand nicht richtig.

»Du solltest besser aufpassen, Rik. Ich habe dir die Antwort darauf schon gegeben. Das Amulett hat einem Schattenblut gehört – seine Kräfte wirken nur bei einem von ihnen. Im Übrigen zeigt dies, dass du genau das bist, was ich vermutet hatte. Ein weiterer Beweis ist nicht nötig.«

»Welche Fähigkeiten wird es mir verleihen?«

»Die Schattenblut-Krieger konnten den Verstand anderer vernebeln, sich unsichtbar machen, Wände durchdringen, sich an einen anderen Ort teleportieren. Sie waren in der Lage, mit einem einzigen Blick zu töten.«

»Und Ihr behauptet, dass ich all das mit diesem Amulett vollbringen kann?« Er fühlte sich nicht sehr viel anders als zuvor.

»Natürlich nicht. Die Schattenblut-Krieger waren in all diesen magischen Disziplinen ausgebildet. Schon möglich, dass sich solche Kräfte plötzlich manifestieren, aber darauf verlassen würde ich mich nicht. Es wird nötig sein, dich Zaubersprüche und gewisse Verfahren zu lehren.«

»Und unter welchen Umständen könnten solche Kräfte plötzlich auftreten?«

»Manchmal kommt das bei sehr starken Magiern vor. Wenn ihr Leben in höchster Gefahr ist oder wenn sie unter großem Druck stehen, dann zeigen sich ihre Kräfte und helfen ihnen zu überleben.«

Angesichts der vielen Gelegenheiten, bei denen er schon in Gefahr geschwebt hatte und bei denen sich doch nichts ereignet hatte, bezweifelte Rik das und wollte schon entsprechende Einwände erheben. Dann aber überlegte er noch einmal. Als Dieb und als Soldat hatte er schon viele Gefahren bestanden, und er hatte überlebt, wo andere gestorben waren. Also war es vielleicht doch möglich, dass ihm irgendeine Kraft geholfen hatte. Oder er hatte einfach nur Glück gehabt, dachte er säuerlich. Dann kam ihm ein anderer Gedanke und ein neuer Verdacht.

»Ihr sagt, Ihr könntet mich diese Zaubersprüche lehren … Aber wie sollte das möglich sein? Ihr habt behauptet, Ihr seiet kein Schattenblut.«

»Und das bin ich auch nicht, Rik, glaube mir. Aber

ich kenne mich mit der Magie aus, und ich kann dich Zauber lehren, die ihren Fähigkeiten ähneln – und auch die theoretischen Grundlagen ihrer Wirkung. Die Lücke dazwischen wirst du allerdings selbst überbrücken müssen. Ich werde mein Bestes tun, dich zu unterstützen, aber an diesem Punkt bist du auf dich selbst gestellt.«

Wieder spürte er, dass ihre Worte nur teilweise der Wahrheit entsprachen. Es gab vieles, das sie ihm aus Gründen, die nur sie kannte, nicht erzählte. Rik zuckte die Achseln. Dann musste er eben selbst herausfinden, was dahintersteckte, wenn er es konnte. Es gefiel ihm nicht, jemandes Marionette zu sein. Wenn er es recht überlegte, traute er Prinzessin Asea nicht und hatte es auch niemals wirklich getan. Dazu war sie zu anders als er und verfolgte allzu offensichtlich ihre eigenen Pläne. Sie deutete sein Schweigen falsch.

»Mach dir keine Sorgen. Wahrscheinlich arbeiten viele deiner Kräfte auf einer unbewussten Ebene – so viel ist klar. Deswegen werden einige für dich so selbstverständlich sein wie das Atmen für einen Säugling, andere wirst du erlernen wie ein Kind das Laufen, da bin ich mir sicher. Und nur für einige wirst du Unterweisung benötigen.«

»Warum tut Ihr das?«, fragte er. Die Frage war ihm ohne sein Zutun über die Lippen gekommen.

»Weil ich deine Hilfe brauche«, sagte sie. Ihre Antwort klang ehrlich, aber wieder einmal war er sich sicher, dass sie nicht die ganze Wahrheit enthielt. Die Verzweiflung, die er in ihren Augen sah und in ihrer Stimme hörte, schien echt zu sein, indes …

»Es muss doch auch andere Möglichkeiten geben, zu bekommen, was Ihr wollt.«

»Die gibt es, Rik, doch der Weise hält sich mehrere Wege offen. Je mehr man davon zur Verfügung hat, umso besser die Chancen, Erfolg zu haben.«

Rik sah ein, dass das vernünftig war, und etwas an der zynischen Geradlinigkeit ihrer Einstellung gefiel ihm auch. »Dann bin ich für Euch also nur eines von mehreren Werkzeugen?«

»Vielleicht, ebenso wie ich für dich, Rik. Ich ziehe es allerdings vor, uns als Verbündete zu betrachten.«

»Wobei die Gewichte so ungleich verteilt sind, dass mir diese Allianz ein wenig einseitig vorkommt.«

»Das ist bei Bündnissen häufig so, Rik. Talorea unterhält Bündnisse mit vielen Adligen aus Kharadrea. Unsere Armeen sind weit größer als ihre, und Talorea besitzt weit größere Macht, aber dennoch sind solche Allianzen notwendig, und gelegentlich neigt sich die Waage der Macht zugunsten desjenigen, der auf den ersten Blick der kleinere Partner ist.«

Rik verstand sofort, worauf sie hinauswollte. »So wie bei Fürst Ilmarec, meint Ihr?«

»Genau.«

»Warum gebt Ihr ihm dann nicht, was er will?«

»Glaub nicht, dass ich das nicht bereits versucht habe, Rik. Doch wahrscheinlich steht es nicht in unserer Macht, ihm zu geben, was er begehrt.«

»Und die Sardeaner können das?«

»Um ehrlich zu sein, ich bezweifle, dass sie dazu in der Lage sind.«

»Warum? Was will er denn nun?«

»Es wird dich vielleicht überraschen zu hören, dass er in Ruhe gelassen werden will. Und für sein Land wünscht er dasselbe.«

»Ist das alles?« Rik war verblüfft. Er konnte sich nicht vorstellen, dass dies alles war, was ein Terrarch begehrte, wenn er das Zünglein an der Waage zwischen zwei großen Nationen war.

»Es ist mehr, als jede der beiden Seiten zulassen kann, Rik. Wir brauchen Kathea. Ohne sie bricht unsere gesamte Strategie in Kharadrea zusammen. Sie ist die legitime Königin und auch diejenige, die uns unterstützen würde. Das Recht ist auf unserer Seite.«

Rik starrte sie aufgebracht an. »Bitte erspart mir die Plattitüden.«

»Das mag vielleicht ein Gemeinplatz sein, Rik, doch es ist auch die Wahrheit. Und noch wahrer ist, dass das Leben für dein Volk sehr schwer werden wird, wenn wir den bevorstehenden Krieg nicht gewinnen.«

Rik fragte sich, ob sie ihn rein versehentlich an sein menschliches Erbe erinnert hatte. Schließlich hatte sie ihn damit gelockt, dass ihn die Terrarch anerkennen würden. Vielleicht sollten ihre Worte auch eine Drohung darstellen, die besagte, dass ohne ihre Hilfe die Menschen immer sein Volk blieben.

Oder sie kannte ihn einfach besser, als er ahnte, denn er vermutete, dass er immer noch in erster Linie ein Mensch sein würde – selbst wenn man ihn in einen Terrarch-Clan aufnahm –: in den Augen der Terrarch und, was noch wichtiger war, in seinen eigenen. Seine Sympathien würden immer auf dieser Seite liegen. Vielleicht meinte Asea auch etwas vollständig anderes. Möglich, dass sie einfach von Talorea und seinem Volk sprach. Seinem Land würde es nicht gut ergehen, wenn es vom Dunklen Imperium erobert würde.

Dabei musste er sich allerdings die Frage stellen, was ihn das anging. Seine Jugend in den Straßen von Drangsal hatte ihn gelehrt, dass man am besten auf sich selbst aufpasste, dass man nahm, was man bekommen konnte, und dem bevorstehenden Konflikt nur so viel Aufmerksamkeit zollte, wie für einen selbst nützlich war.

Verblüfft stellte er fest, dass er nicht nur zornig war, sondern auch nach Gerechtigkeit dürstete. Ein Teil von ihm machte sich schon Gedanken über die politische Lage, und wenn auch nur aus Verbitterung darüber, dass die Terrarch diese Welt beherrschten. Doch selbst damit tat er sich, wie er vermutete, keinen Gefallen. Ein Teil von ihm wünschte sich eine bessere Welt, eine gerechtere Welt, und zwar nicht nur für sich selbst.

Er lächelte. Vielleicht hatte er ja nur erkannt, dass er selbst seine Stellung nicht verbessern konnte, solange es keine bessere Welt für alle gab. In dieser Welt würde er immer ein Außenseiter sein, wohin er auch ging und was immer er auch tat. Er würde niemals Ruhe oder Sicherheit finden. Nein, die Welt musste sich verändern, und er würde seinen Anteil dazu beitragen.

»Wann werdet Ihr beginnen, mich den Gebrauch der Magie zu lehren?«

»Wenn du deinen Ausflug in den Turm überlebt hast.«

»Meint Ihr nicht, dass es mir beim Überleben hilfreich wäre, wenn Ihr mir vorher etwas beibringt?«

»Ich würde es tun, wenn ich könnte, Rik, aber Magie ist nichts, was man in ein paar Minuten lernen kann, so wie den Text eines Liedes oder den Namen für einen Gegenstand. Es dauert Monate, bis man auch nur die einfachsten Anfangsgründe begreift, und so viel Zeit haben wir nicht.«

»Was haben wir dann?«

»Wir haben diese Karten, die das Innere des Turms zeigen – hast du sie dir eingeprägt?«

Er betrachtete die Papiere, auf die sie mit ihrem langen, vollendet manikürten Finger wies, die kleinen Zeichnungen, die die verschiedenen Ebenen im Inneren des Turms darstellten. Sie waren viel kunstvoller ausgeführt als die groben Skizzen, die er als Einbrecher benutzt hatte, aber im Grunde war es das Gleiche. Er war es leid, dass sie immer wieder danach fragte, und ließ seinen Überdruss in seiner Antwort durchklingen. »Sicher.«

»Noch etwas anderes, das du vielleicht benötigst?«

»Die Livree eines der Bediensteten könnte nützlich sein – oder die Uniform eines Turmwächters.«

Asea nickte nachdenklich. »Das dürfte nicht allzu schwer zu beschaffen sein.«

Er überlegte weiter. »Waffen, ein Seil aus Spinnenseide und ein Wurfhaken; vorzugsweise einer, der mit Tarnzaubern geschützt ist. Ich besitze einen, er befindet sich bei meiner Ausrüstung.«

»Du bist offenbar der Richtige für diese Aufgabe.«

»Wir wollen es hoffen. Ich bezweifle, dass wir eine zweite Chance bekommen werden.«

»Wahrscheinlich ist es das Beste, nichts mitzunehmen, was irgendeinen Zauber an sich trägt«, sagte Asea. »Die Wächter am Tor sind der Magie gegenüber außerordentlich sensibel, und wenn die Zaubersprüche nicht gut genug sind …«

Sie brauchte den Satz nicht zu Ende zu sprechen.

Rik fühlte sich unzufrieden, als er Aseas Zimmer verließ. Er würde sein Leben aufs Spiel setzen, und zwar schon bald. Zugegeben, er würde etwas tun, das er schon oft getan hatte, nämlich in ein schwer bewachtes Gebäude einbrechen; aber er konnte sich des Gedankens nicht erwehren, dass er noch nie einen so gewagten Diebeszug unternommen oder sich an einem so gut geschützten Bauwerk versucht hatte.

Unwillkürlich glitt seine Hand zu dem Schattenblut-Amulett, das Asea ihm gegeben hatte. War es wirklich so mächtig, wie sie behauptete? Und was hatte sie ihm womöglich darüber verschwiegen? Das Ganze war für seinen Geschmack zu geheimnisvoll und gefährlich. Und es gab etwas, das sie ihm nicht erzählte. Das Königreich musste doch etwas haben, das es Ilmarec bieten konnte. Selbst ein so mächtiger Magier konnte doch nicht so verrückt sein zu glauben, dass er sich in alle Ewigkeit gegen die Königin stemmen konnte, oder?

Aber vielleicht konnte er das ja doch. Königin Arielle durfte sich kaum erlauben, so viele Soldaten aufzustellen, dass sie den Schlangenturm imstande waren zu stürmen, selbst wenn das möglich gewesen wäre. Doch wenn sie nicht die Kontrolle über den Turm, über Morven und Prinzessin Kathea erlangte, dann war der Krieg wahrscheinlich verloren. Wenn es zum Schlimmsten kam, würde Azarothe wahrscheinlich nichts anderes übrig bleiben, als den Angriff zu versuchen oder nach Hause zu marschieren. Rik konnte sich nicht vorstellen, dass der berühmte General seine Truppen in ein so wahnsinniges Unternehmen werfen würde. Und ohne Kathea fehlte ihnen die Galionsfigur, hinter der sich der kharadreanische Adel sammeln konnte. Dann würde mangels einer Alternative Khaldarus den Thron besteigen.

Die ganze Sache war wirklich verwickelt. Wieder dachte er über seine eigenen Möglichkeiten nach. Er setzte sein Leben aufs Spiel, doch wenn Asea ihr Versprechen hielt, wäre von seinem Standpunkt aus das Risiko dem Lohn angemessen. Doch er wurde den bohrenden Verdacht nicht los, dass ihm etwas Wichtiges entging. Es musste doch etwas geben, das er tun konnte, um seine Chancen zu verbessern, eine Möglichkeit, sich einen Vorteil zu verschaffen. Bestimmt gab es einen einfacheren Weg, in den Turm zu gelangen.

Er sah zu dem Furcht einflößenden Gebäude mit seinen glasglatten Wänden hoch, dessen bloßer Anblick schon an entsetzliche Dinge aus dem Älteren Zeitalter gemahnte. Wie konnte er es wagen, den Turm und seinen Herrn herauszufordern? Wie sollte er Erfolg haben, wo zahllose andere gescheitert waren? Dann meinte er, die Worte seines ehemaligen Lehrmeisters

Koralyn zu hören: *So etwas wie ein Haus, in das man nicht einbrechen kann, gibt es nicht, Junge. Zwischen einem Dieb und einem Schatz gibt es immer einen Weg. Du brauchst ihn nur zu finden.* Aber natürlich war der alte Meisterdieb irgendwann erwischt und aufgehängt worden.

In diesem Augenblick traten Wiesel und der Barbar in den Hof. Wiesel hob die Hand und bedeutete ihm in der Zeichensprache der Diebe, dass alles geregelt war. Es sah aus, als würde er heute hineingehen. So war es am besten, so blieb weniger Zeit, in der jemand ihre Pläne entdecken konnte. Er fragte sich, ob es klug gewesen war, diese beiden wenigstens teilweise in den Plan einzuweihen, aber es hatte keine andere Möglichkeit gegeben. Sie kannten Tomar, und er kannte sie, und er hatte einfach zu viel zu tun gehabt, um alles selbst zu erledigen.

Furcht setzte sich in seinen Eingeweiden fest und zog sie schmerzhaft zusammen. Doch sosehr er es auch versuchte, er wurde das Gefühl einfach nicht los.

21. KAPITEL

Ein Held ist nicht unbedingt mutiger als wir – er wird es erst dann, wenn die Gefahr am größten ist.

Mercurio, Geschichten aus dem Kampf

Rik lag in dem geheimen Abteil des Karrens unter einem Berg eingesalzener Rinderhälften. Der Geruch des Fleisches stieg ihm in die Nase, und er hatte das Gefühl, als überzögen sich seine Haut und sein Haar langsam mit einer Fettschicht. Solange er konnte, hielt er die Luft an und atmete dann flach weiter, um den überwältigenden Gestank nicht allzu tief einzusaugen.

Es fiel ihm schwer, sich nicht bildlich vorzustellen, wie der Turm bedrohlich immer näher rückte und der Anblick der seltsamen Wasserspeier gleich auf ihn fiele. Er versuchte ruhig zu bleiben und nicht daran zu denken, was mit ihm geschehen würde, wenn man ihn fing, doch das gelang ihm nicht. Das Beste, das er sich in diesem Fall erhoffen konnte, war, dass man ihn wegbrachte und als Spion erschoss. Doch leider neigten seine

Gedanken dazu, sich der schlimmsten Aussicht zuzuwenden – Folter und bizarre magische Praktiken.

Er verfluchte sich, weil er so verrückt gewesen war, diesem Plan zuzustimmen. Alle Gründe, die zuvor so eindeutig und zwingend erschienen waren, kamen ihm jetzt einfach lächerlich vor: sein Zorn auf Rena, die Gier nach Reichtum und gesellschaftlichem Aufstieg, sein Wunsch, sich zu beweisen. Er würde nur eines beweisen, nämlich dass er ein Idiot war. Er fühlte Selbstmitleid in sich aufsteigen und unterdrückte es.

Noch war es nicht zu spät, seine Meinung zu ändern, sagte er sich. Er brauchte den Fahrern nur zu gestehen, dass er es nicht schaffen würde. Dann konnte er den Hügel hinabrennen und hoffen, dass niemand von der Mauer aus wagte, auf ihn zu schießen. Natürlich würde er sich dann mit Aseas Rache und den Folgen seiner Taten in Achenar auseinandersetzen müssen, und außerdem musste er noch vor dem Nerghul flüchten.

Bald hatte er eine Entscheidung zu treffen. Jede Drehung der Räder, jedes Schlagloch trug ihn weiter auf diese glasartigen Wände und die Wesen, die sie bewachten, zu. Und schlimmer noch, bald würde er sich im Inneren des Turms selbst befinden. Diese Wände waren wie eine Falle. Sobald er sich einmal hinter ihnen befand, konnte er unwiderruflich nicht mehr zurück. Wenn er gefangen wurde, war er zum Tode verurteilt, und er blieb vollständig auf sich selbst gestellt. Bei jedem Schritt würde die Gefahr auf ihn lauern.

Wie immer spürte er Angst, aber zugleich stieg auch die alte Erregung in ihm auf. Er würde in den Turm eindringen, an einen Ort, wo es den Tod bedeutete, wenn er erwischt wurde. *Ja und?*, dachte der Dieb aus Drangsal. So war es immer gewesen. Nie hatte ihm eine geringere Strafe gedroht, wenn er in die Villen der Reichen eingebrochen war. Der Lohn für einen gefangenen Dieb war immer der gleiche. Er tat etwas, das er den längsten Teil seines Lebens über getan hatte, und etwas, auf das er sich sehr gut verstand.

Sein Herz raste, aber inzwischen war es ebenso die Aufregung angesichts des bevorstehenden Unternehmens wie die schlichte Furcht. Schwer zu sagen, wo das eine aufhörte und das andere begann. Als ihn der Widerhall alter Gefühle ergriff, wusste er, dass er seinen Entschluss gefasst hatte. Er würde es tun. Wenn er überlebte und seine Geschichte erzählen konnte, würde er ein Held sein. Und wenn er scheiterte, dann hatte es eben so sein sollen.

Er wusste, dass er sich selbst Mut machte, so wie jemand, der im dunklen Keller pfeift. Besser, er konzentrierte sich auf seine Vorbereitungen. Sie hatten die Zeit richtig abgeschätzt. Es war später Nachmittag, und kurz nachdem sie den Hof des Turms erreicht hatten, würde es dunkel werden. Dies war einer der letzten Karren, die an diesem Tag zum Turm fuhren. Er würde auf den Hof klettern und sich dort unter die Lastenträger mischen. Dann würde er sein Bestes tun, um sich herauszuhalten, und schließlich irgendwie in den Turm vordringen und sehen, was er ausrichten konnte.

Der Karren hielt an, er hörte Stimmen. Ihm wurde klar, dass sie das Tor bereits erreicht hatten und die

Wachen sie überprüften. Einen Augenblick lang hatte er Angst. Vielleicht würden die Soldaten spüren, dass die Fahrer nervös waren. Vielleicht stand ihnen ja das schlechte Gewissen ins Gesicht geschrieben, oder Tomars Männer waren soeben dabei, ihn an die Turmwache zu verraten. Er spannte sich an und umfasste seine vergifteten Waffen fester. Wenn es zum Schlimmsten kam, würde er einige Soldaten töten und die Klinge dann gegen sich selbst richten. Auf keinen Fall würde er zulassen, das sie ihn folterten. Er wünschte sich einen sauberen, raschen Tod.

Noch während ihm dieser Gedanke durch den Kopf schoss, wusste er, dass er zögern würde, wenn es so weit war. Er hasste zwar vieles an seinem Leben, aber auf der anderen Seite hatte er auch wunderbare Erinnerungen an manche Zeiten, manche Orte. Er hatte noch viel vor, bevor das Spiel vorüber sein würde. Rik verfluchte sich, weil er sich auf dieses Unternehmen eingelassen hatte, doch dann überlegte er, dass er im Grunde nie eine Wahl gehabt hatte. Irgendwie schien im Rückblick alles unvermeidlich gewesen zu sein, so als ob jede Entscheidung, die er je getroffen hatte, jeder Weg, den er eingeschlagen hatte, ihn zu diesem Augenblick geführt hätten.

Als sich der Karren erneut in Bewegung setzte, hätte er beinahe laut aufgeseufzt, doch er schaffte es, sich zusammenzunehmen und ruhig zu bleiben. Er wusste, dass er in diesem Augenblick der Musterung der bösartigen Wächter im Inneren der Mauern unterzogen wurde. Doch er spürte nichts, fühlte nichts und betete zum Licht, dies möge ein gutes Zeichen dafür sein, dass er unentdeckt geblieben war. Er umklammerte das Schattenblut-Amulett so inbrünstig, wie er als Kind ein Schutzzeichen gedrückt haben mochte.

Jede Minute rechnete er damit, Trommeln und Hörner zu hören, die Alarm gaben, Männer, die heranstürzten, um ihn festzunehmen, doch er vernahm nur das Rumpeln von Rädern auf dem Kopfsteinpflaster und das Schaben, mit dem die Ladung auf den Brettern über ihm hin- und herrutschte.

Langsam wurde er ruhiger und begann seine Muskeln anzuspannen und wieder loszulassen, um die Verkrampfungen zu lösen, die sich gebildet hatten, während er eine Stunde lang steif in seinem Versteck gelegen hatte. Er wollte geschmeidig und sprungbereit sein, wenn die Zeit zum Handeln gekommen war. Seine Überlebenschancen konnten davon abhängen.

Noch einmal holte er tief Luft und schob sich auf das Ausstiegsloch zu. Er wollte in der richtigen Stellung sein, wenn das Zeichen kam. Der Karren hielt an. Sekunden später begann er unter dem Gewicht von Männern, die hinaufsprangen und ihn entladen wollten, zu schwanken. Er schlängelte sich auf das Loch zu, spürte, wie seine Füße in die Luft ragten, und schob die Beine und dann die Hüften hindurch. Einen Augenblick lang hatte er das schwindelerregende Gefühl zu fallen, und dann berührten seine Füße den Boden. So leise er konnte, kroch er ganz hinaus und war froh, dass es dunkel war. Es roch nach Fleisch und Getreidesäcken und anderem Proviant: Er wusste, dass er sich in einem großen Lagerschuppen befand.

Nun kam der schlimmste Teil. Er schaute sich um und sah Füße und Beine auf der gegenüberliegenden Seite des Karrens. Über sich hörte er Stimmen. Jetzt wäre es ein Leichtes gewesen, ihn zu entdecken. Er blickte nach rechts, stellte fest, dass sich auf dieser Seite eine schmale Lücke zwischen zwei riesigen Stapeln von Kornsäcken befand, und schickte ein kurzes Dankgebet gen Himmel. Wenigstens hatte der Fahrer die Ruhe bewahrt und den Karren genau dort abgestellt, wo sie es geplant hatten. Er schwang sich seinen kleinen Beutel über die Schulter, huschte hinüber und verschwand in der Lücke. So schnell und leise wie möglich bewegte er sich durch das Halbdunkel zwischen den Reihen.

Er befand sich auf dem Gelände – und war immer noch frei. So weit, so gut, dachte er. Er hockte sich hin, um im Schatten zu warten. Bald würde es ganz dunkel sein, und dann mochte es ihm leichter fallen, sein Unternehmen durchzuführen.

Rik verließ die Deckung der Stapel und huschte durch das Lagerhaus. Hier drinnen war es jetzt dunkel, doch er konnte sich orientieren, denn er sah im Zwielicht fast so gut wie ein Terrarch und besser als jeder Mensch. Die großen Tore, durch die die Karren einfuhren, waren geschlossen; doch er entdeckte die kleine Seitentür, die man ihm bezeichnet hatte. Er lief hin und stellte fest, dass sie auch verschlossen war. Kurze Zeit spürte er Platzangst und die alte Furcht, in der Falle zu sitzen, in sich aufsteigen; dann griff er in seinen Rock und zog seine Dietriche hervor. Als Kind hatte ihn Koralyn gezwungen, das Aufbrechen von Schlössern im Dunkeln zu üben, und ihn für jeden Fehler geschlagen. Rik hätte nie gedacht, dass er dem alten Bastard einmal dankbar dafür sein würde, doch genau das war er jetzt, als er den Mechanismus klicken hörte und sich die Tür öffnete.

Der Mond schien hell durch die Wolken, und das Glühen, das von dem Turm ausging, spendete so viel Licht, dass er darin sehen konnte. Es regnete heftig. Dicke Tropfen klatschten in Pfützen, und grüne Ringe verzerrten das Spiegelbild des Turms im Wasser. Das riesenhafte Bauwerk erhob sich drohend über ihm, gewaltig wie ein Berg und offenbar undurchdringlich. Wer war er, dass er glaubte, seine Geheimnisse ergründen zu können? Das höllisch grüne Leuchten strahlte die Wolken von unten an.

In der Luft lag ein eigenartiger Geruch nach Ozon und noch etwas anderem. Er fragte sich, was hier heute Nacht vorgehen mochte. War das ein Zeichen dafür, dass Ilmarec genug Energie angesammelt hatte und bereit war, Azarothes Armee zu vernichten? Was für Zauberwerk hatte er vor?

Rik selbst stand immer noch im Schatten, und das sollte auch so bleiben. Er sah ein paar Gestalten, die sich über den Hof bewegten – und vor den Mauern die Silhouetten von Wachposten. Aufmerksam musterte er seine Umgebung. Im Dunkeln strahlte der Turm ein unheimliches Glühen aus, phosphoreszierend wie der Schaum, der manchmal auf den Abwässern einer alchemistischen Manufaktur in Drangsal trieb. Die Runen, die in seine Außenseiten graviert waren, leuchteten auf und verblassten dann wieder. Er fühlte sich mehr denn je daran erinnert, dass dieses Bauwerk ein Erzeugnis außerirdischer Magie war. Die Zeichen pulsierten immer stärker. Das war noch nie zuvor geschehen, und Rik fragte sich, was der Grund dafür sein mochte. Vielleicht waren Aseas Vorahnungen ja berechtigt gewesen.

Tief und lautlos atmete er aus und versuchte, sein wild klopfendes Herz zu beruhigen. Vor seinem inneren Auge sah er die Karten, die ihm Asea zur Verfügung gestellt hatte, und versuchte sie zu diesem merkwürdigen, unheimlichen Ding in Beziehung zu setzen. Als er sich zu seiner Zufriedenheit davon überzeugt hatte, wo er sich befand, lief er zur Außenmauer, legte die linke Hand auf die kühle Oberfläche und ging hundert Schritte an der gewölbten Wand entlang.

»He, du«, sagte jemand. »Was hast du vor?«

Man hatte ihn entdeckt. Zwei große Männer, die den Kopf gesenkt und die Schultern hochgezogen hatten, um den Regen abzuwehren, kamen auf ihn zu. Rik verfluchte sich. Er hätte sich die Zeit nehmen sollen, seine Turmwächter-Uniform anzuziehen, dann würden ihn diese beiden nicht belästigen.

»Ja?«, sagte Rik, versuchte unverbindlich zu klingen und den hiesigen Dialekt nachzuahmen. Er legte die Hände zu einer Geste zusammen, die, wie er hoffte, Fügsamkeit und Bedauern ausdrückte; doch in Wirklichkeit vergewisserte er sich, dass er jederzeit das Heft des vergifteten Dolches, den er in seiner Scheide um den Hals trug, ergreifen konnte. »Was wollt ihr?«

»Was hast du hier zu suchen?«, fragte der größere der beiden Männer. Er war ein wenig besser gekleidet als sein Kamerad und legte den herrischen Tonfall an den Tag, den Oberdiener Untergebenen gegenüber anschlagen.

»Schnappe nur ein bisschen frische Luft, Herr«, antwortete Rik. »Drinnen war es stickig.«

»Stickig, ja? Du solltest dich schleunigst zurückziehen. Wenn du nach draußen geschlichen bist, um zu rauchen …« Demonstrativ sog er die Luft ein. »Du weißt genau, dass Seine Hoheit uns allen befohlen hat, beim zehnten Glockenschlag drinnen zu sein. Dafür gerbe ich dir das Fell, Bursche.«

Rik starrte ihn an, der Mann wich ein Stück zurück. Er fragte sich, ob der andere spürte, wie nahe er dem Tod war. Rik schätzte die Entfernung zwischen ihnen ab. Einen Mann konnte er bestimmt mit dem Messer töten. Aber er war sich nicht sicher, ob er den anderen ausschalten konnte, bevor er Alarm schlug.

»Ich habe nicht geraucht«, sagte Rik. »Ich rühre das Kraut niemals an. Außerdem ist es schwer, bei diesem Regen eine Pfeife anzuzünden.«

Der andere Dienstbote sah ihn jetzt argwöhnisch an. »Wer bist du?«, fragte er. »Ich kann mich nicht erinnern, dich hier schon einmal gesehen zu haben.«

»Bin auch neu«, erklärte Rik selbstbewusst und trat ein Stück vor.

»Ich habe aber nichts davon gehört, dass wir neue Leute eingestellt hätten«, meinte der größere der Männer. »Das müsste ich wissen. Wenn Bortha hinter meinem Rücken neue Männer angeheuert hat, kann er etwas erleben. Er soll über alle Einstellungen mit mir sprechen.«

Rik wusste, wie sich so etwas abspielte. Die Arbeit im Turm oder einem anderen großen Terrarch-Haushalt galt als gute Stellung. Um sie zu bekommen, musste man die Oberdiener bestechen.

»Bortha hat gesagt, es gebe keine Schwierigkeiten«, behauptete er. Wahrscheinlich war es besser, sich an die Geschichte zu halten, die sich der Mann schon selbst zurechtgelegt hatte.

»Ach, tatsächlich? Das werden wir ja sehen. Du kommst jetzt mit, und dann unterhalten wir beide uns mit Bortha.« Der Mann legte Rik eine seiner schweren Hände auf den Arm. Er war sehr kräftig, stärker, als Rik erwartet hätte. Er fügte sich seinem Griff und löste schon das Messer aus der Scheide. Als er sich neben dem Diener befand, stach er ihm die Klinge in die Seite. Keuchend sackte der Mann nach vorn – das Gift begann schon zu wirken.

»Was hast du? Ist was passiert?«, fragte Rik in so ruhigem Tonfall, wie er nur konnte. Seine Finger, die auf dem Griff des Messers lagen, zitterten. »Schnell! Hilf mir!«, rief er dem zweiten Diener zu. Der Mann kam näher, Rik tat einen Satz und packte ihn. Rasch trat er hinter ihn, legte die freie Hand über den Mund des anderen, um seine Schreie zu ersticken, und trieb ihm das Messer ins Herz. Besser, sich nicht auf das Gift zu verlassen. Möglicherweise war schon beim ersten Stich das ganze Gift von der Klinge gewischt worden. Die

Attacke verlief schnell und lautlos – der Mann sank tot nach vorn.

Erst jetzt reagierte Rik und zitterte heftig. Diese präzise, verstohlene Art des Tötens gefiel ihm nicht. Im Kampf hatte er schon oft getötet, aber hier fand er den Druck viel größer, weil es notwendig war, äußerst leise zu sein, und weil sich sowohl Wachleute als auch die magischen Wächter in der Nähe befanden. Ganz ruhig, sagte er sich und holte tief Luft. Denk nach.

Schnell lief er zur Mauer zurück. Natürlich, durch das Handgemenge wusste er nicht mehr genau, wo er sich befand. Hektisch sah er sich um, sein Herz raste. Jederzeit konnten weitere Diener oder die Wachposten auftauchen und ihn entdecken. Er bezweifelte, dass er ein zweites Mal so viel Glück haben würde.

Dann erstarrte er und überlegte, was er tun sollte. Sollte er zurückgehen und die Leichen ins Lagerhaus schleppen? Wenn er sie dort liegen ließ, würde sie mit Sicherheit jemand finden. Auf der anderen Seite bedeutete jede Sekunde, die er hier stehen blieb, einen Augenblick, in dem ihn jemand bemerken konnte.

Wieder hielt er inne und lehnte sich an die Mauer, bis das unkontrollierbare Zittern nachließ. Ihm fiel auf, dass er Blut an den Händen hatte, besonders an der, die das Messer geführt hatte. Vorsichtig legte er die Klinge auf den Boden und versuchte, das Blut an der Wand abzuwischen, wobei er eine Reihe von blutigen Schmierspuren und Handabdrücken hinterließ. Vielleicht hatte er ja auch draußen ähnliche Spuren zurückgelassen: zusammen mit den Leichen ein verräterisches Zeichen, das den Bewohnern des Turms mitteilen würde, wohin er sich gewandt hatte.

Noch ein anderer Gedanke kam ihm. Was, wenn er sich versehentlich mit dem Messer geritzt und selbst vergiftet hatte? Er untersuchte seine Hände nach Schnittwunden, fand jedoch nichts. Er hielt sich ruhig, lauschte auf das Pochen seines Herzens und seinen rasselnden Atem und versuchte festzustellen, ob der Rhythmus entweder langsamer oder ungleichmäßig wurde. Es dauerte Minuten, bis er entschied, dass alles in Ordnung war. Besser, er kam mit seiner Mission weiter.

Erst in diesem Augenblick dämmerte ihm die Erkenntnis, dass er zwei Menschenleben so beiläufig ausgelöscht hatte, als hätte er Fliegen erschlagen. Vielleicht hatte Asea ja doch recht, was ihn betraf, und er war tatsächlich ein Schattenblut.

Er schob den Gedanken beiseite. Unter diesen Umständen konnte ein solches Erbe für ihn nur von Vorteil sein.

Der Nerghul hievte sich über den Rand der Klippe. Über ihm ragten gewaltige Wände aus einer glasähnlichen Substanz auf. Sie schimmerten nass und glatt, doch es waren nicht die Wände, die das Wesen unruhig machten, sondern die gewaltige magische Energie, die durch sie nach außen drang. Der Nerghul spürte die Anwesenheit einer Intelligenz im Inneren, die diese Macht anzapfte – und die herauszufordern töricht gewesen wäre.

Er lief auf dem schmalen Sims auf und ab und dachte nach. Die Erfahrungen, die er kürzlich nachts gemacht hatte, hatten ihn Vorsicht gelehrt. Stundenlang hatte er im Dunkeln in den alten Ruinen gekauert, bis seine Verletzungen geheilt waren, und dabei war das letzte Haus nicht annähernd so gut geschützt gewesen wie dieses Bauwerk. Trotzdem hatte der Geruch seiner Beute ihn hergeführt, und er spürte noch immer den Drang zu töten, so wie ein Liebender der Liebkosung des geliebten Wesens bedarf.

Heute Nacht lag etwas Seltsames in der Luft. Der Energiestrom um den Turm herum war merkwürdig. Er ebbte auf und ab, stieg steil an, um dann wieder tief abzusacken. Der Nerghul spürte das Unbehagen jener Intelligenz, die hinter diesen Wänden gefangen war. Das Wesen selbst konnte ja fühlen, dass etwas bevorstand, so, wie ein Tier einen aufziehenden Sturm ahnt. Es nahm Augenblicke der Schwäche in den Schutzzaubern wahr und Momente, in denen es den sofortigen Tod bedeutet hätte, diese Wände auch nur zu berühren.

Der Nerghul kauerte sich nieder, um auf ein weiteres Wellental zu warten. Als der richtige Augenblick kam, sprang er und erreichte mit Leichtigkeit die Mauerkrone. Kurz darauf fühlte er, dass der Schutzwall wieder wirksam war, aber jetzt befand er sich im Inneren und spürte die Nähe seiner Beute.

22. KAPITEL

Manchmal bezeichnen wir Mord als Staatsräson;
dann wieder nennen wir Staatsräson Mord.

Pergamon, Von der politischen Notwendigkeit

Rik schlenderte unauffällig am Fuß des Turms entlang und versuchte, keine Aufmerksamkeit auf sich zu lenken. Wo waren nur alle seine Bewohner geblieben? Höchstwahrscheinlich im Inneren des Turms, dachte er. Seine Nackenhaare stellten sich auf, und seine Haut prickelte. Ein seltsames Gefühl lag in der Luft, so etwas wie die Ruhe vor einem Sturm oder der kurze Augenblick, bevor in unmittelbarer Nähe eine Kanonenkugel einschlägt. Hier ging etwas vor. Er hatte keine Ahnung, was, aber es beunruhigte ihn.

Er musste in den Turm eindringen und seine Aufgabe erledigen. Über sich sah er einen Balkon, dessen merkwürdig stromlinienförmiger Umriss aus der Wand hervorsprang. Er nahm den Wurfhaken mit dem geknoteten Seil aus seinem Bündel und schleuderte ihn rasch nach oben. Beim dritten Versuch fand er Halt. Und die ganze Zeit über kribbelte die Haut auf seinem Rücken, und er rechnete damit, dass ein Wachposten auf ihn schießen würde. Nicht sehr wahrscheinlich, sagte er sich. Es war dunkel – und regnete. Feuchtes Pulver würde da kaum losgehen.

Er ruckelte an dem Seil, um sich zu vergewissern, dass es hielt, und zog sich dann nach oben, wobei er sich an den Knoten in dem Tau festhielt. Auf der vom Regen glitschigen Spinnenseide fanden seine Finger nur schwer Halt. Bald brannten die Arme, die sein ganzes Gewicht trugen. Nach einer Zeit, die ihm wie Stunden vorkam, hatte er endlich den Balkon erreicht. Einen entsetzlichen, grauenhaften Augenblick lang rutschten seine Finger an dem Seil ab, doch er schaffte es, den Rand des Balkons zu ergreifen und sich hinüberzuziehen.

Auf dem glatten, grünen Stein unter seinen Füßen standen Regenpfützen. Er lauschte an den geschlossenen Türläden, hörte aber nichts.

Es gelang ihm, die Läden mit seinem Messer auseinanderzuzwingen. Dann wandte er sich um und hatte vor, über die Schulter einen letzten Blick auf die Welt jenseits des Turms zu werfen, die er vielleicht nie wiedersehen würde. Viel war da nicht zu erkennen, nur die hohen Wände, der gewaltige Hof, der den Turm umgab, und die weitläufigen Außengebäude. Doch dann sah er etwas. Eine Gestalt huschte geduckt, aber erstaunlich schnell über den Hof und hielt gelegentlich inne, um mit gesenktem Kopf zu wittern.

Es dauerte einen Augenblick, bis er erkannte, dass der Unbekannte genau seinen Spuren folgte und die Leichen der Männer gefunden hatte. Als er nicht sofort Alarm gab, war ihm plötzlich klar, warum ihm die Gestalt so hartnäckig und unangenehm bekannt vorkam. Im *Haus der Drei Schwäne* hatte er sie nur wenige Augenblicke lang gesehen, doch diese Minuten hatten ausgereicht, um die Erinnerung für alle Ewigkeit in sein Bewusstsein einzuprägen.

Der Nerghul war ihm auf der Spur. Vor Angst zog sich sein Herz zusammen, sein Mund fühlte sich trocken an. Er war sich des eigenen Pulsschlags unangenehm bewusst, Schweiß stand ihm auf der Stirn. Rik wusste, dass er eine Begegnung mit dem Wesen hier und jetzt nicht überleben würde. Einen Moment lang erstarrte er, doch dann schoss ihm ein Bild des Nerghuls, der sein eigenes Seil hinaufkletterte, durch den Kopf. Rasch, mit unsteten Fingern, zog er das Tau hoch und trat in den Raum.

Er fluchte. Nun hatte er kaum angefangen, und schon war alles gründlich schiefgegangen. Er fragte sich, wie das Wesen an den Torwächtern vorbeigekommen war. Gab es sonst noch etwas, das Asea falsch eingeschätzt hatte? Er durchquerte den Raum und sagte sich dabei, dass es keinen Sinn hatte, sich in Schuldzuweisungen zu ergehen. Er sah sich um und stellte fest, dass einige Pritschen in dem Zimmer standen und kleine Häufchen persönlicher Besitztümer auf dem Boden lagen. Offenbar eine Dienstbotenunterkunft.

Was tun, was tun? Schon hatte er das Gefühl, als befände sich der Nerghul nur wenige Schritte hinter ihm.

Sardec trat neben Asea, die aus dem Fenster und zum Turm hinaufsah.

»Woran denkt Ihr?«, fragte er.

»Ich habe gar nicht nachgedacht, sondern gebetet«, erklärte sie.

»Wir können jetzt nichts mehr tun. Die Karrenlenker sind zurück. Unser Mann ist drinnen. Jetzt können wir nur noch hoffen, dass er sich nicht fangen lässt.« Sardec dachte daran, wie wenig er früher von dem Halbblut gehalten hatte, und fühlte sich leicht beschämt. Er musste zugeben, dass der Mann wenigstens tapfer war. Sardec war sich nicht sicher, ob er in der Lage gewesen wäre, allein in den Turm zu gehen und zu tun, was der halbblütige Soldat tat.

»Wenn er scheitert«, bemerkte Asea, »bedeutet das auch unsere Niederlage.«

»Vielleicht auch nicht. Möglich, dass Ilmarec nicht so mächtig ist, wie er glaubt.«

»Ihr seid kein Magier, Leutnant, daher könnt Ihr die Energie nicht spüren, die aus diesem Turm ausstrahlt. Wenn Ilmarec sie kontrolliert, ist er mächtig, vielleicht sogar mächtiger als jedes andere Lebewesen auf diesem Planeten.«

Als er jetzt zusah, wie die grün angestrahlten Wolken um die Turmspitze waberten, war Sardec vollkommen bereit, ihr zu glauben. Als es dann zu donnern und zu blitzen begann, schien das nur noch eine weitere Manifestation der uralten, bösartigen Energien des Turms zu sein.

Sardec atmete tief aus. Er hatte vorschlagen wollen, dass sie sich setzten, um etwas zu trinken, doch jetzt schwieg er. Wenn sie nichts weiter tun konnten, als hier zu wachen, dann mussten sie es eben tun. Alles andere wäre ihm wie ein Verrat an dem Mann vorgekommen, den sie an diesen entsetzlichen Ort geschickt hatten.

Ilmarec ließ sich auf den Kommandothron sinken. Alles war bereit. Die Dienstboten waren in der großen Halle versammelt. Seine Soldaten hatten ihre Stellungen bezogen. Kathea war in der Nähe in ihren Gemächern eingesperrt. Das große Ritual war vollendet. Heute Nacht würde er die gewaltigste Waffe auslösen, die dieser Planet seit Tausenden von Jahren gesehen hatte.

Er schaute sich ein letztes Mal um. Bis auf seinen dämonischen Leibwächter war der zentrale Saal leer. Er würde Wache halten, während er selbst am angreifbarsten war, und sich um jeden kümmern, dem es gelang, an den Wachen vorbei bis zu diesem heiligen Ort vorzudringen.

Ilmarec gestattete sich, seinen Triumph kurz auszukosten. Es hatte ihn Jahrhunderte gekostet, die Geheimnisse des Turms zu ergründen, die Siegel zu öffnen, die sein verborgenes Herz abschirmten, und das uralte Wesen aufzuwecken, das in seiner geheimen Gruft in einem langen, todesähnlichen Winterschlaf gelegen hatte. Endlose Studien, große Opfer und viel Gold waren dazu nötig gewesen. Doch für die heutige Nacht hatte sich alles gelohnt. Er würde der Welt beweisen, dass er der größte Magier aller Terrarch war und eine Macht besaß, die ebenso Furcht einflößend war wie die der Fürsten des Schattens. Heute würde er Azarothes Armee vernichten, so wie man ein Insektennest zertritt, und alle würden wissen, wer der wahre Meister der Terrarch-Welt war.

Alles schien möglich zu sein. Er würde seine geliebte Heimat von allen fremden Eindringlingen befreien. Er würde sowohl die Taloreaner als auch die Sardeaner zurück in ihre Länder treiben, und danach würde er sie vielleicht erobern, wenn es ihm nötig erschien. Vielleicht würde er sogar das Auge der Sonne wieder öffnen und sich Al'Terra von den Fürsten des Schattens zurückholen. Er wusste, dass er es tun konnte, sofern er wollte.

Ilmarec lächelte. Diese angenehmen Tagträume brachten ihn nicht weiter. Es war Zeit, die Macht dieses uralten Artefakts zu prüfen und die Kenntnisse des Alten zu seinem Nutzen einzusetzen. Er hatte lange genug gebraucht, um sie ihm zu entreißen. Er lächelte, denn er wusste, dass sein Gefangener spüren würde, wozu er das Wissen verwendete, das er ihm gegeben hatte. Und dass er zittern würde.

Er berührte das leuchtende Amulett, das auf seiner Brust hing, und murmelte verwirrende Sätze in der kalten, an Zischlauten reichen Sprache der Schlangenmenschen. Sein Bewusstsein öffnete sich und schickte

Gedankenfäden aus, die davonschwebten und sich mit dem gefesselten Geist des Turmes verwoben. Dieser reagierte auf seine Fremdartigkeit und kämpfte kurz gegen ihn an, doch er setzte die Macht des Talismans ein, und sie erkannte ihren Herrn.

Sein Körper schien jetzt weit fort zu sein, und seine wahre Gestalt war die des Turms. Er spürte ihn wie sein eigenes Fleisch. Er fühlte den Kokon aus Energie, der ihn umschloss und auf seinen Befehl hin dichter wurde. Er war sich der mächtigen Kraft, die in seinem Herzen brannte, bewusst: einer Energie, die sich seinem Willen beugte und immer stärker wurde.

Er war ein Gott. So einfach war das. Wenn er wollte, hätte er vom Turm aus zuschlagen und die ganze Stadt, die darunter lag, zerstören können, doch das war nicht sein Ziel. Er weitete die Macht seines Willens aus – und der Turm gehorchte. Seine Sinne reichten bis zum Horizont. Mit seiner Magie griff er hinaus und berührte die nahen Berge wie mit eigenen Fingern. Nur die Krümmung der Erdoberfläche schützte Azarothes Armee jetzt noch, und auch dagegen würde er bald etwas unternehmen.

Erwache, befahl er dem Geist des Turms. *Gib mir deine Kraft.* Und der Turm antwortete.

Rik schlüpfte aus seinen nassen Kleidern und zog die Uniform eines Wachpostens an. Er gürtete sein Schwert, steckte eine Pistole in sein Wams und vergewisserte sich, dass alle verborgenen Waffen am richtigen Platz saßen. Er zwang sich, alles rasch und ruhig zu erledigen, obwohl er das sichere Gefühl hatte, dass der Nerghul ihm jeden Augenblick die kalte Hand auf die Schulter legen würde.

Er setzte den Dreispitz eines Offiziers auf, zwang sich zu einem Lächeln und trat in den Flur hinaus. Ein Blitz fuhr hinab, und er hätte sich vor Schreck beinahe in die Hosen gemacht; aber wenigstens war er so auf den Donnerschlag vorbereitet, der Sekunden später folgte. Er dachte daran, zurückzugehen und die Läden zu schließen, brachte es jedoch einfach nicht fertig, in die Richtung des Wesens zurückzugehen, das ihn jagte.

Stattdessen zwang er sich, sich auf den Flur zu wagen. Wo waren die Dienstboten geblieben, die Wachen? Wo steckten sie alle ausgerechnet heute Nacht? Aber darauf kam es eigentlich nicht an. Er schlug einen selbstbewussten Schritt an. Er musste die Rampe finden, die in die Gemächer der Prinzessin hinaufführte.

Nun, da der Nerghul da draußen los war, konnte er sich des Gefühls nicht erwehren, dass seine Mission zum Scheitern verurteilt war, bevor sie überhaupt richtig begonnen hatte. Doch es blieb ihm wohl nichts anderes übrig, als seinen Plan weiterzuverfolgen. Das war immer noch besser, als einfach darauf zu warten, dass ihn der schreckliche Tod durch die Klauen des Nerghuls ereilte.

Der Nerghul stand im Regen am Fuß des Turms. Seine Beute war dort hinaufgeklettert; er roch ihre Fährte. Doch das Wesen konnte sich nicht an diesen gewaltigen, glatten Mauern hochziehen, und der Balkon war so hoch, dass es ihn auch mit seinen gewaltigen Sprüngen nicht erreichen konnte. Es wusste, dass es einen anderen Weg nach drinnen finden musste. Eine Wahl hatte es nicht. Auf der Suche nach einem Eingang umschlich es den Turm und fand einen Bogengang, über dem eine Schlange, in deren Augen Edelsteine eingesetzt waren, herunterblickte. Der Nerghul wusste, dass er beobachtet wurde.

Er spürte die Energie dort, die kalte, bösartige Intelligenz, die hier seit Jahrhunderten wachte; ein Geist, der seltsame Kräfte zu Hilfe rufen konnte. Die Villa, die er angegriffen hatte, war von etwas Ähnlichem geschützt worden. Der Nerghul nahm Anlauf, rannte los und sprang durch den Bogengang. Ein kalter, stechender Schmerz raste durch sein Hirn. Sein ganzer Körper schien plötzlich in einen Eispanzer gehüllt. Hätte ihn sein eigener Schwung nicht durch das Tor getragen, der Nerghul wäre wie festgenagelt verharrt. Der Schmerz hätte das Gehirn eines normalen Menschen wahrscheinlich zum Bersten gebracht, nicht aber seines. Auf allen vieren landete das Wesen in dem Korridor hinter dem Bogengang, kurzzeitig erschreckt von der Macht, die über es hereingebrochen war.

Zwei Wachposten sahen es erstaunt an und hoben dann ihre Gewehre. Der Nerghul griff an.

Rik schloss die Augen und stellte sich die Karten vor, die er sich eingeprägt hatte. Er wusste, dass er noch einen langen Weg vor sich hatte und nur wenig Zeit, ihn zurückzulegen. Es war ja nur eine Frage der Zeit, bis ihn jemand entdeckte und allgemeiner Alarm gegeben würde.

Er zwang sich zu lächeln und mit dem prahlerischen Selbstvertrauen eines Terrarch-Offiziers zu gehen, mit geradem Rücken und gleichmütigem Blick, der sich auf nichts im Besonderen richtete. Immer wieder sagte er sich, dass er ein Offizier war und jedes Recht hatte, hier zu sein.

Der merkwürdig geformte Korridor mündete in eine Galerie. In dem großen, kreisförmigen Saal unter ihm hielt sich eine Menschenmenge auf. Alle waren Menschen, obwohl einige grün gekleidete Terrarch in der Nähe standen und sie beobachteten. Er hoffte, dass ihn keiner von ihnen bemerkt hatte. An der Tür brach ein Aufruhr aus.

Eine grauenerregende Gestalt in zerrissener schwarzer Kleidung, von deren Gesicht sich graue Haut abschälte und deren Augen in einem fürchterlichen Rot leuchteten, schleuderte einen Soldaten beiseite und stürzte in den Raum. Sie sog die Luft ein, und ihr Blick fuhr suchend über den Balkon, auf dem Rik stand, sodass sich alle Aufmerksamkeit im Saal auf ihn richtete.

Riks Herz hämmerte schmerzhaft gegen seine Rippen. Sein Mund fühlte sich staubtrocken an. Er hatte das Gefühl, dass ihm alle Blicke folgten, während er jetzt von der Balustrade zurücktrat und die Rampe weiter hinaufging. Von unten drangen Schreie und Schüsse zu ihm.

Offenbar hatte der Nerghul so gründlich wie gewohnt begonnen, alles um sich herum niederzumachen. Er fragte sich, wie lange er brauchen würde, um ihn einzuholen. Gab es noch ein Entkommen von diesem verfluchten Ort?

Ilmarec setzte seine Willenskraft ein. An hundert Stellen glitten Kristallscheiben aus den Wänden und versiegelten die Fenster. An jedem Durchgang krachten luftdichte Schotten zu. Tief im Inneren des Turms begannen gewaltige künstliche Lungen zu atmen, reinigten die Luft und veränderten ihre alchemistische Zusammensetzung. Der Energiepegel in dem mächtigen, dämonischen Herzen des Bauwerks stieg. Bald, dachte Ilmarec. Bald.

Rik vernahm ein hörbares Klicken, als dicke, durchsichtige Scheiben jedes Fenster versiegelten. Ein leuchtender Vorhang aus grellem grünlichen Licht schoss an der Außenseite des Gebäudes hoch, sodass es aussah, als stünde der Turm jetzt inmitten eines gewaltigen, lodernden Feuers, in das ein verrückter Alchemist merkwürdige Substanzen hineingeworfen hatte. Der Boden unter seinen Füßen vibrierte, als erwache das Gebäude zum Leben. War das eine Art Verteidigungsmechanismus? Versuchte der Turm, sich gegen das Eindringen des Nerghul zu schützen, oder lag der Grund in etwas ganz anderem?

Jetzt saß er endgültig in der Falle. Es führte kein Weg mehr nach draußen.

Sardec sah zum Turm hinauf. Ein Flammenvorhang hüllte ihn ein, sank zusammen, wallte wieder auf und verschwand dann. Die Wolken wirbelten in einem grünlich angestrahlten Strudel um die Turmspitze herum. Ein großer Druck schien in der Luft zu liegen. Sardec war bereit zu glauben, dass Ilmarec da oben eine Armee von Dämonen beschwor. Dies war das gewaltigste magische Ritual, dem er je beigewohnt hatte. Er verfluchte den Zauberer und den Tag, an dem er begonnen hatte, nach Wissen aus dem Älteren Zeitalter zu forschen.

»Was geht da vor sich?«, fragte er Asea, aber eigentlich hätte er lieber keine Antwort gehört. Er hatte Angst, sie könnte zu große Furcht einflößen. Der Hof unten hatte sich trotz des Regens mit Menschen gefüllt: Die Fourageure kamen nach draußen gelaufen, um zu sehen, was auf den Klippen oberhalb der Stadt geschah. Jenseits der Mauern der Villa konnte er Rufe und Schreie hören. Offenbar glaubten einige Stadtbewohner, das Ende der Welt sei gekommen. Vielleicht hatten sie sogar recht.

»Ich weiß es nicht, aber es muss etwas Schreckliches sein. Ich habe noch nie eine solche Macht gespürt«, sagte Asea. »Nicht einmal auf Al'Terra, als wir gegen die Fürsten des Schattens kämpften.«

Ein schrecklicher Gedanke schob sich verstohlen in Sardecs Kopf. Vielleicht würde Ilmarec gleich das grüne Licht abfeuern. Gut möglich, dass das Halbblut entdeckt worden war und Ilmarec vorhatte, sie zur Vergeltung alle zu vernichten. Oder …

»Vielleicht will er wirklich Azarothes Armee zerstören«, meinte Sardec.

»Ich bezweifle nicht, dass er dazu in der Lage ist.«

Rena, dachte Sardec.

Kugeln schlugen in den Körper des Nerghul ein. Er stieß eine kreischende Frau beiseite und sprang auf den Mann zu, der geschossen hatte. Mit einer einzigen fließenden Bewegung nahm er dem Soldaten das Gewehr weg und zog es einem anderen Gegner über den Kopf. Bevor der Mann auch nur zusammensackte, riss das Wesen dem ehemaligen Besitzer der Flinte den Arm ab. Blut und Knorpel sprühten durch die Luft. Der Nerghul bahnte sich einen Weg durch die Menge, indem er das Körperteil als Keule benutzte. Panisch gewordene Soldaten schossen aufs Geratewohl und fällten noch weitere Menschen.

Dann erkannte die Kreatur, dass das alles gar nicht nötig war. Nichts davon brachte sie ihrer Beute näher. Wieder sog sie die Luft ein und nahm die Fährte auf. Langsam und unerbittlich machte sich der Nerghul daran, der Spur zu folgen.

Rik bog um die Ecke und stieß beinahe mit zwei Terrarch-Offizieren zusammen, die mit gezogenen Schwertern auf ihn zugerannt kamen. »Was geht da unten vor?«, fragte der Größere und Überheblichere der beiden. Er trug die Epauletten eines Hauptmanns, zumindest wären sie das in Königin Arielles Armee gewesen.

»Ein Ungeheuer«, erklärte Rik. »Es ist eingedrungen und hat begonnen, die Dienstboten abzuschlachten. Kommt mir wie ein Werk des Dunklen Imperiums vor.«

Der Hauptmann starrte ihn kalt an. »Und warum lauft Ihr dann weg?«

»Ich wollte Hilfe holen«, antwortete Rik. Er packte den Hauptmann am Arm und zog ihn auf den Balkon. Unter ihnen wütete die untote Kreatur, und entsetzlich chaotische Szenen spielten sich ab. »Seht doch«, sagte er, »dort unten, da ist es.«

Der Hauptmann nickte und warf Rik einen Seitenblick zu: »Ich kenne Euch nicht.« Riks Nerven waren zum Zerreißen angespannt. Der Hauptmann schien sich albtraumhaft langsam zu bewegen. Riks Fausthieb traf ihn an der Schläfe, und er stürzte über die Brüstung.

Der andere Offizier sah ihn an, als begreife er nicht, was da vorging. Dafür war Rik dankbar. Er tat einen Satz und schlug ihn auf die Kehle. Die Offiziere stieß ein entsetzliches Rasseln aus und ging zu Boden. Das Schwert fiel aus seinen ertaubten Fingern, Rik ergriff es am Heft und trieb es durch seinen Körper.

Eine seltsame Befriedigung stieg in ihm auf, doch das Gefühl verschwand rasch wieder, als er bemerkte, dass noch weitere, von einem Terrarch-Offizier angeführte Soldaten die Rampe heruntergelaufen kamen. Sie hatten ihn beobachtet und sahen ihn nun entsetzt an.

»Verräter«, brüllte der Anführer.

In dieser Richtung kam er nicht weiter. Er wandte sich ab und rannte, während um ihn herum Kugeln in den

Balkon einschlugen, die erste Biegung links herum und dann wieder links. Vor ihm gähnte ein Durchgang, der größer und dunkler aussah als andere im Turm. Vor seinem inneren Auge blätterte er die Karten auf und erkannte, dass er vor einer der Passagen stand, die darin als versiegelt gekennzeichnet waren. Doch offensichtlich war sie es jetzt nicht.

Der Eingang strahlte etwas Düsteres aus, ihm lief es kalt über den Rücken. Doch er sagte sich, dass er sich das nur einbildete und keine andere Wahl hatte. Er rannte darauf zu und rechnete damit, dass ihm die Türen den Weg versperren würden, doch zu seiner Überraschung öffneten sie sich, und er stürzte Hals über Kopf in den dunkelsten, tiefsten Bereich des Turms, in die Räume, die für Ilmarec viele Jahrhunderte lang verboten gewesen waren.

Hinter sich hörte er eine Terrarch-Stimme. »Nicht dort hinein, Männer«, brüllte er. »Lasst ihn laufen. Wer immer der Schwachkopf ist, er hat sich selbst zum Tode verurteilt.«

23. KAPITEL

Es gibt Dinge, auf die uns nichts vorbereiten kann.

Das Testament von Klarkazh Tohnzmth

In diesem Teil des Turms war es ruhiger, beinahe als hätte sich einer von Aseas Schutzzaubern herabgesenkt, als er durch den Eingang getreten war. Die Rufe seiner Verfolger blieben zurück, doch Rik rannte weiter panisch in Wände hinein, bis er sich schließlich zwang, stehen zu bleiben, sich zu beruhigen und seine Umgebung in Augenschein zu nehmen.

Auch hier ging von den Wänden ein Glühen aus, das jedoch schwächer war als in den Sälen des Turms und an Heimlichkeit, Verstohlenheit und grauenhafte Absichten gemahnte. Rik konnte sich leicht vorstellen, wie geschminkte Priester der Schlangenmenschen durch diese Tunnel schlichen und ihresgleichen ausspähten, unter ihnen ihre Opfer auswählten und sie in die tiefen, düsteren Regionen, die sich noch darunter befanden, davonschleppten, um sie ihren dämonischen Göttern zu opfern, auf dass sie auf Nimmerwiedersehen verschwanden.

Es sagte sich, dass ihm seine Fantasie einen Streich spielte, dass er zu viele schlechte Romane gelesen hatte. Wahrscheinlicher war jedoch, dass er die Beweggründe von Wesen, die so fremdartig wie die Schlangenmenschen waren, nie erraten oder verstehen könnte. Sie waren nicht einmal so menschenähnlich wie die Terrarch, sondern von anderen Göttern, unter dem Licht anderer Sonnen, geschaffen worden. Und nun stand er in einem ihrer geheimen Schlupfwinkel.

Die Frage war nur, wie es ihm gelingen sollte, ihn wieder lebendig zu verlassen.

Der Nerghul stürmte seinem Opfer hinterher. Vor sich spürte er Leben. Eine Gruppe von Soldaten stand um einen Eingang herum. Einer ihrer grün gekleideten Offiziere machte den Männern offensichtlich Vorhaltungen. Der Nerghul rannte zwischen ihnen hindurch, schlug sie zur Seite, zwang sie, ihm Platz zu machen, und stürzte durch den Bogengang.

Ein paar Schritte, und er bog um eine Ecke und war der Schusslinie der Soldaten entzogen. Einen Augenblick lang hielt das Wesen inne und untersuchte seine Verletzungen. Die Kugeln waren an mehreren Stellen in seinen Körper eingedrungen und hatten es geschwächt; doch es wusste, dass die Wunden heilen würden, wenn es genug Zeit hatte.

Die Wände, die es umgaben, brannten vor magischer Energie, und es spürte mächtige Zauber, die die Eindringlinge verwirren und ihnen den Eindruck vermitteln sollten, sich in einem Labyrinth zu befinden. Schon begannen die Zauber, seinen Orientierungssinn zu verzerren und zu krümmen. Der Nerghul blieb kurz stehen und konzentrierte sich auf den Geruch seiner Beute.

Solange er diese Fährte nicht verlor, würde er sein Opfer finden.

Rik schritt weiter den Korridor entlang. Seine Augen gewöhnten sich an das Halbdunkel, und er bemerkte, dass gelegentlich seltsame Symbole an den Wänden auftauchten. Sie schienen allerdings nicht auf seine Anwesenheit zu reagieren; er hatte das Gefühl, dass er etwas sah, das sich immer so abspielte. Der Tunnel führte ihn auf eine Stelle zu, an der sich der Weg wie die Zunge einer Schlange spaltete. Eine Abzweigung führte nach oben, und die andere verlief auf derselben Ebene weiter. Er schlug den Weg nach oben ein. Es wurde dunkler, die Luft roch abgestandener, und das drückende Gefühl einer fremdartigen Präsenz verstärkte sich immer mehr.

Manchmal wurde ihm schwindlig. Zuerst schob er sein Unwohlsein auf die schlechte Luft, doch nach einiger Zeit wurde ihm klar, dass noch mehr damit zusammenhing. Überall schwebte magische Energie. Manchmal war es ihm, als überschreite er unsichtbare Energielinien. Er spürte ein Prickeln auf seiner Haut und einen Druck auf den Ohren, die nicht hätten spürbar sein dürfen. Immer wieder beschrieb der Weg Biegungen und verzweigte sich, und jedes Mal hielt er sich links und wählte den Tunnel, der nach oben führte. Je tiefer er in den Turm eindrang, umso stärker spürte er, wie die fremde Magie auf ihn einwirkte.

Rik hatte den Eindruck, dass sich ihm etwas entgegenstellte und ihn aufforderte, nicht weiterzugehen. Manchmal fühlten sich seine Füße bleischwer an, und es kostete ihn äußerste Willenskraft, sich weiter vorwärtszubewegen.

Er berührte das Schattenblut-Amulett, das Asea ihm gegeben hatte, und dies schien zu helfen. Sein Kopf fühlte sich klarer an, und sein Orientierungssinn kehrte zurück. Er tat einen weiteren Schritt und spürte, wie unter seinem Fuß etwas klickte. Rik verfluchte sich für seine Achtlosigkeit. Er war so beschäftigt damit gewesen, den magischen Einfluss abzuwehren, dass er nicht daran gedacht hatte, Ausschau nach ganz einfachen Fallen zu halten.

Rik sah sich um und wartete darauf, ob etwas geschah. Er fragte sich, ob er einen Mechanismus ausgelöst hatte, der die Flure versiegeln oder einen Wachposten alarmieren würde. So etwas war ihm damals in Drangsal in den Schatzkammern der Kaufleute schon begegnet. Kurze Zeit schien sich jedoch nichts zu verändern, dann aber setzte sich der Boden unter seinen Füßen in Bewegung.

Mühsam hielt er das Gleichgewicht, während der Stein wie ein Fluss mit gleichförmiger Geschwindigkeit dahinströmte und ihn schneller, als ein Mensch rennen konnte, nach oben trug, immer tiefer in den Turm hinein. Er versuchte umzukehren, doch gegen diese Kraft kam er nicht an. Ganz gleich, wie schnell er lief, er wurde in die Gegenrichtung davongetragen. Mit seinem Gestrampel verlangsamte er nur seinen Aufstieg und erschöpfte sich sinnlos.

Schließlich setzte er sich auf das steinerne Band und staunte über die Magie des Älteren Zeitalters, die in der Lage war, den glasartigen Stein wie verfestigtes Wasser fließen zu lassen. Er hatte das Gefühl, auf einem Felssims nach oben getragen zu werden, und an den Abzweigungen schob ihn etwas mühelos und schwindelerregend in eine der Richtungen, bis er wusste, dass er sich verirrt hatte. Er bewegte sich so schnell und aufs Geratewohl, dass er bezweifelte, jemals den Rückweg finden zu können, selbst wenn ihm die unbekannte Macht gestatten würde, ihr Reich wieder zu verlassen.

Er fragte sich, ob er eine Falle ausgelöst hatte, so wie sie angeblich Könige aus alter Zeit für Grabräuber aufgestellt hatten. Oder war dies eine magische Verteidigungsanlage, die Ilmarec errichtet hatte? Der Gedanke, der alte Zauberer könnte wissen, dass er sich hier aufhielt, erfüllte ihn mit Furcht. Sein rascher Aufstieg hatte inzwischen traumartige Züge angenommen. Lichter huschten vorüber, und der Stein fühlte sich wärmer an. Rik fragte sich, ob er aus seiner eigenen Welt hinaus und in eine andere getragen wurde – vielleicht von der Wirklichkeit auf Gaeia in irgendeine Hölle außerhalb der Dimensionen.

Ilmarec lachte vor Freude laut auf und nahm die letzten Stufen des Rituals in Angriff. Unbestimmt war er sich bewusst, dass irgendwo, weit entfernt, ein Alarm ausgelöst worden war. Ein Warnsystem versuchte sich, schwach wie Mottenflügel, in seine Sinne zu drängen. Eindringlinge, dachte er, doch er konnte im Augenblick nichts dagegen unternehmen. Er brauchte seine gesamte Konzentration, um den Geist des Turms unter Kontrolle zu halten.

Und da war noch etwas anderes. Irgendwo hatte sich eine andere Wesenheit eines Teils des Turms bemächtigt. Hatte der Alte diesen kritischsten Moment abgewartet und versuchte nun, sich gegen ihn aufzulehnen? Wenn dem so war, so gelobte er sich, dann würde er ihm diese Dreistigkeit büßen, und zwar bald.

Doch vorläufig hatte er noch andere Sorgen. Dies war das wichtigste Stadium des Rituals. Wenn er hier scheiterte, würde die Magie außer Kontrolle geraten, und die Folgen wären unabsehbar. Der Turm war jetzt mit so viel Energie aufgeladen, dass sogar dieses mächtige Bauwerk zerstört werden würde, wenn es ihm nicht gelang, sie zu zügeln. Im Herzen des Turms wohnte eine gottgleiche Macht. Wenn er sie jetzt nicht unter Kontrolle brachte, würde im Inneren des Turms und Meilen im Umkreis jedes lebende Wesen vernichtet werden.

Sogar unter dem stärksten magischen Zwang hatte der Alte am stärksten auf diesem Punkt bestanden, als er ihn vor den Folgen, die ein Fehler im Ritual zeitigen könnte, gewarnt hatte. Daher widmete Ilmarec jetzt der

Anrufung der magischen Symbole, die er ihn gelehrt hatte, seine ungeteilte Konzentration. Er würde nicht scheitern. Das durfte einfach nicht geschehen.

Rik sah, dass die fließende Rampe schließlich in einen höhlenartigen Saal mündete. An den Wänden standen gewaltige Sarkophage, und in der Mitte der Kammer befand sich ein Altar. Über allem lag dieses grünliche Glosen. Der Raum, in den er hinaustrat, wirkte wie ein uraltes Grabmal; allerdings hatte er das Gefühl, dass das, was hier begraben lag, nicht vollständig tot war.

Langsam und zögernd trat er an den Sarkophag, der ihm am nächsten stand, um ihn zu untersuchen. Er war lang gestreckt und niedrig, und er sah, dass der Deckel aus transparentem grünen Kristall bestand. Darin lag das Skelett eines vor langer Zeit verstorbenen Wesens, das nicht im Entferntesten menschenähnlich gewesen war. Es besaß einen eigenartig geformten Brustkasten, einen langen Hals und einen Schädel, der dem einer riesigen Schlange ähnelte. In die Mitte der Stirn war ein kleines Juwel eingelassen. An den Knochen hingen noch schuppige Hautfetzen. Aus den Wänden des Sarges schlängelten sich lange Kabel in den Körper hinein. Rik fragte sich, welche rituelle Bedeutung sie wohl einmal gehabt hatten.

Er sah sich noch einen weiteren Sarkophag an und fand dort etwas Ähnliches. Bei genauerem Hinsehen entdeckte er, dass die schlangenähnlichen Kabel aus dem Sarg heraus und in die Wand hinein verliefen. Er warf einen Blick in die Runde und stellte fest, dass sich der

Sarkophag auf der anderen Seite der Kammer von diesem unterschied. Sein Insasse schien besser erhalten zu sein.

Als er näher trat, stieg Entsetzen in ihm auf. Er hatte das Gefühl, als werde er gegen seinen Willen gezwungen, zu diesem Ding zu gehen, und er fürchtete sich vor dem, was er vorfinden würde, wenn er dort ankam.

Er schaute auf den Kristalldeckel des Sarkophags hinunter und erblickte eine in weite Gewänder gekleidete Gestalt. Es war ein Schlangenmensch, doch er gehörte eindeutig einer anderen Kaste an als seine Artgenossen in den anderen Särgen. Dieses Wesen war schlanker und leichter, und sein Fleisch schien noch nicht zerfallen. Es war so vollkommen erhalten, dass man fast hätte meinen können, es wäre noch am Leben.

Seine Schuppen wirkten feiner und die Muster, die sie schmückten, verworrener. Es war beinahe, als wären verschlungene, schwindelerregende Muster von magischer Bedeutung in seine Haut tätowiert worden. Als er sie ansah, fielen ihm die Zeichen ein, die er über die Wände hatte flackern sehen. Diese hier waren ähnlich, vielleicht sogar gleich.

Der Hals des Schlangenmenschen war lang, dick und so muskulös wie der Körper einer Würgeschlange. Sein Kopf wirkte reptilienartig, mit langem Kiefer und gewölbter Stirn. Die Iris in den lidlosen Augen war goldfarben, und als Rik hineinsah, spürte er dort eine Intelligenz, etwas Kaltes, Blitzschnelles und Gefährliches. Jetzt begriff er erst, dass er dem Wesen nicht hätte in die Augen sehen dürfen; aber es war zu spät, die Verbindung war entstanden. Er versuchte wegzusehen und stellte fest, dass er nicht in der Lage dazu war. Starr stand er da, wie ein winziger Vogel vor einer riesigen Giftschlange.

»Ich fürchte, dort oben stimmt etwas ganz und gar nicht«, meinte Asea. Sardec brauchte sie nicht zu fragen, wie sie darauf kam. Der Regen war stärker geworden, und der Sturm klatschte ihn mit aller Macht gegen die Fensterscheiben, doch der Turm blieb trotzdem leicht zu erkennen. Grüne Lichtschwaden schienen aus dem Fang der Schlange zu entspringen und erleuchteten die Unterseite der aufgeblähten Wolken. Ein Gefühl angstvoller Erwartung lag in der Luft. Etwas sehr Schlimmes würde geschehen.

Rik spürte die Anwesenheit eines anderen Bewusstseins. Es schien sich auf obszöne Weise in seine Gedanken zu schlängeln, als wäre zwischen den Augen des Wesens und seinen eigenen ein Energiefluss entstanden, durch den sich Gedankenfetzen schoben.

Erfolglos versuchte er, sich dem Willen der Kreatur zu widersetzen. Es war, als versuche man einen Gletscher mit bloßen Händen aufzuhalten. Das Ding war langsam, aber seiner Sache gewiss, unerbittlich und unwiderstehlich. Geisterhafte, fremdartige Finger schienen seine Erinnerungen aufzublättern. Ihm wurde klar, dass die Kreatur nicht tot gewesen war. Aber sie schlief auch nicht, sondern befand sich irgendwo in der Schwebe zwischen diesen zwei Zuständen, ähnlich wie ein Bär, der Winterschlaf hält. Vielleicht hatte sein Auftauchen es geweckt.

Ein Wirbel von Eindrücken huschte durch sein Bewusstsein, und er sah Dinge, die er für vergessen gehalten hatte und die jetzt von der Kreatur in dem Sarkophag aufgenommen und verarbeitet wurden.

Er war ein kleiner Junge im Tempelwaisenhaus, der Stubenarrest erhalten hatte, weil er es den Erwachsenen gegenüber an Respekt hatte fehlen lassen. Er war ein jugendlicher Dieb und rannte durch die Straßen von Drangsal, den wutentbrannten Besitzer eines Marktstandes dicht auf den Fersen. In der Hand hielt er eine gestohlene Birne, und das Geschrei der Menge, die sich anschickte, den Missetäter zu jagen, gellte ihm in den Ohren.

Er war ein junger Mann in der Wohnung der Alten Hexe. Es roch dort nach alter, ungewaschener Haut, Urin und seltsamem Räucherwerk. An der Wand hing das Gemälde einer schönen jungen Frau, von der sie behauptete, die Dargestellte sei sie selbst einmal gewesen. Hinter ihm befand sich das Geheimversteck, in dem der Rest ihrer Grimoires lag. Er hörte Schritte auf der Treppe, legte eilig den Band zurück, dessen kryptischen Inhalt er nicht hatte enträtseln können, und kletterte durch das Fenster nach draußen.

Hand in Hand mit Sabena rannte er über die Dächer von Drangsal. Ihr goldblondes Haar flatterte im Wind, die roten Dachpfannen fühlten sich unter seinen bloßen Füßen rau an. Vor ihnen beherrschte die goldene Turmspitze des großen Tempels das Panorama. Er küsste sie und lehnte sich dabei an einen warmen Schornsteinaufsatz. Der Kamin fühlte sich an diesem Frühlingsabend sogar noch wärmer an als ihr Körper. Schließlich löste sie sich von ihm. »Antonio würde uns umbringen, wenn er davon erführe«, sagte sie. »Vielleicht sollten wir zuerst ihn töten.«

Er stand vor dem bulligen Quartiermeister und nahm den Sold der Königin. Die Münze fühlte sich in seiner Faust klein und hart an. Er legte den Eid ab und ließ sich den Uniformrock, die Stiefel und das Gewehr geben. In der kalten Morgenluft kondensierte sein Atem zu weißem Dunst. Wiesel und der Barbar streckten ihm den gereckten Daumen entgegen. Der kleine, magere Leon stieß ihm den Ellbogen in die Rippen. »Jetzt sind wir Soldaten, Rik«, sagte er.

Er war von Pulverdampf umgeben, von den Schreien der Sterbenden und einer Masse warmer, stinkender Leiber, die Fausthiebe austauschten, mit Bajonetten aufeinander einstachen oder sich Gewehrkolben über den Schädel schlugen. Offiziere brüllten Befehle, Knochen brachen, Blut strömte über das Kopfsteinpflaster der schmalen Straßen. Die Anhänger des Uhrmachers kämpften fanatisch, wie von religiösem Wahn ergriffen, für die Sache ihres ungläubigen Anführers. Ein Mann mit käsigem Gesicht, der wie ein Hausierer gekleidet war, stürmte auf ihn zu und schwenkte ein rostiges Messer. Rik zielte mit dem Bajonett auf seine Brust und stieß es tief in das warme Fleisch. Der Mann starrte ihn entsetzten, schockierten Blickes an, als könne er nicht glauben, dass er ihn erstochen hatte. Er sackte nach vorn, und Rik, der in der Hitze des Kampfes zum ersten Mal jemanden getötet hatte, spürte eine seltsame Mischung aus Erregung und Ekel.

Vom Hügelkamm aus sah er auf die ummauerte Stadt Legat hinunter, das Hauptquartier des Uhrmachers. Hinter ihm erschollen Hörner und riefen die Truppen zusammen. Über ihnen schickte sich eine Schar Drachen zum Anflug auf die brennende Stadt an. Kurz darauf durchquerten sie die Rauchsäulen und warfen explosive, mit alchemistischen Substanzen gefüllte Behälter ab, die die Feuersbrunst noch weiter anfachten.

Er stand in der Höhle, die den Eingang zu der unterirdischen Stadt Achenar bildete, und betrachtete die Bücher eines toten Magiers. Er war sicher, dass sie Geheimnisse enthielten, die sein Leben verändern konnten, während in der Nähe der Körper eines toten Dämons lag. Wiesel und der Barbar standen bei ihm, und er meinte die Gewissheit zu empfinden, dass sie ihn umbringen würden, wenn er ihrem Plan nicht zustimmte.

An dieser Stelle spürte er zum ersten Mal eine Reaktion von dem Schlangenmenschen. Kurz flackerte ein Gefühl auf, eine Mischung aus Hunger, Begierde und Interesse. Doch vielleicht war das auch nur der schwache Versuch seines Bewusstseins, das völlig fremdartige Gefühl zu deuten.

Weiter spulten sich seine Erinnerungen ab und zeigten die erste Begegnung mit Asea und den Kampf mit Uran Uhltar tief unterhalb jenes unheiligen Berges. Wieder fühlte er die merkwürdige Mischung aus Hunger und Interesse und etwas, das zugleich Angst und Entsetzen war. Er wusste nicht genau warum, doch er hatte den Eindruck, dass der nichtmenschliche Beobachter den Spinnengott kannte und ihn sowohl fürchtete als auch hasste.

Wieder versuchte er, sich der Erforschung seines Geistes zu widersetzen. Jetzt verstand er ein wenig besser, wie die Prozedur ablief, und er rang mit dem Eindringling und versuchte ihn abzulenken, um einige seiner beschämendsten Erinnerungen zu verbergen. Die Reaktion war eine Art kalter Belustigung, und zum ersten Mal spürte er tatsächlich, dass die Kreatur ihn als ein lebendes, fühlendes Wesen – wie sich selbst – empfand. Ein merkwürdiges Symbol nahm vor seinem inneren Auge Formen an. Es enthielt das Konzept einer Begrüßung und noch etwas anderes, bei dem er sich nicht sicher war, ob er es verstand.

Langsam wirbelten Bilder auf und erhielten in seinen Gedanken Gestalt.

Der Nerghul krachte gegen eine weitere Wand und versuchte, sein Gleichgewicht wiederzuerlangen. Der bewegliche Boden schien entschlossen, ihn von seiner Beute wegzutragen, obwohl das ganze Areal buchstäblich nach ihr stank. Erfüllt von unmenschlicher Entschlossenheit, kämpfte er sich wieder auf die Füße und rannte gegen die Strömung an. Es war nur eine Frage der Zeit, bis er finden würde, was er suchte.

Die Symbole in Riks Bewusstsein veränderten sich, flackerten und wurden zu Bildern, die er beinahe verstehen konnte, obwohl ihnen etwas sehr Fremdartiges eignete. Dann wieder verschwammen sie zu unverständlichen Eindrücken, bevor sie erneut klar zu erfassen waren. Wie in einem Wachtraum erschienen Bilder vor seinem inneren Auge. Er betrachtete die Umgebung durch Augen, die anders als die seinen gebaut waren, und wurde von einer Unzahl von Geschmacks- und Geruchseindrücken bestürmt, die ihn nur verwirrten. Dann verloren Geschmäcker und Gerüche an Eindringlichkeit, als hätte der Schlangenmensch seine Schwierigkeiten verstanden, und verschwanden schließlich ganz, während der Gesichtssinn und das Gehör in den Vordergrund traten. Er begann zu verstehen.

Er erlebte die Ankunft der Schlangenmenschen auf Gaeia mit. Die Türme waren nicht durch Zauberei errichtet worden. Sie waren komplett vom Himmel gefallen, umgeben von glitzernder, wabernder heißer Luft, und waren auf zuvor ausgewählten Plätzen auf mehreren Kontinenten niedergegangen. Nach ihrer Landung hatten sich die Türen in den Wänden geöffnet, und die Schlangenmenschen waren nach draußen geströmt und hatten den Boden ihrer neuen Welt betreten. Sie stammten von einem fernen Ort unter den Sternen, waren Flüchtlinge aus einem kosmischen Kampf, in dem sie auf der Verliererseite gestanden hatten. Nun schickten sie sich an, sich auf einem neuen Planeten eine Heimat zu schaffen.

Rik sah diesen Turm, wie er in uralter Zeit auf seiner

Klippe gestanden hatte. Von Morven war noch nichts zu entdecken; da waren nur konzentrische Ringe aus aufgeschütteten Erdwällen und riesige Baracken, in denen eine stämmigere Unterart von Schlangenmenschen lebte. Arbeiter errichteten Gebäude und hüteten Tierherden. Eine Priesterkaste aus Schlangenwesen, die wie die Exemplare in dieser Krypta aussahen, brachten fremdartigen Gottheiten, die eine andere Dimension bewohnten, Opfer dar. Straßen erstreckten sich in die Ferne und führten zu weiteren Türmen. Große grüne Nadeln, die aus der gleichen Substanz wie der Turm selbst bestanden, huschten über den Horizont und beförderten Schlangenmenschen, die ihren Tätigkeiten nachgingen.

Er erlebte die erste Begegnung zwischen Menschen und Schlangenwesen und sah, wie sie sein Volk als Dienstboten, Sklaven und Schüler einsetzten. Seine Vorfahren verehrten die Schlangenmenschen als Götter – und er spürte den Groll in sich aufsteigen. Auf ihre Weise waren die Schlangenmenschen genauso schlimm wie die Terrarch gewesen. Sie hatten sein Volk versklavt; die Menschen waren nicht viel mehr als Vieh für sie gewesen.

Über den geistigen Kanal, der ihn mit dem Schlangenpriester verband, fühlte Rik so etwas wie Widerspruch, Belustigung, Verblüffung oder vielleicht auch Verzweiflung heranrollen. Er konnte das alles beinahe riechen. Sein Blick zeigte ihm jetzt andere Szenen: Schlangenwesen, die versuchten, die Menschen zu unterrichten, ihnen Diagramme zeigten oder sie in der Herstellung von Werkzeugen unterwiesen. Ihm wurde klar, dass ihm der Schlangenmensch zu zeigen versuchte, dass diese Beziehung mehr gewesen war als eine zwischen Herren und Sklaven. Und dass die Schlangenwesen tatsächlich versucht hatten, den Menschen zu helfen und ihnen Wissen zu bringen.

Sobald das Wesen sicher war, dass Rik dies verstanden hatte, erweiterte sich sein Blickwinkel erneut. Er huschte über die ganze Oberfläche des Planeten, den er als gewaltige Kugel wahrnahm, und zeigte ihm andere Zivilisationen, andere Nationen.

Er sah, dass die Schlangenmenschen auf ihrer neuen Welt nicht allein waren. Weitere außerirdische Rassen schwammen in ihren Ozeanen, errichteten Tunnel unter der Oberfläche oder flogen in eigenartigen lebenden Maschinen durch die Luft. Er bekam den Eindruck von enormer Tätigkeit, dem Zusammentreffen vieler Kulturen, von Handel und Wettbewerb und zunehmend auch von Spannungen und Hass. Offensichtlich waren die Schlangenwesen nicht die Einzigen, die versuchten, sich die Menschen zu Helfern heranzuziehen.

Rik sah die unterirdischen Städte des Spinnenvolks, wo zahlreiche Kasten fremdartiger Spinnenwesen durch das Dunkel huschten. Er erblickte Menschen, in deren Körper lebende Waffen eingepflanzt waren, und nicht nur Waffen. Menschen waren in gewaltige Apparaturen, die wie monströse Skorpione aussahen, gepfercht: Das waren lebende Maschinen, die ihre Körperkräfte verstärkten und ihnen gestatteten, mit den an ihren Zweck angepassten Scheren gewaltige Lasten zu heben.

Große, tintenfischähnliche Kreaturen durchpflügten den Ozean, die Mutterschiffe der Quan, die ihre kleineren Kinder in die Meere ausspien, damit sie Fische und andere Rohstoffe der Tiefe ernteten. Unter der Oberfläche der Meere errichteten sie gewaltige Perlenkuppeln, Monumente für ihre dunklen Götter. Er erblickte das gewaltigste Mutterschiff von allen, eine krakenartige Kreatur, die so groß wie eine Insel war. Er nahm sie als Umriss in den Tiefen des Ozeans wahr, so als betrachte er sie von einem der fliegenden Schiffe aus, die er zuvor gesehen hatte. Da wurde ihm klar, dass er eine echte Erinnerung des Wesens, mit dem er verbunden war, erlebte, und spürte dessen Zufriedenheit, als es bemerkte, dass er begriffen hatte. Ehrfürchtiges Staunen überwältigte ihn. Er sah die Welt, wie sie gewesen war, bevor die Terrarch gekommen waren und die Menschheit versklavt hatten, und zwar durch die Augen eines Wesens, das wirklich dabei gewesen war.

Er erlebte mit, wie die Spannungen zwischen den Völkern wuchsen, als sie um Rohstoffe und Sklaven konkurrierten. Er sah, wie kleine Scharmützel zu bewaffneten Auseinandersetzungen und diese Kämpfe dann zu Kriegen führten. Er wurde Zeuge, wie gewaltige magische Apparaturen losgelassen und mächtige Waffen eingesetzt wurden. Er sah, wie die Türme der Schlangenmenschen von Uran Uhltars Brut belagert wurden. Gewaltige Armeen lieferten sich Schlachten. Mottenähnliche Flugwesen griffen die fliegenden Nadeln der Schlangenmenschen an. Monströse, Säure speiende Untiere attackierten ihre Festungen. Riesige, pilzförmige Wolken stiegen über Explosionen auf, die fruchtbares Land in Glaswüsten verwandelten und die Meere zum Kochen brachten. Der Tod regnete vom Himmel. Giftgaswolken entvölkerten die Städte.

Die Älteren Rassen verfielen der Barbarei. Die mit Geist begabte Kaste des Spinnenvolkes der Uhltari erlag Wahnsinn und Krankheiten. Die Meeresköniginnen der Quan verloren den Verstand oder entwickelten sich zu niedrigen Lebensformen zurück. Die Schlangenwesen verzogen sich in die Türme, und ihre Zauberer-Priester stiegen in ihre Sarkophage, entschlossen zu schlafen, bis die Welt von ihren Wunden genesen war. Rik sah, wie dieser Turm versiegelt und später mit diesen Ehrfurcht einflößenden, uralten Waffen angegriffen wurde. Er spürte den Schaden, den der Turm erlitt, wie einen brennenden Schmerz in seinem eigenen Körper, und er wusste, dass die Systeme, die die schlafenden Schlangenpriester schützen sollten, beschädigt waren, vielleicht sogar unwiderruflich.

Nichts. Weißes Rauschen. Ein Gefühl von Leere, Schlaf, der von seltsamen, sich langsam bewegenden Träumen erfüllt ist. Dann, plötzlich, kehrte der Turm ins Leben zurück, als Ilmarec ihn betrat und diese Gruft entdeckte. Er hatte den letzten überlebenden Schlangenpriester aufgeweckt und ihm Hilfe versprochen. Ilmarec hatte behauptet, er werde ihm helfen, seine Brüder zu finden und zu den Sternen zurückzukehren. Doch als er entdeckte, wie schwach der Schlangenpriester wirklich war, hatte Ilmarec Magie eingesetzt, um ihn zu versklaven. Rik spürte noch immer die Wut des

Schlangenwesens, die es empfunden hatte, als es nach einer epischen Schlacht, die sie auf der Gedankenebene geführt hatten, durch seltsame Zauber an Ilmarec gebunden worden war. Der Schlangenmensch war jetzt vollständig erwacht, aber eingesperrt in seinen Sarkophag; immer noch mit dem Turm verbunden, aber unfähig, Einfluss auf ihn zu nehmen. Das Schlangenwesen konnte seine Krypta nicht verlassen, aber es hatte Ilmarec seinen Kommando-Talisman überlassen und ihn seine Geheimnisse gelehrt.

Weitere Szenen huschten durch Riks Fantasie, alles Ansichten aus dem Turminneren und alle aus eigenartigen Winkeln, als besäße das Bauwerk selbst Augen, durch die er sah. Er wurde Zeuge, wie Ilmarec Experimente durchführte und endlich lernte, den Turm wenigstens teilweise zu reparieren und in Berührung mit seiner gefesselten Intelligenz zu kommen.

Dann spielten sich vor Riks Augen neuere Ereignisse ab.

Er sah Jaderac erscheinen. Er sah die Fourageure, Asea und Sardec bei ihrem Besuch, der nicht lange zurücklag.

Er sah sich selbst, wie der Schlangenmensch ihn jetzt wahrnahm, sah sich in dem Grabmal stehen. Und er spürte noch etwas anderes. Dem Schlangenmenschen fiel es unglaublich schwer, sein Bewusstsein zu erreichen oder zu erfassen. Er fragte sich, ob nicht in Wahrheit er selbst Schwierigkeiten hatte, das Schlangenwesen zu verstehen, weil es so fremdartig war. Jedenfalls brachte es der Schlangenpriester kaum fertig, seinen

Verstand zu berühren und in Verbindung mit ihm zu treten.

In diesem Augenblick erfasste eine Welle des Verstehens ihn und das Wesen, das seinen Verstand festhielt. Es versuchte, sich mit ihm zu verständigen, da es ihn brauchte. Rik versuchte zu lauschen, zu empfangen, seinen Geist zu leeren, obwohl er sich nicht ganz sicher war, was er da tat.

Er spürte eine zunehmende Vorahnung drohender Gefahr. Als diese Empfindung in ihm aufstieg, sah er, wie Ilmarec in der eigentümlich geformten, mittleren Kammer des Turmes stand und ein Ritual durchführte. Ihm wurde klar, dass der Turm selbst ein Lebewesen war, mit eigenen Sinnen, das in der Lage schien, Dinge wahrzunehmen, die sich Hunderte von Meilen entfernt abspielten.

Weitere Bilder und neues, fremdartiges Wissen drangen in Riks Bewusstsein. Er sah, dass Ilmarec tief im Herzen des Turms etwas erweckt hatte, das gefangene Herz eines Gottes, ein Ding, das genug Energie erzeugte, um den Turm in die Lüfte zu erheben und durch den kalten Abgrund zwischen den Sternen zu tragen. Und er sah auch, was das Schlangenwesen wusste, Ilmarec aber nicht, oder was der Zauberer nicht wahrnehmen wollte. Das Herz des Gottes war beschädigt. Wenn Ilmarec seine Kraft weiter anzapfte, sie einsetzte, um noch mehr magische Energie zu erzeugen, dann würde dieses Herz brechen. Es würde zerbersten, und die entfesselte Energie, die so mächtig war wie die von einer Milliarde Fässer Schießpulver, würde die

Erde versengen und in einem Umkreis von Hunderten von Meilen alles vernichten. Alles Lebendige, auf das der Schatten dieser gewaltigen, pilzförmigen Wolke fiel, würde sterben.

Jetzt wusste Rik, was der Schlangenpriester wollte. Er sollte Ilmarec aufhalten und ihm seinen Kommando-Talisman zurückbringen. Das Wesen war bereit, Rik und seinem Volk ein Bündnis anzubieten und ihnen zu helfen, Ilmarec loszuwerden und die Prinzessin zu befreien.

Rik traute dem Wesen nicht. Er war sich nicht sicher, ob er wirklich lieber dem Schlangenwesen die Kontrolle über den Turm überließ als Ilmarec.

Der Schlangenmensch ließ weitere Gefühle auf ihn überströmen; tiefe Trauer, gemischt mit Berechnung. Er wollte sich nicht in diesen Krieg einmischen. Der Turm war verkrüppelt. Er wünschte sich nur, ihn wiederherzustellen und aufzubrechen, um unter den Sternen nach seinen Brüdern zu suchen.

Rik war verunsichert. Er war nicht Asea oder Jaderac und befand sich nicht in der Position, von gleich zu gleich mit dem Schlangenpriester zu verhandeln. Die Kreatur war viel älter und besaß weit größeres Wissen als er. Rik hatte nur einen einzigen Vorteil. Wenn das Wesen es zuließ, konnte er hingehen, wo es nicht hingehen konnte. Auf der anderen Seite vermochte aber auch der Schlangenpriester Dinge zu tun, zu denen er nicht in der Lage war. Er hatte ja nicht einmal eine Ahnung, was er ihm, abgesehen von seinem Leben, in diesem Handel als Einsatz anbieten konnte. Kurz zog sich das Wesen nachdenklich zurück, als reagiere es auf seine Verwirrung.

Neue Bilder flackerten vor seinem inneren Auge auf. Er sah, wo sich Prinzessin Kathea befand und wie er dorthin kommen konnte. Er sah die Räume, in denen Ilmarec wartete. Er erkannte alle seltsamen magischen Maschinen, Verteidigungsanlagen und Fallen, die ihn davon trennten. Er wusste jetzt, wie er die alten Sicherungswälle überwinden konnte. Immer mehr Mitteilungen und fremdartige Gedanken überrollten ihn. Am liebsten hätte er aufgeschrien, doch Sekunden später war es vorüber, und er sank nach vorn. Der Kontakt zu dem Schlangenmenschen war abgebrochen.

Jetzt wusste er, was er zu tun hatte. In diesem Augenblick begann der ganze Turm zu beben.

Magnetisch wurde Sardecs Blick auf den Turm gezogen. Inzwischen sah es aus, als sei dort eine brennende Sonne gefangen, und Sardec rechnete schon halb damit, dass gleich der grüne Tod auf Morven herabregnen würde.

Die Villa zitterte unter seinen Füßen, als kündigte sich ein Erdbeben an. Es war, als wäre man im Leib einer gewaltigen Kreatur gefangen, die sich in Todeszuckungen wand. Ein Geruch nach Ozon erfüllte die Luft. Irgendwo weit entfernt hörte er Gegenstände umfallen. Sardec betete zu dem Gott seiner Kindheit, er möge ihn selbst und die anderen beschützen.

Über ihm rissen die Klippen auf. Riesige Felsbrocken polterten in die Trümmerlandschaft herab, und dann brachen ganze Steinplatten los, begannen abzurutschen und rissen die glatten, glasähnlichen Mauern mit.

Der Wind schlug ihm ins Gesicht, und der Ozongeruch verstärkte sich. Aus dem Turm schlugen knisternd dicke Bündel magischer Energie. Und dann, ganz langsam, erhob sich der Schlangenturm aus der Mitte der Festung. Tonnen von Erde fielen von ihm ab. Der ganze untere Teil des Turms glühte grünlich, als er aufwärtsstieg und immer schneller wurde. Das große grüne Licht des Fangs der Schlange pulsierte eigenartig.

Furcht ergriff Sardecs Herz, als er sah, wie das uralte, rätselhafte Bauwerk in die Nacht und in den Sturm verschwand. Jetzt wusste er, wie Ilmarec Azarothes Armee zerstören wollte, und er bezweifelte, dass es noch eine Macht der Welt gab, die ihn jetzt aufhalten konnte.

24. KAPITEL

Die Alten wussten mehr als wir. Im Vergleich zu ihnen nehmen wir uns aus wie ein menschliches Kind, und nur unser eigener Hochmut hindert uns daran, dies einzugestehen.

Ilmarec, Die Überlieferungen des Schlangenvolks

Das Laufband trug Rik durch das Herz des Schlangenturms. Er hatte längstens eine Stunde Zeit, bis das Herz des Gottes im tiefsten Inneren des Turms explodierte und ihn, den Turm und alles im Umkreis von Meilen vernichtete. Verzweifelt stöhnte er auf. Er hatte das Gefühl, längst tot zu sein. Er musste Ilmarec umbringen, sich das Amulett des Schlangenmenschen holen, es dem uralten Wesen zurückbringen und hoffen, dass es ihn irgendwie retten konnte. Seiner Ansicht nach standen die Chancen, dass er das alles schaffen würde, nicht gut. Er atmete tief aus und versuchte, sein wild pochendes Herz zu beruhigen.

Jetzt war es zu spät, sich Sorgen zu machen. Vor seinem inneren Auge sah er, wie sich der Weg spiralförmig durch das Herz des Turms nach oben wand und verborgene Ebenen durchquerte, in die noch nie ein Mensch oder ein Terrarch vorgedrungen war. In seinem Herzen spürte er die Gewissheit, dass dies auch nie wieder einer tun würde.

Eine Tür glitt auf, das Laufband hielt an, und er blickte in einen weiteren Korridor, dessen Boden sich nicht bewegte. Rik eilte weiter. Dies war wenigstens eine Situation, an die er gewöhnt war: tief auf verbotenem Grund und ganz allein. Es erinnerte ihn an seine Laufbahn als Dieb. Allerdings hatten sich da keine mächtigen, Dämonen anrufenden Zauberer vor ihm befunden – oder verlorene Prinzessinnen. Mit einer Hand umklammerte er sein Schwert, und in der anderen hielt er die Pistole. Vorsichtig schlich er voran, hielt an jeder Tür, die er passierte, an und lauschte, um sich zu vergewissern, dass er nichts hörte. Lautlos huschte er den Flur entlang. Er war ein Dieb in Drangsal gewesen und hatte sich häufig an Orten aufgehalten, wo tiefe Stille sein einziger Schutz war. Irgendwo da draußen lauerten Wachposten, Terrarch-Soldaten, magische Verteidigungsanlagen und – das Schlimmste von allem – der Nerghul. Er musste sich zwar beeilen, doch er wollte auch kein Risiko eingehen, und diese beiden Erfordernisse rangen in ihm um die Vorherrschaft.

Im Turm war es unheimlich still. Auf dem seltsamen Stein riefen seine Schritte kein Geräusch hervor, aber er fühlte ein merkwürdiges Wummern und Vibrieren unter seinen Füßen. Fast unmittelbar gegenüber lag ein Fenster. Rik sah hindurch und erblickte die Lichter der Stadt und die von dem grünen Licht niedergebrannten

Gebäude, die immer noch wie glühende Kohlen leuchteten. Er schien sich jetzt in großer Höhe zu befinden und hatte das Gefühl, beinahe den Himmel zu berühren. Unter ihm breitete sich die Stadt wie ein Muster aus Lichtern aus, wie ein Terrarch-Schriftzeichen, das durch magische Energie zum Glühen gebracht worden war. Etwas an diesem Anblick erinnerte ihn daran, wie in den Tunneln im unterirdischen Achenar die Runen auf Sardecs Schwertklinge geleuchtet hatten.

Ein furchtbarer Verdacht stieg in ihm auf. Morven schien unter ihm zurückzufallen. Jetzt wurde ihm zur Gewissheit, dass der Schlangenmensch in einem Punkt nicht gelogen hatte: Der Turm konnte fliegen. Er sah zu, wie sich die Wolken unter ihnen schlossen und die Lichter der Stadt verdeckten. Sie blieben als grünliches Wogen zurück, unheimlich angestrahlt durch den Kondensstreifen, den das gewaltige Bauwerk hinter sich herzog, während es höher und höher stieg.

Riks Magen tat einen Satz, als sich der Turm seitwärts zu neigen schien, obwohl er eigentlich keinen Grund dazu hatte, denn er spürte es nicht. Die Erdanziehung wirkte noch immer in dieselbe Richtung, obwohl sein Verstand ihm sagte, dass er eigentlich durch die Luft fallen oder zumindest seitwärts auf dem glatten Boden wegrutschen müsste. Die gleiche Magie, die den Turm über den Himmel trug, sorgte offensichtlich dafür. Und warum auch nicht, dachte er staunend. Eine Magie, die das eine zuwege brachte, hätte sicher keine Schwierigkeiten, auch das andere zu bewirken.

Plötzlich kam er sich winzig klein vor. Hier war er,

gefangen im Bauch eines Etwas, das gleichermaßen wunderbar und Grauen einflößend war, in einem uralten Schiff, das in der Lage schien, die unendlichen Weiten zwischen den Sternen zu überbrücken. Wenn er daran dachte, welche Kräfte hier am Werk waren, fühlte er sich wie eine Ameise. Wer war er, dass er es wagte, gegen den Terrarch anzutreten, der einen solchen Apparat kontrollieren konnte?

Jemand, der keine andere Wahl hat, als es zu probieren, gab er sich selbst die Antwort. Dennoch blieb er einen Augenblick lang vor den dicken Kristallscheiben des Fensters stehen und ließ sich von diesem Wunder überwältigen. Selbst wenn er hier starb, hätte er etwas gesehen, das nur wenige andere jemals erblickt hatten oder erblicken würden, und das schien ihm der Betrachtung wert zu sein, wenngleich er sich nur einige Sekunden Zeit dafür nehmen konnte, bevor er weiterzog.

Der Weg führte aufwärts in eine weitläufige, kreisförmige Kammer mit einer gewölbten Kuppeldecke. In der Mitte des Saals befand sich eine Empore, und darauf erhob sich etwas, das Rik zuerst für die erstaunlich lebensähnliche Statue einer Schlange hielt. Erst nachdem er einige Augenblicke lang den Atem angehalten hatte, konnte er glauben, was seine Instinkte ihm sagten, nämlich dass dieses Wesen lebte. Und es schlief auch nicht: In seinen Augen glitzerten eine kalte Intelligenz und ein Hunger, der nicht nur körperlicher Natur zu sein schien.

Noch während er sie betrachtete, entwirrte sich die gewaltige Schlange und hob den Kopf, bis dieser beinahe die Decke erreichte. Unter der Schuppenhaut spielten kraftvolle Muskeln, und von den langen Fängen tropfte grünes Gift.

Aus den Geschichtenbüchern, die er als junger Mann gelesen hatte, und dem Wissen, das der Schlangenmensch ihn gelehrt hatte, erkannte er das Wesen. Es war ein Na Gha, ein durch uralte Hexerei geschaffener Wächter. Sollten diese Fänge seine Haut ritzen, wäre er so gut wie tot.

Ilmarec spürte, dass etwas nicht stimmte. Die Kräfte im Herzen des Turms befanden sich nicht im Gleichgewicht. Sosehr er sich auch bemühte, sie zu beherrschen, es misslang ihm. Es war, als versuche man Wasser aufzuhalten, das durch die Wände eines lecken Bootes eindrang. Sobald er die Energie an einer Stelle eingedämmt hatte, brach sie an einer anderen durch. Nur mit größter Anstrengung vermochte er den Turm noch zu kontrollieren. Ständig drohte er entweder himmelwärts in den kalten Weltraum davonzudonnern oder zur Erde zu stürzen und sich in den Boden zu bohren. Der Alte hatte ihn gewarnt, doch er hätte nie gedacht, dass es so schwierig sein würde, den Turm zu beherrschen.

Und noch schlimmer, die Energie im Herzen des Schiffes tobte ungehemmt. Sein Problem war nicht, genug Energie aufzubringen, um die Magie in Gang zu halten – das ewige Problem aller Magier auf diesem verfluchten Planeten –, sondern die titanischen Kräfte, die er losgelassen hatte, seinem Willen zu unterwerfen.

Ilmarec fürchtete, er könnte sich verrechnet haben. Verzweifelt zwang er sich, die magischen Symbole des Kontrollrituals abzuarbeiten, und betete, dass das ausreichen möge.

Mit der Geschwindigkeit eines galoppierenden Pferdes glitt der Na Gha auf Rik zu. Sein dreieckiger Kopf fuhr wie ein Blitz herunter, so schnell, dass ihm seine Augen kaum folgen konnten. Irgendwie brachte er es fertig, sich zur Seite zu werfen, und stieß mit dem Messer zu. Die Klinge schnitt in die golden gemusterten Schuppen. Er wich noch einmal aus und stach dann wieder zu.

Der Na Gha zischte wie ein Wasserkessel und peitschte hektisch um sich. Rik sah, dass er eines seiner Augen getroffen hatte. Doch in dem unverletzten Auge des Wesens glaubte er, eine mörderische, rasende Wut zu erkennen, als es sich jetzt erneut auf ihn stürzte.

Er fuhr zurück, zog die Pistole und zielte auf das andere Auge. Aber erst, als sich die Mündung so dicht vor dem Auge des Na Gha befand, dass sie es fast berührte, drückte er den Abzug und betete, die Waffe möge jetzt keine Ladehemmung haben.

Der Hammer traf auf das Zündplättchen, Funken sprühten, und die Pistole ging krachend los. Die Kugel durchschlug das geleeartige Auge des Wesens. Wieder zischte es und peitschte mit dem Körper durch die Luft. Rik warf sich zur Seite und wartete auf den nächsten Angriff. Der nicht kam. Doch die Riesenschlange brauchte eine lange Zeit, um zu sterben.

Erschöpft sank er an der Wand zusammen, überzeugt, sein Schuss musste den ganzen Turm alarmiert haben. Einen Augenblick lang verharrte er so, dann zwang er sich zum Weitergehen.

Der Nerghul verließ das Labyrinth im Zentrum des Turms. Endlich hatte er festen Grund unter den Füßen und nicht mehr diesen fließenden Boden. Die unbekannte Kraft, die seine Bewegung steuerte, hatte versucht, seine Pläne zu vereiteln. Doch am Ende hatte der Nerghul den Sieg davongetragen. Vor sich witterte er den Duft seines Opfers. Jetzt war es nicht mehr weit. Bald würde er sein Ziel erreichen und den Sinn seines Daseins erfüllen.

Rik bedauerte, nicht daran gedacht zu haben, etwas von dem Schlangengift für sein Schwert mitzunehmen, obwohl er wusste, wie gefährlich so etwas werden konnte. Doch er näherte sich einem Punkt, an dem jeder kleine Vorteil den Unterschied zwischen Leben und Tod bedeuten mochte. Zu spät, sagte er sich, er hatte keine Zeit, noch einmal umzukehren. Dann erinnerte er sich an das Magiergift, das ihm Asea gegeben hatte. Es war nun Zeit, es anzuwenden. Einen Augenblick lang blieb er stehen, zog den Topf aus seinem Beutel und trug es sorgfältig auf seine Schwertklinge und den Dolch, den er am Körper verborgen hielt, auf, wobei er sich eines kleinen Lappens bediente. Anschließend verschloss er den Topf wieder fest und warf das Tuch weg. Auf keinen Fall wollte er das Risiko eingehen, dass etwas von dem Gift seine Haut berührte.

Jetzt das Aufputschmittelmittel für ihn selbst, dachte er. Er nahm das Päckchen heraus und schüttete sich das Pulver auf die Zunge. Langsam kaute er. Zuerst bemerkte er keine Wirkung, abgesehen von einem leichten Taubheitsgefühl im Mund; doch dann fiel ihm auf, dass seine Sinne schärfer wurden, und er fühlte sich stärker, schneller und beinahe fröhlich. Allerdings würde das nur ungefähr eine Stunde anhalten, und dann würde er die schrecklichen Nachwirkungen zu spüren bekommen. Aber er sagte sich: Wenn es je einen richtigen Zeitpunkt gegeben hatte, die Droge einzusetzen, dann jetzt.

Weiter stieg er die Rampen hinauf, bis er auf eine offene Plattform gelangte. Vor ihm erhoben sich zwei kräftige Gestalten mit grüner Schuppenhaut. Ihre Köpfe reichten ihm zwar nur bis zur Brust, aber das lag daran, dass sich die obere Hälfte der massigen Leiber nach vorn beugte und von riesigen, schlangenähnlichen Schwänzen im Gleichgewicht gehalten wurde. Die Köpfe wirkten drachenähnlich, die Zähne waren kräftig und die Zungen gespalten – wie bei Schlangen. Die Augen wirkten klein, kalt und unmenschlich. In den dreifingrigen, klauenbewehrten Händen entdeckte er gezähnte Klingen, so lang und schwer wie ein beidhändiges Schwert. Es dauerte eine Weile, bis ihm klar wurde, dass er Statuen vor sich hatte.

Aus den Kenntnissen, die ihm das Schlangenwesen eingeflößt hatte, wusste er, dass dahinter die Kommandokammer lag. Er hatte sein Ziel erreicht.

Etwas wie Freude erfüllte den Nerghul, als er durch die grünlich leuchtenden Korridore sprang. Endlich befand sich seine Beute dicht vor ihm. Der Geruch war jetzt stark. Und noch etwas anderes spürte das Wesen, die Anwesenheit mächtiger Magie, starker Zauberkräfte sowie eine überwältigende dämonische Gegenwart. Seine Befehle fielen ihm wieder ein. Es würde auch alle anderen töten, die sich bei seinem Opfer befanden, doch zuerst würde es sich seine Beute vornehmen. Der Nerghul stürzte voran, um zuzuschlagen.

Rik sah in einen weitläufigen Saal, in dessen Mitte Ilmarec thronte. Ein Halo aus grünem Licht umspielte den Kopf des Zauberers. Seine Augen waren geschlossen. Lautlos glitt Rik durch den Eingang und hielt seine vergiftete Klinge bereit. Dann bemerkte er den verhüllten Leibwächter des Magiers, der in der Nähe schwebte. Das unheimliche Wesen wandte den mit einer Kapuze verhüllten Kopf in seine Richtung, und Rik wusste: Jetzt würde er sterben.

Verzweiflung stieg in dem Nerghul auf. Er war so nahe daran gewesen. Noch ein paar Schritte, und er hätte sein Ziel erreicht. Doch es sollte nicht sein. An seiner Beute vorbei kam die verhüllte Dämonengestalt auf ihn zugerast. Der Nerghul wappnete sich gegen den Aufprall. Aus den Roben tauchte eine Masse kräftiger Tentakeln auf, die ihn packten. Der Nerghul bot seine ganze Kraft auf, um Widerstand zu leisten.

Rik wurde klar, dass ihm Ilmarecs dämonischer Leibwächter soeben das Leben gerettet hatte, obwohl er keine Ahnung hatte, warum. Vielleicht konnte er den Nerghul wahrnehmen, ihn aber nicht, was ein glücklicher Zufall war. Hinter ihm rangen die zwei höllischen Wesen miteinander, erbitterter als tollwütige Wölfe. Es sah aus, als würde der Nerghul von einem Schlangennest verschlungen. Völlig außer sich kämpfte er, um sich von den dicken Muskelsträngen zu befreien, die ihn umschlangen und versuchten, ihm die Knochen zu brechen. Als Rik genauer hinsah, entdeckte er, dass viele der Tentakeln Saugnäpfe besaßen, die ganze Stücke aus dem Fleisch des Nerghul rissen. Und immer noch wehrte sich die untote Kreatur.

Rik wandte den Blick von dem Kampf ab und konzentrierte sich auf Ilmarec. Er konnte keine Zeit auf diese beiden verschwenden, er musste den Talisman an sich bringen und sich dann schleunigst davonmachen. Mit dem Schwert in der Hand trat er auf den Thron zu. Als er vor Ilmarec stand, riss der Zauberer plötzlich die Augen auf. Sein Blick wirkte seltsam glasig, aber dennoch lag etwas Mächtiges und Gebieterisches darin.

»Wer bist du?«, verlangte er zu wissen. »Und wie bist du an dem Shakera und den Schutzzeichen vorbeigekommen?«

Rik zuckte die Achseln und schob sich noch näher heran. »Gebt mir das Amulett, dann lasse ich Euch leben.« Er hegte nicht die geringste Absicht, das zu tun, doch er wollte Ilmarec ablenken, damit dieser keine Magie gegen ihn einsetzte, ehe es zu spät war.

»Wer bist du, dass du es wagst, mich im Zentrum meiner Macht zu bedrohen?«

»Dieser Ort gehört nicht Euch, sondern den Schlangenwesen. Er ist immer ihr Eigentum gewesen. Ihr seid hier der Eindringling.«

Ilmarec neigte den Kopf zur Seite und betrachtete Rik aus zusammengezogenen Augen. »Ich sehe, dass du von ihrer Macht berührt worden bist. Das alte Monstrum dort unten war listiger, als ich ihm zugetraut hätte. Irgendwie hat es mich betrogen.«

»Dasselbe hat es von Euch behauptet.«

»Du siehst wie ein Mensch aus, aber du bist keiner. Du siehst aus wie ein Terrarch, doch du bist es nicht. Was bist du?«

»Ein Mischling.« Rik trat einen weiteren Schritt näher.

»Du bist mehr als das, sonst wärest du nicht in der Lage gewesen, meine Verteidigungsanlagen zu überwinden. Ich glaube, du bist irgendeine Schöpfung von Asea.«

Beinahe, dachte Rik. »Man könnte das so ausdrücken. Doch ich bin nicht hergekommen, um darüber zu debattieren. Werdet Ihr tun, was ich verlange, oder muss ich Euch töten?«

»Du musst dir deiner Sache sehr sicher sein, um mir zu drohen. Ich könnte dich mit einem einzigen Zauberspruch töten.«

»Wenn Ihr das versuchen wollt, dann wäre jetzt der richtige Zeitpunkt dazu.« Rik hob sein Schwert und richtete es auf Ilmarec.

Ein verschlagenes, triumphierendes Lächeln huschte über das Gesicht des Zauberers. Er hielt die Faust in die Höhe. An einem Finger glitzerte ein Ring, und Rik stellte fest, dass sein Blick unwillkürlich in die Tiefen des Steins gezogen wurde. Für einen Augenblick lief er Gefahr, den Verstand zu verlieren, und spürte den Drang, alles zu tun, was der Terrarch ihm befahl.

»Du wirst mir gehorchen, Halbblut«, sagte Ilmarec. Verzweifelt leistete Rik Widerstand und bot seine ganze Willenskraft auf, damit seine Glieder ihm gehorchten.

»Lieber nicht«, stieß er hervor und stürzte voran. Die vergiftete Klinge drang in den Leib des Zauberers, Ilmarec wälzte sich auf dem Boden und heulte wie ein Hund in Todesqualen. Rik bückte sich und riss ihm den Talisman des Schlangenwesens vom Hals.

»Du Idiot«, stöhnte der Magier. »Du hast uns alle vernichtet.«

Seine Augen schlossen sich. Es sah aus, als wäre er tot, doch Rik stach noch ein paar Mal zu, um ganz sicherzugehen.

25. KAPITEL

Wenn der Sieg unmöglich erscheint,
tritt den Rückzug an; allerdings könntest
du feststellen, dass deine Armee diese
Entscheidung bereits für dich getroffen hat.

Armande Koth, Kriegsführung im Zeitalter der Muskete und des Drachen

Was jetzt?, dachte Rik. Er befand sich im Besitz des Talismans, nach dem das Schlangenwesen verlangte. Die Frage war nur, ob er ihm trauen konnte. Doch ihm blieb nichts anderes übrig. Er saß im Turm gefangen, und das Bauwerk raste unkontrolliert über den Himmel. Wenn der Schlangenmensch die Wahrheit gesagt hatte, war es nur eine Frage der Zeit, bevor das Herz des Gottes explodierte und sie alle tötete. Wie immer in seinem Leben hatte er offenbar keine große Wahl. Er warf einen Blick über die Schulter. Der Nerghul kämpfte immer noch mit Ilmarecs gezähmtem Dämon.

Aus dem Augenwinkel erhaschte er eine Bewegung.

Er fuhr herum und hob das Schwert, um sich zu schützen. Eine hochgewachsene Terrarch-Frau trat in den Raum. Nach der Beschreibung, die ihm Asea gegeben hatte, erkannte er Königin Kathea sofort. Sie war durch eine andere Tür hereingekommen.

Langsam trat Verstehen in Katheas Blick. Sie sah zuerst Ilmarecs Leiche und dann Rik an und stieß einen entsetzten Schrei aus. Rik lief auf sie zu und legte ihr die Hand über den Mund. Er wollte nicht, dass sie mit ihrem Geschrei eines der beiden Ungeheuer auf sie aufmerksam machte.

Er sprach langsam und begütigend. »Ich will Euch nichts tun, Euer Majestät.«

Rik spürte, wie ein kleiner Muskel an ihrem Kiefer pulsierte. So ruhig und überzeugend, wie er konnte, redete er weiter auf sie ein. »Nickt, wenn Ihr mich versteht.«

Sie bewegte den Kopf auf und ab.

»Ich bin hier, um Euch zu befreien und zu Fürst Azarothes Armee zu bringen. Es gibt einige Schwierigkeiten. Wir sollten den Turm verlassen. Ihr müsst mir folgen.« Er gab ihren Mund frei.

»Wir kommen nicht aus dem Turm heraus. Er fliegt, und Ilmarec war der Einzige, der ihn kontrollieren konnte. Wir sind alle zum Tode verurteilt.«

»Es gibt noch einen anderen.«

»Du lügst.«

»Euer Majestät! Wenn Ihr das wünscht, könnt Ihr hierbleiben, aber dann werdet Ihr mit Sicherheit sterben. Oder Ihr könnt mich begleiten, dann überlebt Ihr vielleicht. Wie lautet Eure Entscheidung?« Ihre Reaktion verblüffte Rik.

Sie ging zu Ilmarec und trat auf seinen Körper ein.

»Du Bastard«, kreischte sie. »Törichter, verräterischer Bastard. Ich wusste, dass alles schiefgehen würde.«

»Euer Majestät, wir haben nicht viel Zeit.«

Sie hörte auf, die Leiche zu malträtieren, und schluchzte wieder. »Seid Ihr bereit, Euer Majestät?«

»Lass uns gehen«, sagte sie. Ihre Stimme klang ruhig, eisig, beherrscht. Katheas Gesicht war zwar tränennass, darunter aber zur offiziellen Maske einer Terrarch-Prinzessin erstarrt. »Du gehst vor.«

»Ist mir ein Vergnügen.« Er wies auf die miteinander ringenden Monster. »Gibt es noch einen anderen Weg, der aus diesem Saal hinausführt?«

Sie nickte. »Folge mir.«

Der Nerghul erlebte einen ersten Anflug von Angst. Zwar nicht um sich selbst, doch er fürchtete, seine Mission vielleicht nicht erfüllen zu können. Die Kreatur, mit der er kämpfte, war stark: so ziemlich der übermächtigste Gegner, den er je getroffen hatte. Mit ihren Saugnäpfen riss sie ihm das Fleisch von den Knochen. Und noch schlimmer, ihre eiskalte Berührung schien die Energie, die den Nerghul belebte, aus seinem Körper zu saugen. Er fühlte sich so schwach und leer wie noch nie in seiner kurzen Existenz. Trotzdem würde er nicht aufgeben. Er zappelte, versuchte sich hartnäckig aus der Umklammerung des Dämons zu lösen und schlug ihm seine Klauen in die gummiartige Haut.

In diesem Augenblick fühlte er, wie in dem Raum nebenan etwas starb. Der Griff des Dämons lockerte sich ein wenig. Der Nerghul konnte einen Arm freibekommen und packte eine Hand voll von den Stielaugen seines Gegners. Er bot seine ganze Kraft auf und riss sie ab. Die Gegenwehr des Dämons erlahmte. Der Nerghul verbiss sich in seinen Körper. Lange Minuten vergingen – und sein Gegner wurde immer schwächer. Dann begann sich der Dämon zu schleimigem Protoplasma aufzulösen, und der Nerghul spürte, dass er gesiegt hatte.

Er wandte sich ab und nahm erneut die Fährte auf.

Rik führte Kathea durch die verschlungenen Korridore. Er rannte so schnell, wie es ihm möglich war, ohne die Orientierung zu verlieren. Denn er fürchtete, jede Sekunde könnte seine letzte sein. Vor dem inneren Auge stellte er sich vor, wie eine gewaltige, sonnenhelle Explosion den Turm in Stücke riss. Er sah, wie er sich mit solcher Wucht, dass es alle an Bord tötete, in den Boden bohrte. Es kostete ihn seine ganze Kraft, seine animalische Panik zu beherrschen und den Rückweg zu der Gruft des Schlangenpriesters zu finden. So inbrünstig wie noch nie, seit er ein Kind gewesen war, betete er, dass sie noch rechtzeitig kämen und ihn das Schlangenwesen nicht hinters Licht geführt hatte.

Der Nerghul schleppte sich voran. Er war schwer verletzt. Der Dämon hatte ihm ganze Fleischstücke aus dem Bein gerissen, daher humpelte er und stützte sich mit den Armen ab. Eigentlich hätte er Zeit gebraucht, um seine Wunden heilen zu lassen, doch er brannte so sehr darauf, sein Opfer zu töten, diese Erfüllung zu kosten, dass er sich selbst keinen Einhalt gebieten konnte. Seine Beute schien auf demselben Weg, auf dem sie gekommen war, wieder zurückzukehren. Es war nur eine Frage der Zeit, bis er sie einholen würde.

In großen, spiralförmigen Windungen trug das Laufband Rik in das Herz des Turms hinein, vorüber an leeren Räumen, in denen eigenartig geformte Maschinen standen. Unter seinen Füßen rollten sich unverständliche Runen auf dem Boden ab. Das Licht hier war schwach und grünlich, und der warme, muffige Geruch wurde immer stärker. Kathea sah ihn an.

»Was war das?«

Rik lauschte. Er meinte, eine leise Bewegung hinter sich zu hören.

»Ich glaube, wir werden verfolgt. Einer der Dämonen muss überlebt haben.«

»Ich dachte, das Wesen, das den Shakara angegriffen hat, sei dein Verbündeter.«

»Leider nein.«

»Dann hast du Grund, dich zu fürchten. Der Shakara kann nämlich Ilmarecs Tod nicht lange überlebt haben. Seine Seele war über ihn an unsere Existenzebene gebunden.«

Rik dachte über den Nerghul nach. Offenbar war es sein Schicksal, dass ihm die Kreatur nicht von den Fersen wich. Es schien keinerlei Entkommen vor ihr zu geben. Er grinste bitter. Offenbar lieferten sich der Turm und der untote Dämon ein Rennen darum, wer ihn zuerst umbrachte. Einen Augenblick lang glaubte er, einen Geisteszustand erreicht zu haben, der jenseits aller Furcht war, doch dann wurde ihm klar, dass seine Euphorie wahrscheinlich von den Drogen hervorgerufen wurde.

»Warum lächelst du?«

»Ich wünschte verdammt nochmal, das wüsste ich.«

Endlich erreichten sie die Kammer mit dem Sarkophag und standen vor dem Schlangenmenschen. Das Wesen sah Rik in die Augen. Dieses Mal verlief der Vorgang glatter und flößte weit weniger Furcht ein. Außerdem stellte er fest, dass es ihm viel leichter fiel, den geistigen Kontakt zu dem Alten aufzunehmen.

Du bist zurückgekehrt.

Ja, und ich habe meinen Teil der Abmachung eingehalten. Jetzt bist du an der Reihe.

Du hast dich gut geschlagen, Mensch, und ich bin dir dankbar. Rik nahm die Müdigkeit und die Trauer des Schlangenwesens wahr.

Was muss ich jetzt tun?, fragte Rik.

Es ist zu spät, um den Turm zu retten. Der Zauberer hat einen Prozess in Gang gebracht, der nicht umgekehrt werden kann.

Dann müssen wir alle sterben.

Nein, ich kann dich und die Frau retten. Und das Land unter uns ebenfalls.

Warum solltest du das tun? Wir sind nicht freundlich zu dir gewesen. Der Gedanke war heraus, ehe Rik ihm Einhalt gebieten konnte. Er wusste, das er seine Zeit vergeudete, doch er wartete immer noch auf eine Antwort. Etwas anderes konnte er ohnehin nicht tun.

Auf dieser Welt bin ich der Letzte meiner Art. Die anderen sind fort. Vielleicht sind sie tot, oder sie sind zu den Sternen zurückgekehrt; von diesem Schiff aus kann ich sie jedenfalls nicht erreichen. Ich kann nicht zu ihnen gehen, und außerdem sterbe ich. Aber ich hege nicht den Wunsch, andere Wesen sinnlos zu töten.

Du willst keine Rache.

Du hast den Einzigen getötet, an dem ich mich hätte rächen wollen. Ich stehe in deiner Schuld, und ich werde sie zurückzahlen. Du hast getan, was notwendig war, und dafür danke ich dir.

Rik hoffte wieder. Dann bestand also noch eine verschwindend geringe Möglichkeit, dass er lebend aus dieser Sache herauskam. *Was soll ich tun?*

Lege dir das Amulett um den Hals und befiehl dem Sarkophag, sich zu öffnen. Bilder von dem Befehlsvorgang, von den schnellen, eigenartigen geistigen Bewegungen, die zum Öffnen nötig waren, huschten durch seinen Kopf. Rik befolgte sie, und zischend öffnete sich der Deckel des Sargs, in dem das Schlangenwesen lag. Er teilte sich in zwei Hälften, und die kristallenen Teile glitten in den Stein zurück, sodass der Schlangenmensch der Luft ausgesetzt war. Tausende winziger Drähtchen zogen sich in die Wände des Sargs zurück. Langsam, matt, wie jemand, der sich seit tausend Jahren nicht bewegt hat und dessen Glieder kaum reagieren, setzte sich der Schlangenmensch auf. Rik eilte herbei, um ihm zu helfen, und hob das uralte Wesen hoch. Es war so leicht wie ein Kind, beinahe gewichtslos. Rik überlegte, ob seine Knochen vielleicht hohl waren, wie bei einem Vogel.

Danke, sagte der Schlangenmensch, und seine Worte hallten tief in Riks Bewusstsein wider. *Du hast meine Dankbarkeit.* In den Worten schwangen mehrere Schichten fremdartiger Untertöne mit, die Rik nicht deuten konnte, daher half er dem Alten einfach zum Altar, wie er ihm bedeutete.

Häng mir das Amulett um den Hals, und dann musst du mit deiner Gefährtin in meinen Sarkophag steigen. Rik schreckte zurück. Er hegte nicht den Wunsch, sich an Stelle des Schlangenwesens in das Grab zu legen.

Tut es. Wir haben keine Zeit, darüber zu streiten. Ich sterbe jetzt schnell, und ich habe noch viel zu tun. Wenn ihr leben wollt, müsst ihr in den Sarg steigen.

Vorsichtig setzte Rik das Schlangenwesen auf den Altar. Er wies auf den Sarg.

»Steigt hinein«, bat er Kathea, doch sie starrte ihn nur voller Schrecken an. »Bitte. Wir haben keine Zeit, jetzt darüber zu streiten.«

»Das ist ein Trick«, wandte sie ein. »Es will nur, das wir seinen Platz einnehmen.«

Der Sarg hat nicht nur mein Leben erhalten. Er ist eine

Art Rettungsboot für den Fall, dass es auf dem Schiff Schwierigkeiten gibt.

Rik warf einen Blick nach hinten und sah etwas, das ihn mit Entsetzen erfüllte. Der Nerghul hatte sich in die Kammer geschleppt. Er wollte dem Wesen nicht gegenübertreten, daher kletterte er in den Sarg. Kathea, die dasselbe wie er gesehen hatte, tat es ihm zögernd nach.

Der kristallene Deckel des Sarkophags schloss sich, und das untote Monster stieß einen grauenhaften Schrei aus, in dem unendliche Enttäuschung und Entsetzen mitschwangen. In Riks Kopf erklang erneut die Stimme des Schlangenmenschen.

Da ist noch eines, das du für mich tun kannst.

»Wenn ich es kann, werde ich es tun«, sagte er laut.

Es ist niemand mehr da, der in der alten Sprache meines Volkes für mich beten kann; wenn es also zum Schlimmsten kommt, werde ich vielleicht nicht ins Nest meiner Vorfahren eingehen können. Aber wenn du dich bei Vollmond an mich erinnerst und an einem hoch gelegenen Ort meinen Namen aussprichst, so werden sie es vielleicht hören und mir vergeben.

»Ich kenne deinen Namen nicht.«

Er lautet Shang Tach.

»Ich werde an dich denken, Shang Tach. Mein Name ist Rik.«

Das hässliche Gesicht des Nerghuls drückte sich gegen den Sargdeckel. Es befand sich genau gegenüber Riks eigenem. Er sah in die roten Augen und erkannte den Hunger, der sich darin ausdrückte. Die Kreatur öffnete ihren zerfetzten Mund und grinste triumphierend. Die Klauen kratzten über den Kristall und versuchten ihn zu zerbrechen.

Plötzlich kippte der Sarkophag nach hinten weg und glitt einen dunklen Tunnel hinunter. Der Nerghul klammerte sich fest, obwohl er zwischen der Tunnelwand und dem Sarg fast zermalmt wurde. Der Sarkophag wurde immer schneller. Kathea klammerte sich an Rik und wimmerte ihm ins Ohr, und er antwortete ihr ebenso.

Ein entsetzliches Schwindelgefühl ergriff ihn. Sie rasten durch Tunnel und legten an Geschwindigkeit immer mehr zu. Die Tunnelwände leuchteten grünlich. Rik vermutete, dass sie sich nicht so schnell bewegten, wie sie es gekonnt hätten. Wahrscheinlich bremste sie der zerquetschte Körper des untoten Wesens ab. Das Ding wirkte jetzt, als besäße es keine Knochen mehr, und hatte sich teilweise in eine geleeartige Masse verwandelt. Aber immer noch zuckten seine Lippen, und in seinen Augen glühte teuflischer Hass.

Und dann flogen sie in die Nacht und in die Dunkelheit hinaus. Über ihnen, hinter den zerschmetterten Zügen des Nerghuls, leuchtete der gewaltige Turm auf und zog in die Ferne davon. Auf einem Strahl aus grünem Licht raste er ins Weltall hinaus. Er glühte jetzt so hell wie die Mittagssonne, und Rik fragte sich, wie lange es wohl noch dauern mochte, bis ihn die Explosion zerriss.

Auch sein eigenes Herz drohte seinen Brustkasten zu sprengen. Er war sich unangenehm bewusst, dass dies die letzten paar Sekunden seines Lebens waren. Es gab nicht die geringste Aussicht, dass Kathea und er einen Aufprall aus dieser Höhe überleben konnten, ohne durch die Wucht des Aufschlags zu Brei zermalmt zu werden. Vor seinem inneren Auge konnte er schon sehen, wie ihnen der Boden entgegenraste.

Plötzlich behinderte jedoch grauer Nebel die Sicht. Er fragte sich, ob sie schon tot waren und soeben ins Jenseits eingingen. Es dauerte einige Sekunden, bis er erkannte, dass sie nur die Wolkenschicht durchquerten. Sie mussten sich mit entsetzlicher Geschwindigkeit bewegen. Dann waren sie endlich hindurch – und die Unterseite der Wolken wurde sichtbar.

Regen klatschte jetzt gegen den Kristalldeckel, und es sah aus, als liefen Tränen über das albtraumhafte Gesicht des Nerghul. Irgendwie schaffte es die Kreatur immer noch, sich an den Sarkophag zu klammern.

»Wir werden sterben«, jammerte Kathea. Rik widersprach ihr nicht. Der Sarg hatte zu rotieren begonnen. Gleich unter ihnen und weiter weg bemerkte er Lichter. Offenbar hatten sie sich nicht so weit von Morven entfernt, wie er geglaubt hatte. Oder sie befanden sich über einer ganz anderen Stadt. Beim Blick aus dieser gewaltigen Höhe krümmte sich ihm der Magen, und er kämpfte gegen den Drang, sich zu erbrechen. In diesem engen Raum wäre das eine Katastrophe gewesen.

Erschreckend schnell wuchs der Boden auf sie zu. Rik stellte fest, dass er mit lauter Stimme alle Gebete schrie, die er im Waisenhaus gelernt hatte, während er darauf wartete, dass ihn der Tod holte.

Jetzt sah er Wälder, dann konnte er einzelne Baumkronen unterscheiden. Zuerst glaubte er, das sei nicht möglich, doch dann erkannte er, dass der Sarkophag selbst dieses eigentümlich grünliche Glühen aussandte. Der Sarkophag wurde abgebremst, sie schlugen noch durch die Äste eines Baumes, und dann erst setzten sie mit einem jähen Ruck auf dem Boden auf.

Rik stieß die angehaltene Luft aus. Er war also noch am Leben. Doch dann kam ihm ein anderer, entsetzlicher Gedanke. Was, wenn sich der Sarg nicht öffnete? Dann saßen sie darin gefangen, und der Luftvorrat würde nicht lange ausreichen. Ein Zischen ließ sich vernehmen, der Kristalldeckel beschlug. Rik drückte dagegen, und er glitt auf. Er trat in die laue Sommernacht hinaus, und neben ihm taumelte die zukünftige Königin von Kharadrea nach draußen.

Durch das Loch, das der Sarkophag in das Blätterdach gerissen hatte, blickte er zum Himmel auf. Zuerst sah er nur Wolken, doch dann flammte ein unerhört greller Blitz auf, und danach war es so, als gehe über den Wolken eine strahlende, grüne Sonne auf, sodass jene wie ein gewaltiges grünes Dach über der Welt wirkten. Das Leuchten hielt sich noch lange, ehe es verschwand, und Rik wusste, dass das Herz des Gottes nun zerbrochen war und es den Schlangenturm nicht mehr gab.

Er wandte sich zu Kathea um. »Kommt«, sagte er. »Besser, wir sehen zu, dass wir Euch hier fortbringen.«

Die Königin von Kharadrea schluchzte vor Angst laut auf und wies auf den Boden hinter ihm. Rik spürte, dass etwas nach seinem Bein griff, sah nach unten und entdeckte, dass jenes Monstrum, das ihn auf Schritt und Tritt verfolgt hatte, unter dem Sarkophag eingequetscht lag. Doch schon zwang es mit entsetzlicher, teuflischer Kraft seine zerschmetterten Glieder, sich zu bewegen, und versuchte, den Sarg hochzuhieven. Seine Gliedmaßen schlenkerten grauenerregend, als hätten sich seine Knochen in Gelatine verwandelt. Aber es bewegte sich immer noch.

Die kristallklare Gelassenheit der Droge erfüllte Rik. Er zog sein Schwert, bückte sich und trennte den Kopf der Kreatur ab. Er fragte sich, wie es wohl riechen mochte, wenn er das Wesen verbrannte.

SERIE PIPER

William King

Der Dämonengott

Die Legende der Terrarch 1. Aus dem Englischen von Barbara Röhl. 512 Seiten. Serie Piper

Einst lieferten sich die Terrarch einen vernichtenden Krieg mit den Mächten der Schatten – und verloren. Auf der Menschenwelt Gaeia fanden sie Zuflucht und konnten sich zur herrschenden Rasse aufschwingen. Doch nach Jahrhunderten der Unterdrückung leisten die Menschen Widerstand und geraten in einen Strudel von Gewalt und Verrat, denn noch größeres Unheil bahnt sich an – uralte Dämonen bereiten die Rückkehr ihres Gottes vor …

Der Warhammer-Autor William King erschafft mit »Die Legende der Terrarch« eine neue Welt – knallharte Fantasy und ein Fest für alle Fans epischer Schlachten.

05/2301/01/L

Guy Gavriel Kay

Die Fürsten des Nordens

Roman. Aus dem kanadischen Englisch von Irene Holicki. 560 Seiten. Serie Piper

Auf ihren erbarmungslosen Feldzügen verbreiten die Erlinger Feuer und Tod. Ihre Drachenschiffe gelten als unbesiegbar. Doch König Aeldred ist fest entschlossen, sein Reich zu verteidigen. Allerdings droht nicht nur durch die Erlinger Gefahr. Aeldred muss die Dämonen besiegen, die in seinem Innern lauern, um das Königreich zu retten. Und in den Tiefen des Geisterwalds machen schauerliche Geschöpfe der Zwischenwelt Jagd auf ihre Opfer …

»Guy Gavriel Kay verzückt, überrascht und unterhält seine Leser wie kein anderer.«
Carsten Kuhr, phantastik-news.de

05/2202/01/R

Michael A. Stackpole

Die Nacht der düsteren Träume

Das letzte Geheimnis aus dem Reich der Drachenkrone. Aus dem Amerikanischen von Reinhold H. Mai. 464 Seiten. Serie Piper

Mit seinem Erfolgszyklus »Düsterer Ruhm« hat Michael A. Stackpole alles über die Jagd nach der Drachenkrone erzählt – beinahe alles. Denn ein letztes Geheimnis blieb übrig: Was hat es mit dem Brauch der Bewohner Okrannels auf sich, die für eine Nacht in ihre Heimat zurückkehren, um zu träumen? Welche düsteren Prophezeiungen verbergen sich in diesen Träumen?

In dieser Sammlung führt der Erfolgsautor ein weiteres Mal in das faszinierende Reich der Drachenkrone und in andere abenteuerliche, düstere und bizarre Welten – ein Muss für alle Stackpole-Fans!

»Alles, was Stackpole schreibt, hat das Zeug zum Kult.«
Booklist

05/1969/02/L

Stan Nicholls

Die Orks

Roman. Aus dem Englischen von Christian Jentzsch. 800 Seiten. Serie Piper

Der aufsehenerregende Bestseller um die berüchtigtsten aller magischen Geschöpfe: Die Orks führen einen grausamen Krieg gegen die Menschen. Stryke, Anführer der erfolgreichsten Ork-Söldner, erhält einen gefährlichen Auftrag: Er soll ein magisches Instrument wiederbeschaffen, mit dessen Hilfe der Feind zurückgeschlagen werden könnte. Doch der Trupp der Vielfraße hat nicht damit gerechnet, dass auch Menschen und Kobolde es auf das Artefakt abgesehen haben. Eine dramatische Jagd beginnt …

»Furios und verrückt … Der größte Spaß, den Sie je mit einem Haufen Orks haben werden.«
Tad Williams

05/1978/01/R